Edgar Allan Poe

Die Maske des roten Todes

Phantastische Erzählungen

Edgar Allan Poe

Die Maske des roten Todes

Phantastische Erzählungen

ISBN/EAN: 9783956974373

Auflage: 1

Erscheinungsjahr: 2015

Erscheinungsort: Treuchtlingen, Deutschland

Literaricon Verlag Inhaber Roswitha Werdin, Uhlbergstr. 18, 91757 Treuchtlingen

www.literaricon.de

Edgar Allan Poe

Die Maske des roten Todes

Phantastische Erzählungen

Inhaltsverzeichnis

Die Maske des roten Todes

Lange hatte der *rote Tod* das Land entvölkert und keine Pest war je so verheerend und grässlich aufgetreten. Blut und seine Schrecken bezeichneten seine Spuren. Es waren damit heftige Schmerzen, plötzlicher Schwindel und profuse Blutungen aus den Poren der Haut als Folge der Auflösung verbunden. Die scharlachroten Flecken auf dem Körper und namentlich im Gesicht des Kranken waren das Signal, das ihn von aller Hilfe und Sympathie seiner Mitmenschen ausschloss. Der Überfall, Verlauf und das Ende der Krankheit war das Werk einer halben Stunde.

Aber Prinz Prospero war glücklich, furchtlos und klug. Als seine Besitzungen zur Hälfte entvölkert waren, versammelte er ungefähr tausend frische und lustige Freunde aus dem Kreise seiner Herren und Damen vom Hofe um sich und zog sich mit ihnen in eines seiner mit Mauern umgebenen und von aller Welt abgeschlossenen Klöster zurück. Es war dies ein großes, prachtvolles Gebäude, eine eigene Schöpfung des Prinzen und seines zwar exzentrischen, aber nichtsdestoweniger edlen Geschmacks. Eine starke, hohe Mauer mit eisernen Toren umgab es. Die Hofleute führten Klammern und große Hämmer mit sich, um auch Letztere unzugänglich zu machen. Mit *einem* Worte, sie wollten verhüten, dass weder ein Mensch aus- noch eingehen könne. Das Kloster war hinreichend mit Lebensmitteln versehen. Mithilfe dieser Vorsichtsmaßregeln vermochten die Hofleute der Ansteckung Trotz zu bieten. Die äußere Welt mochte für sich selbst sorgen. Es wäre töricht gewesen, sich irgend zu kümmern oder abzusorgen. Für alles, was zum Vergnügen diente, hatte der Prinz Vorkehrungen getroffen. Es gab Lustigmacher, Improvisatoren, Balletttänzer, Musiker, schöne Mädchen und Wein. Alles war hier in vollkommener Sicherheit, während außen der *rote Tod* wütete.

Nachdem sie sich so fünf bis sechs Monate abgeschlossen hatten und die Pest außen ihren Kulminationspunkt erreicht hatte, lud Prinz Prospero seine tausend Freunde zu einem außerordentlich prachtvollen Maskenballe ein.

Es war eine wahrhaft feenhafte Szene, dieser Maskenball. Doch beschauen wir uns zuvörderst die Zimmer, in denen er gehalten wurde. Es waren deren sieben in *einer* Folge. In manchen Palästen gewährt eine solche Reihe von Zimmern eine lange und gerade Aussicht, während sich die Flügeltüren nach jeder Seite zurückschlagen, sodass man das Ganze mit *einem* Blick zu übersehen kaum behindert ist. Hier aber war es ganz anders, wie man sich bei des Herzogs Liebe zum Bizarren leicht vorstellen kann. Die Gemächer waren so irregulär angeordnet, dass man mit einem Blick nur wenig mehr als *eines* übersehen konnte. Alle zwanzig bis dreißig Fuß zeigte sich eine scharfe Krümmung, und jede Krümmung gab einen neuen Effekt. Rechts und links, in der Mitte jeder Wand befand sich ein hohes, schmales gotisches Fenster, das die Aussicht auf einen verschlossenen Korridor hatte, welcher den Windungen der Zimmerreihe folgte. Diese Fenster bestanden aus Glas, dessen Farbe wechselte, je nach der vorherrschenden Farbe der Verzierungen der Zimmer, in die es den Einblick verstattete. Das am östlichen Ende z. B. war blau behangen, und auch seine Fenster waren lebhaft blau. Das zweite Zimmer war purpurrot in seinen Verzierungen und Tapeten, und hier waren die Fensterscheiben purpurfarben. Das Dritte war durchaus grün, und so waren auch die Fenster. Das Vierte war orangegelb verkleidet, das Fünfte Weiß, das Sechste violett. Das siebente Zimmer war dicht in schwarze Sammettapeten gehüllt, die von der Decke über die Wände herabhingen und in schweren Falten auf einen Teppich von gleicher Art und Farbe herabfielen. Indes in diesem Gemach allein korrespondierte die Farbe der Fenster nicht mit seiner inneren Bekleidung. Die Scheiben waren scharlach-, ja tiefblutrot. In keinem der sieben Gemächer befand sich eine Lampe oder ein Kronleuchter mitten unter den vielen goldenen Schmucksachen, die hier und da zerstreut herumlagen oder von der Decke herabhingen. Kein Licht irgendeiner Art von einer Lampe oder einer Kerze verbreitete sich über die Folge von Zimmern. Aber in den Korridors, welche diese Zimmer begleiteten, stand jedem Fenster gegenüber ein schwerer Dreifuß, der Feuer ausströmte, welches seine Strahlen durch das gefärbte Glas warf und so das Zimmer glänzend erleuchtete. Auf diese Weise gestalteten sich eine Menge anmutiger und fantastischer Bilder. Aber in dem westlichen oder schwarzen Zimmer war die Wirkung des Feuerlichtes, das durch die blutroten Fenster auf die schwarze Wandbekleidung fiel, wahrhaft geisterhaft und machte auf die Eintretenden einen so schreckhaften Eindruck, dass nur wenige von der Gesellschaft beherzt genug waren, einen Fuß hineinzusetzen.

In diesem Gemach stand an der östlichen Wand eine sehr große Wanduhr von Ebenholz. Ihr Pendel schwang hin und her mit einem tiefen, dumpfen und monotonen Klang, und wenn der Minutenzeiger

2

umgelaufen war und die Stunde ausschlug, erklang aus dem Innern der Uhr ein heller, lauter, tiefer und außerordentlich musikalischer Ton von so eigentümlicher Art und von solchem Nachdruck, dass nach Verlauf einer jeden Stunde das Orchester auf Augenblicke in seinen Produktionen einzuhalten genötigt war, um diesem Tone zu lauschen; die Walzer hörten plötzlich auf; die ganze fröhliche Gesellschaft geriet etwas in Verwirrung, und während die Glocke noch tönte, konnte man bemerken, wie selbst die Allerleichtsinnigsten bleich wurden, die Älteren und Gesetzteren aber mit der Hand über das Gesicht fuhren, als wären sie in einen verwirrten Traum oder in Nachdenken versunken. Wenn der Ton gänzlich verhallt war, ging ein schwaches Gelächter durch die Versammlung; die Musiker sahen einander an, lachten über ihre Reizbarkeit und Torheit und gaben sich gegenseitig das Wort, dass, wenn die Glocke das nächste Mal tönte, in ihnen keine ähnliche Erregung mehr aufkommen sollte. Als aber nach Verlauf von sechzig Minuten sich der Klang wiederholte, entstand dieselbe Verwirrung, das gleiche Zittern und Nachdenken wie zuvor.

Trotz dieser Vorgänge war es aber doch ein herrliches und vergnügtes Fest. Der Fürst hatte einen ganz eigentümlichen Geschmack. Sein Blick für Farben und Effekte war scharf. Er missachtete das Dekorum und die bloße Mode. Seine Pläne waren kühn und feurig, und seine Entwürfe trugen ein glühendes Gepräge. Wegen mancher unter ihnen hätte man ihn wohl für wahnsinnig halten können, aber diejenigen, die ihn näher kannten, wussten, dass sich dies nicht so verhielt. Man musste ihn sehen, hören und berühren, um sich zu versichern, dass er nicht irrsinnig sei.

Er hatte die beweglichen Verzierungen der sieben Zimmer größtenteils bei Gelegenheit dieses großen Festes angeschafft, und auch der ganze Charakter des Maskenballs war seine Erfindung. Er war höchst wunderbar. Viel Glanz und Schimmer, viel Pikantes und Fantastisches; Figuren mit unpassenden Gliedern und sonstigen Anordnungen; Fantasien, als wenn sie aus dem Hirne eines Wahnsinnigen hervorgegangen wären. Hier viel Schönes, viel Mutwillen, viel Bizarres, vermischt mit Schrecklichem, aber nichts, was Abscheu hätte erregen können. Es war, als hätten sich in diesen sieben Zimmern eine Menge Träume verkörpert, und diese Träume schlichen sich aus und ein, nahmen die Färbung der Zimmer an und machten, dass die wilde Musik des Orchesters als das Echo ihrer Tritte erschien. Siehe, da schlägt die Ebenholzuhr, die in dem mit Sammet ausgekleideten Salon stand. Alles ist für einen Augenblick still und schweigsam, sodass man nur den Schlag der Uhr vernimmt. Die Traumgebilde sind wie fest gefroren auf ihre Stelle gebannt. Inzwischen verliert sich das Echo der Glockentöne, sie haben nur einen Augenblick gedauert, und ein schwaches, halb unterdrücktes Gelächter begleitet ihr Verschwinden. Jetzt erhebt sich wieder die Musik, die Traumbilder gewinnen Leben, schweifen lustiger hin und her denn zuvor und färben sich von den mannigfach bunten Fenstern, durch welche die Lichtstrahlen der Dreifüße dringen. Aber in das westliche der sieben Zimmer wagt sich keine Maske, denn die Nacht verschwindet; es strömt ein stärker gerötetes Licht durch die blutroten Fensterscheiben; die Schwärze der dunklen Bekleidung erbleicht, und wer den Fuß auf den Teppich setzt, der hört von der nahen Ebenholzuhr einen dumpfen, feierlichen Laut, während die, welche in den entfernteren Gemächern ihrer Lust frönen, davon nichts vernehmen.

Diese anderen Gemächer waren dicht mit Menschen angefüllt, deren Herzen wie im Fieber schlugen. Das Schwärmen und Tanzen dauerte fort, bis endlich die Uhr Mitternacht schlug. Die Musik schwieg, wie gewöhnlich; das Walzen hörte auf, und eine ängstliche Stockung im Ganzen trat ein, wie früher. Die Uhr schlug zwölfmal, während dem diejenigen unter den Schwärmenden, die überhaupt noch eines Gedankens fähig waren, mit mehr Zeit auch mehr sich dem Nachdenken hingeben konnten. Und so geschah es, dass, während die letzten Töne der Uhr verklungen waren, mehre der Anwesenden Zeit fanden, auf eine maskierte Figur aufmerksam zu werden, die zuvor noch niemand bemerkt hatte. Das Flüstern über diese neue Erscheinung ging von Ohr zu Ohr, endlich aber entstand in der ganzen Gesellschaft ein Gesumse, ein Murmeln, welches deutlich ihre Missbilligung und Überraschung, endlich aber ihr Entsetzen, ihren Schrecken und Widerwillen aussprach.

Man kann sich leicht denken, dass in einer so fantastischen Gesellschaft, wie wir sie soeben beschrieben haben, keine gewöhnliche Erscheinung einen solchen Eindruck hervorbringen konnte. Zwar hatte die Maskenfreiheit dieser Nacht keine Grenzen, aber die Gestalt, die hier auftrat, übersprang noch die Grenzen eines unbestimmten Dekorums, die sich der Fürst gezogen hatte. Auch in den Herzen der sorglosesten Menschen gibt es Saiten, die man nicht ohne Erregung berühren darf. Auch für den gänzlich Verlorenen, für den Leben und Tod nur ein Scherz ist, gibt es Dinge, mit denen man nicht spaßen darf. Die ganze Versammlung schien tief zu fühlen, dass in dem Kostüm und Benehmen des Fremden weder Witz noch Schicklichkeitsgefühl zu entdecken war. Die Gestalt war lang und hager und von Kopf bis zu Fuß in Sterbekleider gehüllt. Die Maske, welche das Gesicht verbarg, glich dem Gesichte einer starren Leiche, sodass auch die genaueste Untersuchung den Betrug nur schwer würde entdeckt haben. Doch alles dies hätte die tolle Gesellschaft vertragen, ja vielleicht gebilligt. Aber der Vermummte war so weit gegangen, das Bild des *roten Todes* anzunehmen. Sein Gewand war in Blut getaucht, und seine großen Augenbrauen wie seine übrigen Gesichtszüge waren mit der erschrecklichen Scharlachröte besprengt.

Als Prinz Prosperos Blick auf dieses geisterhafte Bild fiel, das langsam und feierlich unter den Tanzenden auf- und abschritt, schauderte er anfangs vor Schrecken und Widerwillen am ganzen Körper, aber bald darauf rötete sich sein Angesicht vor Wut.

»Wer wagt es«, fragte er mit barscher Stimme die in seiner Nähe stehenden Hofleute, »uns durch dieses scheußliche Blendwerk zu insultieren? Ergreift und demaskiert ihn, damit wir erfahren, wen wir morgen zu hängen haben.«

Es war aber in dem östlichen blauen Zimmer, wo Prinz Prospero diese Worte ausstieß. Sie konnten laut und deutlich durch die sieben Zimmer gehört werden, denn der Prinz war ein kräftiger und kühner Mann, und die Musik hatte auf einen Wink seiner Hand aufgehört. Der Prinz stand also in dem blauen Zimmer, an seiner Seite eine Gruppe Hofleute mit blassen Gesichtern. Als er zu sprechen anhob, entstand eine leichte Bewegung der Menge in der Richtung gegen den fremden Eindringling hin, der in diesem Augenblick ganz in der Nähe war und sich mit bedachtsamem und stattlichem Schritte näher an den Sprecher herandrängte. Aber in Folge einer gewissen Ehrfurcht, die der Vermummte der ganzen Gesellschaft einflößte, wagte es niemand, Hand an ihn zu legen, sodass er ungehindert bis auf eines Fußes Länge auf den Prinzen zu schritt, und während die Menge gleichsam auf *einen* Impuls sich von der Mitte des Zimmers nach den Wänden zurückzog, nahm er ununterbrochen und mit demselben feierlichen und gemessenen Schritt wie zuvor seinen Weg durch das blaue Zimmer nach dem purpurfarbenen, durch das purpurfarbene nach dem grünen, durch das grüne nach dem orangefarbenen, durch dieses wieder nach dem Weißen, und ebenso zu dem veilchenblauen, ohne dass man einen entschiedenen Versuch gemacht hätte, ihn aufzuhalten. Da rannte Prinz

Prospero wütend vor Zorn und Scham über seine eigene momentane Feigheit eilig durch alle sechs Zimmer, ohne dass ihm jemand von der Gesellschaft gefolgt wäre, so sehr hatte sich Aller eine tödliche Furcht bemächtigt. Er hielt einen Dolch hoch in der Luft und nahte sich in hastiger Eile bis auf drei oder vier Fuß der sich zurückziehenden Gestalt, als diese, nachdem sie das äußerste Sammetzimmer erreicht, sich plötzlich umdrehte und seinem Verfolger gegenüberstand. Es erhob sich ein durchdringender Schrei, – der schimmernde Dolch fiel auf den schwarzen Teppich, und wenige Augenblicke darauf fiel Prinz Prospero tot zur Erde. In wilder Wut der Verzweiflung drang ein Haufe der schwärmenden Gäste in das schwarze Zimmer, griff nach dem Vermummten, dessen lange Gestalt aufrecht und bewegungslos in dem Schatten der Ebenholzuhr stand, sah sich aber von unaussprechlichem Schrecken übermannt, als sich herausstellte, dass das Totenkleid und die menschenähnliche Maske, das man mit solchem Ungestüm ergriffen, keinen greifbaren Körper enthielt.

Jetzt war es entschieden, der *rote Tod* war da. Er war gekommen wie der Dieb in der Nacht. Und einer nach dem andern von der Gesellschaft fiel in das mit Blut befleckte Zimmer der nächtlichen Lust und starb im Fallen. Auch die Ebenholzuhr stand still, als der letzte der fröhlichen Gesellschaft geendet hatte. Die Flammen der Dreifüße verlöschten. Nacht und Zerstörung herrschten ringsum, der *rote Tod* war der unbeschränkte Gebieter von allem.

Das Geheimnis der Marie Rogêt

Vorbemerkung

Ein junges Mädchen namens Mary Cecilia Rogers war in der Nähe New Yorks ermordet worden. Ihr Tod hatte eine ungeheure und nachhaltige Aufregung hervorgerufen; das Geheimnis desselben war in der Zeit, da diese Geschichte geschrieben und veröffentlicht wurde, noch nicht aufgedeckt. In vorliegender Erzählung folgt der Autor unter dem Vorgeben, das tragische Geschick einer Pariser Grisette zu berichten, bis in die kleinsten Einzelheiten den wesentlichen Tatsachen des wirklichen Mordes an der Mary Rogers, während er die unwesentlichen nur parallel stellte. So ist also jede auf die Fiktion gegründete Schlussfolgerung auf das wahre Ereignis anwendbar, und der Zweck der Geschichte war die Ergründung der Wahrheit.

»Das Geheimnis der Marie Rogêt« wurde weit entfernt vom Tatort niedergeschrieben und basierte lediglich auf den betreffenden Zeitungsberichten. So entging dem Schreiber manches, woraus er an Ort und Stelle hätte Nutzen ziehen können. Dessen ungeachtet ist zu bemerken, dass die Aussagen zweier Personen (deren eine die Frau Deluc der Erzählung ist), die zu verschiedenen Zeiten und lange nach Veröffentlichung der folgenden Blätter gemacht wurden, nicht nur die allgemeine Schlussfolgerung, sondern auch die hauptsächlichsten hypothetischen Einzelheiten, durch die diese Schlussfolgerung gewonnen wurde, voll bestätigten.

Es gibt eine Reihe idealischer Begebenheiten, die der Wirklichkeit parallel läuft. Selten fallen sie zusammen. Menschen und Zufälle modifizieren gewöhnlich die idealische Begebenheit, sodass sie unvollkommen erscheint und ihre Folgen gleichfalls unvollkommen sind. So bei der Reformation; statt des Protestantismus kam das Luthertum hervor.

Selbst unter den kühlsten Denkern gibt es nur wenige, die nicht gelegentlich durch ein fast wundervolles Zusammentreffen von Ereignissen sich versucht gefühlt hätten, an übernatürliche Dinge zu glauben. Solches Fühlen – denn dies halbe Glauben, von dem ich rede, wird nur gefühlt, nicht streng gedacht –, solches Fühlen ist schwer zu unterdrücken, höchstens durch die Lehre von den Zufälligkeiten oder, wie der Terminus technicus lautet, durch die Wahrscheinlichkeitsrechnung. Nun ist solche Berechnung in ihrem Wesen rein mathematisch, und da haben wir also die Absonderlichkeit, die exakteste aller Wissenschaften auf die Schatten und Schemen der spekulativsten Wissenschaft angewendet zu sehen.

Man wird finden, dass meine zeitlich voranliegende Geschichte, zu deren Veröffentlichung ich jetzt aufgefordert worden bin, in ihren Einzelheiten höchst merkwürdigerweise das vollkommene Seitenstück bildet zu der jüngst geschehenen Mordtat an der Mary Cecilia Rogers in New York.

Als ich vor Jahresfrist in einer Erzählung, betitelt »Der Doppelmord in der Rue Morgue«, versuchte, die auffallenden Geistesgaben meines Freundes, des Chevaliers C. August Dupin, zu schildern, ahnte ich nicht, dass ich dies Thema je wieder aufnehmen würde. Meine Absicht hatte sich vollkommen erfüllt, und der seltsame Gang der Ereignisse hatte den Beweis für Dupins eigentümliche Fähigkeiten zur Genüge erbracht. An keinem anderen Beispiel hätte ich sie so trefflich zeigen können. Jüngste Ereignisse aber, überraschende Enthüllungen, haben mir einige weitere höchst seltsame Dinge offenbart, über die ich nicht schweigend hinweggehen kann.

Nachdem Dupin die Tragödie aufgedeckt, die über dem geheimnisvollen Tod der Frau L'Espanaye und ihrer Tochter lag, widmete er der Angelegenheit keine Aufmerksamkeit mehr und fiel wieder in seine alte träumerische Versunkenheit zurück. Selbst immer zur Einsamkeit geneigt, teilte ich ohne Weiteres seine Stimmung. In unsere Zimmer im Faubourg Saint-Germain vergraben, schlugen wir alle Zukunftspläne in den Wind und schlummerten friedlich dahin, die düstere Welt mit Träumen vergoldend.

Diese Träume waren jedoch nicht ganz ungestört. Man kann sich denken, dass die Rolle, die mein Freund in dem Drama der Rue Morgue gespielt, auf die Pariser Polizei nicht wenig Eindruck gemacht hatte. Bei ihren Beamten wurde der Name Dupins viel genannt. Da die einfachen Rückschlüsse, mithilfe deren er das Geheimnis entwirrt hatte, nicht einmal dem Präfekten, sondern einzig nur mir bekannt waren, ist es weiter nicht erstaunlich, dass man die Sache für ein Wunder und des Chevaliers analytische Fähigkeiten für eine Art Sehergabe nahm. Seine Offenheit würde ihn veranlasst haben, ein solches Vorurteil zu zerstreuen; dazu kam es aber nicht, weil seine Indolenz ihm gegenüber das Berühren eines Themas verbot, das für ihn selbst alles Interesse verloren hatte. So kam es, dass die Augen der Polizei bewundernd an ihm hingen und man in nicht wenigen Fällen versuchte, seine Dienste für die Präfektur in Anspruch zu nehmen. Einer der bemerkenswertesten Fälle war der der Ermordung eines jungen Mädchens namens Marie Rogêt.

Dieser Mord ereignete sich ungefähr zwei Jahre nach den Gräueltaten in der Rue Morgue. Marie, deren Tauf- und Familienname durch seine Ähnlichkeit mit jenem der unglücklichen »Zigarrenverkäuferin« sofort auffällt, war die einzige Tochter der Witwe Estelle Rogêt. Der Vater war gestorben, als Marie noch ein Kind gewesen, und seit seinem Tode bis achtzehn Monate vor der Mordtat, die den Gegenstand unserer Erzählung bildet, hatten Mutter und Tochter gemeinsam in der Rue Pavée Sainte Andrée gewohnt, wo die Mutter unter Mithilfe ihrer Tochter eine Pension leitete. So lebten sie dahin, bis das junge Mädchen zweiundzwanzig Jahre zählte; da erregte ihre große Schönheit die Aufmerksamkeit eines Parfümeurs, der im Erdgeschoss des Palais Royal einen Laden hatte und dessen Kundschaft in der Hauptsache von den verzweifelten Abenteurern gebildet wurde, die die Nachbarschaft unsicher machten. Herr Le Blanc war sich über den Vorteil klar, der seinem Parfümeriegeschäft durch Anwesenheit der schönen Marie erwachsen würde, und seine glänzenden Angebote wurden von dem Mädchen gern, von der Mutter nach einigem Zögern angenommen.

Die Erwartungen des Kaufmanns erfüllten sich, und die Reize der anmutigen »Grisette« machten seinen Laden bald bekannt. Sie stand ein Jahr in seinen Diensten, als ihre Verehrer durch ihr plötzliches Verschwinden in Verwirrung gesetzt wurden. Herr Le Blanc wusste für ihr Fernbleiben keine Erklärung zu geben, und Frau Roget war in verzweifelter Angst und Aufregung. Die Zeitungen nahmen die Sache auf, und die Polizei wollte gerade ernstliche Nachforschungen anstellen, als Marie eines schönen Morgens nach Verlauf einer Woche gesund, wenn auch mit etwas trüber Miene, wieder hinter dem Ladentisch erschien. Selbstredend wurde alles Forschen und Fragen sofort unterdrückt. Herr Le Blanc behauptete wie vorher, nichts zu wissen. Marie und ihre Mutter erwiderten auf alle Fragen, das junge Mädchen habe die letzte Woche bei Verwandten auf dem Land zugebracht. Man beruhigte sich also, und die Sache wurde bald vergessen, um so mehr, als das Mädchen, augenscheinlich um sich der dreisten Neugier zu entziehen, seine Stellung aufgab und sich in den Schutz der mütterlichen Behausung, Rue Pavée Sainte Andrée, zurückzog.

Es war etwa fünf Monate nach dieser Rückkehr, als ihre Freunde zum zweiten Mal durch ihr plötzliches Verschwinden beunruhigt wurden. Drei Tage gingen hin, und man hörte nichts von ihr. Am Vierten fand man ihren Leichnam in der Seine, und zwar in einer Gegend, die dem Viertel der Rue Sainte Andrée nahezu entgegengesetzt und nicht sehr weit von der Barrière du Roule lag.

Die Grässlichkeit dieses Mordes – denn es war klar, dass ein Mord geschehen war –, die Jugend und Schönheit des Opfers und vor allem des Mädchens allgemeine Beliebtheit riefen bei den leicht erregbaren Gemütern der Pariser große Aufregung hervor. Ich kann mich keines ähnlichen Ereignisses erinnern, das einen so allgemeinen und so tiefen Eindruck gemacht hätte. Wochenlang vergaß man im Gespräch über diesen Fall die wichtigsten politischen Tagesereignisse. Der Präfekt machte ungewöhnliche Anstrengungen, und die gesamte Pariser Polizei spannte ihre Kräfte aufs Äußerste an. Zuerst, als man die Leiche entdeckte, nahm man an, der Mörder werde sich höchstens ganz kurze Zeit vor den sofort in Angriff genommenen Nachstellungen verborgen halten können. Erst nach Ablauf einer Woche hielt man es für nötig, eine Belohnung auszusetzen, und selbst da meinte man, mit tausend Franken genug getan zu haben. Inzwischen wurden die Nachforschungen mit Eifer, wenn auch nicht immer mit Verstand fortgesetzt, und zahlreiche Personen wurden zwecklos verhaftet; da aber nach wie vor jeder Schlüssel zu dem Geheimnis fehlte, wuchs die allgemeine Aufregung aufs Höchste. Nach zehn Tagen hielt man es für ratsam, die ursprünglich festgesetzte Summe zu verdoppeln, und schließlich, als die zweite Woche verstrichen war, ohne irgendwelche Anhaltspunkte zu liefern, und das Vorurteil, das in Paris gegen die Polizei nun einmal herrscht, sich in mehreren ernsthaften Angriffen Luft gemacht hatte, nahm es der Präfekt auf sich, die Summe von zwanzigtausend Franken auszusetzen »für Überführung des Mörders« oder, falls es sich erweisen sollte, dass mehr als einer beteiligt gewesen, »für Überführung irgendeines der Mörder«. In der Proklamation, die diese Belohnung verkündete, wurde jedem, der seinen Mitschuldigen nannte, völlige Straffreiheit zugesichert, und dieser Proklamation war ein privater Aufruf einiger Bürger angefügt, die sich zusammengetan hatten, um der von der Präfektur ausgesetzten Summe aus eigenen Mitteln zehntausend Franken hinzuzufügen. Die gesamte Belohnung belief sich also auf nicht weniger als dreißigtausend Franken, ein ganz ungewöhnlich

hoher Betrag in Anbetracht der niedrigen sozialen Stellung des Mädchens und der Häufigkeit solcher Mordtaten in der Großstadt.

Niemand bezweifelte mehr, dass sich nun schnell das Dunkel über
dem geheimnisvollen Mord lichten werde. Doch obgleich ein oder zwei
Verhaftungen vorgenommen wurden, von denen man sich Aufklärung
versprach, ergab sich nichts, was die Verdächtigungen gegen die Betreffenden gerechtfertigt hätte, und man musste sie wieder entlassen.
So seltsam es auch scheinen mag, so war doch schon die dritte Woche
nach Auffindung der Leiche hingegangen – und hingegangen, ohne in
das Dunkel der Sache Licht zu bringen –, ehe auch nur ein Gerücht
über diese, die öffentliche Meinung so aufregenden Ereignisse Dupin
und mir zu Ohren kam. In Forschungen vertieft, die unsere ganze
Aufmerksamkeit erforderten, war es fast ein Monat, seit einer von uns
zuletzt ausgegangen war oder Besucher empfangen oder mehr als
einen flüchtigen Blick auf den politischen Leitartikel der führenden
Tageszeitung geworfen hatte. G. selbst war es, der uns die erste Mitteilung von dem Mord machte. Er besuchte uns am 13. Juli 18 .. früh am
Nachmittag und blieb bis tief in die Nacht. Er war über das Fehlschlagen aller seiner Bemühungen, die Mordbuben ausfindig zu machen,
sehr gereizt. Sein Ruf – so sagte er mit der Selbstgefälligkeit des Pari-
sers – stehe auf dem Spiel. Selbst seine Ehre sei gefährdet. Die Augen
der Menge seien auf ihn gerichtet und es gäbe kein Opfer, das er nicht
für die Aufdeckung des Geheimnisses bereitwillig brächte. Er schloss
seine etwas konfuse Rede mit einem Kompliment für etwas, was er
Dupins »Taktgefühl« zu nennen beliebte, und machte ein direktes Angebot – ein glänzendes Angebot, das näher darzutun ich mich nicht
berufen fühle, das aber auch für den eigentlichen Gegenstand meiner
Erzählung von keiner Bedeutung ist.

Das Kompliment wies mein Freund zurück, so gut er konnte, das
Angebot aber nahm er ohne Weiteres an, trotzdem dasselbe lediglich in
der Zuerkennung einer Provision bestand. Dies erledigt, erging sich der
Präfekt sogleich in Darlegung seiner eigenen Ansichten, sie mit langen
Kommentaren über die tatsächlichen Geschehnisse würzend. Über
diese Letzteren waren wir noch immer nicht aufgeklärt. Er redete viel
und keineswegs unerfahren, während ich hier und da eine Vermutung,
einen Rat einwarf und die Nacht langsam hinschlich. Dupin, der be-
haglich in seinem gewohnten Lehnstuhl saß, schien die verkörperte
Aufmerksamkeit. Er hatte die ganze Zeit seine Brille auf, und ein gele-
gentlicher Blick hinter ihre grünen Gläser genügte, mich zu überzeu-

11

gen, dass er während der ganzen sieben oder acht bleiernen Stunden, die der Präfekt noch bei uns weilte, tief und friedlich schlief.

Am Morgen beschaffte ich von der Präfektur einen genauen Bericht der Beweisaufnahme und aus den verschiedenen Zeitungsverlagen ein Exemplar jeder einzelnen Nummer, in der irgendwelche Angaben in dieser traurigen Angelegenheit veröffentlicht worden waren. Unter Weglassung alles dessen, was sich als positiv falsch erwies, lauteten die Angaben wie folgt:

Marie Rogêt verließ die Wohnung ihrer Mutter in der Rue Pavée Sainte Andrée am Sonntag, dem 22. Juni 18 .., gegen 9 Uhr morgens. Beim Fortgehen machte sie einem Herrn Jacques St. Eustache – und diesem allein – Mitteilung von ihrer Absicht, den Tag bei einer Tante in der Rue des Drômes zu verbringen. Die Rue des Drômes ist eine kurze und schmale, doch sehr belebte Straße, nicht allzu weit vom Fluss und auf dem nächsten Weg etwa zwei Meilen von der Pension Frau Rogêts entfernt. St. Eustache war der anerkannte Bewerber Maries und wohnte und speiste in der Pension. Er sollte seine Verlobte bei Dunkelwerden abholen und heimbegleiten. Am Nachmittag jedoch begann es stark zu regnen, und in der Voraussetzung, sie werde, wie das bei ähnlichen Gelegenheiten bereits geschehen, die Nacht bei der Tante verbleiben, hielt er es nicht für nötig, sein Versprechen zu halten. Als die Nacht kam, äußerte Frau Rogêt – eine kränkliche alte Dame von siebzig Jahren –, sie fürchte, »Marie nie wieder zu sehen«; diese Bemerkung fand aber damals wenig Beachtung.

Am Montag wurde festgestellt, dass das Mädchen nicht in der Rue des Drômes gewesen war. Und als der Tag verging, ohne dass man von ihr hörte, nahm man an verschiedenen Punkten der Stadt und ihrer Umgebung eine verspätete Streife vor. Doch erst am vierten Tage ihres Verschwindens ließ sich Bestimmtes feststellen. An diesem Tage (Mittwoch, den fünfundzwanzigsten Juni) wurde ein Herr Beauvais, der gemeinsam mit einem Freund in der Nähe der Barrière du Roule Nachforschungen anstellte, davon benachrichtigt, dass zwei Fischer soeben einen Leichnam aus dem Wasser gezogen hätten. Bei Besichtigung der Leiche erkannte Beauvais nach einigem Zögern in ihr das gesuchte Ladenmädchen. Sein Freund erkannte sie mit Bestimmtheit. Das Gesicht war ganz mit geronnenem Blut bedeckt; auch aus dem Mund floss Blut. Der bei Ertrunkenen übliche Schaum fehlte. Das Zellengewebe zeigte normale Färbung. Am Hals waren Quetschwunden und Fingerabdrücke. Die Arme waren über der Brust gekreuzt und steif, die rechte Hand geballt, die linke halb offen. Am linken Handgelenk zeigten sich rundum Hautabschürfungen wie von Stricken; auch das rechte Handgelenk war arg zerschunden, ebenso der ganze Rücken, besonders aber die Schulterblätter. Um die Leiche an Land zu ziehen, hatten die Fischer ein Seil daran befestigt, doch hatte dies keine der Hautabschürfungen verursacht. Der Hals war stark geschwollen. Schnittwunden waren nicht sichtbar, auch keine blutunterlaufenen Stellen, die etwa auf Schläge mit einem stumpfen Instrument hingedeutet hätten. Ein Spitzenstreifen war so fest um den Hals geschlungen, dass er zunächst nicht sichtbar war; er war tief im Fleisch vergraben und mit einem Knoten geschlossen, der gerade unter dem linken Ohr lag. Der Streifen allein hätte genügt, den Tod herbeizuführen. Das ärztliche Gutachten sprach der Verstorbenen einen tugendhaften Lebenswandel zu. Sie sei, so hieß es, brutaler Gewalt unterlegen. Als die Leiche gefunden wurde, war ihr Zustand noch derartig, dass sie unschwer von Bekannten identifiziert werden konnte.

Die Bekleidung war sehr beschädigt und zerrissen. Aus dem Oberkleid war ein Streifen von etwa einem Fuß Breite vom unteren Saum bis zur Taille auf-, aber nicht abgerissen. Er war dreimal um die Hüften geschlungen und im Rücken zu einer Art Henkel verknotet. Auch aus dem Unterkleid aus feinem Musselin war ein achtzehn Zoll breiter Streifen herausgerissen – und zwar fadengerade und sorgsam. Er lag lose um ihren Hals und war mit festem Knoten geschlossen. Über dem Musselinstreifen und dem Spitzenstreifen lagen die zusammengeknüpften Bänder einer Haube, die lose daran hing. Der Knoten, mit dem die Haubenbänder geschlossen waren, war ein regelrechter Seemannsknoten.

Nach Rekognoszierung der Leiche wurde diese nicht, wie sonst üblich, nach der Morgue verbracht, sondern, da diese Formalität diesmal überflüssig, schleunigst beerdigt – nicht weit von der Stelle, wo sie gelandet worden war. Durch die Bemühungen Beauvais' gelang es, die Sache vorläufig nicht bekannt werden zu lassen, und mehrere Tage vergingen, ehe sie von der Öffentlichkeit aufgenommen wurde. Ein Wochenblatt griff dann aber doch den Fall auf, die Leiche wurde wieder ausgegraben und einer nochmaligen Untersuchung unterzogen. Neues ergab sich dadurch aber nicht. Die Kleidungsstücke wurden nun jedoch der Mutter und den Bekannten der Verstorbenen vorgelegt und von diesen als jene bezeichnet, die sie bei ihrem Fortgehen von Hause getragen.

Inzwischen wuchs die Aufregung von Stunde zu Stunde. Mehrere Personen wurden festgenommen und wieder freigegeben. Besonders auf St. Eustache fiel der Verdacht, und er vermochte zunächst nicht, eine zufriedenstellende Erklärung über sein Tun und Lassen während des fraglichen Sonntags abzugeben. Später jedoch gab er Herrn G. eidlich Rechenschaft von jeder Stunde des Tages. Als die Zeit verging, ohne dass man irgendetwas entdeckte, zirkulierten wohl tausend einander widersprechende Gerüchte, und die Journalisten gaben die verschiedensten Mutmaßungen zum besten. Am meisten Aufsehen erregte eine davon, die dem Gedanken Raum gab, dass Marie Rogêt noch am Leben und die in der Seine gefundene Leiche diejenige einer andern Unglücklichen sei. Ich halte es für nötig, dem Leser einige Stellen, die ebendiese Vermutung dartun, zu übermitteln. Die betreffenden Stellen sind eine wörtliche Übersetzung aus dem »Etoile«, einem Blatt, das sehr geschickt geleitet wird.

»Fräulein Marie Rogêt verließ das Haus ihrer Mutter am 22. Juni 18.., einem Sonntagmorgen, mit der ausgesprochenen Absicht, ihre Tante oder sonstige Bekannte in der Rue des Drômes aufzusuchen. Von dieser Stunde an hat sie erwiesenermaßen keiner mehr gesehen. Keine Spur war mehr von ihr zu finden, keine Nachricht zu erlangen ... Niemand hat sich bis jetzt gemeldet, der sie an jenem Tag, da sie von Hause fortgegangen, gesehen hätte ... Wenn es also auch nicht erwiesen ist, dass Marie Rogêt am Sonntag, dem 22. Juni, morgens nach neun Uhr noch unter den Lebenden weilte, so haben wir doch Beweise dafür, dass sie bis zu dieser Stunde noch lebte. Am Mittwochmittag entdeckte man in der Gegend der Barrière du Roule eine auf dem Wasser treibende Frauenleiche. Das waren also, selbst wenn wir voraussetzen, dass Marie Rogêt innerhalb drei Stunden nach Verlassen der mütterlichen Wohnung ins Wasser geworfen worden wäre, nur drei Tage, seit sie von Hause fortgegangen – genau drei Tage! Es ist aber Torheit, anzunehmen, dass der Mord – falls hier ein Mord vorliegt – früh genug ausgeführt werden konnte, um den Mördern zu ermöglichen, die Leiche vor Mitternacht in den Fluss zu werfen. Wer sich so scheußlicher Verbrechen schuldig macht, wählt die Nacht und nicht den Tag zu seiner Tat ... Wir sehen also, dass die gefundene Leiche, wenn sie diejenige der Marie Roget gewesen sein sollte, nur zwei und einen halben Tag, im Höchstfall drei Tage im Wasser gewesen sein kann. Die Erfahrung zeigt aber, dass Leichen Ertrunkener oder sofort nach dem Tod gewaltsam ins Wasser Geworfener sechs bis zehn Tage brauchen, ehe die Zersetzung eingetreten ist, die sie an die Oberfläche bringt. Selbst wenn man über einer unter Wasser ruhenden Leiche eine Kanone abfeuert und so das Steigen der Ersteren vor dem fünften oder sechsten Tag veranlasst, sinkt dieselbe wieder unter, sowie die Erschütterung vorbei ist. Wir fragen nun: Weshalb sollte in diesem Fall ein Abweichen von der natürlichen Regel stattgefunden haben? ... Hätte die Leiche in ihrem verstümmelten Zustand bis Dienstagnacht an Land gelegen, so hätte man Spuren von den Mördern finden müssen; auch ist es höchst zweifelhaft, ob der Körper, selbst wenn er erst zwei Tage nach eingetretenem Tode ins Wasser geworfen worden wäre, so bald schon an der Oberfläche treiben kann. Und fernerhin ist es äußerst unwahrscheinlich, dass Kerle, die einen solchen Mord begangen, den Leichnam ins Wasser geworfen haben sollten, ohne ihn durch einen Ballast zum Sinken zu bringen, wo solche Vorsichtsmaßregel doch so leicht getroffen werden kann.«

Der Schreiber fährt nun fort, darzutun, dass der Körper »nicht drei, sondern mindestens fünfmal drei Tage« im Wasser gelegen haben muss, weil er so stark verwest war, dass Beauvais ihn nur mit Mühe identifizieren konnte. Dieser letzte Punkt wurde übrigens später völlig widerlegt. Ich fahre in der Übersetzung fort:

»Worin bestehen nun die Tatsachen, auf Grund deren Herr Beauvais aussagt, die Leiche sei die der Marie Rogêt? Er riss den Kleiderärmel auf und sagt, er fand Zeichen, die ihn von der Identität überzeugten. Man hat allgemein angenommen, diese Zeichen hätten in irgendwelchen Narben oder Flecken bestanden. Er hatte den Arm gerieben und ihn *behaart* gefunden! Etwas Unbestimmteres lässt sich gar nicht denken – es ist dasselbe, wie wenn man in einem Ärmel einen Arm findet. Herr Beauvais kehrte in jener Nacht nicht zurück, sondern sandte Frau Rogêt am Mittwochabend um sieben Uhr Nachricht, dass die Untersuchungen noch im Gang seien. Wenn wir zugeben, dass Frau Rogêt, von Alter und Gram gebeugt, unfähig war, der Untersuchung beizuwohnen, so müsste doch immerhin irgendjemand es für wert gehalten haben, sich hinzubegeben, wenn man der Meinung war, die Leiche könne die des jungen Mädchens sein. Doch niemand tat das. Man war so verschwiegen, dass nicht einmal die Mitbewohner des Hauses in der Rue Pavée Sainte Andrée etwas von der Sache erfuhren. Herr St. Eustache, der Liebhaber und künftige Gatte Maries, der im

Hause ihrer Mutter wohnte, gibt an, er habe von der Auffindung der Leiche seiner Zukünftigen erst am folgenden Morgen gehört, als Herr Beauvais bei ihm eintrat und ihm davon berichtete. Wir sind erstaunt, wie kühl die Schreckensbotschaft entgegengenommen wurde.«

In dieser Weise versuchte die Zeitung ihre Leser zu überzeugen, dass die Familie Maries den Ereignissen eine Gleichgültigkeit entgegenbringe, die unvereinbar sei mit der Annahme, dass jene die Leiche als die des Mädchens anerkenne. Die Vermutungen des Blattes sind diese: Marie habe mit Wissen ihrer Freunde die Stadt verlassen, aus Gründen, die ihre jungfräuliche Reinheit infrage stellten, und diese Freunde hätten die Gelegenheit der Auffindung einer Leiche, die mit der Vermissten einige Ähnlichkeit aufweise, benutzt, um die Öffentlichkeit von ihrem Tod zu überzeugen. Doch der »Etoile« war übereifrig gewesen. Es wurde klar erwiesen, dass aufseiten der Familie durchaus keine Gleichgültigkeit herrschte; dass die alte Dame außerordentlich hinfällig und viel zu aufgeregt war, um irgendwelchen Pflichten genügen zu können; dass St. Eustache, weit davon entfernt, die Nachricht kühl aufzunehmen, vor Kummer außer sich war und sich so rasend gebärdete, dass Herr Beauvais einen Freund und Verwandten ersuchte, ihn zu bewachen und zu verhindern, dass er der Wiederausgrabung der Leiche beiwohne. Und obgleich der »Etoile« behauptete, dass die Leiche nunmehr auf öffentliche Kosten beerdigt wurde – dass ein vorteilhaftes Angebot eines Privat-Begräbnisses von der Familie schroff abgelehnt wurde – und dass kein Familienmitglied der Zeremonie beiwohnte –, obgleich, sage ich, alles dies vom »Etoile« zur Bekräftigung der von ihm aufgestellten Ansicht behauptet wurde –, so wurde doch alles genügend widerlegt. In einer späteren Nummer machte das Blatt den Versuch, Beauvais selbst zu verdächtigen. Es hieß da:

»Die Sachlage ändert sich nun. Wir erfahren, dass Herr Beauvais eines Tages zu einer sich damals im Hause Rogêt aufhaltenden Frau B. sagte, er beabsichtige auszugehen, es werde vermutlich ein Gendarm kommen, dem sie nichts über die Angelegenheit sagen solle, ehe er zurück sei; sie möge die Sache ihm selbst überlassen ... So wie die Dinge jetzt stehn, scheint es, als habe Herr Beauvais sie in seinem Gehirnkasten hinter Schloss und Riegel gesetzt. Nicht der kleinste Schritt kann ohne Herrn Beauvais geschehen, denn welchen Weg man auch einschlägt – immer stößt man auf ihn ... Aus irgendeinem Grund wünscht er, dass niemand außer ihm mit den Nachforschungen zu tun habe,

16

und er hat nach Angabe der männlichen Verwandten sie alle in höchst sonderbarer Weise beiseitegeschoben. Es widerstrebte ihm anscheinend sehr, den Verwandten die Besichtigung der Leiche zu gestatten.«

Folgende Tatsache wirft ein wenig Licht auf die Verdächtigung gegen Herrn Beauvais. Einige Tage vor dem Verschwinden des Mädchens hatte ein Herr, der Beauvais in seinem Büro besuchen kam und diesen abwesend fand, im Schlüsselloch eine Rose stecken gesehen und auf einer nahebei hängenden Tafel den Namen »Marie« gelesen.

Die allgemeine Auffassung der Sache – soweit wir sie den Zeitungen entnehmen konnten – schien die zu sein, dass Marie das Opfer einer wüsten Bande geworden sei, die sie über den Fluss geschleppt, misshandelt und ermordet habe. Der »Commercial« jedoch, ein Blatt von weittragender Bedeutung, suchte ernstlich diese Volksmeinung zu widerlegen. Ich zitiere ein paar Stellen aus seinen Spalten: »Wir sind überzeugt, dass die Verfolgung bisher auf falscher Fährte war, sofern sie die Barrière du Roule im Auge hatte. Es ist ausgeschlossen, dass eine Tausenden bekannte Persönlichkeit wie dieses junge Weib drei Häuserquadrate durchqueren könnte, ohne erkannt zu werden; und wer sie erkannt hätte, würde sich dessen erinnern, denn sie interessierte jeden, der sie kannte. Ihr Fortgang erfolgte zu einer Zeit, da die Straßen voller Menschen waren ... Es ist unmöglich, dass sie zur Barrière du Roule oder Rue des Drômes gegangen sein sollte, ohne von einem Dutzend Leuten erkannt worden zu sein; dennoch hat sich niemand gemeldet, der sie außerhalb des mütterlichen Hauses gesehen hätte, und was spricht dafür, dass sie es überhaupt verlassen hat – ausgenommen die ausgesprochene Absicht dazu? Ihr Kleid war zerrissen und wie ein Strick um ihren Leib geknotet – offenbar ist die Leiche daran wie ein Bündel getragen worden. Wäre der Mord an der Barrière du Roule begangen worden, so wäre eine solche Maßregel überflüssig gewesen. Die Tatsache, dass die Leiche bei der Barrière im Wasser treibend gefunden wurde, ist kein Beweis dafür, dass sie auch dort ins Wasser geworfen worden ... Aus dem Unterrock der Unglücklichen war ein zwei Fuß langes und ein Fuß breites Stück herausgerissen und ihr um Kopf und Kinn gebunden, vermutlich um sie am Schreien zu hindern. Das müssen Leute getan haben, die nicht im Besitz von Taschentüchern waren.«

Ein oder zwei Tage, ehe der Präfekt uns besuchte, hatte die Polizei eine bedeutsame Nachricht erhalten, die zumindest die vom »Commercial« vertretene Hauptansicht über den Haufen warf. Zwei kleine Knaben, Söhne einer Frau Deluc, drangen bei einer Streife durch die Wälder nahe der Barrière du Roule in ein Dickicht, wo drei oder vier große Steine eine Art Sitz mit Lehne und Fußbank bildeten. Auf dem oberen Stein lag ein weißer Unterrock, auf dem Zweiten eine seidene Schärpe. Auch ein Sonnenschirm, Handschuhe und ein Taschentuch wurden hier gefunden. Das Taschentuch trug den Namen »Marie Rogêt«. An den benachbarten Brombeerbüschen hingen Kleiderfetzen. Die Erde war zerstampft, die Zweige waren geknickt, und alles deutete auf einen stattgehabten Kampf. Zwischen Dickicht und Fluss waren die Hecken umgebrochen, und der Boden zeigte, dass hier eine schwere Last entlang geschleppt worden war.

Ein Wochenblatt, der »Soleil«, machte zu dieser Entdeckung folgende Bemerkung – die übrigens ein Echo der gesamten Pariser Presse war: »Alle diese Dinge haben offenbar mindestens drei bis vier Wochen dort gelegen; sie waren sämtlich vom Regen durchfeuchtet und modrig geworden und klebten zusammen vor Moder. Das eine oder andere war hoch von Gras überwachsen. Die Seide des Sonnenschirms war kräftig, aber so verwittert und modrig, dass sie beim Öffnen des Schirms zerfiel. Die an den Büschen hängenden Kleiderfetzen hatten eine Größe von drei zu sechs Zoll. Ein Fetzen war der Saum des Kleides und war geflickt; ein anderer war aus dem Unterrock, nicht der Saum. Sie glichen abgerissenen Streifen und hingen am Dornbusch, etwa einen Fuß über dem Erdboden ... Es kann also kein Zweifel sein, dass man die Stelle der empörenden Gewalttat aufgefunden hat.«

Diese Entdeckung brachte neue Tatsachen ans Licht. Frau Deluc sagte aus, dass sie an der Landstraße, nicht weit vom Flussufer, gegenüber der Barrière du Roule, eine Gastwirtschaft betreibe. Die Umgegend ist sehr einsam. Sie ist besonders sonntags der Zufluchtsort schlechter Elemente aus der Stadt, schlimmer Burschen, die in Booten übersetzen. Am fraglichen Sonntag erschien nachmittags gegen drei Uhr ein junges Mädchen im Gasthaus, in Begleitung eines jungen Mannes von dunkler Gesichtsfarbe. Die beiden hielten sich einige Zeit hier auf. Als sie gingen, schlugen sie die Richtung nach den dichten Wäldern der Umgegend ein. Frau Delucs Aufmerksamkeit war durch des Mädchens Kleid gefesselt worden, das dem einer verstorbenen Verwandten ähnlich gewesen war. Besonders der Schärpe erinnerte sie sich. Bald nach Fortgang des Paares erschien eine Rotte »Bösewichter«, gebärdete sich wüst und lärmend, aß und trank, ohne zu bezahlen,

18

folgte dem Weg, den der junge Mann und das Mädchen genommen, kehrte zur Dämmerzeit zum Gasthof zurück und setzte in Eile wieder über den Fluss.

Es war am selben Abend, bald nach Dunkelwerden, als Frau Deluc und ihr ältester Sohn in der Nähe des Gasthofs eine Frauenstimme schreien hörten. Die Schreie waren heftig, doch kurz. Frau D. erkannte nicht nur die Schärpe wieder, die man im Dickicht gefunden, sondern auch das Kleid, das die Leiche getragen. Jetzt bekundete auch ein Omnibuskutscher, Valence, dass er am fraglichen Sonntag Marie Rogêt gesehen habe, wie sie in Begleitung eines jungen Mannes von dunkler Gesichtsfarbe auf einem Fährboot die Seine überquerte. Er, Valence, kannte Marie und konnte über ihre Identität nicht im Zweifel sein. Die im Dickicht gefundenen Gegenstände wurden alle von den Verwandten Maries wiedererkannt.

Die Ansichten und Tatsachen, die ich auf Dupins Anregung hin aus den Zeitungen gesammelt hatte, enthielten nur noch einen weiteren Punkt – doch dies war ein Punkt von scheinbar weittragender Bedeutung. Es ergab sich, dass kurz nach Auffindung der oben beschriebenen Kleidungsstücke der leblose – oder nahezu leblose – Körper St. Eustaches, des Verlobten Maries, in der Nähe des Ortes gefunden wurde, den alle jetzt für den Mordplatz hielten. Ein Fläschchen mit der Aufschrift »Laudanum« lag leer neben ihm. Sein Atem roch nach Gift. Er starb, ohne gesprochen zu haben. Man fand einen Brief bei ihm, der kurz besagte, dass er Marie liebe und in den Tod gehen wolle.

»Ich brauche Ihnen wohl nicht zu sagen«, bemerkte Dupin, nachdem er meine Notizensammlung überflogen hatte, », dass dieser Fall weit verwickelter ist, als jener aus der Rue Morgue, von dem er besonders in einem Punkt abweicht. Dies hier ist trotz seiner Scheußlichkeit ein gewöhnliches Verbrechen. Es hat nichts Absonderliches, nichts Unerkläliches. Aus diesem Grunde hat man die Lösung des Geheimnisses für leicht gehalten – die aber aus ebendiesem Grunde besonders schwierig ist. Man hielt es also zunächst für überflüssig, eine Belohnung auszusetzen. G.s Häscher wussten unschwer zu begreifen, wie und warum solche Scheußlichkeit begangen worden sein mochte. Sie hatten Erfindungskraft genug, um sich mannigfache Art und Weisen und mannigfache Gründe auszumalen; und weil es nicht unmöglich war, dass eine dieser zahlreichen Vermutungen den Tatsachen entspräche, nahmen sie das einfach für gewiss an. Doch die Leichtigkeit, mit der man zu allen diesen Möglichkeiten kam, und die Wahrscheinlichkeit, die jede für sich hatte, hätten als bezeichnend für die Schwierigkeit, nicht für die Leichtigkeit der Lösung erachtet werden müssen. Ich sagte vorhin, dass gerade die Absonderlichkeiten es sind, die der Vernunft auf ihrer Suche nach der Wahrheit die beste Handhabe bieten, und dass in Fällen wie diesem hier die Frage nicht sein sollte: Was ist geschehen?, sondern vielmehr: Was ist geschehen, das noch nie vorher geschehen ist? Bei den Nachforschungen im Hause der Frau L'Espanaye waren die Beamten G.s entmutigt und verzweifelt wegen eben der Ungewöhnlichkeit des Ereignisses, die einem gut geschulten Intellekt gerade das sicherste Zeichen zum Erfolg geboten hätte. Derselbe Intellekt könnte aber durch den gewöhnlichen Verlauf dieser anderen Mordsache, die den Polizeibeamten so leichten Triumph vorgaukelt, in Verzweiflung gestürzt werden.

In der Angelegenheit der Frau L'Espanaye und ihrer Tochter gab es schon bei Beginn unserer Untersuchungen keinen Zweifel, dass ein Mord stattgefunden hatte. Der Gedanke an Selbstmord war von Anfang an ausgeschlossen. Auch hier können wir diese Vermutung sofort zurückweisen. Der an der Barrière du Roule gelandete Leichnam wurde unter Umständen gefunden, die uns in diesem wichtigen Punkt alle Zweifel nehmen. Es ist aber die Annahme aufgetaucht, die aufgefundene Leiche sei gar nicht jene der Marie Rogêt – und nur für Überführung ihres Mörders oder ihrer Mörder ist die Belohnung ausgesetzt, und nur auf sie bezieht sich unsere Abmachung mit dem Präfekten. Wir beide kennen den Herrn gut. Man darf ihm nicht allzu sehr trauen. Wenn wir bei unseren Nachforschungen von der gefundenen Leiche ausgehen und dann einen Mörder aufstellen, so geschähe es vielleicht doch, dass man die Leiche gar nicht als jene der Marie ansieht; gehen wir aber von der lebenden Marie aus, so haben wir wohl sie, finden sie aber nicht ermordet – in beiden Fällen tun wir nutzlose Arbeit, da wir es mit Herrn G. zu tun haben. Also schon um unsertwillen, wenn nicht um des Rechtes willen, ist es durchaus notwendig, dass unser erster Schritt sein muss, die Identität der Leiche mit der vermissten Marie Rogêt festzustellen.

Im Publikum haben die Beweisführungen des ›Etoile‹ Gewicht gehabt; und dass die Zeitung selbst von ihrer Bedeutung durchdrungen ist, geht aus der Art hervor, wie sie einen ihrer Aufsätze über dieses Thema einleitet: ›Mehrere Tagesblätter‹, sagte sie, sprechen von dem entscheidenden Artikel in unserer Montagsnummer.‹ Mir scheint der

Artikel nur für den Eifer seines Verfassers entscheidend zu sein. Wir müssen im Auge behalten, dass die Aufgabe unserer Zeitungen im Allgemeinen mehr darin besteht, Sensation zu erwecken – Fragen aufzuwerfen, als die Sache der Wahrheit zu fördern. Dieser Zweck wird nur dann verfolgt, wenn er mit dem Ersteren zusammenfällt. Das Blatt, das einfach die allgemeine Ansicht teilt, erntet – so wohlbegründet diese Ansicht auch sein mag – keinen Glauben beim Volk. Die Menge sieht nur den als weise an, der die *schärfsten Widersprüche* mit der allgemeinen Ansicht aufstellt. In der Schlussfolgerung wie in der Literatur ist es das Epigramm, das am schnellsten und am meisten geschätzt wird, obschon es am wenigsten wirklichen Wert hat.

Was ich sagen will, ist, dass lediglich diese Mischung von Sensationellem und Melodramatischem und nicht etwa irgendwelche Wahrscheinlichkeitsgründe maßgebend waren, dass der ›Etoile‹ die Behauptung, Marie Rogêt sei noch am Leben, aufstellte, und was ihm den Erfolg beim Publikum sicherte. Prüfen wir die Punkte, von denen aus das Blatt seine Beweisführung antrat, indem wir die üblichen falschen Beweisfolgerungen aufdecken.

Das Bestreben des Schreibers geht zunächst dahin, an der geringen Zeit zwischen Maries Verschwinden und der Auffindung der Leiche zu zeigen, dass diese Leiche nicht jene der Marie sein kann. Dem Dialektiker wird es somit Zweck, den Zeitraum soviel als möglich zu verkürzen. In eiliger Verfolgung dieses Ziels setzt er an den Beginn seiner Argumentierung weiter nichts als eine Hypothese. ›Es ist Torheit anzunehmen«, sagt er, ›dass der Mord – falls hier ein Mord vorliegt – früh genug ausgeführt werden konnte, um es den Mördern zu ermöglichen, die Leiche vor Mitternacht in den Fluss zu werfen.« Wir fragen sofort und selbstverständlich *warum?* Warum ist es Torheit, anzunehmen, dass der Mord fünf Minuten nach Verlassen des mütterlichen Hauses erfolgte? Warum ist es Torheit, anzunehmen, dass der Mord zu irgendeiner Tageszeit ausgeführt wurde? Es hat zu allen Stunden Ermordungen gegeben. Aber hätte der Mord am Sonntag zu irgendeiner Zeit zwischen neun Uhr früh und fünfzehn Minuten vor Mitternacht stattgefunden, so wäre immer noch Zeit genug gewesen, die Leiche vor Mitternacht in den Fluss zu werfen. Jene Voraussetzung kommt also zu der Schlussfolgerung, dass der Mord am Sonntag überhaupt nicht begangen worden sei; und wenn wir dem ›Etoile‹ eine derartige Annahme gestatten, so können wir ihm ebenso gut alle erdenklichen andern Willkürlichkeiten gestatten. Die missglückte Äußerung, die im ›Etoile‹

mit den Worten beginnt: ›Es ist Torheit, anzunehmen, dass ...‹, könnte aber im Hirn ihres Verfassers so gelautet haben: ›Es ist Torheit, anzunehmen, dass der Mord – falls die Person ermordet worden ist – früh genug ausgeführt werden konnte, um es den Mördern zu ermöglichen, die Leiche vor Mitternacht in den Fluss zu werfen.‹ Es ist Torheit, sage ich, dies anzunehmen und gleichzeitig anzunehmen (wozu wir aber entschlossen sind), dass die Leiche *nicht* früher als *nach* Mitternacht hineingeworfen worden – eine an sich höchst inkonsequente Behauptung, aber immerhin nicht so widersinnig wie die abgedruckte.

Wäre es meine Absicht«, fuhr Dupin fort, »lediglich die Unhaltbarkeit dieses vom ›Etoile‹ aufgestellten Satzes nachzuweisen, so lohnte es sich wohl kaum der Mühe. Es ist aber nicht der ›Etoile‹, womit wir es zu tun haben, sondern die Wahrheit. Der fragliche Satz hat, so wie er dasteht, nur einen Sinn, und diesen Sinn habe ich festgestellt. Es ist jedoch nötig, dass wir hinter die Worte blicken, die die Aufgabe hatten, einen Gedanken zu vermitteln. Die Absicht des Journalisten ging dahin zu sagen, dass es unwahrscheinlich sei, dass die Mörder gewagt haben sollten, die Leiche vor Mitternacht in den Fluss zu werfen – zu welcher Tages- oder Nachtzeit am Sonntag der Mord auch begangen sein sollte. Und hierin liegt die Annahme, die ich verwerfe: Es wird angenommen, dass die Mordtat an solchem Ort und unter solchen Umständen geschah, dass es nötig wurde, die Leiche zum Fluss *zu schleppen*. Nun könnte der Mord z. B. am Flussufer oder auf dem Fluss selbst stattgefunden haben, und so könnte das Inswasserwerfen der Leiche zu jeder Tages- oder Nachtzeit sich als die naheliegendste und selbstverständlichste Art zu ihrer Entledigung erwiesen haben. Sie werden verstehen, dass ich hier nichts als wahrscheinlich aufstelle oder etwa als meiner eigenen Ansicht entsprechend. Meine Ansicht hat bis jetzt mit den *Tatsachen* des Falles nichts zu tun. Ich will Sie nur vor dem ganzen Ton der vom ›Etoile‹ ausgesprochenen *Vermutung* warnen, indem ich Ihre Aufmerksamkeit darauf hinlenke, von wie falschen Voraussetzungen das Blatt ausgeht.

Nachdem die Zeitung diese ihrer vorgefassten Meinung entsprechende Grenze gezogen und zu dem Schluss gekommen, dass die Leiche Maries – falls es ihre Leiche sei – nur ganz kurze Zeit im Wasser gelegen haben könne, fährt sie fort:

›Die Erfahrung zeigt aber, dass Leichen Ertrunkener oder sofort nach dem Tod gewaltsam ins Wasser Geworfener sechs bis zehn Tage brauchen, ehe die Zersetzung eingetreten ist, die sie an die Oberfläche bringt. Selbst wenn man über einer unter Wasser ruhenden Leiche eine Kanone abfeuert und so das Steigen der Ersteren vor dem fünften oder sechsten Tag veranlasst, sinkt dieselbe wieder unter, sowie die Erschütterung vorbei ist.‹

Diese Versicherungen sind von allen Pariser Blättern stillschweigend hingenommen worden, mit Ausnahme des ›Moniteur‹. Letztere Zeitung versucht lediglich die Äußerung über die Leichen Ertrunkener zu bekämpfen, und zwar indem sie fünf oder sechs Fälle zitiert, in denen Ertrunkene schon nach kürzerer Zeit an der Wasseroberfläche gesehen wurden, als der ›Etoile‹ für möglich hält. Aber der ›Moniteur‹ geht in seinem Bemühen, die allgemeine Annahme des ›Etoile‹ durch Zitierung einzelner abweichender Fälle zu widerlegen, sehr unphilosophisch vor. Hätte man auch fünfzig statt fünf Beispiele von bereits nach zwei bis drei Tagen wieder emporgetauchten Leichen anführen können, so hätten selbst diese fünfzig Beispiele nur als Ausnahme von der vom ›Etoile‹ aufgestellten Regel betrachtet werden müssen – so lange, bis die Regel selbst widerlegt wäre. Gibt man die Regel zu (der ›Moniteur‹ weist sie nicht zurück, sondern besteht nur auf seinen Ausnahmen), so behält die Beweisführung des ›Etoile‹ ihre volle Kraft, denn sie will ja nichts weiter, als die Wahrscheinlichkeit in Frage stellen, dass die Leiche nach weniger als drei Tagen an die Oberfläche gelangt sei; und diese Wahrscheinlichkeit bleibt so lange bestehen, bis die angeführten Beispiele eine genügende Zahl aufweisen, um eine entgegengesetzte Regel zu ergeben.

Sie sehen sofort, dass jede Beweisführung hier nur gegen die Regel selber vorzugehen hätte; und aus diesem Grunde müssen wir die *Begründung* der Regel nachprüfen. Nun ist der menschliche Körper im Allgemeinen weder viel leichter noch viel schwerer als das Wasser der Seine; ich meine: Das spezifische Gewicht des menschlichen Körpers entspricht für gewöhnlich der Menge des von diesem verdrängten Süßwassers. Die Körper fetter und fleischiger Menschen mit dünnen Knochen, besonders also von Frauen, sind leichter als solche von Mageren und Grobknochigen und von Männern; und das spezifische Gewicht des Flusswassers wird etwas von Ebbe und Flut beeinflusst. Sehen wir aber von dieser unbedeutenden Tatsache ab, so kann man sagen, dass höchst selten ein menschlicher Körper, selbst im Süßwasser, *aus eigenem Antrieb* untergeht. Fast jeder, der ins Wasser fällt, kann sich an der Oberfläche halten, wenn er das spezifische Gewicht des Wassers mit seinem eigenen ins Gleichgewicht zu bringen weiß – das heißt, wenn er seinen ganzen Körper so weit als irgend möglich unter Wasser bringt. Die richtige Stellung für einen, der nicht schwimmen kann, ist die aufrechte Haltung, mit zurückgelegtem und so weit untergetauchtem Kopf, dass nur Mund und Nüstern aus dem Wasser ragen. In dieser Lage treiben wir mühelos an der Oberfläche dahin. Es ist jedoch Tatsache, dass das Gewicht unseres Körpers und das der verdrängten Wassermenge einander so gleich sind, dass eine Kleinigkeit das eine oder andere überwiegen lässt. So bedeutet z. B. ein aus dem Wasser erhobener Arm eine genügende Gewichtszunahme, um den ganzen Kopf unter Wasser zu drücken, wohingegen der zufällige Beistand des kleinsten Treibholzes es uns ermöglichen würde, den Kopf so weit zu erheben, um Umschau halten zu können. Nun wird ein Nichtschwimmer in seiner Angst unfehlbar die Arme emporwerfen und den Versuch machen, den Kopf in seiner üblichen senkrechten Lage zu erhalten. Die Folge ist, dass Mund und Nase unter Wasser kommen und dass dann durch das Atmen Wasser in die Lungen eindringt. Vieles gelangt auch in den Magen, und der ganze Körper wird um das Gewicht des eingedrungenen Wassers schwerer, abzüglich des Gewichts der verdrängten Luft, die vorher die Höhlungen ausfüllte. Diese Differenz genügt in der Regel, den Körper zum Sinken zu bringen, ist aber ungenügend in Fällen, wo es sich um Leute mit feinen Knochen und ungewöhnlicher Fleisch- und Fettmasse handelt. Solche Leute treiben selbst nach dem Ertrinken an der Oberfläche.

Der auf den Grund des Flusses hinabgesunkene Körper wird so lange dort bleiben, bis aus irgendwelchen Ursachen sein spezifisches Gewicht geringer wird als die von ihm verdrängte Wassermenge. Diese Wirkung wird durch Zersetzung oder sonstige Ursachen erzielt. Die Folge der Zersetzung ist die Entstehung von Gas, das das Zellengewebe erweitert, alle Höhlungen auftreibt und die Leichen fürchterlich aufbläht. Ist diese Ausdehnung so weit fortgeschritten, dass der Umfang des Körpers zugenommen hat, ohne dass doch eine entsprechende Zunahme der Masse und des Gewichts erfolgt wäre, so wird sein spezifisches Gewicht geringer als das des verdrängten Wassers, und er erscheint an der Oberfläche. Die Zersetzung wird aber durch zahllose Umstände beeinflusst, zum Beispiel durch hohe oder niedere Lufttemperatur, durch Mineralgehalt oder Reinheit des Wassers, durch dessen Tiefe oder Untiefe, Strömung oder Stagnation, durch die Körpertemperatur, durch etwaige vor dem Tode vorhanden gewesene Krankheitserscheinungen und so weiter. Dies zeigt klar, dass wir unmöglich mit Genauigkeit die Zeit angeben können, zu der ein Körper infolge Zersetzung an der Oberfläche erscheinen kann. Unter gewissen Umständen könnte diese Wirkung schon nach einer Stunde eintreten, unter anderen überhaupt nicht. Es gibt chemische Einflüsse, welche den Leib für immer vor Zerstörung bewahren; dazu gehört zum Beispiel doppeltchlorsaures Quecksilber. Doch abgesehen von der Zersetzung kann, was häufig vorkommt, im Magen eine Gaserzeugung infolge Gärung vegetabilischer Substanzen (oder in anderen Höhlungen infolge anderer Vorgänge) stattfinden, die genügt, den Körper so weit auszudehnen, dass er steigt. Die durch das Abfeuern einer Kanone erzielte Wirkung ist einfach eine Vibration. Diese kann entweder den Körper aus dem weichen Schlamm lösen, in den er eingebettet ist, und ihm so das Steigen ermöglichen, wenn andere Einflüsse ihn schon dazu vorbereitet haben, oder die Zähigkeit faulender Teile des Zellengewebes vermindern, sodass die Höhlungen sich nunmehr unter der Einwirkung des Gases auszudehnen vermögen.

Nachdem wir so den ganzen Gegenstand beherrschen, fällt es uns leicht, die Behauptung des ›Etoile‹ zu beurteilen.

›Die Erfahrung zeigt aber‹, sagt dieses Blatt, ›dass Leichen Ertrunkener oder sofort nach dem Tode gewaltsam ins Wasser Geworfener sechs bis zehn Tage brauchen, ehe die Zersetzung eingetreten ist, die sie an die Oberfläche bringt. Selbst wenn man über einer unter Wasser ruhenden Leiche eine Kanone abfeuert und so das Steigen der Ersteren vor dem fünften oder sechsten Tage veranlasst, sinkt sie wieder unter, sowie die Erschütterung vorbei ist.‹

Dieser ganze Absatz erscheint nun zusammenhanglos und folgewidrig. Die Erfahrung zeigt *nicht*, dass Leichen Ertrunkener sechs bis zehn Tage *brauchen*, bis die Zersetzung so weit gediehen ist, um sie an die Oberfläche zu bringen. Vielmehr zeigen Wissenschaft und Erfahrung, dass der Zeitpunkt ihres Emporsteigens unbestimmt ist und notgedrungen sein muss. Ist überdies eine Leiche infolge eines Kanonenschusses emporgestiegen, so wird sie *nicht* ›wieder untersinken, sowie die Erschütterung vorbei ist«, nicht eher vielmehr, als bis die Zersetzung so weit fortgeschritten ist, dass das entstandene Gas entweichen kann. Doch ich möchte Ihre Aufmerksamkeit auf den Unterschied lenken, der gemacht ist zwischen ›Leichen Ertrunkener« und ›Leichen sofort nach dem Tode gewaltsam ins Wasser Geworfener«. Obgleich der Schreiber einen Unterschied zulässt, bringt er doch beide in dieselbe Kategorie. Ich habe gezeigt, wie es kommt, dass der Körper eines Ertrinkenden spezifisch schwerer wird als die verdrängte Wassermenge und dass man überhaupt nicht untersinken würde, wenn man nicht in seiner Verzweiflung die Arme aus dem Wasser streckte und unter Wasser Atembewegungen machte – Atembewegungen, die anstelle der in den Lungen enthaltenen Luft Wasser einführen. Diese Arm- und Atembewegungen würden aber bei einem ›sofort nach dem Tode gewaltsam ins Wasser Geworfenen« nicht vorkommen. Infolgedessen würde in letzterem Fall der Körper *in der Regel überhaupt nicht untersinken* – eine Tatsache, die dem ›Etoile‹ offenbar unbekannt ist. Wenn die Zersetzung sehr weit fortgeschritten wäre – wenn das Fleisch zum großen Teil schon von den Knochen verschwunden wäre –, dann, doch nicht *eher*, würde der Körper unsern Blicken entschwinden.

Und was haben wir nun von der Schlussfolgerung zu halten, dass die gefundene Leiche nicht die der Marie Rogêt sein könne, weil erst drei Tage vergangen waren, als man diese Leiche an der Oberfläche treibend fand? Ist sie eine Ertrunkene, so war sie, ein Weib, vielleicht überhaupt nicht untergegangen oder konnte, falls sie gesunken, in vierundzwanzig Stunden oder früher wieder emporgestiegen sein. Doch niemand vermutet hier ein Ertrinken. War das Weib aber tot, ehe es in den Fluss geriet, so hätte die Leiche jederzeit danach treibend gefunden werden können.

›Aber‹, sagt der ›Etoile‹, ›hätte die Leiche in ihrem verstümmelten Zustand bis Dienstagnacht an Land gelegen, so hätte man Spuren von den Mördern finden müssen.‹ Hier ist es zunächst schwer, herauszufinden, was der Schreiber gewollt hat. Er will einen eventuellen Einwand gegen seine Theorie widerlegen – den Einwand nämlich, dass die Leiche zunächst zwei Tage an Land gelegen und rascher Verwesung unterworfen gewesen sein könne – rascherer Verwesung als im Wasser. Er nimmt an, dass sie in diesem Fall am Mittwoch an der Oberfläche aufgetaucht sein könne, und meint, dass dies nur unter solchen Umständen geschehen sein könne. Er hat es infolgedessen eilig zu zeigen, dass sie *nicht* an Land gelegen hat, denn wenn das gewesen wäre, ›hätte man Spuren von den Mördern finden müssen‹. Ich denke, Sie lächeln über diese Schlussfolgerung. Sie können nicht einsehen, wieso ein längeres Anlandliegen der Leiche die Spuren der Mörder hätte vermehren sollen – auch ich kann das nicht verstehen.

›Und fernerhin ist es äußerst unwahrscheinlich, fährt die Zeitung fort, ›dass Kerle, die einen solchen Mord begangen, den Leichnam ins Wasser geworfen haben sollten, ohne ihn durch einen Ballast zum Sinken zu bringen, wo solche Vorsichtsmaßregel doch so leicht getroffen werden kann.‹ Beachten Sie hier die lächerliche Gedankenverwirrung. Niemand – nicht einmal der ›Etoile‹ – bestreitet, *dass an dem aufgefundenen Körper ein Mord begangen* worden ist. Die Spuren roher Vergewaltigung sind zu auffällig. Unseres Dialektikers Absicht geht nur dahin zu zeigen, dass dieser Körper nicht mit Marie identisch ist. Er wünscht nachzuweisen, dass Marie nicht ermordet worden – nicht etwa, dass die Leiche es nicht sei. Dennoch beweist seine Äußerung nur diesen letzteren Punkt: Hier ist eine Leiche ohne beschwerendes Gewicht. Mörder würden beim Inswasserwerfen derselben nicht versäumt haben, ein Gewicht daran zu befestigen. Daher ist sie also nicht von Mördern hineingeworfen. Das ist alles, was bewiesen wird – wenn überhaupt etwas bewiesen wird. Die Frage der Identität wird nicht einmal berührt, und das Blatt hat sich furchtbare Mühe gemacht, lediglich das zu leugnen, was es einen Moment früher zugegeben. ›Wir sind vollkommen überzeugt‹ sagt es weiter, ›dass die gefundene Leiche diejenige eines ermordeten Weibes war.‹

Dies ist aber nicht das einzige Mal, dass unser Dialektiker sich selbst widerlegt. Seine offenbare Absicht ist, wie ich schon sagte, den Zwischenraum zwischen Maries Verschwinden und der Auffindung der Leiche so viel als möglich zu verringern. Dennoch sehen wir ihn den Punkt geltend machen, dass kein Mensch das Mädchen nach Verlassen ihrer Wohnung mehr gesehen hat. ›Es ist nicht erwiesen‹, sagt er, ›dass Marie Rogêt am Sonntag, dem 22. Juni, nach neun Uhr noch unter den Lebenden weilte.‹ Da seine Beweisführung offenbar nur eine einseitige ist, hätte er wenigstens diese Sache außer Acht lassen sollen; denn wäre es erwiesen, dass irgendjemand, sei es nun am Montag oder am Dienstag, Marie gesehen habe, so wäre der fragliche Zeitraum sehr vermindert und durch seine eigene Schlussfolgerung die Wahrscheinlichkeit verringert worden, dass die Leiche jene der Grisette sei. Es ist nichtsdestoweniger amüsant zu sehen, dass der ›Etoile‹ auf diesem Punkt besteht, in der Überzeugung, dass er ihm für seine Beweisführung dienlich sei.

Lesen wir nun nochmals den Teil der Beweisführung, der sich auf die Identifizierung der Leiche durch Beauvais bezieht. Was das Haar auf den Armen anlangt, so ist der ›Etoile‹ augenscheinlich in diesem

Punkt unaufrichtig. Herr Beauvais ist kein Idiot und konnte unmöglich bezüglich der Identifizierung der Leiche nichts weiter geltend gemacht haben, als dass sie Haare auf den Armen habe. Kein Arm ist aber ohne Haare. Die Verallgemeinerung der Äußerung des ›Etoile‹ ist einfach eine Verdrehung der Worte des Zeugen. Er muss von irgendeiner Eigenart dieses Haares gesprochen haben; es muss eine Besonderheit in der Farbe, der Menge, der Länge oder der Anordnung gewesen sein.

›Ihr Fuß‹, sagt das Blatt, ›war klein – so sind tausend Füße. Ihre Strumpfbänder sind überhaupt kein Beweis, ebenso wenig ihre Schuhe, denn gleiche Schuhe und Strumpfbänder werden massenweise verkauft. Dasselbe ist von den Blumen auf ihrem Hut zu sagen. Eine Sache, auf die Herr Beauvais sich besonders stützt, ist die, dass die Schließe des Strumpfbands zurückgesetzt war, um es enger zu machen. Das besagt gar nichts; denn die meisten Frauen pflegen nicht die Strumpfbänder im Kaufladen anzuprobieren, sondern kaufen sich ein Paar und ändern es zu Hause entsprechend um.‹ Hier ist es schwer, den Schreiber ernst zu nehmen. Hätte Herr Beauvais auf seiner Suche nach Marie eine Leiche gefunden, die an Gestalt und Aussehen dem vermissten Mädchen ähnlich gewesen, so wäre er (ganz abgesehen von der Kleiderfrage) zu der Behauptung berechtigt gewesen, dass seine Suche Erfolg gehabt habe. Wenn außer der Übereinstimmung von Gestalt und Aussehen noch hinzukam, dass die Behaarung der Arme eine Eigenart aufwies, die er bei der lebenden Marie wahrgenommen, so mag seine Überzeugung sich verstärkt haben, und diese Zunahme wird zu der Seltsamkeit oder Ungewöhnlichkeit der Haarbildung im entsprechenden Verhältnis gestanden haben. Wenn überdies Maries Fuß schmal und jener der Leiche ebenso gewesen, so würde die Wahrscheinlichkeit, dass diese Leiche die der Marie war, nicht eine Verstärkung in lediglich arithmetischer, sondern eine solche in geometrischer oder akkumulativer Hinsicht erfahren. Und zu alledem Schuhe, wie Marie sie am Tage ihres Verschwindens getragen! Obgleich diese Schuhe ›massenweise‹ verkauft werden, so steigt doch nun die Wahrscheinlichkeit bis an die Grenze der Gewissheit. Was an und für sich kein Identitätsbeweis wäre, wird durch sein Zusammentreffen mit anderen zum sichersten Beweis. Finden wir nun noch Blumen auf dem Hut, die denen des vermissten Mädchens gleichen, so suchen wir keine weiteren Zeichen. Schon eine Blume würde genügen – wie nun, wenn es zwei oder drei oder gar mehr sind? Jede Hinzukommende vervielfältigt den Beweis, fügt nicht Erkennungszeichen zu Erkennungszeichen, sondern multipliziert diese mit Hunderten und Tausenden. Lassen Sie uns nun noch bei der Leiche solche Strumpfbänder finden, wie die Lebende sie getragen, und es ist Torheit, noch weiter zu suchen. Doch diese Strumpfbänder sind durch Zurücksetzen einer Schnalle enger gemacht, in derselben Weise, wie Marie die ihrigen, nicht lange ehe sie von Hause fortging, verändert hatte. Nun ist es Wahnsinn oder Heuchelei weiterzusuchen. Was der ›Etoile‹ darüber sagt, dass solches Engernähen der Strumpfbänder häufig vorgenommen werde, zeigt nichts als seine eigene Verranntheit. Die Elastizität der Strumpfbänder beweist allein schon die Ungewöhnlichkeit einer solchen Maßnahme. Was so beschaffen ist, dass es sich selbst anpasst, braucht notwendigerweise nur selten passend geändert zu werden. Es muss im wahrsten Sinn des Wortes ein besonderes Ereignis gewesen sein, was das Engernähen von Maries Strumpfbändern nötig machte. Sie allein hätten ihre Identität zur Genüge nachgewiesen. Aber es war nun nicht so, dass man an der Leiche die Strumpfbänder der Vermissten oder ihre Schuhe oder ihren Hut oder die Blumen ihres Hutes fand, oder ihre kleinen Füße oder ein besonderes Kennzeichen auf den Armen oder ihre Größe und Erscheinung – man fand vielmehr jedes dieser Dinge und alle zusammen. Der ›Etoile‹ hat es für klug gefunden, die kleinliche Redeweise der Rechtsgelehrten nachzuahmen, die sich zum großen Teil damit begnügen, die Regeln und Formeln der Gerichtshöfe herunterzuschnurren. Ich möchte hier bemerken, dass sehr viel von dem, was ein Gericht als Beweis verwirft, dem Intellekt als bester Beweis erscheint. Denn das Gericht, das sich zur Erlangung von Beweisen nach den allgemeinen Grundregeln richtet – den festgesetzten und gebuchten Grundregeln –, betrachtet eine abweichende Beweisführung als Abschweifung. Und dieses standhafte Kleben an den Formeln, unter schärfster Missachtung aller diesen zuwiderlaufenden Punkte, ist wohl ein sicherer Weg, das Maximum der ergründbaren Wahrheiten herauszufinden; aber es ist nicht weniger gewiss, dass es zu ungeheuren Irrtümern führen kann.

Was die gegen Beauvais vorgebrachten Verdächtigungen betrifft, so werden Sie diese ohne Weiteres abtun. Sie haben den wahren Charakter des guten Mannes erraten. Er ist sensationsgierig, fantastisch und beschränkt und spielt sich gern ein bisschen auf. Wer so veranlagt ist, wird sich in Fällen wirklicher Aufregung leicht so benehmen, dass er sich den Überschlauen und Unwissenden verdächtig macht. Herr Beauvais hatte, wie es den Anschein hat, ein persönliches Interview mit dem Herausgeber des Blattes und kränkte diesen, indem er, ungeachtet der Theorie des Herausgebers, seine Ansicht zu äußern wagte, dass die Leiche tatsächlich mit Marie identisch sei. ›Er besteht darauf‹, sagt das Blatt, ›dass die Leiche jene der Marie sei, weiß aber außer den Angaben, die wir hier einer Beurteilung unterzogen haben, nichts anzuführen, was auch für andere überzeugend wäre.‹ Ohne dass wir nun auf die Tatsache zurückkommen, dass stärkere Beweise, ›die auch für andere überzeugend wären‹, gar nicht erbracht werden könnten, so ist doch zu bemerken, dass in einem Fall wie dem vorliegenden ein Mann sehr wohl selbst überzeugt sein kann, ohne dass es ihm möglich wäre, einen einzigen Grund anzugeben, der für andere stichhaltig wäre. Nichts ist unbestimmter als das Gefühl für individuelle Identität. Jeder kann seinen Nachbar erkennen, dennoch gibt es wenig Anlässe, bei denen irgendeiner *den Grund* für dieses Erkennen anzugeben vermöchte. Der Herausgeber des ›Etoile‹ hatte kein Recht, über Herrn Beauvais' unbegründete Überzeugung beleidigt zu sein. Die gegen diesen vorliegenden Verdachtsmomente passen viel besser zu meiner Hypothese eines sensationshungrigen Fantasten als zu des Artikelschreibers Vermutung, dass Beauvais der Schuldige sei. Neigen wir dieser milderen Auffassung zu, so gibt uns die Rose im Schlüsselloch, das ›Marie‹ auf der Tafel keine Rätsel mehr auf. Wir verstehen nun das ›Beiseiteschieben der männlichen Verwandten‹, sein ›Widerstreben, den Verwandten die Besichtigung der Leiche zu gestatten‹, die der Frau B. erteilte Warnung, dass sie bis zu seiner (Beauvais') Rückkehr kein Gespräch mit dem Gendarmen führen solle, und endlich sein offenbares Bestreben, ›dass niemand außer ihm mit den Nachforschungen zu tun haben solle.‹ Es scheint mir außer Frage, dass Beauvais ein Verehrer Maries gewesen, dass sie mit ihm kokettierte und dass ihm daran lag, als ihr naher Freund und Vertrauter zu gelten. Ich habe über diesen Punkt nichts mehr zu sagen; und da die Tatsachen die Behauptung des ›Etoile‹ bezüglich der Gleichgültigkeit vonseiten der Mutter und der anderen Verwandten völlig widerlegt haben – einer Gleichgültigkeit, die unvereinbar war mit der Voraussetzung, dass sie die Leiche als jene des vermissten Mädchens anerkannten –, so wollen wir nun fortfahren, als wäre die Frage der Identität völlig erledigt.«

»Und was«, fragte ich jetzt, »halten Sie von den Äußerungen des ›Commercial‹?«

»Dass sie weit mehr Beachtung verdienen als alle andern, die in der Sache vorgebracht worden sind. Die aus den Prämissen gezogenen Schlüsse sind gewissenhaft und scharfsinnig; aber die Prämissen beruhen – in zwei Punkten wenigstens – auf falscher Beobachtung. Der ›Commercial‹ wünscht anzudeuten, dass Marie nicht weit vom Haus ihrer Mutter von einer Rotte roher Burschen aufgegriffen worden sei. ›Es ist unmöglich‹ äußert er, ›dass eine Tausenden bekannte Persönlichkeit wie dieses junge Weib drei Häuserquadrate durchqueren könnte, ohne erkannt zu werden.‹ Dies ist die Anschauung eines in Paris lange Ansässigen– eines im öffentlichen Leben Stehenden – und eines, dessen Gänge ins Stadtinnere sich meistens auf die Gegend öffentlicher Gebäude beschränkten. Er ist sich bewusst, dass er selten vom Büro aus ein Dutzend Häuserquadrate passiert, ohne erkannt und gegrüßt zu werden. Und nach dem Umfang seines eigenen Bekanntenkreises berechnet er jenen der Verkäuferin, findet keinen großen Unterschied zwischen beiden und kommt ohne Weiteres zu dem Schluss, dass sie auf ihren Gängen ebenso oft erkannt werden müsse, wie er selbst auf seinen. Das könnte nur dann der Fall sein, wenn ihre Gänge denselben methodischen, einförmigen Charakter aufwiesen und ihnen dieselben engen Grenzen gezogen wären wie den Seinigen. Er macht seine Wege zu immer denselben Zeiten, durch immer dieselben Straßen, die voller Menschen sind, deren Interessen den Seinigen gleichen und die darum auch an ihm ein Interesse nehmen. Die Gänge Maries aber mögen im Allgemeinen ein größeres Gebiet umfasst haben. In diesem besonderen Fall ist es als sehr wahrscheinlich anzunehmen, dass sie eine von ihren gewohnten Wegen sehr abweichende Richtung nahm. Die Parallele, die, wie wir annehmen, der ›Commercial‹ im Geist zog, wäre nur dann aufrechtzuerhalten, wenn beide Personen die ganze Stadt durchquerten. Angenommen, der persönliche Bekanntenkreis wäre gleich groß, so wäre in diesem Fall auch die Möglichkeit einer gleichen Anzahl von Begegnungen dieselbe. Ich für mein Teil halte es nicht nur für möglich, sondern für mehr als wahrscheinlich, dass Marie zu jeder gewünschten Zeit irgendeinen der vielen Wege zwischen ihrer eigenen Behausung und der der Tante hätte nehmen können, ohne einem einzigen Menschen zu begegnen, den sie kannte oder dem sie bekannt war. Wollen wir diese Frage ins rechte Licht rücken, so müssen wir uns immer das große Missverhältnis vorstellen, das zwischen dem Bekanntenkreis selbst der bekanntesten Persönlichkeit in Paris und der Gesamtbevölkerung von Paris besteht.

Doch welche überzeugende Kraft die Vermutung des ›Commercial‹ auch immer haben mag, sie wird sehr vermindert, wenn wir die Stunde in Betracht ziehen, zu der das Mädchen ausging. ›Ihr Fortgang erfolgte zu einer Zeit, da die Straßen voller Menschen waren‹, sagte der ›Commercial‹. Aber weit gefehlt! Es war um neun Uhr morgens. Nun sind an jedem Morgen um neun Uhr, mit Ausnahme des Sonntags, die Straßen der Stadt gedrängt voll. Am Sonntagmorgen um neun ist die Bevölkerung großenteils zu Hause und bereitet sich zum Kirchgang vor. Keinem Menschen mit Beobachtungsgabe kann es entgehen, wie geradezu vereinsamt die Straßen an jedem Feiertag von acht bis zehn Uhr morgens sind. Zwischen zehn und elf sind die Straßen überfüllt, nicht aber zu so früher Zeit wie der angegebenen.

Da ist noch ein Punkt, der einen Beobachtungsfehler vonseiten des ›Commercial‹ aufzuweisen scheint. Er sagt: ›Aus dem Unterrock der Unglücklichen war ein zwei Fuß langes und ein Fuß breites Stück herausgerissen und ihr um Kopf und Kinn gebunden, vermutlich um sie am Schreien zu verhindern; das müssen Leute getan haben, die nicht im Besitz von Taschentüchern waren.‹ Inwiefern dieser Gedanke mehr oder weniger gut begründet ist, werden wir später sehen; aber unter ›Leuten, die nicht im Besitz von Taschentüchern waren‹, versteht der Herausgeber die niedrigste Klasse von Lumpen. Diese sind aber gerade die Art von Leuten, die man immer im Besitz von Taschentüchern sehen wird – selbst wenn sie nicht einmal Hemden haben. Sie müssen schon Gelegenheit gehabt haben, zu bemerken, wie geradezu unentbehrlich dem wirklichen Vagabunden in den letzten Jahren das Taschentuch geworden ist.« »Und was haben wir von dem Artikel im ›Soleil‹ zu halten?« fragte ich.

»Dass es ungemein zu bedauern ist, dass sein Verfasser nicht als Papagei geboren worden – in welchem Fall er der bedeutendste Papagei seiner Zeit geworden wäre. Er hat lediglich die verschiedenen Einzelpunkte der bereits veröffentlichten Meinungen wiederholt, nachdem er sie mit lobenswertem Eifer aus diesem und jenem Blatt zusammengetragen. ›Alle diese Dinge‹, sagte er, ›haben offenbar mindestens drei bis vier Wochen dort gelegen, und es kann also kein Zweifel sein, dass man die Stelle der empörenden Gewalttat aufgefunden hat.‹ Die hier vom ›Soleil‹ wieder angeführten Tatsachen sind weit davon entfernt, meine Zweifel in dieser Hinsicht zu beheben, und wir wollen sie späterhin in Verbindung mit einer andern Seite unseres Themas eingehender nachprüfen.

Zunächst müssen wir uns mit andern Beobachtungen befassen. Es muss Ihnen aufgefallen sein, wie außerordentlich oberflächlich die

Untersuchung der Leiche gehandhabt wurde. Gewiss, die Frage der Identität war schnell entschieden – oder hätte es wenigstens sein müssen; aber es gab andere Dinge festzustellen. War die Leiche etwa geplündert worden? Hatte die Verstorbene, als sie von zu Hause fortging, irgendwelche Schmucksachen bei sich? Und wenn, hatte sie dieselben noch, als man ihre Leiche fand? Das sind wichtige Fragen, die bei der Untersuchung ganz übergangen wurden; und es gibt noch andere, ebenso wichtige, die unberücksichtigt blieben. Wir müssen versuchen, uns diese Fragen selbst zu beantworten. Der Fall St. Eustache muss nachgeprüft werden. Ich habe keinen Verdacht auf diesen Herrn, aber wir wollen methodisch vorgehen. Wir wollen den Wert seiner eidlichen Aussage darüber, wie und wo er den Sonntag verbrachte, feststellen. In solchen Fällen sind Meineide nichts Seltenes. Sollte aber hier nichts Böses zu entdecken sein, so wollen wir St. Eustache aus unserm Forschungsgebiet ausscheiden. Sein Selbstmord, wie verdächtig er auch im Fall eines Meineids wäre, ist ohne solchen Meineid durchaus nichts so Unerkläliches, als dass es uns von der geraden Linie unserer Analyse abbringen könnte.

Mein Vorschlag geht nun dahin, den inneren sichtbaren Kern dieser Tragödie außer Acht zu lassen und unserer Aufmerksamkeit weitere Grenzen zu ziehen. Ein nicht geringer Fehler bei solcher Nachforschung ist das Beschränken derselben auf die unmittelbaren Ereignisse, unter völliger Nichtachtung der mittelbaren, nebensächlichen Umstände. Es ist eine üble Angewohnheit der Gerichte, Beweisaufnahme und Zeugenverhör auf das anscheinend Wichtige zu beschränken. Denn Erfahrung hat gezeigt, dass ein großer – vielleicht der größere Teil der Wahrheit aus dem scheinbar Unwichtigen geschöpft wird. Diesem Grundsatz folgend, hat sich die heutige Wissenschaft entschlossen, mit dem Unvorhergesehenen zu rechnen. Doch vielleicht verstehen Sie mich nicht. Die Geschichte menschlicher Erkenntnis hat uns so unausgesetzt gezeigt, wie wir den unrichtigen, nebensächlichen, zufälligen Ereignissen die wertvollsten Entdeckungen schulden, dass es schließlich nötig geworden ist, im weitesten Sinn den zufälligen Vermutungen, wenn sie auch ganz abseits vom gewöhnlichen Weg liegen, Beachtung zu schenken. Der Zufall ist als ein grundlegender Teil zur weiteren Nachforschung anerkannt worden; das Unvorhergesehene, Unvermutete legen wir den mathematischen Formeln zugrunde.

Ich wiederhole: Es ist Tatsache, dass der größere Teil aller Wahrheiten aus dem Nebensächlichen gewonnen wurde; und in der Überzeugung von der Bedeutsamkeit dieser Erkenntnis möchte ich die Nachforschungen in unserm Fall hier von dem viel begangenen und bisher unfruchtbaren Boden des Ereignisses selbst auf die ihm eng verknüpften Begleitumstände ablenken. Während Sie die Zeugeneide auf ihre Wahrhaftigkeit nachprüfen, will ich die Zeitungen in weiterem Sinn durchsuchen, als Sie es bisher getan haben. Bis jetzt haben wir nur das Feld für unsere Nachforschungen festgestellt; aber es wäre wirklich sonderbar, wenn eine verständnisvolle Durchsicht der öffentlichen Blätter, wie ich sie beabsichtige, uns nicht einige winzige Andeutungen für die einzuschlagende Richtung unserer Suche einbrächte.«

Dupins Anregung folgend, unterzog ich die eidlichen Aussagen einer sorgfältigen Nachprüfung. Das Resultat war meine feste Überzeugung von ihrer Wahrhaftigkeit und demnach von der Unschuld St. Eustaches. Währenddessen sah mein Freund die verschiedensten Zeitungsblätter durch, was mir als höchst überflüssig erschien. Nach einer Woche legte er mir folgende Auszüge vor:

»Vor etwa dreieinhalb Jahren ereignete sich ein Fall, der mit dem vorliegenden große Ähnlichkeit hat. Jene selbe Marie Rogêt verschwand damals aus dem Parfümerieladen des Herrn Le Blanc im Palais Royal. Nach Ablauf einer Woche erschien sie jedoch wieder wohlbehalten im Geschäft, nur dass sie ungewöhnlich bleich war. Durch Herrn Le Blanc und ihre Mutter wurde bekannt gegeben, dass sie eine Freundin auf dem Land besucht habe, und die ganze Angelegenheit wurde vertuscht und vergessen. Wir nehmen an, dass ihr diesmaliges Verschwinden einer ähnlichen Laune entspringt und dass nach Verlauf einer Woche oder auch eines Monats Marie wieder auftaucht.« – Abendzeitung, Montag, 23. Juni.

»Ein gestriges Abendblatt erinnert an ein früheres geheimnisvolles Verschwinden des Fräulein Rogêt. Es ist bekannt, dass sie die Woche ihrer Abwesenheit aus Herrn Le Blancs Parfümerieladen in Gesellschaft eines jungen Marineoffiziers, der einen Ruf als leichtsinniger Verführer hat, verbrachte. Eine Veruneinigung, so mutmaßt man, war die Ursache ihrer Rückkehr nach Hause. Wir kennen den Namen des infrage stehenden Lothario, der gegenwärtig in Paris stationiert ist, unterlassen aber aus naheliegenden Gründen, ihn zu nennen.« – »Le Mercure«, Dienstag, 24. Juni, morgens.

»Eine abscheuliche Gewalttat wurde vorgestern in der Nähe der Stadt verübt. Ein Herr, in Begleitung von Frau und Tochter, ließ sich in der Dämmerung von sechs jungen Leuten, die auf der Seine ziellos umherruderten, in ihrem Boot übersetzen. Am andern Ufer angekommen, stiegen die drei Passagiere aus und waren dem Boot bereits außer Sicht, als die Tochter gewahr wurde, dass sie ihren Sonnenschirm darin zurückgelassen. Sie kehrte um, ihn zu holen, wurde von der Bande ergriffen, in den Strom hinausgeschleppt, geknebelt, vergewaltigt, und schließlich nicht weit von der Stelle, wo sie mit ihren Eltern das Boot bestiegen, an Land gesetzt. Die Schurken sind für den Augenblick entkommen, aber die Polizei ist auf ihrer Spur, und mehrere werden bald gefasst sein.« – Morgenzeitung, 25. Juni.

»Wir haben einige Zuschriften erhalten, die das jüngst begangene Verbrechen einem gewissen Mennais zur Last legen. Da dieser Herr aber vor dem Untersuchungsrichter seine Unschuld nachweisen konnte und da die Beweisführungen jener verschiedenen Korrespondenten mehr Übereifer als Scharfsinn zeigen, halten wir es nicht für ratsam, sie zu veröffentlichen.« – Morgenzeitung, 28. Juni.

»Es sind uns von anscheinend verschiedenen Seiten mehrere Zuschriften zugegangen, die in bestimmtestem Ton behaupten, die unglückliche Marie Rogêt sei das Opfer einer der zahlreichen Banden von Herumstreichern geworden, die des Sonntags die Umgebung der Stadt unsicher machen. Dies stimmt mit unserer eigenen Meinung vollkommen überein. Wir werden versuchen, demnächst für einige dieser Beweisführungen hier Raum zu finden.« – Abendzeitung, Montag, 30. Juni.

»Am Sonntag sah einer der beim Zolldienst beschäftigten Bootsknechte ein leeres Boot auf der Seine treiben. Die Segel lagen auf dem Boden des Bootes. Der Knecht vertaute es unterhalb des Zollgebäudes. Am andern Morgen aber war es von dort wieder verschwunden, ohne dass einer der Beamten darüber Rechenschaft zu geben wusste. Das Steuerruder liegt im Zollgebäude.« – »Le Diligence«, Donnerstag, 26. Juni.

Als ich diese verschiedenen Auszüge las, schienen sie mir nicht nur nebensächlich, sondern ich konnte auch nicht einsehen, wie sie zu der vorliegenden Sache in Beziehung zu bringen sein sollten. Ich erwartete Dupins Erklärungen.

»Es ist vorläufig nicht meine Absicht«, sagte er, »bei dem Ersten und Zweiten dieser Auszüge zu verweilen. Ich habe sie hauptsächlich deshalb herausgeschrieben, um Ihnen die geradezu verblüffende Nachlässigkeit der Polizei zu zeigen, die, soweit ich den Präfekten richtig verstanden habe, sich überhaupt nicht mit einem Verhör des betreffenden Marineoffiziers befasst hat. Dennoch ist es wirklich Torheit, anzunehmen, dass zwischen dem ersten und zweiten Verschwinden Maries keine Möglichkeit eines Zusammenhangs bestehe. Nehmen wir an, das erstmalige Entweichen des Mädchens habe mit einem Streit zwischen den Liebenden und der Rückkehr der Enttäuschten geendet. Nun sind wir vorbereitet, ein zweites Entweichen (falls wir wissen, dass ein Entweichen stattgefunden) eher als die Folge eines Wiederanknüpfungsversuchs des ersten Verführers anzusehen, als dass wir etwa neue Anträge einer zweiten Person annehmen – wir glauben eher an ein Wiederanspinnen des alten Liebesverhältnisses als an den Beginn eines neuen. Die Wahrscheinlichkeit ist wie zehn zu eins, dass eher der, der schon einmal mit Marie entflohen war, sie zum zweiten Mal zur Flucht auffordern würde, als dass ihr, der schon einmal jemand einen derartigen Antrag gemacht, nun wieder ein anderer denselben Vorschlag machen sollte. Und hier lassen Sie mich Ihre Aufmerksamkeit darauf hinweisen, dass die Zeit zwischen dem ersten festgestellten und dem zweiten vermuteten Fluchtversuch gerade ein paar Monate mehr ist, als eine Seefahrt unserer Marinesoldaten zu dauern pflegt. Ist der Liebhaber bei seinem ersten Bubenstreich dadurch, dass er zur See musste, gestört worden, und hat er den ersten Augenblick der Rückkehr dazu benutzt, die noch nicht ganz erfüllten bösen Absichten oder die *von ihm* noch nicht ganz erfüllten bösen Absichten nun wahr zu machen? Von alledem wissen wir nichts. Sie werden nun aber sagen, beim zweiten Fall handle es sich um keine Entführung. Gewiss nicht – doch können wir mit Bestimmtheit die vereitelte Absicht dazu verneinen? Außer St. Eustache und vielleicht Beauvais sehen wir keine anerkannten, keine ernsthaften Verehrer Maries. Von keinem anderen wird je gesprochen. Wer ist denn da der geheimnisvolle Liebhaber, von dem die Verwandten und Bekannten (wenigstens die meisten von ihnen) nichts wissen, doch mit dem Marie am Sonntagmorgen zusammentrifft und der so sehr ihr Vertrauen genießt, dass sie keine Bedenken trägt, mit ihm in den einsamen Gehölzen an der Barrière du Roule zu verweilen, bis die Abenddämmerung sinkt? Wer ist dieser geheimnisvolle Liebhaber, frage ich, von dem wenigstens die meisten Bekannten nichts wissen? Und was bedeutet die seltsame Prophezeiung Frau Rogêts am Morgen von Maries Fortgang: ›Ich fürchte, ich werde Marie nie wiedersehen?‹

Doch wenn wir uns auch nicht vorstellen, dass Frau Rogêt von dem Entführungsplan gewusst habe, können wir nicht wenigstens bei dem Mädchen dieses Wissen vermuten? Als sie das Haus verließ, gab sie zu verstehen, dass sie ihre Tante in der Rue des Drômes besuchen wolle, und St. Eustache wurde ersucht, sie bei Dunkelwerden abzuholen. Diese Tatsache spricht allerdings auf den ersten Blick gegen meine Vermutung, doch lassen Sie uns nachdenken. Dass sie *wirklich* mit einem Begleiter zusammentraf und mit ihm über den Fluss setzte und erst um drei Uhr nachmittags an der Barrière du Roule ankam, ist bekannt. Als sie aber zustimmte, den Betreffenden zu begleiten (ganz gleich, aus welchem Grund und ob ihre Mutter davon wusste oder nicht), musste sie sich erinnern, welche Absicht sie beim Verlassen des Hauses ausgesprochen; sie musste sich das Erstaunen und den Argwohn St. Eustaches, ihres erklärten Bräutigams, denken können, wenn er, zur angegebenen Stunde in der Rue des Drômes vorsprechend, entdecken würde, dass sie gar nicht da gewesen war, und wenn er überdies, mit dieser beunruhigenden Botschaft in die Pension zurückkehrend, gewahr werden würde, dass sie noch immer nicht heimgekommen. Ich sage, sie muss an diese Dinge gedacht haben. Sie muss den Kummer St. Eustaches, den Argwohn aller vorausgesehen haben. Sie kann nicht vorgehabt haben, zurückzukehren und diesem Argwohn standzuhalten; wenn wir aber annehmen, dass sie *nicht* zurückzukehren beabsichtigte, so sehen wir, dass ihr der Argwohn der andern gleichgültig sein konnte.

Ihr Gedankengang wird etwa so gewesen sein: Ich will mit einer bestimmten Person zusammentreffen, um mit ihr zu entfliehen – oder aus andern nur mir bekannten Gründen. Es ist nötig, jede Möglichkeit einer Störung fernzuhalten – wir müssen Zeit genug haben, der Verfolgung auszuweichen – ich werde zu verstehen geben, dass ich den Tag bei meiner Tante in der Rue des Drômes verbringen will – ich werde St. Eustache auftragen, mich nicht vor Dunkelwerden abzuholen –, auf diese Weise wird meine Abwesenheit von zu Hause für einen möglichst langen Zeitraum erklärt, ohne Verdacht oder Beunruhigung zu wecken, und ich gewinne mehr Zeit, als wenn ich irgendetwas anderes vorgegeben hätte. Wenn ich St. Eustache bitte, mich bei Dunkelwerden abzuholen, wird er bestimmt nicht früher kommen; wenn ich aber ganz unterlasse, ihn dazu aufzufordern, verringert sich meine Zeit zur Flucht, da man meine Rückkehr früher erwarten, mein Fernbleiben also früher Beunruhigung erwecken wird. Wenn ich überhaupt zurückzukehren beabsichtigte – wenn ich nur den einen Tag in Gesellschaft des Be-* treffenden verbringen wollte –, wäre es unklug von mir, St. Eustache zu bitten, mich abzuholen; denn wenn er es tut, entdeckt er mit *Bestimmtheit*, dass ich ihn hintergangen habe – was ich ihm vollkommen verbergen könnte, wenn ich fortginge, ohne ein Ziel anzugeben, vor Dunkelwerden zurückkäme und dann angäbe, ich hätte meine Tante in der Rue des Drômes besucht. Da es aber meine Absicht ist, nie zurückzukehren – oder wenigstens für mehrere Wochen nicht – oder nicht, ehe gewisse Dinge geschehen sind –, ist das Einzige, um was ich mich jetzt zu kümmern brauche, Zeit zu gewinnen.

Sie haben aus Ihren Notizen gesehen, dass die allgemeine Auffassung in dieser traurigen Angelegenheit von Anfang an dahin geht, das Mädchen sei ein Opfer von Herumstreichern geworden. Nun ist die Volksmeinung in gewisser Beziehung keineswegs zu missachten. Wenn sie aus sich selbst entsteht – sich in spontaner Weise äußert –, sollten wir sie wie eine Intuition einschätzen. In neunundneunzig von hundert Fällen würde ich für ihr sicheres Urteil eintreten. Aber es ist auffallend, dass wir hier keine Art *Eingebung* bemerken. So eine Ansicht muss durchaus im Volk *selbst entstanden*, seine eigenste Meinung sein; und der Unterschied ist oft äußerst schwer zu sehen und festzuhalten. Im vorliegenden Fall scheint es mir, als sei die ›öffentliche Meinung‹ bezüglich einer Bande von Herumstreichern sehr beeinflusst durch den gleichzeitigen Vorfall, der in der dritten meiner Notizen dargelegt wird. Ganz Paris ist in Aufregung über die gefundene Leiche der Marie, eines jungen, schönen und viel gekannten Mädchens. Diese Leiche wird mit schweren Verletzungen im Strom aufgefischt. Nun ist aber bekannt geworden, dass zur selben Zeit, in der die Ermordung des Mädchens angenommen wird, eine ähnliche, wenn auch weniger grausame Untat, wie man sie an diesem jungen Mädchen festgestellt, von einer Bande Herumstreicher an einem anderen jungen Mädchen verübt worden ist. Ist es verwunderlich, dass die eine bekannt gewordene Schändlichkeit das öffentliche Urteil über die *andere* beeinflusst hat? Man brauchte für dies Urteil eine Richtung, und die eine Tat schien sie auch für die andere anzugeben! Marie war im Fluss gefunden worden, und auf diesem selben Fluss war die andere Untat begangen worden. Die beiden Ereignisse miteinander in Beziehung zu bringen, war so naheliegend, dass es ein Wunder gewesen wäre, wenn das Volk dies unterlassen hätte. In der Tat aber ist – wenn irgendetwas – gerade die eine begangene Tat ein Beweis, dass der sich fast zu gleicher Zeit abspielende zweite Fall *nicht* so verlaufen ist. Es wäre doch wirklich mehr als seltsam, wenn zur selben Zeit in derselben Stadt und an demselben Ort, wo eine Bande Rohlinge eine unerhörte Schandtat verübte, unter denselben Umständen eine andere Bande ganz das gleiche getan haben sollte! Dies Wundersame aber ist es, was die Volksmeinung uns glauben machen will.

Ehe wir weiter urteilen, wollen wir die angebliche Mordstelle im Gehölz an der Barrière du Roule betrachten. Dieses Dickicht war ganz nahe an einer öffentlichen Straße. Es befanden sich dort drei oder vier große Steine, die eine Art Sitz mit Lehne und Fußbank bildeten. Auf dem oberen Stein lag ein weißer Unterrock, auf dem Zweiten eine seidene Schärpe. Auch ein Sonnenschirm, Handschuhe und ein Taschentuch wurden hier gefunden. Das Taschentuch trug den Namen ›Marie Rogêt‹. An den benachbarten Büschen hingen Kleiderfetzen. Die Erde war zerstampft, die Zweige waren geknickt, und alles deutete auf einen stattgehabten Kampf.

Ungeachtet der Einmütigkeit, mit der die Presse dieses Dickicht als den Mordplatz ansah, muss gesagt werden, dass die Sache doch anzuzweifeln war. Ich mag nun glauben oder nicht glauben, dass dies der Platz war – jedenfalls gab es hervorragenden Grund zu zweifeln. Wäre, wie der ›Commercial‹ annahm, die *wahre* Mordstelle in der Nähe der Rue Pavée Sainte Andrée gewesen, so hätte es die Verbrecher, falls sie noch in Paris weilten, erschrecken müssen, die öffentliche Aufmerksamkeit so ganz auf den richtigen Weg gebracht zu sehen, und in bestimmten Seelen wäre sofort der Gedanke an die Notwendigkeit aufgestiegen, diese Aufmerksamkeit abzulenken. Und da das Dickicht an der Barrière du Roule schon in Verdacht gezogen war, mag man leicht darauf verfallen sein, die Dinge dahin zu legen, wo sie dann gefunden worden sind. Obgleich der ›Soleil‹ annimmt, die Sachen hätten wochenlang da gelegen, so ist doch kein wirklicher Beweis dafür vorhanden, dass es mehr als einige Tage waren; wohingegen es sehr wahrscheinlich ist, dass sie nicht die zwanzig Tage zwischen dem betreffenden Sonntag und dem Nachmittag, als die Knaben sie fanden, da gelegen haben konnten, ohne gesehen zu werden. ›Sie waren sämtlich vom Regen durchfeuchtet und modrig geworden und klebten zusammen vor Moder‹, sagt der ›Soleil‹. ›Das eine oder andere war hoch von Gras überwachsen. Die Seide des Sonnenschirms war kräftig, aber so verwittert und modrig, dass sie beim Öffnen des Schirms zerfiel.‹ Was nun das Gras anlangt, von dem sie ›überwachsen‹ waren, so wissen wir, dass man diese Tatsache nur den Worten und also dem Gedächtnis zweier kleiner Knaben entnahm; denn diese Knaben nahmen die Sachen fort und trugen sie heim, ehe sie noch von dritter Seite gesehen worden waren. Aber Gras wächst sehr rasch, und besonders bei warmem und feuchtem Wetter (wie es zur Mordzeit herrschte) kann es in einem einzigen Tag zwei bis drei Zoll wachsen. Ein Sonnenschirm, der auf einem kurz geschorenen Rasen liegt, kann in einer einzigen Woche durch das aufschießende Gras den Blicken entzogen sein. Der Moder aber, von dem der ›Soleil‹ so überzeugt ist, dass er das Wort in dem kurzen Absatz nicht weniger als dreimal gebraucht – weiß das Blatt wirklich nicht, was dieser Moder ist? Muss ihm gesagt werden, dass er zu einer jener zahlreichen Pilzarten gehört, deren Hauptmerkmal das Aufschießen und Vergehen innerhalb vierundzwanzig Stunden ist?

So sehen wir also mit einem Blick alles, was triumphierend zur Bekräftigung der Mutmaßung, dass die Sachen wenigstens drei oder vier Wochen da gelegen hätten, angeführt wurde, vollständig null und nichtig werden, sobald man den Tatsachen nachgeht. Andrerseits ist es ungeheuer schwer zu glauben, dass die Sachen länger als eine Woche – länger als von einem Sonntag zum andern – dort gelegen haben sollten. Wer die Umgebung von Paris kennt, weiß, wie außerordentlich schwer es ist, dort *Einsamkeit* zu finden. So etwas wie ein unentdecktes oder auch nur selten besuchtes Plätzchen inmitten der Wälder und Haine ist überhaupt nicht anzunehmen. Lassen Sie irgendeinen Naturschwärmer, den die Pflicht an Staub und Hitze der Großstadt fesselt – lassen Sie ihn selbst wochentags versuchen, seinen Durst nach Einsamkeit in der lieblichen Natur, die uns so nahe umgibt, zu stillen – auf Schritt und Tritt wird er den Zauber durch die Stimme und das Erscheinen eines Vagabunden oder einer Rotte betrunkener Strolche gestört finden. Im dichtesten Buschwerk wird er vergeblich Alleinsein suchen. Hier eben sind die Orte, zu denen sich die schlechten Elemente hingezogen fühlen – hier sind die verrufenen Tempel. Mit Leid im Herzen wird der Wanderer ins sündige Paris zurückfliehen als zu dem weniger schlimmen, weil weniger naturwidrigen Pfuhl der Verderbnis. Wenn aber die Umgebung der Stadt an Werktagen so bevölkert ist, wie viel mehr an Feiertagen! Denn nun, befreit von den Forderungen der Arbeit oder der werktäglichen Gelegenheiten zum Verbrechen beraubt, sucht der Strolch die nahen Wälder auf – nicht aus Liebe zum Landleben, das er in seinem Herzen verachtet, sondern um beengenden Schranken zu entfliehen. Es verlangt ihn weniger nach frischer Luft und grünen

Bäumen als nach der völligen Freiheit dort draußen. Hier, im Wirtshaus an der Landstraße oder unterm Blätterdach, gibt er sich, verborgen vor allen unliebsamen Blicken, in Gesellschaft seiner Genossen einer künstlich geschaffenen Heiterkeit hin – den vereinten Folgen der Ungebundenheit und des Branntweins. Ich sage nicht mehr, als was jedem objektiven Beobachter einleuchten muss, wenn ich wiederhole: Die Tatsache, dass die fraglichen Dinge länger als von einem Sonntag zum andern in irgendeinem Dickicht der nächsten Umgebung von Paris gelegen haben sollten, wäre mehr als ein Wunder.

Aber wir bedürfen keiner weiteren Gründe für die Vermutung, dass die Gegenstände in der Absicht im Dickicht niedergelegt wurden, die Aufmerksamkeit von der wahren Mordstätte abzulenken. Lassen Sie mich zuerst auf das *Datum* der Auffindung der Dinge hinweisen. Vergleichen Sie dasselbe mit jenem des fünften Auszugs, den ich aus den Zeitungen gemacht. Sie werden finden, dass die Entdeckung fast sofort nach den der Abendzeitung zugegangenen Hinweisen erfolgte. Diese Zuschriften, die aus verschiedenen Quellen stammen sollten, liefen alle in einen Punkt zusammen – in den Hinweis, dass eine Herumstreicherbande die Tat verübt und dass die Gegend der Barrière du Roule der Tatort sei. Nun ist der Verdacht hier natürlich nicht der, dass die Sachen als Folge dieser Mitteilungen oder der von ihnen beeinflussten öffentlichen Meinung von den Knaben gefunden worden seien; doch der Verdacht liegt nahe, dass die Sachen nicht *früher* von den Knaben gefunden wurden, weil sie eben früher nicht in dem Dickicht gelegen haben, sondern erst am Tag der betreffenden Mitteilungen oder kurz vor diesem Tag von den Verfassern der Zuschriften selbst hingelegt worden waren. Dieses Dickicht war von besondrer Art. Es war ungewöhnlich dicht. Hinter seinen grünen Wällen befanden sich drei seltsame Steine, *die eine Art Sitz mit Lehne und Fußbank bildeten.* Und dieses so anmutige Plätzchen lag in der nächsten Nähe – nur wenige Ruten entfernt – von der Behausung der Frau Deluc, deren Knaben die umliegenden Gebüsche nach der Rinde des Sassafras zu durchstöbern pflegten. Wäre es übereilt, eine Wette einzugehen, dass *nie* ein Tag verging, ohne dass wenigstens einer der Jungen auf dem natürlichen Thron in der schattigen Laube gesessen? Wer zögern würde, diese Wette anzunehmen, ist entweder selbst nie ein Junge gewesen, oder er hat die kindliche Natur vergessen. Ich wiederhole: Es ist kaum zu begreifen, dass die Sachen mehr als ein oder zwei Tage unentdeckt in jenem Dickicht gelegen haben sollten, und daher haben wir trotz der Unwissenheit des ›Soleil‹ allen Grund anzunehmen, dass sie an einem verhältnismäßig späten Datum an der Fundstelle niedergelegt wurden.

Doch es gibt noch andere und triftigere Gründe für diese Annahme, als ich bisher vorgebracht habe. Lassen Sie mich auf die so überaus auffällige Anordnung der Gegenstände hinweisen. Auf dem *oberen* Stein lag ein weißer Unterrock; auf dem Zweiten eine seidene Schärpe; rundum verstreut lagen ein Sonnenschirm, Handschuhe und ein Taschentuch mit dem Namen ›Marie Rogêt‹. Hier haben wir so recht eine Anordnung, wie sie einer vorgenommen haben würde, der den Anschein erwecken wollte, dass die Sachen seit dem Mord da gelegen hätten. Mir schiene es natürlicher, wenn die Sachen alle am Boden gelegen und zertrampelt gewesen wären. Bei dem engen Raum in jenem Buschwerk wäre es kaum möglich gewesen, dass Unterrock und Schärpe während des Hin und Her mehrerer miteinander ringender Menschen auf den Steinen liegen geblieben wären. ›Alle Anzeichen‹ so heißt es, ›deuteten auf einen stattgehabten Kampf, die Erde war zerstampft, die Zweige waren geknickt‹ – aber Unterrock und Schärpe werden gefunden, als hätten sie weit aus dem Bereich des Kampfes gelegen. ›Die an den Büschen hängenden Kleiderfetzen hatten eine Größe von drei zu sechs Zoll. Ein Fetzen war der Saum des Kleides und war geflickt; ein anderer war ein Stück vom Unterrock, aber nicht der Saum. Sie glichen abgerissenen Streifen.‹ Hier hat der ›Soleil‹ unbeabsichtigt eine sehr verdächtige Wendung gebraucht. Die beschriebenen Stücke gleichen in der Tat abgerissenen Streifen – aber absichtlich und mit der Hand abgerissenen. Es ist einer der seltensten Zufälle, dass von irgendeinem der genannten Kleidungsstücke ein Fetzen durch einen Dorn herausgerissen wird. Bei der Art solcher Stoffe aber wird ein Dorn oder Nagel, der sich in sie verfängt, sie rechtwinklig auseinanderreißen – in zwei längliche Risse, die da, wo der Dorn eingedrungen, zusammentreffen –, aber es ist kaum je möglich, das Stück ›herausgerissen‹ zu sehen. Weder Sie noch ich haben das je erlebt. Um aus solchen Stoffen ein Stück herauszureißen, bedarf es wohl immer zweier verschiedener Kräfte, die in zwei verschiedenen Richtungen tätig sind. Wenn der Stoff zwei Enden hat – wenn es zum Beispiel ein Taschentuch wäre, von dem man einen Fetzen abzureißen wünschte –, dann und nur dann würde die eine Kraft genügen. Doch im vorliegenden Fall handelt es sich um ein Kleid, das nur einen Rand hat. Nur ein Wunder konnte bewirken, dass Dornen aus den inneren Stoffteilen, wo kein Rand sich bietet, einen Fetzen herauszureißen imstande wären –

42

und ein *einzelner* Dorn würde es nie fertigbringen. Doch selbst wo ein Rand vorhanden ist, bedarf es zweier Dornen, von denen der eine in zwei verschiedenen und der andere in einer Richtung arbeitet – und das unter der Voraussetzung, dass der Rand ungesäumt ist. Ist ein Saum vorhanden, so ist es beinahe ein Unding. Wir sehen also die zahlreichen und großen Hindernisse, die dem ›Herausreißen‹ von Fetzen durch ›Dornen‹ im Wege stehen; dennoch sollen wir glauben, dass nicht nur ein Stück, sondern viele so herausgerissen wurden. Und eins der Stücke war noch dazu der Saum! Ein anderes war aus dem Unterrock, nicht der Saum – war also aus dem inneren Stoffteil mittels Dornen vollständig herausgerissen! Dies, sage ich, sind Dinge, denen mit Unglauben zu begegnen verzeihlich ist. Dennoch bilden sie zusammengenommen vielleicht weniger Gründe zum Argwohn als der eine verblüffende Umstand, dass die Dinge von Mördern, die vorsichtig genug waren, die Leiche fortzuschaffen, in diesem Dickicht zurückgelassen sein sollten. Sie hätten mich aber falsch verstanden, wenn Sie meinen, ich beabsichtigte nachzuweisen, dass das Dickicht als Tatort nicht infrage komme. Das Unrecht mag *hier* oder wahrscheinlicher bei Frau Deluc geschehen sein. Doch das ist im Grunde ein nebensächlicher Punkt. Wir machen nicht den Versuch, den Tatort zu entdecken, sondern die Täter. Was ich anführte, geschah, ungeachtet der peinlichen Sorgfalt, mit der es geschah, erstens, um die Albernheit der positiven und überstürzten Behauptungen des ›Soleil‹ nachzuweisen; zweitens aber und hauptsächlich, um auf allernatürlichstem Wege Zweifel in Ihnen zu wecken, dass dieser Mord das Werk einer Bande von Strolchen gewesen ist.

Wir wollen diese Frage beantworten, indem wir uns der empörenden Einzelheiten erinnern, die der mit der Untersuchung betraute Wundarzt feststellte. Es braucht nur gesagt zu werden, dass seine veröffentlichten Schlussfolgerungen hinsichtlich der Zahl der Strolche als ungerechtfertigt und unbegründet ehrlich verlacht worden sind – und zwar von den angesehensten Anatomen von Paris. Nicht dass die Sache nicht so gewesen sein dürfte, wie er gefolgert, sondern dass überhaupt kein Grund vorhanden war, so zu folgern – war das nicht Grund genug zu einer anderen Vermutung?

Prüfen wir nun die ›Spuren eines Kampfes‹, und lassen Sie mich fragen, was diese Spuren beweisen sollten. Eine Bande Strolche! Aber beweisen sie nicht gerade das Gegenteil? Welch ein Kampf konnte stattgefunden haben – ein Kampf, so heftig und lang dauernd, dass er nach allen Seiten Spuren hinterließ – zwischen einem schwachen und wehrlosen Mädchen und einer Bande Strolche? Ein paar kräftige Arme zum Zupacken – und alles wäre erledigt gewesen! Das Opfer wäre ihrem Willen vollständig unterworfen gewesen. Sie müssen im Auge behalten, dass die gegen das Dickicht als Tatort vorgebrachten Argumente nur dann stichhaltig sind, wenn es sich um mehr als einen Täter handeln sollte. Wenn wir nur einen Mörder annehmen, so können wir begreifen, dass ein Kampf stattgefunden hat, heftig genug, um sichtbare Spuren zu hinterlassen.

Und noch einmal! Ich erwähnte schon, dass diese Vermutung vor allem durch die Tatsache erweckt wird, dass die fraglichen Gegenstände im Dickicht belassen wurden. Es scheint geradezu ausgeschlossen, dass diese Schuldbeweise zufällig am Fundort liegen geblieben seien. Es war (so scheint es) Geistesgegenwart genug vorhanden, die Leiche fortzuschaffen; und da sollte man einen weit überzeugenderen Beweis als die Leiche selbst (deren Züge infolge der Verwesung schnell unkenntlich geworden wären) offen am Mordplatz liegen lassen? Ich meine das Taschentuch der Verstorbenen. Wenn das ein Zufall war, so konnte dieser Zufall unmöglich bei einer ganzen Bande von Mordbuben vorgekommen sein. Wir können ein solches Versehen nur einem Einzelnen zutrauen. Lassen Sie sehen! Ein einzelner hat den Mord begangen. Er ist allein mit dem Geist der Abgeschiedenen. Er ist entsetzt über den regungslosen Körper da vor ihm. Die Raserei der Leidenschaft ist vorbei, und sein Herz hat Raum genug für die natürliche Folge der Tat – für das Entsetzen. Ihm fehlt die Zuversicht, die die Gegenwart anderer dem Einzelnen verleiht. Er ist *allein* mit der Toten. Er zittert und ist fassungslos. Dennoch ist es nötig, sich der Leiche zu entledigen. Er trägt sie zum Fluss, lässt aber die anderen Schuldbeweise hinter sich; denn es ist schwer, wenn nicht unmöglich, die ganze Last auf einmal zu tragen, und es wird leicht sein, wiederzukommen und das Zurückgelassene zu holen. Doch während seiner mühsamen Wanderung zum Wasser verdoppeln sich seine Ängste. Nachtgeräusche umtönen seinen Weg. Ein dutzendmal hört er den Schritt eines Spähers – glaubt ihn zu hören. Selbst die Lichter der Stadt erschrecken ihn. Endlich aber und nach langen und häufigen Pausen halber Ohnmacht erreicht er das Ufer des Flusses und entledigt sich seiner gespenstischen Last – vielleicht mithilfe eines Bootes. Doch *nun* – welchen Schatz böte die Welt – welche Rachedrohung könnte sie haben, die Macht hätte, den einsamen Mörder zu bewegen, jenen qualvollen und gefährlichen

Pfad nach dem Dickicht und seinen grausenhaften Gegenständen zurückzukehren? Er geht *nicht* zurück, mögen die Folgen sein, welche sie wollen. Sein einziger Gedanke ist Flucht. Er wendet jenem furchtbaren Buschwerk *für immer* den Rücken und enteilt wie von Furien gejagt.

Doch wie nun eine ganze Bande? Ihre Zahl würde sie mit Zuversicht erfüllt haben, wenn überhaupt je in der Brust des Strolches an Zuversicht Mangel wäre. Ihre Zahl, sage ich, würde den verwirrenden und lähmenden Schrecken, der den Einzelnen befallen, gar nicht haben aufkommen lassen. Könnten wir uns bei Einem oder Zweien oder Dreien ein zufälliges Versehen denken – ein Vierter würde es wiedergutgemacht haben! Sie würden nichts hinter sich gelassen haben; denn ihre Zahl hätte es ihnen ermöglicht, *alles* auf einmal zu tragen. Sie hätten nicht nötig gehabt, *zurückzukehren*.

Bedenken Sie ferner den Umstand, dass ›aus dem Oberkleid ein Streifen von etwa einem Fuß Breite vom unteren Saum bis zur Taille auf-, aber nicht abgerissen war. Er war dreimal um die Hüften geschlungen und im Rücken zu einer Art Henkel verknotet.‹ Dies war in der offenbaren Absicht geschehen, einen *Handgriff* zu schaffen, an dem die Leiche sich tragen ließe. Doch würden *mehrere* Männer auf den Einfall gekommen sein, sich solch ein Hilfsmittel zu schaffen? Dreien oder Vieren hätten die Arme und Beine der Leiche nicht nur einen genügenden, sondern den allerbesten Halt geboten. Der Einfall kann nur einem Einzelnen gekommen sein, und dies führt uns auf die Erscheinung, dass ›zwischen Dickicht und Fluss die Hecken umgebrochen waren, und der Boden zeigte, dass hier eine schwere Last entlanggeschleppt worden war‹. Aber würden *mehrere* Männer sich die überflüssige Mühe gemacht haben, eine Hecke umzubrechen, um eine Leiche hindurchzuzerren, die sie mit Leichtigkeit über jede Hecke hätten hinüberheben können? Würden *mehrere* Männer eine Leiche überhaupt so *geschleift* haben, dass davon deutlich sichtbare Beweise zurückblieben?

Und hier müssen wir uns einer Bemerkung des ›Commercial‹ zuwenden, über die ich bereits teilweise mein Urteil abgegeben. ›Aus dem Unterrock der Unglücklichen‹, heißt es da, ›war ein zwei Fuß langes und ein Fuß breites Stück herausgerissen und ihr um Kopf und Kinn gebunden, vermutlich um sie am Schreien zu verhindern. Das müssen Leute getan haben, die nicht im Besitz von Taschentüchern waren.‹

Ich sprach schon vorhin die Vermutung aus, dass ein echter Herumtreiber *nie ohne* Taschentuch sei. Doch nicht auf diese Tatsache will ich jetzt besonders hinweisen. Dass es nicht der Mangel eines Taschentuches war, weshalb das Band geknüpft wurde, ist durch das im Dickicht gelassene Taschentuch ersichtlich; und dass das Band auch nicht geknüpft worden, ›um sie am Schreien zu verhindern‹, zeigt sich auch eben daran, dass es dem dazu so viel besser geeigneten Taschentuch vorgezogen worden. Aber die Beweisaufnahme sagt von jenem Streifen: ›Er lag lose um den Hals und war mit festem Knoten geschlossen.‹ Diese Worte sind unklar genug, weichen aber von denen des ›Commercial‹ einigermaßen ab. Der Streifen war achtzehn Zoll breit und musste darum, obgleich von Musselin, der Länge nach zusammengefaltet, eine kräftige Fessel bilden. Und so gefaltet wurde er gefunden.

Meine Folgerung ist so: Nachdem der einsame Mörder die Leiche eine Strecke lang an dem um die Taille angebrachten Henkelband getragen hatte (sei es nun vom Dickicht oder von sonst wo her), schien ihm der Transport der Last auf diese Weise zu schwer. Er beschloss, sie zu schleifen – die Beweise zeigen, dass er das *getan hat*. Da er also diese Absicht hatte, war es notwendig, so etwas wie einen Strick an einem der Gliedmaßen zu befestigen. Am besten ließ sich dergleichen am Hals anbringen, wo der Kopf ein Abrutschen verhindern würde. Und nun fiel dem Mörder ohne Frage das Band um die Hüften ein. Er würde dieses genommen haben, wäre es nicht so fest um den Leib geschlungen gewesen, auch war der Henkel daran hinderlich und ferner die Tatsache, dass dieser Streifen ja nicht ›abgerissen‹ war, sondern noch im Kleid festsaß. Es war einfacher, einen neuen Streifen aus dem Unterrock zu reißen. Das tat er, befestigte ihn um den Hals und schleifte so sein Opfer zum Flussufer. Dass diese Schlinge, die nur mit Mühe und Zeitverlust zu erlangen gewesen und wenig zweckentsprechend war – dass diese Schlinge *überhaupt* gebraucht wurde, beweist, dass die Umstände, die ihre Anwendung notwendig machten, erst eintraten, als das Taschentuch nicht mehr erreichbar war, das heißt, eintraten, nachdem das Dickicht (falls es das Dickicht war) bereits verlassen worden – also auf dem Weg zwischen Dickicht und Fluss.

Aber, werden Sie sagen, das Zeugnis Frau Delucs weist ausdrücklich auf die Anwesenheit einer Bande von Strolchen in der Gegend des Dickichts und zur ungefähren Mordzeit hin. Das gebe ich zu. Es soll mich wundern, wenn nicht in der Gegend der Barrière du Roule und zu jener Zeit ein Dutzend Banden, wie Frau Deluc sie beschrieben, sich herumgetrieben haben sollten. Aber die Bande, die sich die Ungnade Frau Delucs zugezogen, ist laut der verspäteten und zweifelhaften Aussage der alten Dame die *Einzige*, die ihren Kuchen gegessen und ihren Schnaps getrunken, ohne dafür zu bezahlen. *Et hinc illae irae!*

Doch was *besagt* die bestimmte Aussage der Frau Deluc? Eine Bande übler Subjekte erschien bei ihr, benahm sich frech, aß und trank, ohne zu bezahlen, ging in der Richtung davon, die vorher das Pärchen eingeschlagen, kam *zur Dämmerzeit* zurück und setzte in großer Eile über den Fluss.

Nun erschien dieser Rückzug Frau Deluc sicher *eiliger*, als er in Wirklichkeit war, eilig, weil sie noch immer auf Bezahlung gehofft hatte. Nie hätte sie sonst etwas an der Eile der Leute finden können, da es doch zur Dämmerzeit war? Es ist doch wahrlich nichts Verwunderliches, dass selbst Herumtreiber Eile haben, heimzukommen, wenn ein breiter Fluss in kleinen Booten überquert werden muss, wenn ein Sturm heraufzieht und wenn die Nacht naht.

Ich sage *naht*; denn noch war sie *nicht* da. Es war erst *Dämmerzeit*, als die unhöfliche Eile der ›Bösewichter‹ die gute Frau Deluc beleidigte. Aber uns wurde gesagt, dass Frau Deluc und ihr ältester Sohn an *demselben* Abend ›in der Nähe des Gasthofs eine Frauenstimme schreien hörten‹. Und mit welchen Worten bezeichnet Frau Deluc die Abendzeit, zu der diese Schreie vernommen worden? Es war › *bald nach Dunkelwerden*‹, sagte sie. Aber *bald nach Dunkelwerden* ist zum Mindesten dunkel, und › *zur Dämmerzeit*‹ ist bestimmt noch bei Tageslicht. Es ist also vollkommen klar, dass die Bande die Barrière du Roule verlassen hatte, *ehe* Frau Deluc jene Schreie vernahm. Und obgleich bei den zahlreichen Wiedergaben der Zeugenberichte die von den Zeugen gebrauchten Ausdrücke deutlich und unverändert angewendet wurden, genau wie ich sie in diesem Gespräch mit Ihnen angewendet habe, ist doch weder von den öffentlichen Blättern noch von der Polizei der Unterschied in den beiden Ausdrücken der Zeugin festgestellt worden.

Ich will den *gegen* eine größere Bande angeführten Gründen nur noch einen hinzufügen, dieser *eine* aber fällt, wenigstens für meine Begriffe, entscheidend ins Gewicht. Unter den vorliegenden Umständen einer ungeheuer großen Belohnung und völliger Straffreiheit kann keinen Moment angenommen werden, dass ein Mitglied einer *Bande* gemeiner Strolche oder irgendwelcher Kerle überhaupt seine Schuldgenossen nicht verraten haben sollte. Jeder einzelne solch einer Bande ist weniger auf die Belohnung oder die Straffreiheit versessen als ängstlich, verraten zu werden. Er verrät schnell und ohne Besinnen, damit er selbst nicht verraten werde. Dass das Geheimnis nicht aufgedeckt worden, ist der allerbeste Beweis dafür, dass es eben wirklich ein Geheimnis ist. Die Schrecken dieser dunklen Tat sind außer Gott nur *einem* oder zwei lebenden Wesen bekannt.

Lassen Sie uns nun die mageren, doch einwandfreien Früchte unserer langen Analyse zusammenzählen. Wir sind dahin gekommen, entweder einen tödlichen Unfall unter dem Dach der Frau Deluc oder einen im Dickicht an der Barrière du Roule begangenen Mord anzunehmen – einen Mord, den ein Liebhaber oder wenigstens ein intimer und geheimer Freund der Verstorbenen begangen. Dieser Freund ist von dunkler Hautfarbe. Diese Farbe, der ›Henkel‹ am Tragband und der ›Seemannsknoten‹, mit dem die Hutbänder zusammengebunden waren, deuten auf einen Seemann. Sein Verhältnis zu der Verstorbenen, einem verwegenen, aber nicht verworfenen Mädchen, kennzeichnete ihn als über den gemeinen Matrosen stehend. Hierin bestärken uns die gut und überzeugend geschriebenen Mitteilungen, die den Zeitungen zugegangen sind. Der Umstand jener ersten Entführung legt den Gedanken nahe, diesen Seemann mit jenem vom ›Mercure‹ erwähnten ›Marineoffizier‹, der damals das Mädchen zu unrechtem Tun verleitet, zu identifizieren. Und hierher passt nun sehr gut die auffallende Tatsache, dass jener Mann mit der dunklen Gesichtsfarbe bisher nicht wiederaufgetaucht ist. Ich möchte nochmals bemerken, dass er von dunkler Gesichtsfarbe ist – sie muss schon außergewöhnlich dunkel sein, da sie das *einzige* Merkmal bildet, das sowohl Valence als Frau Deluc für den Betreffenden anzugeben wissen. Aber warum ist dieser Mann abwesend? Wurde er von der Bande gemordet? Und wenn, wieso waren nur Spuren des *Mädchens* zu finden? Der Tatort für beide Morde muss natürlich als ein und derselbe angenommen werden. Und wo ist seine Leiche? Die Mörder hätten sich doch wahrscheinlich beider Leichen in gleicher Weise entledigt. Man könnte aber sagen, der Mann lebt und meldet sich nicht, aus Angst, dass ihm der Mord zur Last gelegt werde. Diese Betrachtung könnte ihm jetzt – zu so später Zeit – gekommen sein, nachdem ausgesagt worden, dass man ihn mit Marie gesehen hat, sie hätte aber zur Zeit der Tat keine Bedeutung gehabt. Der erste Impuls eines Unschuldigen hätte doch sein müssen, die Untat anzuzeigen und zur Feststellung der Mordbuben mitzuwirken. Diese Klugheit hätte ihn gerettet. Er war mit dem Mädchen gesehen worden.

Er hatte mit ihr in einem öffentlichen Fährboot den Fluss gekreuzt. Die Denunzierung der Mörder hätte selbst einem Idioten als sicherstes und einziges Mittel erscheinen müssen, sich selbst vom Verdacht zu reinigen. Wir können nicht annehmen, dass er an den Ereignissen jener Sonntagnacht erstens unschuldig sei und zweitens auch von der Gräueltat nichts wisse. Dennoch ist nur unter solchen Umständen die Tatsache zu erklären, dass er – falls er am Leben – die Denunzierung der Mörder unterließ.

Und welche Mittel besitzen wir, die Wahrheit zu ergründen? Wir werden sehen, wie diese Mittel während unseres Fortschreitens sich multiplizieren und klarere Gestalt annehmen. Wir müssen die Geschichte der ersten Entführung bis zu Ende verfolgen, müssen das ganze Leben und Treiben des ›Offiziers‹, seine gegenwärtige Tätigkeit, sein Tun und Lassen zur Zeit des Mordes in Erfahrung bringen. Wir müssen die der ›Abendzeitung‹ zugegangenen Zuschriften, sowohl Stil wie Handschrift, sorgfältig miteinander und mit den schon früher der ›Morgenzeitung‹ zugegangenen vergleichen, die so heftig darauf bestanden, dass Mennais der Schuldige sei. Und all dies getan, müssen wir diese sämtlichen Schreiben mit der wohlbekannten Handschrift jenes Offiziers vergleichen. Wir müssen versuchen, aus Frau Deluc und ihren Knaben sowie dem Omnibuskutscher Valence etwas mehr über die äußere Erscheinung und das Benehmen des ›Mannes mit der dunklen Gesichtsfarbe‹ herauszubekommen. Es muss klug gestellten Fragen gelingen, von Diesem oder Jenem Informationen über diesen speziellen Punkt oder auch über andere zu erhalten – Informationen, von denen die Leute selbst nicht einmal wissen mögen, dass sie sie besitzen.

Doch wenden wir uns nun dem Boot zu, das der Bootsknecht am Montagmorgen, am dreiundzwanzigsten Juni, aufgriff und das, ohne dass die wachhabenden Beamten etwas bemerkten und ohne Steuerruder kurz vor Auffindung der Leiche vom Zollgebäude wieder verschwunden war. Mit genügender Um- und Vorsicht müssen wir unfehlbar das Boot ausfindig machen; denn nicht nur, dass der Bootsmann, der es aufgriff, es identifizieren kann – wir haben auch das Steuerruder als Beweis. Einer mit einem ruhigen Gewissen hätte wohl kaum das Steuerruder eines Segelbootes so ohne Weiteres im Stich gelassen. Und hier lassen Sie mich eine Frage aufwerfen. Über die Auffindung des Bootes wurde nichts bekannt gegeben; es wurde stillschweigend am Zollgebäude angekettet und ebenso heimlich wieder fortgeholt. Wie aber *konnte* sein Besitzer, ohne Mitteilung erhalten zu haben, schon am Dienstagmorgen wissen, wo am Montag das Boot aufgegriffen worden war, wenn wir nicht annehmen, dass der Betreffende mit der Seine-Schifffahrt Bescheid wusste, dass dauernde persönliche Beziehungen ihm hier die Kenntnis aller lokalen Geschehnisse sofort verschafften?

Als ich davon sprach, wie der einsame Mörder seine Last zum Ufer schleifte, erwähnte ich schon die Möglichkeit, dass er sich ein Boot verschafft habe. Das ist sehr wahrscheinlich der Fall gewesen. Die Leiche durfte den seichten Wassern am Ufer nicht anvertraut werden. Die eigentümlichen Wunden auf Rücken und Schultern des Opfers stammen von den Bodenrippen eines Bootes. Dass die Leiche ohne Belastung gefunden wurde, trägt zu meiner Ansicht bei. Wäre sie vom Ufer aus ins Wasser geworfen worden, so wäre eine Belastung gewiss nicht unterblieben. Wir können uns das Fehlen einer solchen nur so erklären, dass der Mörder es versäumt hatte, sich, ehe er vom Ufer abstieß, mit Ballast zu versehen. Als er die Leiche dem Wasser übergab, wird er zweifellos das Versäumnis bemerkt haben; doch da war nichts mehr zur Hand. Man wollte lieber die Gefahr auf sich nehmen, als noch einmal ans fluchbeladene Ufer zurückkehren. Als er sich seiner unheimlichen Last entledigt hatte, trieb es den Mörder zur Stadt zurück. An dunkler geeigneter Stelle sprang er ans Land. Aber das Boot – würde er es festgelegt haben? Er wird es zu eilig gehabt haben, um sich um so etwas zu kümmern. Und außerdem, hätte er es am Landungsplatz verankert, so hätte er damit selbst Zeugnis gegen sich abgelegt. Sein natürlicher Gedanke musste sein, soweit wie möglich alles von sich zu werfen, was zu seinem Verbrechen in Beziehung stand. Er wird nicht nur eilends vom Landungsplatz entflohen sein, sondern auch das Boot nicht dort zurückgelassen haben; er wird es in den Fluss zurückgestoßen haben. – Weiter. Am Morgen wird der Schurke von unaussprechlichem Entsetzen erfasst, als er das Boot an einem Ort angekettet findet, den er täglich aufzusuchen pflegt – den aufzusuchen vielleicht zu seiner Pflicht gehört. In der folgenden Nacht bringt er das Boot fort – ohne es gewagt zu haben, das Steuerruder einzufordern. Wo ist nun dieses steuerlose Boot? Es wird eine unserer ersten Aufgaben sein, das ausfindig zu machen. Sowie wir eine Spur davon entdecken, beginnt unser Erfolg zu tagen. Dies Boot wird uns mit einer Schnelligkeit, über die sogar wir selbst erstaunen werden, zu ihm führen, der es in jener unheilvollen Sonntagnacht benutzte. Klarer und klarer wird eines sich aus dem anderen ergeben, und der Mörder wird gefunden sein.« –

(Aus Gründen, auf die wir nicht näher eingehen wollen, die aber vielen Lesern klar sein werden, haben wir uns die Freiheit genommen, aus dem in unsere Hände gelegten Manuskript hier das fortzulassen, was sich auf die Verfolgung des von Dupin gegebenen Fingerzeiges bezieht. Wir halten es für ratsam, nur kurz zu erwähnen, dass der erwünschte Erfolg erzielt wurde und dass der Präfekt, wenn auch widerwillig, den Bedingungen seines mit dem Chevalier geschlossenen Vertrages nachkam. Herrn Poes Erzählung schließt mit den hier folgenden Bemerkungen. – Die Redaktion[1].)

Man wird verstehen, dass ich von seltsamem *Zusammentreffen* spreche und von nichts weiter. Was ich oben über diesen Gegenstand gesagt, muss genügen. In meinem eignen Herzen lebt kein Glaube an Übernatürliches. Dass Natur und Gott zweierlei sind, wird kein denkender Mensch verneinen. Dass Letzterer, der die Erstere geschaffen hat, diese nach Wunsch meistern und ändern kann, steht ebenfalls außer Frage. Ich sage »nach Wunsch«, denn es handelt sich hier um den Wunsch und nicht, wie eine unsinnige Logik meinte, um die Macht. Nicht dass die Gottheit ihre Gesetze nicht ändern *könnte*, sondern wir beleidigen sie, indem wir die Notwendigkeit einer Änderung überhaupt voraussetzen. Von vornherein sind ihre Gesetze so beschaffen, dass sie alle Möglichkeiten, die je im Schoß der Zukunft ruhen konnten, umfassen. Bei Gott ist alles *Jetzt*.

Ich wiederhole also, dass ich jene Dinge nur als Zusammentreffen erwähne. Und ferner: Man wird aus meinem Bericht ersehen, dass zwischen dem Schicksal der unseligen Mary Cecilia Rogers, soweit man dieses Schicksal kennt, und dem einer gewissen Marie Rogêt bis zu einem bestimmten Punkt eine Parallele besteht, deren wundersame Genauigkeit die Vernunft verwirren könnte. Ich sage, alles dies wird man sehen. Möge man aber auch nicht einen Augenblick annehmen, dass es meine versteckte Absicht gewesen sei, im weiteren Verlauf dieser Geschichte und in der Wiedergabe der Aufdeckung ihres Geheimnisses diese Parallele zu verlängern oder etwa anzudeuten, dass die in Paris zur Entdeckung des Mörders einer Grisette angewandten Maßnahmen nun in einem ähnlichen Fall unbedingt ein ähnliches Resultat zeitigen würden.

---

[1] Der Zeitschrift, in der die Erzählung ursprünglich veröffentlicht wurde.

Denn hinsichtlich dieser letzteren Annahme sollte man bedenken, dass die unbedeutendste Abweichung in den Einzelheiten der beiden Fälle zu den bedeutsamsten Fehlschlüssen führen könnte, da sie den Lauf der beiden Geschehnisse ganz voneinander treiben würde, gleichwie in der Arithmetik ein an sich unwesentlicher Fehler schließlich durch die Macht der Multiplikation an allen Enden ein Resultat zeitigt, das von der Richtigkeit ungeheuer abweicht. Und was die erstere Annahme anlangt, so müssen wir im Auge behalten, dass gerade die Wahrscheinlichkeitsrechnung, auf die ich hingewiesen, jeden Gedanken an die weitere Ausdehnung der Parallele verbietet: – verbietet mit einer Positivität, die um so strenger ist, als diese Parallele bereits lang und genau verlaufen ist. Dies ist einer jener sonderbaren Sätze, die scheinbar einer höchst unmathematischen Denkweise entspringen, auf die aber gerade nur der Mathematiker einzugehen weiß. Nichts zum Beispiel ist schwerer, als den Durchschnittsleser zu überzeugen, dass man beim Würfelspiel, nachdem einer zweimal hintereinander die Sechs geworfen hat, die höchste Wette darauf eingehen kann, dass derselbe Spieler die Sechs nicht zum dritten Mal werfen wird. Der Verstand kann im allgemeinen einen Grund dafür nicht einsehen. Es scheint unmöglich, dass die beiden erledigten Würfe, die schon ganz der Vergangenheit angehören, auf den Wurf Einfluss haben könnten, der noch in der Zukunft liegt. Die Aussichten auf einen Wurf der Sechs scheinen genau dieselben zu sein, wie sie jederzeit gewesen – das heißt, abhängig nur von den verschiedenen anderen Würfen, die mit dem Würfel gemacht werden können. Und dies ist eine Betrachtung, die so einleuchtend ist, dass Versuche, sie zu widerlegen, weit öfter einem spöttischen Lächeln als achtungsvoller Aufmerksamkeit begegnen. Den hierin enthaltenen Irrtum – ein großer unheilvoller Irrtum – darzulegen, kann ich innerhalb der mir hier gezogenen Grenzen nicht versuchen, und dem philosophisch Denkenden braucht er nicht dargetan zu werden. Es mag genügen, hier zu sagen, dass er ein Glied einer endlosen Kette von Irrtümern ist, die auf dem Wege der Vernunft entstehen, weil diese den Trieb hat, im Kleinen der Wahrheit nachzuspüren.

Der Doppelmord in der Rue Morgue

Was für ein Lied die Sirenen sangen
oder unter welchem Namen Achilles sich
unter den Weibern versteckte,
das sind allerdings verblüffende Fragen
– deren Lösung jedoch nicht außerhalb
des Bereichs der Möglichkeit liegt.

Sir Thomas Browne

Die eigentümlichen geistigen Eigenschaften, die man analytische zu nennen pflegt, sind ihrer Natur nach der Analyse schwer zugänglich. Wir würdigen sie nur nach ihren Wirkungen. Was wir unter andern Dingen von ihnen wissen, das ist, dass sie demjenigen, der sie in ungewöhnlich hohem Grade besitzt, eine Quelle höchster Genüsse sind. Wie der starke Mann sich seiner körperlichen Kraft freut und besonderes Vergnügen an allen Übungen findet, die seine Muskeln in Tätigkeit setzen, so erfreut sich der Analytiker jener geistigen Fähigkeit, die das Verworrene zu lösen vermag; auch die trivialsten Beschäftigungen haben Reiz für ihn, sobald sie ihm nur Gelegenheit geben, sein Talent zu entfalten. Er liebt Rätsel, Wortspiele, Hieroglyphen und entwickelt bei ihrer Lösung oft einen Scharfsinn, der den mit dem Durchschnittsverstand begabten Menschenkindern unnatürlich erscheint. Obwohl seine Resultate nur das Produkt einer geschickt angewandten Methode sind, machen sie den Eindruck einer Intuition.

Das Auflösungsvermögen wird möglicherweise noch bedeutend durch mathematische Studien erhöht, und zwar besonders durch das Studium jenes höchsten Zweiges der Mathematik, den man nicht ganz richtig und wohl nur wegen seiner rückwärts wirkenden Operationen vorzugsweise Analyse genannt hat. Indessen heißt rechnen noch nicht analysieren. Ein Schachspieler zum Beispiel tut das eine, ohne sich um das andere im Mindesten zu kümmern. Es folgt daraus, dass man das Schachspiel in seiner Wirkung auf den Geist meistens sehr falsch beurteilt. Ich beabsichtige hier keineswegs eine gelehrte Abhandlung zu schreiben, sondern will nur eine sehr eigentümliche Geschichte durch einige mir in den Sinn kommende Bemerkungen einleiten; jedenfalls aber möchte ich diese Gelegenheit benutzen, um die Behauptung aufzustellen, dass die höheren Kräfte des denkenden Geistes durch das bescheidene Damespiel viel nutzbringender und lebhafter angeregt werden als durch die mühe- und anspruchsvollen Nichtigkeiten des Schachspiels. Bei letzterem Spiel, in dem die Figuren verschiedene wunderliche Bewegungen von ebenso verschiedenem, veränderlichem Wert ausführen können, wird etwas, was nur sehr kompliziert ist, irrtümlicherweise für etwas sehr Scharfsinniges gehalten. Beim Schachspiel wird vor allem die Aufmerksamkeit stark in Anspruch genommen. Wenn sie auch nur einen Augenblick erlahmt, so übersieht man leicht etwas, das zu Verlust oder Niederlage führt. Da die uns zu Gebote stehenden Züge zahlreich und dabei von ungleichem Wert sind, ist es natürlich sehr leicht möglich, dieses oder jenes zu übersehen; in neun Fällen unter zehn wird der Spieler, der seine Gedanken vollkommen zu konzentrieren versteht, selbst über den geschickteren Gegner den Sieg davontragen. Im Damespiel hingegen, wo es nur eine Art von Zügen mit wenig Veränderungen gibt, ist die Wahrscheinlichkeit eines Versehens geringer, die Aufmerksamkeit wird weniger in Anspruch genommen, und die Vorteile, die ein Partner über den andern erringt, verdankt er seinem größeren Scharfsinn. Stellen wir uns, um weniger abstrakt zu sein, eine Partie auf dem Damebrett vor, deren Steine auf vier Damen herabgeschmolzen sind und wo ein Versehen natürlich nicht zu erwarten ist. Nehmen wir an, dass die Gegner einander gewachsen sind, so ist es klar, dass der Sieg hier nur durch einen außerordentlich geschickten Zug, der das Resultat einer ungewöhnlichen Geistesanstrengung ist, entschieden werden kann. Wenn der Analytiker sich seiner gewöhnlichen Hilfsquellen beraubt sieht, denkt er sich in den Geist seines Gegners hinein, identifiziert sich mit ihm, und dann gelingt es ihm nicht selten, auf den ersten Blick eine oft verblüffend einfache Methode zu finden, durch die er den andern irreführen oder zu einem unbesonnenen Zug veranlassen kann.

Das Whistspiel ist schon lange berühmt, weil man ihm einen gewissen Einfluss auf das sogenannte Berechnungsvermögen zuschreibt. Tatsache ist, dass die hervorragendsten Männer dieses Spiel ganz besonders bevorzugt haben, während sie das Schachspiel als kleinlich verschmähten. Allgemein anerkannt ist, dass es kein andres Spiel gibt, das die analytischen Fähigkeiten in so hohem Grade in Anspruch nimmt. Der beste Schachspieler der Christenheit ist vielleicht nicht mehr als eben nur der beste Schachspieler; die Tüchtigkeit und Gewandtheit im Whist lassen aber auf einen feinen Kopf schließen, der überall, wo der Geist mit dem Geist kämpft, des Erfolges sicher sein kann. Wenn ich hier von Gewandtheit spreche, so verstehe ich darunter die vollkommene Beherrschung des Spieles, die mit einem Blicke alle Eventualitäten erkennt, aus denen sich ein rechtmäßiger Vorteil ziehen lässt. Es gibt viele und sehr verschiedenartige solcher Hilfsquellen, die es aufzufinden und zu benutzen gilt; indessen erschließen sie sich meistens nur einer höheren Intelligenz und sind Menschen von gewöhnlicher Begabung unzugänglich. Aufmerksam beobachten heißt Gedächtnis haben, sich gewisser Dinge deutlich erinnern können, und insofern wird der Schachspieler, der an die Konzentration seiner Gedanken gewöhnt ist, sich sehr gut zum Whist eignen, vorausgesetzt, dass er die Spielregeln Hoyles – die in allgemein verständlicher Weise den Mechanismus des Whists erklären – gut innehat. Daher kommt es denn, dass man gewöhnlich glaubt, ein gutes Gedächtnis haben und regelrecht nach dem Buche spielen können, das sei alles, was zu einem feinen Spiele erforderlich sei. Aber die Kunst des Analytikers bewährt sich in solchen Dingen, die außerhalb der Grenzen aller Regel liegen. In aller Stille macht er Beobachtungen, aus denen er seine Schlüsse zieht. Seine Mitspieler tun wahrscheinlich dasselbe; der Unterschied des erlangten Wissens liegt weniger an der Richtigkeit des Schlusses als an dem Wert der Beobachtung. Das Wichtigste ist, sich ganz klar darüber zu sein, was man beobachten muss. Der wirklich feine Spieler hat seine Augen überall, und neben dem Spiel, das natürlich Hauptsache ist, verschmäht er es nicht, Schlüsse aus Dingen zu ziehen, die nur als Äußerlichkeiten erscheinen. So beobachtet er zum Beispiel den Gesichtsausdruck seines Partners und vergleicht ihn sorgfältig mit dem seiner Gegner. Er achtet darauf, wie die Mitspielenden ihre Karten in der Hand ordnen; oft zählt er Trumpf auf Trumpf, Honneurs auf Honneurs an den Blicken nach, mit denen ihre Besitzer sie mustern. Er merkt sich im Verlauf des Spieles jede Veränderung ihres Gesichtsausdruckes und zieht seine Schlüsse aus jedem Wort, aus jeder Triumph, Überraschung oder Ärger verratenden Geste. Aus der Art, wie jemand einen Stich aufnimmt, schließt er darauf, ob der Betreffende noch mehr Stiche in dieser Farbe machen kann. Ebenso erkennt er an der Weise, wie eine Karte auf den Tisch geworfen wird, ob jemand mogelt. Ein zufälliges unbedachtes Wort, das gelegentliche Fallenlassen oder Umwenden einer Karte, die Ängstlichkeit, einen so unbedeutenden Vorgang verbergen zu wollen, oder auch die Gleichgültigkeit dagegen, das Zählen der Stiche und die Art, sie zu ordnen, das verwirrte, zögernde, hastige oder übereifrige Wesen des Spielenden, alles muss ihm zum Erkennungszeichen dienen, das ihm den Stand der Dinge verrät. Er macht dabei den Eindruck, als erkenne er alles kraft einer Intuition. Wenn die ersten zwei oder drei Runden gespielt sind, dann weiß er genau, in welcher Hand die Karten sind, und er spielt seine eignen mit einer so absoluten Sicherheit aus, als ob sämtliche Mitspielenden ihm ihre zeigten.

Indessen darf man das Analysierungsvermögen keineswegs mit der Klugheit verwechseln, denn während der Analytiker unbedingt klug ist, haben doch oft recht kluge Leute nicht das geringste Talent zur Analyse. Die Kombinationsgabe, durch die sich die Klugheit gewöhnlich äußert und der die Phrenologen, wie ich glaube irrtümlich, ein besonderes Organ zugewiesen haben, da sie dieselbe für eine angeborene Fähigkeit halten, ist so häufig bei Menschen, deren Verstand fast an Blödsinn grenzt, wahrgenommen worden, dass die Tatsache die Aufmerksamkeit vieler Gelehrten auf sich gezogen hat. Zwischen Klugheit und analytischer Fähigkeit besteht aber ein Unterschied, der größer ist als der zwischen Fantasie und Einbildungskraft; indessen ist er von streng analogem Charakter. Man kann beinahe mit Sicherheit behaupten, dass die klugen Menschen stets fantasiereich und die mit *wirklicher* Einbildungskraft begabten stets Analytiker sind. –

Nachstehende Erzählung möge dem Leser als Kommentar dieser Behauptungen dienen.

Als ich mich im Frühling und während eines Teils des Sommers 18.. in Paris aufhielt, machte ich die Bekanntschaft eines Herrn C. August Dupin. Dieser junge Mann gehörte einer sehr guten, ja sogar berühmten Familie an, die jedoch durch eine Reihe von Schicksalsschlägen in so tiefe Armut geraten war, dass die Energie seines Charakters darunter erlag, sodass er sich ganz von der Welt zurückgezogen hatte und keine Versuche mehr machte, sich in eine bessere Lage emporzuarbeiten. Seine Gläubiger waren so anständig gewesen, ihn im Besitz eines kleinen Restes seines väterlichen Vermögens zu lassen, dessen Zinsen bei äußerster Sparsamkeit zu einem sehr bescheidenen Leben hinreichten, ihm jedoch auch nicht den kleinsten Luxus gestatteten. Bücher waren das Einzige, dem er nicht ganz zu entsagen vermochte – und diesen Luxus kann man sich in Paris ohne große Kosten leisten.

Wir begegneten uns zum ersten Mal in einem obskuren Buchladen in der Rue Montmartre, wo der Zufall, dass wir beide dasselbe, übrigens sehr seltene und merkwürdige Buch suchten, uns in nähere Beziehung zueinander brachte. Von da an trafen wir uns zuweilen. Ich interessierte mich lebhaft für seine Familiengeschichte, die er mir mit der ganzen Aufrichtigkeit erzählte, in der der Franzose sich gefällt, wenn er von seinem eigenen Ich spricht. Sehr überrascht war ich von seiner ungeheuren Belesenheit, vor allem aber waren es die seltene Frische und Lebendigkeit seiner Fantasie, die mich interessierten und anregten. Da er dieselben Ziele verfolgte, um derentwillen ich mich in Paris aufhielt, fühlte ich, dass die Gesellschaft dieses Mannes für mich von unendlichem Wert sein könnte, und ich machte ihm gegenüber auch kein Hehl daraus. Wir machten also miteinander aus, dass wir, so lange mein Aufenthalt in Paris dauern würde, zusammenwohnen wollten. Da meine Vermögensverhältnisse besser waren als seine, so konnte ich es mir erlauben, für uns auf meine Kosten ein ziemlich vernachlässigtes und wunderlich aussehendes Häuschen zu mieten, das in einem abgelegenen, einsamen Teil des Faubourg St. Germain lag. Irgendeines Aberglaubens wegen, dem wir nicht weiter nachforschten, hatte es schon lange unbewohnt gestanden; ich richtete es in einem Stil ein, der der fantastischen Düsterkeit unserer gewöhnlichen Stimmung entsprach.

Hätte die Welt gewusst, welche Lebensweise wir in diesem Häuschen führten, so würde man uns wahrscheinlich für Wahnsinnige gehalten haben, wenn auch für sehr harmlose. Unsere Abgeschiedenheit war eine vollkommene. Wir nahmen keine Besuche an. Ich hatte meinen früheren Bekannten und Freunden überhaupt nichts von meinem Wohnungswechsel gesagt, und Dupin lebte schon seit vielen Jahren so einsam, dass ihn in Paris niemand mehr kannte. Wir lebten ganz allein für uns.

Es war eine Marotte meines Freundes – denn wie anders sollte ich es nennen? –, dass er in die Nacht um ihrer selbst willen verliebt war; wie alle seine Launen machte ich auch diese mit; ich ließ mich überhaupt ganz von ihm leiten und hieß alle seine bizarren Einfälle gut. Da die Göttin der Nacht nicht immer freiwillig bei uns hausen wollte, erdachten wir Mittel und Wege, uns Ersatz für ihre Gegenwart zu schaffen. Beim ersten Morgengrauen schlossen wir die sämtlichen starken Fensterläden unseres alten Hauses und steckten ein paar duftende Kerzen an, die nur schwache gespensterhafte Strahlen aussandten. Mit ihrer Hilfe wiegten wir die Seele in Träume – wir lasen, schrieben und unterhielten uns, bis die Uhr uns den Anbruch der wirklichen Dunkelheit verkündete. Dann eilten wir in die Straßen, wo wir Arm in Arm umherschlendernd die Gespräche des Tages fortsetzten, und oft streiften wir bis in die tiefe Nacht umher und suchten im grellen Licht und tiefen Schatten der volkreichen Stadt jene Unendlichkeit geistiger Anregung, die stummes Beobachten sich zu verschaffen weiß.

Bei solchen Gelegenheiten konnte ich nicht umhin, immer wieder Dupins eigenartige analytische Begabung zu bemerken und zu bewundern, obwohl mich sein reiches Geistesleben schon darauf vorbereitet hatte. Er schien auch mit großer Freude diese Gabe zu pflegen, wenngleich er niemals damit renommierte, und er gestand mir offen ein, dass sie für ihn eine Quelle manchen Genusses sei. Mit leisem Kichern rühmte er sich zuweilen, dass für ihn die meisten Menschen ein Fensterchen auf der Brust hätten, und er unterstützte derartige Behauptungen auf der Stelle durch geradezu verblüffende Beweise von seiner genauen Kenntnis meines eigenen Seelenlebens. In solchen Augenblicken war er kalt und geistesabwesend, seine Augen starrten ausdruckslos, und seine Stimme, die sonst einen weichen Tenorklang hatte, sprang in hohen Diskant hinauf, der lächerlich gewirkt haben würde, hätte er nicht dabei besonders deutlich und bedächtig gesprochen. Wenn ich ihn in solchen Stimmungen beobachtete, musste ich immer wieder an die alte Philosophie von dem Zweiseelensystem denken, und mich belustigte der Gedanke, einen doppelten Dupin vor mir zu haben – einen schöpferischen und einen zerstörenden.

Es wäre übrigens falsch, wenn man aus dem Gesagten schließen wollte, dass ich ein Geheimnis zu enthüllen oder einen Roman zu schreiben beabsichtige. Die eben geschilderten Eigenschaften des Franzosen waren lediglich Resultate einer überreizten, vielleicht auch einer krankhaften Intelligenz. Ich glaube durch ein Beispiel die beste Vorstellung von dem Charakter der Aussprüche, die er zu solchen Zeiten machte, geben zu können.

Wir schlenderten eines Abends durch eine lange schmutzige Straße in der Nähe des Palais Royal. Da wir beide ganz mit unsern eigenen Gedanken beschäftigt waren, hatten wir schon länger als eine Viertelstunde keine Silbe miteinander gesprochen. Plötzlich brach Dupin ganz unvermittelt in die Worte aus:

»Er ist wirklich ein sehr kleiner Kerl, das ist wahr! Er würde besser für das Varieté passen.«

»Zweifellos«, erwiderte ich unwillkürlich, und ich war so ganz in meine Gedanken vertieft, dass ich im ersten Augenblick nicht merkte, in wie seltsamer Weise seine Worte mit meinem Gedankengang übereinstimmten. Das fiel mir erst einen Augenblick nachher auf, und da war ich allerdings ziemlich verblüfft.

»Dupin«, sagte ich in ernstem Ton, »das geht über mein Verständnis. Ich zögere nicht, Ihnen zu gestehen, dass ich aufs Höchste verwundert bin und meinen Sinnen kaum zu trauen vermag. Wie konnten Sie nur wissen, dass ich gerade an ...?«Ich hielt inne, um mich zu überzeugen, ob er wirklich den Namen wisse.

»An Chantilly natürlich«, sagte er; »warum halten Sie inne? Sie dachten doch gerade darüber nach, dass seine kleine Gestalt ihn wirklich untauglich zum Tragöden mache.«

Damit hatten meine Gedanken sich wirklich beschäftigt. Chantilly war ein Flickschuster aus der Rue St. Denis, der, von einer wahren Leidenschaft für das Theater ergriffen, es durchgesetzt hatte, in der Rolle des Xerxes in Crébillons gleichnamiger Tragödie aufzutreten, aber natürlich durchgefallen war und für all seine Mühe nur Hohn und Spott geerntet hatte. »Sagen Sie mir um des Himmels willen«, rief ich aus, »nach welcher Methode Sie vorgegangen sind – wenn hier überhaupt von einer Methode die Rede sein kann –, um so in meiner Seele lesen zu können!« Ich war in der Tat noch viel verblüffter, als ich ihm zeigen wollte.

»Es war der Obsthändler«, antwortete mein Freund gelassen, »der den Gedanken in Ihnen anregte, dass der Flickschuster für die Darstellung eines Xerxes und ähnlicher Rollen nicht die nötige Figur habe.«

»Der Obsthändler! Sie setzen mich in Erstaunen! Ich weiß nichts von einem Obsthändler.«

»Ich meine den Mann, der gegen Sie anrannte, als wir in die Rue C. einbogen; es ist kaum eine Viertelstunde her.«

Ich erinnerte mich daran, dass, als wir aus der Rue C. in den Durchgang einbogen, in dem wir uns jetzt befanden, ein Mann, der einen großen Korb mit Äpfeln auf dem Kopf trug, so heftig gegen mich anrannte, dass ich beinahe gefallen wäre. Aber was das mit Chantilly zu tun haben sollte, war mir unerfindlich.

Dupin hatte auch nicht die Spur von Scharlatanerie an sich. »Ich werde Ihnen das erklären«, sagte er einfach, »und damit Sie mich ganz verstehen, wollen wir den Gang Ihrer Gedanken von dem Augenblicke an, wo ich zu Ihnen sprach, bis zu dem, wo der Obsthändler gegen Sie anrannte, zurückverfolgen. Die Hauptglieder dieser Gedankenkette sind folgende: Chantilly, Orion, Dr. Nichols, Epikur, Stereotomie, das Straßenpflaster, der Obsthändler…«

Es gibt wenig Personen, denen es nicht in irgendeiner Periode ihres Lebens Vergnügen gemacht hätte, den Stufengang zurückzuverfolgen, auf dem ihr Geist zu gewissen Schlüssen gelangte. Diese Beschäftigung kann sehr interessant sein; wer es zum ersten Male versucht, ist erstaunt über die scheinbar unendliche Entfernung zwischen dem Ausgangspunkt und dem Endpunkt und über den scheinbaren Mangel jeden Zusammenhangs zwischen beiden. Man denke sich daher mein Erstaunen über das, was der Franzose nun zu mir sagte, da ich zugeben musste, dass er die Wahrheit sprach. Er fuhr fort:

»Wir hatten, wenn ich mich recht erinnere, in der Rue C. von Pferden gesprochen. Das war unser letztes Gesprächsthema. Als wir in diese Straße hier einbogen, kam uns ein Obsthändler mit einem großen Korb auf dem Kopf entgegen; er war sehr in Eile und stieß Sie gegen einen Haufen von Pflastersteinen, die an einer Stelle, wo die Straße ausgebessert werden sollte, aufgeschüttet lagen. Sie traten auf einen lose liegenden Stein, glitten aus und verstauchten sich leicht den Fuß, was Sie zu verstimmen schien, denn Sie murmelten ein paar Worte, blickten ärgerlich auf den Haufen Steine und setzten schweigend Ihren Weg fort. Obwohl ich Ihnen durchaus keine besondere Aufmerksamkeit schenkte, ist mir doch das Beobachten in letzter Zeit zur andern Natur geworden.

Ich bemerkte, dass Sie den Blick zu Boden gesenkt hielten und mit verschlossener Miene die vielen Löcher und Unebenheiten der Straße betrachteten. Ich sah also, dass Sie noch immer an die Steine dachten. Erst als wir die kleine Lamartinegasse erreichten, deren Pflasterung versuchsweise mit fest ineinandergreifenden Holzblöcken hergestellt ist, erhellte sich der Ausdruck Ihres Gesichts, und Ihre Lippen murmelten das Wort ›Stereotomie‹, eine etwas anspruchsvolle Bezeichnung für diese einfache Art der Pflasterung. Ich wusste, dass Sie dieses Wort nicht denken konnten, ohne danach an Atome und an die Lehre Epikurs denken zu müssen. Hatten wir uns doch vor nicht langer Zeit über solche Dinge unterhalten, und ich äußerte damals, wie seltsam es sei, dass die vagen Vermutungen dieses tiefsinnigen Griechen durch die neuesten Entdeckungen der Nebel-Kosmogonie eine so glänzende und dennoch so wenig beachtete Bestätigung gefunden hätten. Ich erwartete also jetzt mit Bestimmtheit, dass Sie zu dem großen Nebel des Orion aufblicken würden. Sie taten dies wirklich, und ich war nun meiner Sache sicher und wusste, dass ich Ihren Gedankengang richtig verfolgt hatte. In der abfälligen Kritik, die gestern im ›Musée‹ über Chantilly erschien, machte der Verfasser sich auch über die Namensänderung lustig, die der Flickschuster beim Besteigen des Kothurn für nötig gehalten hatte, und zitierte einen lateinischen Spruch, über den wir oft gesprochen haben: *Perdidit antiquum litera prima sonum!*

Ich hatte Ihnen gestern gesagt, dass diese Zeile sich auf den Orion, früher Urion genannt, bezöge, und da ich bei dieser Gelegenheit ein paar bissige Bemerkungen gemacht hatte, glaubte ich sicher zu sein, dass Sie sich unserer Unterhaltung erinnern würden. Es war daher gewiss, dass Sie nicht verfehlen würden, die beiden Begriffe Orion und Chantilly miteinander zu verbinden. Dass Sie dies wirklich taten, ersah ich aus dem Lächeln, das um Ihre Lippen spielte. Sie dachten an das tragische Geschick des armen Flickschusters. Bis dahin war Ihre Haltung nachlässig gebückt gewesen, nun sah ich, wie Sie sich plötzlich zu Ihrer vollen Höhe aufrichteten. Ich war ganz sicher, dass Sie an die kleine Gestalt Chantillys dachten. Ich unterbrach Ihren Gedankengang mit der Bemerkung, dass er wirklich ein kleines Kerlchen sei, dieser Chantilly, und dass er besser daran täte, wenn er zum Varieté ginge.«

Nicht lange danach lasen wir die Abendausgabe der »Gazette des Tribunaux«. Unsere Aufmerksamkeit wurde durch folgende Stelle gefesselt:

Sensationeller Mord. – Heute Morgen gegen drei Uhr wurden die Bewohner des Quartiers St. Roch durch entsetzliche Schreie geweckt, die anscheinend aus dem vierten Stockwerk eines Hauses der Rue Morgue drangen, das, wie man wusste, von einer gewissen Madame L'Espanaye und ihrer Tochter Mademoiselle Camille L'Espanaye allein bewohnt wurde. Nach einer Verzögerung, entstanden durch den fruchtlosen Versuch, sich auf gewöhnlichem Wege Einlass zu verschaffen, wurde das Haustor mit einer Eisenstange erbrochen, worauf acht bis zehn Nachbarn in Begleitung zweier Gendarmen in das Haus drangen. Das Geschrei war unterdessen verstummt, aber als die Leute die Treppe hinaufstürzten, vernahmen sie von oben her deutlich den Klang von zwei oder mehr rauen Stimmen, die heftig und laut miteinander stritten. Als man den zweiten Treppenabsatz erreicht hatte, hörten auch diese Töne auf, und es wurde plötzlich totenstill. Die eingedrungenen Personen teilten sich in verschiedene Parteien und eilten von einem

Zimmer in das andere. Als man endlich ein großes Hinterzimmer des vierten Stockes erreichte (die Tür dieses Zimmers war von innen verschlossen und musste aufgebrochen werden), bot sich ein Anblick dar, der alle Anwesenden mit Grauen und höchster Verwunderung erfüllte.

In dem Zimmer herrschte die wildeste Unordnung; die Möbel waren zertrümmert und lagen überall umher. Das Zimmer enthielt eine Bettstatt, und aus dieser waren sämtliche Kissen herausgerissen und in die Mitte des Zimmers geschleppt worden. Auf einem Stuhl lag ein blutiges Rasiermesser. Auf dem Kamin fand man zwei oder drei lange dicke Strähnen grauen Menschenhaares, die ebenfalls mit Blut besudelt waren und mit den Wurzeln ausgerissen zu sein schienen. Über den Fußboden zerstreut fand man vier Napoleons, einen Topas-Ohrring, drei große silberne Löffel, drei kleinere aus Neusilber, ferner zwei Beutel, die viertausend Franken in Gold enthielten. Aus einem in der Ecke stehenden Schreibtisch waren die Schubfächer herausgezogen und offenbar ausgeplündert worden, obwohl noch viele Gegenstände darin umherlagen. Unter den Bettkissen, nicht unter der Bettstatt, entdeckte man eine kleine eiserne Kassette. Sie war offen, und der Schlüssel steckte in dem Schloss; ihr Inhalt aber bestand nur aus einigen alten Briefen und anderen belanglosen Papieren.

Von Madame L'Espanaye war keine Spur zu entdecken; da man aber den Kamin und den Fußboden davor ganz mit Ruß bedeckt fand, forschte man im Schornstein nach, und man zog – grässlich, es zu sagen! – den Leichnam der Tochter daraus hervor, der mit dem Kopf nach unten ziemlich hoch in den engen Schornstein hinaufgestopft worden war. Der Körper war noch ganz warm. Bei der Untersuchung fanden sich zahlreiche Hautabschürfungen, die wahrscheinlich durch die Heftigkeit, mit der der Leichnam in den Schornstein hinaufgestoßen und dann wieder heruntergezogen wurde, verursacht worden waren. Auf dem Gesicht fand man viele schwere Kratzwunden, während sich am Hals schwarze Quetschwunden und der tiefe Eindruck von Fingernägeln vorfanden, die darauf hindeuteten, dass das Mädchen erdrosselt worden war. Nachdem man jeden Winkel des Hauses auf das Gründlichste untersucht hatte, ohne jedoch etwas Weiteres zu entdecken, drangen die Leute in einen kleinen gepflasterten Hof, der hinter dem Haus lag. Und hier war es, wo man die Leiche der alten Dame fand. Der Kopf war vom Rumpf abgetrennt und hing nur noch durch ein Stück Haut lose damit zusammen, sodass er abfiel, als man die Leiche aufzuheben versuchte. Der Körper sowohl wie der Kopf waren in unerhörter grauenhaftester Weise verstümmelt, und besonders der Erstere sah kaum noch menschenähnlich aus. Trotz aller Bemühungen ist es bis jetzt noch nicht gelungen, den Schlüssel zu diesem entsetzlichen Geheimnis zu finden.« – Tags darauf brachte dieselbe Zeitung noch einige weitere Einzelheiten über den grauenhaften Fall:

»Die Tragödie in der Rue Morgue. Viele Personen sind schon in dieser außergewöhnlichen und grauenhaften Sache vernommen worden, doch fand sich nicht das Geringste, was Licht in die dunkle Angelegenheit gebracht hätte. Wir geben hier die Aussagen der vernommenen Zeugen.

Pauline Dubourg, Wäscherin, sagt aus, dass sie die beiden verstorbenen Damen schon seit drei Jahren gekannt habe, da sie während dieser Zeit die Wäsche für sie besorgte. Mutter und Tochter hätten viel aufeinander gehalten und seien stets sehr zärtlich miteinander gewesen. Sie bezahlten alles sofort. Wie und wovon sie gelebt hatten, darüber könne sie nichts sagen. Man munkele, dass Madame L'Espanaye von Beruf Wahrsagerin gewesen sei. Jedenfalls ginge die Rede, dass sie Geld gehabt habe. Die Zeugin sagte ferner aus, sie sei im Haus niemals jemand begegnet, wenn sie die Wäsche geholt oder zurückgebracht habe. Sie wisse mit Bestimmtheit, dass die Damen keine Dienstboten gehabt hätten. Sie habe angenommen, dass nur der vierte Stock des Hauses möbliert gewesen und dass es sonst ganz unbewohnt gewesen sei.

Peter Moreau, Tabakhändler, sagt aus, dass er seit etwa vier Jahren der Madame L'Espanaye ab und zu kleine Quantitäten Rauch- und Schnupftabak verkauft habe. Er sei in der Nachbarschaft geboren und habe immer in der Rue Morgue gewohnt. Die alte Dame und ihre Tochter hätten schon seit mehr als sechs Jahren ganz allein in dem Hause gewohnt, in dem man ihre Leichen gefunden hatte. Das Haus gehörte Madame L'Espanaye. In früheren Zeiten hatte sie an einen Juwelier vermietet gehabt; der Missbrauch aber, den dieser mit den oberen Räumen trieb, indem er sie an alle möglichen Leute in Aftermiete gab, hatte den Unwillen der alten Dame erregt. Sie zog also selbst in das Haus und weigerte sich von da ab hartnäckig, die nicht von ihr bewohnten Räume anderweitig zu vermieten. Der Zeuge meint, Madame L'Espanaye sei etwas kindisch gewesen. Er sagt, dass er die Tochter während der sechs Jahre kaum mehr als fünf- oder sechsmal gesehen habe. Die beiden Frauen hätten ein außerordentlich zurückgezogenes

Leben geführt – indessen hätten sie allgemein in dem Ruf gestanden, Geld zu haben. Er hatte auch gehört, dass die Leute in der Nachbarschaft munkelten, Madame L'Espanaye sei eine Wahrsagerin – er habe das aber niemals geglaubt. Er habe nie jemand anders in das Haus treten sehen als Mutter und Tochter, ein- oder zweimal einen Dienstmann und acht- oder zehnmal einen Arzt.

Noch viele andere Personen aus der Nachbarschaft bestätigten diese Aussage. Von irgendeinem regelmäßigen Verkehr in dem Hause konnte überhaupt gar keine Rede sein, man wusste nicht einmal, ob Madame L'Espanaye und ihre, Tochter irgendwelche Verwandten hatten. Die Fensterläden der vorderen Zimmer wurden nur selten geöffnet, die nach dem Hof waren stets geschlossen, mit Ausnahme der Läden eines großen Zimmers in der vierten Etage. Das Haus war gut gebaut und nicht alt.

Isidor Muset, Gendarm, sagt aus, dass man ihn gegen drei Uhr morgens zu dem Hause geholt und dass er dort zwanzig bis dreißig Personen angetroffen habe, die vergebens versuchten, sich Eingang zu verschaffen. Er habe schließlich die Tür erbrochen, und zwar mit einem Bajonett, nicht mit einer Eisenstange. Es sei das nicht sehr schwierig gewesen, da es eine Flügeltür war, die weder oben noch unten ordentlich zugeriegelt gewesen sei. Man habe oben aus dem Hause ein entsetzliches Geschrei gehört, aber in dem Augenblick, als die Tür aufflog, sei plötzlich alles still geworden. Es waren herzzerreißende Angstschreie gewesen, die, wie es schien, von einer oder mehreren Personen in größter Todesangst ausgestoßen wurden. Der Zeuge war den andern voran die Treppe hinaufgegangen. Als er den ersten Treppenabsatz erreicht hatte, vernahm er ganz deutlich zwei Stimmen, die laut und zornig miteinander stritten, die eine war rau und barsch, während die andere einen ganz sonderbaren schrillen, kreischenden Klang hatte. Er konnte ein paar der von der ersten Stimme gesprochenen Worte verstehen; es war die eines Franzosen; jedenfalls war es keine Frauenstimme, und er unterschied deutlich die Worte › sacre‹ und › diable‹. Die schrille Stimme hielt er für die eines Ausländers. Er war sich nicht ganz klar darüber, ob es die Stimme eines Mannes oder einer Frau gewesen sei, auch konnte er nicht bestimmt behaupten, in welcher Sprache sie sich ausgedrückt habe, er meinte jedoch, es sei Spanisch gewesen. Seine Beschreibung von dem Zustand des Zimmers und der Leichen stimmt genau mit unserer gestrigen Beschreibung überein.

Henri Duval, von Beruf Silberschmied, auch ein Nachbar, sagt aus, dass er einer der Ersten gewesen war, die in das Haus eingedrungen seien. Seine Aussage stimmt in der Hauptsache ganz mit der Musets überein. Er sagt, nachdem man sich den Eingang erzwungen hatte, habe er rasch die Haustür von innen abgeschlossen, um die nachdrängende Menge abzuhalten, die sich trotz der späten Stunde sehr bald ansammelte. Der Zeuge meint, die schrille Stimme, die auch er vernommen habe, sei die eines Italieners gewesen, bestimmt nicht die eines Franzosen. Es ist ihm nicht ganz sicher, ob es die Stimme eines Mannes war, es könne auch eine weibliche Stimme gewesen sein. Er könne kein Italienisch und hätte daher natürlich kein Wort verstanden, aber nach dem Klang zu schließen, glaube er, dass es wirklich Italienisch gewesen sei. Gewiss, er habe Madame L'Espanaye und auch ihre Tochter gekannt. Er habe sich öfters mit beiden unterhalten. Es sei ganz ausgeschlossen, dass die schrille Stimme einer der beiden Verstorbenen angehört hätte.

Odenheimer, Restaurateur. Dieser Zeuge war nicht geladen, er ist freiwillig erschienen, um sein Zeugnis abzulegen. Er ist Holländer und aus Amsterdam gebürtig. Da er kein Französisch spricht, wurde er durch einen Dolmetscher vernommen. Er kam zufällig an dem Hause vorüber, als darin das entsetzliche Geschrei ertönte; er glaubt, dass es wenigstens zehn Minuten angedauert haben müsse. Es war ein langgezogenes, lautes, jammervolles und grauenhaftes Schreien. Er gehört zu denen, die in das Haus eindrangen. Seine Aussage stimmt durchaus mit der der anderen Zeugen überein – bis auf einen Punkt: Er glaube nämlich mit Sicherheit behaupten zu können, dass die schrille Stimme die eines Mannes, und zwar eines Franzosen gewesen sei. Obgleich er die Worte nicht hatte verstehen können, habe er den Eindruck, als ob die Stimme zugleich angst- und zornerfüllt geklungen habe, sie habe laut, schnell und in abgebrochenen Tönen gesprochen. Die Stimme wäre ihm mehr heiser als schrill erschienen. Eine wirklich schrille Stimme wäre es nicht gewesen. Die andere raue Stimme habe wiederholt › sacré‹, › diable‹ und einmal › mon Dieu‹ gesagt.

Jules Mignaud, Bankier und Inhaber der Firma Mignaud & Sohn, Rue Deloraine. Er ist der ältere Mignaud. Er sagt aus: Madame L'Espanaye hatte Vermögen und stand seit dem Frühling 18.. (also seit acht Jahren) in geschäftlicher Verbindung mit seinem Bankhaus. Sie hatte mit der Zeit mehrere kleine Summen bei ihm deponiert, aber nie Kapital zurückgezogen, bis drei Tage vor ihrem Tode, wo sie persönlich die

Summe von 4000 Franken erhoben hatte. Die Summe wurde ihr in Gold ausbezahlt, und ein Kommis brachte ihr das Geld ins Haus.

Adolphe Lebon, Kommis bei Mignaud & Sohn, sagt aus, dass er an dem betreffenden Tage gegen Mittag Madame L'Espanaye begleitet habe, um ihr die in zwei Beutel verpackten 4000 Franken nach Hause zu tragen. Als die Tür geöffnet wurde, sei Fräulein L'Espanaye erschienen, und er habe ihr den einen Beutel eingehändigt, während die alte Dame ihm den anderen selbst abgenommen habe. Er habe sich dann verabschiedet und sei gegangen. In der Straße habe er zu dieser Zeit keinen Menschen bemerkt. Die Rue Morgue sei eine Nebenstraße und sehr einsam. William Bird, Schneider, sagt aus, dass er ebenfalls zu denen gehört, die in das Haus gedrungen seien. Er ist Engländer. Er hat zwei Jahre in Paris gelebt. Er war einer der Ersten, die die Treppe hinaufstiegen. Er hält die raue Stimme für die eines Franzosen. Er hat einige Worten verstanden, kann sich aber nicht aller erinnern. Dass › sacré‹ und › mon Dieu‹ gesagt wurde, hat er deutlich verstanden. Er hat ein Geräusch vernommen, als ob sich mehrere Personen miteinander balgten – darauf ein scharrendes schlürfendes Geräusch. Die schrille Stimme sei sehr laut, lauter als die barsche gewesen. Er sei sicher, dass es nicht die Stimme eines Engländers, viel eher die eines Deutschen gewesen sei, vielleicht könne es auch eine Frauenstimme gewesen sein. Er verstände kein Deutsch. Vier der genannten Zeugen sagten, als sie wieder vorgerufen wurden, übereinstimmend aus, dass die Tür des Zimmers, in dem man die Leiche des Fräulein L'Espanaye gefunden habe, von innen verschlossen gewesen sein. Als man oben ankam, sei plötzlich alles ganz still gewesen – von einem Stöhnen oder sonstigen Geräusch irgendeiner Art war nichts mehr zu hören. Man erbrach die Tür, aber niemand war in dem Zimmer zu sehen. Die Fenster des hinteren wie des vorderen Zimmers seien geschlossen und von innen verriegelt gewesen. Die Verbindungstür zwischen den beiden Zimmern war zu, jedoch nicht verschlossen. Ein kleines, im vierten Stock nach der Straße gelegenes Zimmer am Ende des Korridors stand weit offen. Dieses Zimmer war mit alten Betten, Koffern usw. ganz vollgestopft. Es wurde ausgeräumt und auf das Sorgfältigste durchsucht. Es war überhaupt in dem ganzen Haus nicht das kleinste Winkelchen, das man nicht gründlich durchsucht hätte. Man ließ Schornsteinfeger kommen, die die Schornsteine und Kaminröhren kehren mussten. Das Haus hat vier Stockwerke und enthält außerdem noch einige Mansarden. Auf dem Dach befindet sich eine kleine Falltür, die man aber fest vernagelt gefunden hatte und die seit Jahren nicht mehr benutzt zu sein schien. Über die Länge der Zeit von dem Augenblick an, wo man die streitenden Stimmen vernahm, bis zu dem, wo man die Zimmertür aufbrach, schwanken die Aussagen der Zeugen. Einige meinten, es könne sich höchstens um zwei oder drei Minuten handeln, andere behaupteten, es seien wenigstens fünf Minuten gewesen. Es war schwer gewesen, die Tür zu öffnen.

Alfonzo Garcio, Begräbnisbesorger, sagt aus, dass er in der Rue Morgue wohne. Er ist geborener Spanier. Gehört zu den Leuten, die in das Haus eindrangen, ging aber nicht mit die Treppe hinauf. Ist nervenschwach und fürchtete die Folgen der Aufregung. Die streitenden Stimmen hat er jedoch deutlich gehört. Die raue Stimme war die eines Franzosen, und er glaubt sich nicht zu irren, wenn er die schrille Stimme für die eines Engländers hält. Zeuge versteht zwar kein Englisch, urteilt aber nach der Aussprache der Worte. Alberto Montani, Konditor, sagt aus, er sei einer der Ersten gewesen, die die Treppe hinaufgeeilt wären. Er hat die streitenden Stimmen gehört. Die barsche Stimme sei die eines Franzosen gewesen, Zeuge behauptet, einige Worte verstanden zu haben. Es hätte ihm so geschienen, als ob der Sprecher einem anderen Vorstellungen mache. Von dem, was die schrille Stimme sagte, habe er nichts verstehen können, sie habe schnell und in abgebrochenen Lauten gesprochen. Zeuge meint, dass es die Stimme eines Russen gewesen sei. In allen wesentlichen Punkten stimmt er vollständig mit der Aussage der anderen Zeugen überein. Er ist Italiener. Er hat niemals mit einem geborenen Russen gesprochen. Mehrere wieder aufgerufene Zeugen bestätigen, dass die Kamine aller Zimmer der vierten Etage viel zu eng seien, als dass ein menschliches Wesen dadurch hätte entkommen können. Unter Besen verstände man jene zylinderförmigen Kehrbesen, wie die Schornsteinfeger sie zum Reinigen der Kamine gebrauchen. Man sei mit solchen Besen durch sämtliche Schornsteine des Hauses auf und nieder gefahren. Es gibt in dem Hause keine Hintertreppe oder einen sonstigen Ausweg, durch den sich jemand hätte retten können, während die Zeugen die Treppe hinaufeilten. Der Körper des Fräulein L'Espanaye war so fest in den engen Kamin hineingezwängt, dass es nur den vereinten Kräften von vier oder fünf Männern gelang, ihn wieder herunterzuziehen.

Paul Dumas, Arzt, sagt aus, dass man ihn gegen drei Uhr gerufen habe, um die Besichtigung der Leichen vorzunehmen. Sie lagen beide auf der Matratze des Bettes, das im Zimmer stand, in dem Fräulein

L'Espanaye gefunden worden war. An dem Körper der jungen Dame hatte er viele Quetschwunden und Hautabschürfungen gefunden. Es war dies nur zu erklärlich, wenn man den Umstand in Betracht zog, dass das unglückliche Mädchen mit roher Gewalt in den Schornstein hinaufgezwängt worden war. Der Kehlkopf war vollständig zusammengepresst. Unter dem Kinn befanden sich mehrere tiefe Kratzwunden sowie eine Reihe blauer Flecken, die offenbar von einem heftigen, mit Fingern ausgeübten Druck herrührten. Das Gesicht war grässlich entstellt, die Augen waren aus ihren Höhlen weit hervorgequollen, die Zunge halb durchgebissen. Auf der Magengrube wurde eine große Quetschung entdeckt, die anscheinend von dem Drucke eines Knies herrührte. Herr Dumas war der Meinung, dass Fräulein L'Espanaye von einer oder mehreren Personen erwürgt worden sei. Die Leiche der Mutter war ebenfalls in entsetzlicher Weise verstümmelt. Sämtliche Knochen des rechten Beines und des rechten Armes hatte er mehr oder weniger zerschmettert gefunden. Ebenso waren das linke Schienbein und die sämtlichen Rippen der linken Seite zersplittert gewesen. Der ganze Körper war in grauenhafter Weise mit Quetschwunden bedeckt und zeigte blutunterlaufene Stellen; es sei ein ganz entsetzlicher Anblick gewesen. Es wäre unmöglich festzustellen, wie und womit diese schweren Verletzungen herbeigeführt worden seien. Ein schwerer hölzerner Knüttel oder eine Eisenstange, von den Händen eines sehr starken Mannes geschwungen, könnten solche Resultate hervorbringen. Eine Frau würde, mit welcher Waffe es auch sei, niemals so wuchtige Schläge austeilen können. Der Kopf der Toten war, als der Zeuge ihn zu Gesicht bekam, ganz vom Körper getrennt und vollständig zerschmettert gewesen. Offenbar sei der Hals mit einem sehr scharfen Instrument, wahrscheinlich einem Rasiermesser, durchschnitten worden.

Alexander Etienne, Wundarzt, war gleichzeitig mit Herrn Dumas zur Leichenschau gerufen worden. Er bestätigte in allen Punkten das Zeugnis und Gutachten des Herrn Dumas.

Obgleich noch verschiedene andere Personen verhört wurden, ließ sich nichts Weiteres feststellen. Noch nie ist in Paris ein so geheimnisvolles Verbrechen verübt worden, dessen Einzelheiten so unerklärlich sind – man möchte beinahe fragen, ob hier wirklich ein Mord vorliegt? Jedenfalls hat die Polizei bis jetzt auch nicht die kleinste Spur gefunden, die sich verfolgen ließe, und das ist bei derartigen Fällen etwas ganz Ungewöhnliches. Bis zur Stunde fehlt jeder Schlüssel, der dieses furchtbare Rätsel zu lösen vermöchte.« – In der Abendausgabe derselben Zeitung hieß es dann, dass in dem Quartier St. Roch noch immer die höchste Aufregung herrsche, dass der Tatort wieder, und zwar auf das Sorgfältigste, untersucht worden sei, dass man noch mehr Personen verhört habe, aber leider ohne das geringste Ergebnis. In einer Nachschrift wurde mitgeteilt, Adolphe Lebon sei verhaftet und in das Untersuchungsgefängnis abgeführt worden, obgleich er durch seine Aussage durchaus nicht belastet erscheine und nichts gegen ihn vorläge. Dupin schien sich für den Verlauf dieser Angelegenheit auf das Lebhafteste zu interessieren – wenigstens schloss ich das aus der Art seines Benehmens –, äußerte sich jedoch mit keinem Wort. Erst nachdem die Zeitung die Nachricht von der Verhaftung Lebons brachte, fragte er mich, was ich von dieser geheimnisvollen Angelegenheit dächte.

Ich stimmte mit der Meinung von ganz Paris überein, dass die Affäre in ein undurchdringliches Dunkel gehüllt sei und dass man bis jetzt auch nicht die kleinste Hoffnung hätte, die Spur der Mörder aufzudecken.

»Was das betrifft«, sagte Dupin, »so dürfen wir uns keinesfalls mit dem Resultate dieser immerhin nur oberflächlichen Untersuchung begnügen. Die Pariser Polizei, die ihres Scharfsinns wegen so sehr gerühmt wird, ist schlau – sonst aber auch nichts. Ihrem Vorgehen liegt keine andere Methode zugrunde als die, die ihr der Augenblick eingibt. Die von ihr angewandten Mittel, auf die sie sehr stolz ist, entsprechen dem Zwecke jedoch oft so wenig, dass man dabei unwillkürlich an die Anekdote von Herrn Jourdain erinnert wird: › *qui demandait sa robe de chambre pour mieux entendre la musique.*‹[2] Man muss zugeben, dass sie trotzdem zuweilen ganz überraschende Resultate erzielt, aber sie verdankt sie wirklich nur ihrem Fleiß und ihrer Rührigkeit. Da, wo diese Eigenschaften nicht ausreichen, hat sie eben keinen Erfolg. Vidocq zum Beispiel war ein Mann, der geschickt im Kombinieren und Erraten, dabei von großer Ausdauer war. Da aber sein Denken nicht die nötige Schulung hatte, machte er viele Fehler, und zwar hauptsächlich durch die zu große Intensität seiner Nachforschungen. Er verlor die Übersicht dadurch, dass er die Dinge zu sehr aus der Nähe betrachtete. Einzelne Punkte erkannte er freilich mit ungewöhnlicher Klarheit, aber naturgemäß verlor er darüber den Überblick über das Ganze. Ein Beweis dafür, dass es nicht taugt, allzu tiefsinnig zu sein. Die Wahrheit ist kei-

---

[2] Der nach seinem Schlafrock rief – um die Musik besser hören zu können.

neswegs immer in einem Brunnen versteckt. Ich glaube vielmehr, dass sie, soweit wichtigere Dinge infrage kommen, meist auf der Oberfläche liegt. Die Wahrheit liegt nicht in den tiefen Tälern, wo wir sie suchen, sie liegt auf der Höhe der Berge, wo wir sie finden. Die Beobachtung der Himmelskörper versinnbildlicht uns in ausgezeichneter Weise Art und Ursprung jenes Irrtums. Wenn man einen Stern ganz flüchtig oder schielend anblickt, sodass man ihm nur die äußeren Teile der Netzhaut zuwendet, die für schwache Lichteindrücke empfänglicher sind als die inneren, so sieht man den Stern in seinem vollen Glanz ganz deutlich; je länger und schärfer wir ihn aber anschauen, je intensiver wir unseren Blick darauf richten, um so mehr wird sein Glanz verblassen. In letzterem Falle konzentrieren sich ja tatsächlich mehr Strahlen auf dem Auge, aber im Ersteren besitzt dieses eine feinere, man möchte sagen, geistigere Aufnahmefähigkeit. Durch zu große Gründlichkeit verwirren wir unseren Geist und schwächen die Kraft der Gedanken ab. Ist es doch sogar möglich, selbst die strahlende Venus vom Firmament schwinden zu sehen, wenn man zu lange und zu scharf darauf hinblickt.

Was nun diese Mordtat betrifft, so wollen wir lieber zuerst die Sache selbst näher untersuchen, ehe wir uns ein Urteil darüber bilden. Ich verspreche mir viel Spaß davon. (Ich fand diesen Ausdruck nicht eben glücklich gewählt, sagte aber nichts.) Außerdem hat Lebon mir einmal einen Dienst erwiesen, für den ich mich dankbar zeigen möchte. Wir wollen zunächst den Tatort mit unseren eigenen Augen untersuchen. Ich kenne den Polizeipräfekten Herrn G. – und ich glaube kaum, dass es mir schwerfallen wird, die nötige Erlaubnis zu erhalten.«

Er erhielt die Erlaubnis sofort, und wir begaben uns ohne weiteren Verzug nach der Rue Morgue. Es ist dies eine jener elenden Querstraßen, die die Rue Richelieu mit der Rue St. Roch verbinden. Es war schon etwas spät am Nachmittag, als wir unser Ziel erreichten, da dieser Stadtteil ziemlich weit von unserer Wohnung entfernt liegt. Das Haus fanden wir sofort; es war immer noch von vielen Menschen umlagert, die mit zweckloser Neugierde von der entgegengesetzten Seite der engen Straße auf die geschlossenen Fensterläden gafften. Es war ein gewöhnliches Pariser Haus mit einem Torweg, an dessen einer Seite ein Schiebefensterchen angebracht war, hinter dem sich ein Portierstübchen befand. Ehe wir jedoch eintraten, gingen wir die Straße hinauf und bogen in ein kleines Gässchen ein, dann wandten wir uns noch einmal seitwärts und kamen so an der Rückseite des betreffenden Hau-

70

ses vorbei. Dupin prüfte nicht nur das Haus, sondern auch die ganze Nachbarschaft, und zwar mit einer peinlichen Aufmerksamkeit, deren Grund mir nicht recht einleuchten wollte.

Wir gingen dann wieder zurück und kamen bald in der Rue Morgue und vor der Front des Hauses an. Wir klingelten und wurden, nachdem wir unsern Erlaubnisschein vorgezeigt hatten, von dem Wache haltenden Polizeibeamten eingelassen. Wir gingen die Treppe hinauf und zuerst in das Zimmer, in dem man die Leiche von Fräulein L'Espanaye gefunden hatte und wo auch jetzt die beiden Toten lagen. In dem Zimmer herrschte immer noch ein wildes Durcheinander, da, wie das bei solchen Fällen stets geschieht, der Tatort unverändert erhalten werden musste. Ich sah nichts anderes, als was die »Gazette des Tribunaux« mitgeteilt hatte. Dupin untersuchte alles sorgfältig – sogar die Leichen der beiden Frauen. Dann gingen wir in die anderen Zimmer und in den Hof, während uns ein Gendarm überallhin begleitete. Die Untersuchung nahm uns bis zum Eintritt der Dämmerung in Anspruch, dann gingen wir. Auf unserem Heimweg trat mein Begleiter für einige Augenblicke in die Expedition eines der Tagesblätter ein. Ich habe bereits erzählt, dass mein Freund die seltsamsten Einfälle und Grillen hatte und dass ich mich ihnen fügte. Es gefiel ihm plötzlich, das Thema der Mordtat mit keinem Wort mehr zu berühren, und erst am Mittag des darauffolgenden Tages rückte er ganz unvermittelt mit der Frage heraus, ob mir denn auf dem Schauplatz gar nichts Absonderliches aufgefallen sei.

In der Art, mit der er das Wort »Absonderliches« betonte, lag etwas, das mich unwillkürlich schaudern machte, ohne dass ich wusste, weshalb.

»Nein«, sagte ich, »nichts Absonderliches, jedenfalls nichts anderes, als was auch in der Gerichtszeitung gestanden hat.« »Die Gerichtszeitung«, antwortete er, »ist auf das ungewöhnlich Grauenhafte dieser Affäre nicht genügend eingegangen. Aber sehen wir ganz von dem Berichte dieses Blattes ab. Mir scheint, als ob das für unlösbar gehaltene Geheimnis durchaus nicht unergründlich ist. Ich will damit sagen, dass gerade der outrierte Charakter aller Einzelheiten dieser furchtbaren Begebenheit nur ein kleines und deutlich begrenztes Feld von Vermutungen zulässt. Die Polizei steht ratlos und verwirrt vor einem Verbrechen, dessen Motive vielleicht weniger unbegreiflich sind als die wilde Scheußlichkeit, mit der die Mordtaten ausgeführt worden sind. Ebenso

wenig kann sie es begreifen, dass die Aussage so vieler Zeugen fest-
stellt, in dem Zimmer, in dem Fräulein L'Espanaye ermordet gefunden
wurde, habe ein aufgeregter Wortwechsel stattgefunden, während
doch, als man eindrang, niemand darin war und ganz unmöglich jemand über die Treppe hätte entkommen können, ohne von den hinauf-
eilenden Leuten bemerkt zu werden. Die in dem Zimmer herrschende
wilde Unordnung, die mit dem Kopf nach unten in den engen Schornstein hinauf gepresste Leiche, die entsetzlichen Verstümmelungen an
dem Körper der alten Dame sowie noch einige weitere Tatsachen, die
ich nicht zu erwähnen brauche, haben genügt, um die Tatkraft der
Polizei zu lähmen und ihren so viel gerühmten Scharfsinn irrezufüh-
ren. Die Polizei ist eben in den häufig vorkommenden, aber groben
Irrtum verfallen, das Ungewöhnliche mit dem Unerforschlichscheinen-
den zu verwechseln. Indessen bin ich der Ansicht, dass gerade dieses
Abweichen von dem Wege des Gewöhnlichen uns einen Fingerzeig
dafür geben kann, was geschehen muss, um der Wahrheit auf die Spur
zu kommen. Bei Untersuchungen dieser Art sollte man nicht so rasch
fragen: was ist geschehen, als: Was ist hier geschehen, was noch nicht
vorher geschehen ist? Und in der Tat steht die Leichtigkeit, mit der ich
dieses Rätsel lösen werde – oder vielmehr schon gelöst habe –, in direk-
tem Verhältnis zu der scheinbaren Unlösbarkeit, die es in den Augen
der Polizei hat.«

In sprachlosem Erstaunen starrte ich meinen Freund an. »Ich warte
in diesem Augenblick«, fuhr er ruhig, auf die Zimmertür blickend, fort,
»auf einen Mann, der, obwohl er vermutlich nicht selbst diese grässlichen Metzeleien verübt hat, doch jedenfalls in irgendeiner Beziehung
dazu steht. An den schlimmsten Gräueln dieses Verbrechens ist er
wahrscheinlich unschuldig. Ich hoffe wenigstens, dass es so ist, denn
ich habe meine ganze Hoffnung, das Rätsel zu lösen, auf diese Voraussetzung gegründet. Ich erwarte den Mann – hier, in diesem Zimmer –,
er kann jeden Augenblick kommen. Es ist wahr, dass er möglicherweise
auch nicht kommen könnte, aber aller Wahrscheinlichkeit nach wird er
es tun. Sollte er kommen, so wird es unbedingt nötig sein, ihn festzuhalten. Hier sind Pistolen; wir beide wissen damit umzugehen, falls die
Gelegenheit es fordern sollte.«

Ich nahm die Pistolen, fast ohne zu wissen, was ich tat, und ohne
zu glauben, was ich hörte, während Dupin, wie mit sich selber spre-
chend, fortfuhr. Ich habe das seltsame Wesen, in das er zu gewissen
Zeiten verfiel, schon erwähnt. Obwohl seine Worte ja offenbar an mich

gerichtet waren und er durchaus nicht laut sprach, bediente er sich doch jener eindringlichen deutlichen Intonation, mit der man zu einer entfernteren Person spricht.

»Dass die von den Leuten auf der Treppe gehörten streitenden Stimmen nicht die der beiden Damen waren, ist durch die übereinstimmenden Aussagen der Zeugen vollständig bewiesen. Dieser Umstand macht die Frage, ob die alte Dame etwa möglicherweise selbst ihre Tochter ermordet und nachher Selbstmord begangen habe, vollständig überflüssig. Ich erwähne diesen Punkt nur, weil ich methodisch vorzugehen liebe, denn die Kräfte der Frau L'Espanaye würden unmöglich hingereicht haben, die Leiche ihrer Tochter in den engen Kaminschacht zu zwängen, in dem sie gefunden worden ist; außerdem ist die Art der Wunden, mit denen ihr ganzer Körper bedeckt war, eine solche, dass jede Möglichkeit eines Selbstmordes ausgeschlossen ist. Es steht somit fest, dass die Mordtaten von einer dritten Partei ausgeführt wurden, und die Stimmen eben dieser dritten Partei waren es, die in heftigem Wortwechsel vernommen wurden. Prüfen wir nun die Eigentümlichkeiten der betreffenden Zeugenaussagen. Ist Ihnen da nichts Absonderliches aufgefallen?«

Ich antwortete, dass es jedenfalls wohl bemerkenswert sei, dass, während alle Zeugen übereinstimmend die raue barsche Stimme für die eines Franzosen gehalten hätten, die Ansichten über die schrille oder, wie einer der Zeugen meinte, heisere Stimme sehr weit auseinandergingen. »So lauten die Zeugenaussagen«, sagte Dupin, »indessen ist das nicht das Absonderliche der Aussage. Sie haben also nichts Besonderes bemerkt? Und doch liegt hier eine ganz eigentümliche Tatsache vor. Wie Sie richtig beobachtet haben, stimmten die Aussagen aller Zeugen über die barsche raue Stimme vollkommen überein. Was nun die schrille Stimme betrifft, so liegt das Eigentümliche weniger darin, dass die Aussagen der Zeugen voneinander abweichen, als dass eine Reihe derselben, nämlich ein Italiener, ein Engländer, ein Spanier, ein Holländer und ein Franzose, von dieser Stimme als der eines Ausländers sprachen. Jeder ist davon überzeugt, dass es nicht die Stimme eines Landsmannes gewesen sein könne. Jeder glaubt den Klang einer Sprache darin zu erkennen, die er selbst nicht versteht. Der Franzose hält sie für die Stimme eines Spaniers und – ›würde gewiss ein paar Worte verstanden haben, wenn er nur Spanisch gekonnt hätte.‹ Der Holländer behauptet, es müsse die Stimme eines Franzosen gewesen sein, aber wir lesen in dem Zeugenbericht, dass er, weil er kein Französisch könne, durch Vermittlung eines Dolmetschers verhört worden sei. Der Engländer glaubt, dass es die Stimme eines Deutschen gewesen sei, aber: ›Er versteht kein Deutsch.‹ Der Spanier hingegen ist ganz sicher, dass es die Stimme eines Engländers war – er urteilt nach dem Tonfall – , hat aber nicht die geringste Kenntnis der englischen Sprache. Der Italiener glaubt die Stimme eines Russen vernommen zu haben, hat jedoch niemals mit einem geborenen Russen gesprochen. Die Aussage eines zweiten Franzosen weicht wieder von der des Ersten ab: er behauptet, dass es unbedingt die Stimme eines Italieners war, die er vernommen habe; er versteht kein Wort Italienisch, hat aber wie der Spanier nach dem Tonfall geurteilt. Wie ganz ungewöhnlich muss diese Stimme gewesen sein, dass die Aussagen der Zeugen darüber so weit auseinandergehen konnten, dass sie Menschen aus den fünf großen europäischen Völkergruppen durchaus fremd erschien! Sie werden allerdings einwerfen es ja möglicherweise auch die Stimme eines Asiaten oder Afrikaners gewesen sein könne. Es gibt deren in Paris nicht allzu viele, aber ohne diese Möglichkeit zu bestreiten, möchte ich Ihre Aufmerksamkeit auf drei bestimmte Punkte leiten. Der eine der Zeugen erklärte, dass die Stimme mehr heiser als schrill gewesen sei. Zwei andere behaupten, dass sie schnell und in abgebrochenen Lauten gesprochen habe. Kein einziger der Zeugen konnte Worte oder wortähnliche Laute unterscheiden.

Ich weiß nicht«, fuhr Dupin fort, »welchen Eindruck meine Auseinandersetzungen auf Sie gemacht haben, aber ich zögere nicht, die Behauptung aufzustellen, dass der Teil der Zeugenaussagen, der sich auf die raue und schrille Stimme bezieht, hinreichend ist, einen Verdacht zu erregen, der maßgebend für alle weiteren Forschungen sein sollte und durch den voraussichtlich dieses furchtbare Rätsel seine Lösung finden wird. Ich behaupte, dass die Schlüsse, die ich aus den Zeugenaussagen gezogen habe, die einzig richtigen sind und dass sie in Bezug auf den Mörder nur eine Folgerung zulassen. Welcher Art aber diese Vermutung ist, das möchte ich Ihnen vorläufig noch nicht sagen. Ich möchte Sie nur darauf aufmerksam machen, dass sie mir wichtig genug war, um meinen Untersuchungen in dem Mordzimmer eine ganz bestimmte Richtung zu geben.

Versetzen wir uns im Geist wieder in jenes Zimmer. Was ist das Erste, was wir darin suchen? Selbstverständlich die Mittel und Wege, die die Mörder zu ihrer Flucht benutzt haben. Ich darf doch zweifellos behaupten, dass weder Sie noch ich an übernatürliche Dinge glauben?

Frau und Fräulein L'Espanaye sind nicht durch Geister ums Leben gekommen. Die Täter waren materielle Wesen und sind in materieller Weise entkommen. Aber wie? Glücklicherweise bleibt für unsere Schlussfolgerung nur ein Weg offen, und dieser muss uns zu einer endgültigen Feststellung führen. Untersuchen wir der Reihe nach die Wege, auf denen den Tätern die Möglichkeit einer Flucht geboten war. Es ist klar, dass die Mörder, als die Zeugen die Treppe heraufeilten, entweder in dem Zimmer, in dem Fräulein L'Espanaye gefunden wurde, oder doch in dem angrenzenden kleinen Zimmer gewesen sein müssen. Sie können daher auch nur aus einem dieser beiden Zimmer den Ausweg gefunden haben. Die Polizei hat den Fußboden, die Decke und das Mauerwerk der Wände auf das Sorgfältigste untersucht. Kein geheimer Ausgang würde ihrer Aufmerksamkeit entgangen sein. Da ich aber den Augen der Polizei nicht unbedingt traue, so prüfte ich alles mit meinen eigenen. Es war aber wirklich kein geheimer Ausgang vorhanden. Von den Zimmern führten Türen in den Gang, aber sie waren fest verschlossen, und zwar steckte in beiden Schlössern der Schlüssel von innen. Betrachten wir uns nun die Schornsteine; sie haben zwar oberhalb des Kamins bis zur Höhe von acht bis zehn Fuß die gewöhnliche Breite, verengen sich aber dann so sehr, dass kaum eine große Katze hindurch könnte. Da also die Unmöglichkeit, auf diesen beiden Wegen zu entwischen, bewiesen ist, sehen wir uns auf die Fenster beschränkt. Durch die des Vorderzimmers hätte unmöglich jemand entfliehen können, ohne von den vor dem Hause versammelten Menschen bemerkt zu werden. Die Mörder müssen daher durch eins der Fenster des Hinterzimmers entkommen sein. Nachdem wir zu diesem Schluss gelangt sind, dürfen wir ihn nicht ohne Weiteres verwerfen, weil wir auch hier scheinbaren Unmöglichkeiten gegenüberstehen. Es gilt nur den Beweis zu liefern, dass in Wirklichkeit diese Unmöglichkeiten nicht bestehen.

Das Zimmer hat zwei Fenster. Eins davon ist nicht durch Möbel verstellt und vollständig sichtbar. Der untere Teil des anderen wird dem Auge ganz durch das Kopfende einer davorstehenden Bettstatt entzogen: Das erste Fenster wurde von innen fest verschlossen gefunden. Die Bemühungen mehrerer Personen, es in die Höhe zu schieben, waren erfolglos. Auf der linken Seite des Rahmens war ein ziemlich großes Loch eingebohrt, und in diesem Loch steckte ein beinahe bis zum Kopf eingetriebener, sehr starker Nagel. Bei der Untersuchung des zweiten Fensters ergab sich, dass dort ein ebensolcher Nagel angebracht war, und auch hier versuchte man es vergebens, das Fenster in die Höhe zu schieben. Die Polizei beruhigte sich hiermit und war überzeugt, dass die Täter nicht durch eines der Fenster entflohen seien. Man hielt es daher auch für überflüssig, die Nägel herauszuziehen und die Fenster zu öffnen. Meine eigene Untersuchung fiel etwas sorgfältiger aus, und zwar aus dem eben angeführten Grund – ich wusste, es müsse sich hier erweisen, dass eine scheinbare Unmöglichkeit in Wirklichkeit nicht bestand.

Ich schloss also weiter – *a posteriori*: Die Mörder entkamen unbedingt durch eines dieser Fenster. Wenn dies der Fall war, so konnten sie jedoch unmöglich die Schiebfenster von innen in der Weise befestigt haben, wie man sie vorgefunden hatte: ein Umstand, dessen Unbestreitbarkeit dann ja auch allen Nachforschungen der Polizei nach dieser Richtung ein Ende machte. Da die Schiebfenster in der angegebenen Weise wieder zugemacht worden waren, musste unbedingt ein sogenannter Selbstschließer daran angebracht sein. Diesem Schluss konnte ich mich nicht entziehen. Ich begab mich nun an das freiliegende Fenster, zog mit einiger Mühe den Nagel heraus und versuchte die Scheiben in die Höhe zu schieben. Wie ich es eigentlich nicht anders erwartet hatte, gelang mir dies nicht. Ich war nun fest davon überzeugt, dass irgendwo eine Feder verborgen sein musste, und wenn die Geschichte mit den Nägeln mir auch noch dunkel erschien, so fand ich doch sehr bald die Bestätigung meiner Vermutung. Es gelang mir nach sorgfältigem Suchen, die verborgene Feder zu finden. Ich drückte darauf, unterließ es aber, von der Entdeckung einstweilen befriedigt, das Fenster hinaufzuschieben.

Ich steckte den Nagel wieder ein und betrachtete ihn aufmerksam. Wenn jemand durch dieses Fenster entflohen war, konnte er es sehr wohl von außen zuschlagen, sodass die Feder wieder einfallen musste; aber der Nagel, der konnte unmöglich von außen wieder hineingesteckt werden. Die Schlussfolgerung war klar, und sie verengerte wieder das Feld meiner Nachforschungen. Die Mörder mussten durch das andere Fenster entkommen sein. Angenommen, dass der federnde Verschluss beider Fenster der gleiche war, wie dies ja sehr wahrscheinlich, so mussten die Nägel oder wenigstens die Art ihrer Befestigung verschieden sein. Ich stellte mich auf den im Bett liegenden Strohsack und sah mir über das Kopfende des Bettes weg das zweite Fenster scharf an. Mit der Hand hinter die Bettstatt fassend, entdeckte ich sofort die Feder und drückte darauf; sie war, wie ich dies vorausgesetzt hatte, genauso konstruiert wie die andere. Nun sah ich mir den Nagel näher an. Er war so stark wie sein Gegenstück, auch augenscheinlich in derselben Weise befestigt, das heißt, beinahe bis zum Kopf in das Loch eingetrieben. Wenn Sie aber annehmen würden, dass mich diese Tatsache verwirrte, würden Sie das Wesen meiner Induktionsbeweise gründlich missverstanden haben. Die Glieder der Kette griffen fest und sicher ineinander. Ich hatte das Geheimnis bis zum letzten Punkt verfolgt, und dieser Punkt, das war der Nagel. Wie ich bereits sagte, sah er genauso aus wie der Nagel in dem anderen Fenster, aber was bedeutete diese Tatsache gegenüber der Erwägung, dass ich an dieser Stelle die Spur verlor? Es muss etwas mit dem Nägel nicht in Ordnung sein, sagte ich mir; ich zog daran – und siehe, der Kopf und etwa ein viertel Zoll des Schaftes blieben in meiner Hand. Der untere Teil blieb in dem Bohrloch stecken, in dem er abgebrochen war. Der Bruch war ein alter, denn die Ränder waren mit Rost bedeckt; er rührte wahrscheinlich von einem Hammerschlag her, mit dem man den oberen Teil des Nagels in den Fensterrahmen eingetrieben hatte. Ich steckte den Kopf des Nagels wieder sorgsam in das Loch, aus dem ich ihn genommen, und er hatte nun wieder ganz das Aussehen eines vollständig unbeschädigten Nagels, da von der Bruchstelle nichts zu sehen war. Ich drückte auf die Feder und zog ohne Mühe das Schiebfenster vorsichtig ein paar Zoll in die Höhe; der Nagelkopf, der fest in dem Rahmen steckte, ging mit. Ich schloss das Fenster, und der Nagel hatte nun wieder ein ganz unverletztes Aussehen.

So weit war also das Rätsel gelöst. Der Mörder war aus dem hinter dem Bett befindlichen Fenster entflohen, dieses war nach seiner Flucht von selbst wieder zugefallen oder vielleicht auch heruntergedrückt und von der einschnappenden Feder festgehalten worden. Jedenfalls hatte die Polizei irrtümlicherweise angenommen, dass es der Nagel sei, durch den das Fenster befestigt war, und sie hatte es daher für überflüssig gehalten, weitere Nachforschungen anzustellen. Die nächste Frage, die es zu lösen galt, war nun, wie es dem Mörder gelungen sein konnte, am Haus hinunterzukommen. Darüber bestanden von dem Augenblick an, wo wir um das Haus herumgegangen waren und es von hinten gemustert hatten, für mich keine Zweifel mehr. Ungefähr fünfundeinhalb Fuß von dem fraglichen Fenster entfernt läuft ein Blitzableiter nach unten. Es würde nun allerdings unmöglich sein, von dieser Stange aus das Fenster zu erreichen und darin einzusteigen. Ich bemerkte jedoch sofort, dass die Fensterläden des vierten Stockes von jener eigentümlichen Art sind, die die Pariser Schreiner *ferrades* nennen. Sie sind jetzt hier ziemlich selten geworden, während man sie in Lyon und Bordeaux, besonders an älteren Häusern, noch häufig findet. Sie sehen aus wie eine gewöhnliche einfache Tür (keine Flügeltür), deren untere Hälfte aus Latten oder Gitterwerk besteht, um leichter erfasst und gehandhabt werden zu können. An den betreffenden Fenstern sind die Läden volle drei und einen halben Fuß breit. Als wir sie von der Rückseite des Hauses aus betrachteten, standen sie zur Hälfte offen, das heißt, sie bildeten einen rechten Winkel mit der Hauswand. Wahrscheinlich hat die Polizei die Rückseite des Hauses ebenso untersucht, wie ich es getan habe; aber wenn dies geschehen war, so ist ihr jedenfalls die ungewöhnliche Breite der *ferrades* nicht aufgefallen, oder sie hat derselben keinerlei Bedeutung beigelegt. Da sie die Überzeugung gewonnen hatte, dass von dieser Stelle eine Flucht unmöglich sei, sind auch wohl die hier angestellten Untersuchungen sehr oberflächlicher Natur gewesen. Ich sah jedoch sofort, dass der Laden des Fensters, vor dem das Bett stand, wenn er ganz zurückgeschlagen würde, kaum zwei Fuß vom Blitzableiter entfernt sein könne. Es war also durchaus nicht unmöglich, dass jemand, der über einen ungewöhnlichen Grad von Geschicklichkeit und Mut verfügte, von dem Blitzableiter aus durch das Fenster eindringen konnte, und zwar in folgender Weise: Angenommen, dass der Fensterladen weit offenstand, so war es nicht schwer, vom Blitzableiter aus, über eine Entfernung von zweieinhalb Fuß weg mit festem Griff das Gitter des Ladens zu erfassen. Dann konnte man, den Blitzableiter fahren lassend, die Füße gegen die Mauer stemmen und durch einen kühnen Schwung den Laden in Bewegung setzen, sodass dieser sich schloss; wenn das Fenster zufällig offenstand, konnte es sogar gelingen, sich gleich in das Zimmer hineinzuschwingen. Ich möchte Sie daran erinnern, dass ich es besonders betonte, es sei ein ganz ungewöhnlicher Grad von Körpergewandtheit erforderlich, um ein solches Wagnis auszuführen. Meine Absicht ist in erster Linie, Ihnen zu beweisen, dass solch ein kühner Schwung allerdings möglich, aber dass dazu eine ganz ungewöhnliche, fast übernatürliche Behändigkeit und körperliche Sicherheit gehöre.

Sie werden, um in der Sprache der Juristen zu reden, mir vielleicht sagen, dass ich, »um meinen Fall durchzuführen«, besser tun würde, die zu einem solch tollkühnen Wagestück erforderliche Körpergewandtheit nicht zu hoch einzuschätzen und nicht wieder und immer wieder drauf zurückzukommen, welcher Grad von Geschicklichkeit dazu erforderlich sei. Vom juristischen Standpunkt würden Sie gewiss ganz recht haben, aber der gesunde Menschenverstand denkt und handelt anders. Worauf es mir ankommt, das ist vorläufig nur, den wahren Tatbestand festzustellen. Mein nächster Zweck ist es, Sie auf den eigentümlichen Zusammenhang aufmerksam zu machen, der zwischen der außergewöhnlichen Behändigkeit und jener sonderbaren schrillen Stimme besteht, jener heiseren, kreischenden Stimme, über deren Sprache die Aussagen der Zeugen sich nicht einigen konnten, während alle einstimmig erklärten, nur Laute, keine Worte vernommen zu haben.«

Nun erst fing ich an zu begreifen, was Dupin sagen wollte. Allerdings verstand ich ihn noch nicht ganz, aber ich ahnte, worauf er hinzielte. Mir war ungefähr so zumute, wie wenn man sich auf etwas besinnt, an das man sich nicht genau erinnern kann.

Mein Freund fuhr fort: »Sie sehen«, sagte er, »dass ich mich zunächst mit der Frage beschäftigt habe, wie der Mörder in das Haus eingedrungen sei, um danach die Art seiner Flucht festzustellen. Ich wünsche Sie davon zu überzeugen, dass er an derselben Stelle herein- und herausgekommen sein muss. Betrachten wir uns nun das Innere des Zimmers. Man behauptet, die Schubladen des Sekretärs seien ausgeplündert worden, während tatsächlich eine Menge von Schmuck- und anderen Gegenständen darin gefunden wurde. Wie können wir es wissen, ob nicht die noch in den Schubfächern befindlichen Dinge wirklich alles waren, was die Damen darin aufzubewahren pflegten? Frau L'Espanaye und ihre Tochter führten ein sehr zurückgezogenes Leben – empfingen keine Besuche, gingen selten aus –, sie hatten wenig Gelegenheit, Toilette zu machen und Schmuck zu tragen. Das, was sich an Bekleidungs- und Putzgegenständen vorfand, war alles gediegen und von feinster Qualität, wie sich das kaum anders erwarten ließ. Wenn ein Dieb einen Teil dieser Sachen gestohlen hatte, warum nahm er nicht die wertvollsten, warum nahm er nicht alles? Mit einem Wort: Warum ließ er 4000 Frank in Gold zurück, um sich vielleicht mit einem Bündel getragener Kleider davonzumachen? Das Gold ist zurückgeblieben. Beinahe die ganze vom Bankier Mignaud erwähnte Summe wurde in zwei Beuteln auf dem Fußboden gefunden. Ich möchte gern, Sie ließen die irrtümliche Annahme, dass irgendein Motiv zu dieser Tat vorliege, ganz fahren. Jene alberne Idee ist nur deshalb im Kopf der Polizeiorgane entstanden, weil durch Zeugenaussage festgestellt wurde, dass Geld an der Tür abgeliefert worden war. Nun treffen doch wirklich zu jeder Zeit unseres Lebens zehnmal merkwürdigere Umstände zusammen als der, dass Geld abgeliefert und der Empfänger drei Tage darauf ermordet wurde, ohne dass wir uns weiter damit beschäftigten. Über ein solches Zusammentreffen von Umständen stolpern nur jene schlecht geschulten Denker, die von der Wahrscheinlichkeitstheorie nichts wissen, obwohl die Wissenschaft gerade dieser Theorie manche ruhmvolle Errungenschaft verdankt. Wäre in vorliegendem Fall das Geld verschwunden gewesen, so würde die Tatsache, dass es erst vor drei Tagen abgeliefert worden war, mehr als ein bloßer Zufall sein und schwer ins Gewicht fallen. Sie würde uns in dem Gedanken bestärken, dass hier das Motiv der Tat zu suchen sei. Wenn wir aber unter den obwaltenden Umständen das Gold als Motiv für die Gewalttat gelten lassen wollen, so müssen wir notwendig zu dem Schluss kommen, dass der Mörder ein wankelmütiger Idiot war, der Motiv und Gold im Stich gelassen hat.

Während wir nun die Punkte, auf die ich Ihre Aufmerksamkeit gelenkt habe, fest im Auge behalten – ich meine also die sonderbare Stimme, die außergewöhnliche Behändigkeit des mutmaßlichen Täters, vor allem aber die Tatsache, dass jedes Motiv zu den grässlichen Mordtaten fehlt –, wollen wir einen Blick auf die Metzelei selbst werfen. Ein junges Mädchen ist mit den Händen erdrosselt und dann mit dem Kopf nach unten mit brutaler Gewalt in den Kamin hineingepresst worden. Gewöhnliche Mörder werden ganz gewiss niemals eine solche Todesart in Anwendung bringen, am allerwenigsten werden sie ihr Opfer in einer solchen Weise zu verbergen suchen. Sie werden zugeben, dass in der Art, wie die Leiche in den Kamin hineingezwängt wurde, etwas so unerhört Scheußliches liegt, dass es sich mit unseren üblichen Begriffen von menschlichem Tun und Lassen nicht vereinigen lässt, selbst dann nicht, wenn wir annehmen, dass die Missetäter ganz entmenschte Bösewichter waren. Bedenken Sie ferner, welche Kraft dazu nötig war, die Leiche in eine so enge Öffnung hinaufzustoßen, dass es der vereinten Anstrengungen mehrerer Personen bedurfte, um sie wieder herabzuziehen.

Es ist dies übrigens nicht das einzige Zeichen dafür, dass hier eine fast übermenschliche Kraft im Spiel gewesen ist. Auf dem Herd lagen dicke Strähnen – sehr dicke Strähnen grauen Menschenhaares, die mit den Wurzeln ausgerissen waren. Sie wissen, dass schon eine ziemliche Kraftanstrengung dazugehört, um nur zwanzig bis dreißig Haare zusammen aus dem Kopf zu reißen. Sie haben diese Haarsträhnen ebenso gut gesehen wie ich. Es war ein scheußlicher Anblick. An den Wurzeln hingen noch Stückchen der Kopfhaut, ein sicheres Zeichen der übermenschlichen Kraft, die angewendet wurde, um vielleicht mehrere tausend Haare auf einmal auszureißen. Der Hals der alten Dame war durchschnitten, mehr noch: Der Kopf war fast ganz vom Rumpf getrennt, und zwar offenbar mit einem Rasiermesser. Ich bitte Sie, die ganz tierische Rohheit zu beachten, mit der diese Taten ausgeführt wurden. Von den vielen Verletzungen und Quetschwunden an Frau L'Espanayes Leiche will ich nicht reden. Herr Dumas und sein Kollege haben ja beide ausgesagt, dass sie von einem stumpfen Gegenstand herrührten; nun, in gewisser Beziehung haben die Herren da recht. Der stumpfe Gegenstand war das Steinpflaster des Hofes, auf den das Opfer aus dem vierten Stockwerk hinabgeworfen wurde, und zwar durch das Fenster, vor dem das Bett steht. So einfach diese Annahme uns jetzt erscheint, so entging sie der Polizei aus demselben Grund, aus dem sie die Breite der Fensterläden nicht bemerkt hatte, weil nämlich die bewussten Nägel ihren Kopf derartig vernagelt hatten, dass sie es für unmöglich hielt, dass die Fenster doch vielleicht geöffnet worden seien.

Wenn wir nun noch der im Zimmer herrschenden wüsten Unordnung gedenken und uns ferner der erstaunlichen Behändigkeit, der übermenschlichen Stärke und tierischen Rohheit erinnern, mit der diese grundlosen Verbrechen in geradezu bizarrer Scheußlichkeit ausgeführt wurden – wenn wir jene schrille Stimme in Erwägung ziehen, deren Klang den Ohren vieler Zeugen der verschiedensten Nationalität fremd war, welcher Gedanke drängt sich Ihnen da auf? Welchen Schluss ziehen Sie aus so viel Tatsachen?« – Ich fühlte, als Dupin diese Frage an mich stellte, wie mich ein Schauder durchrieselte. »Nur ein Wahnsinniger«, sagte ich, »kann diese Tat vollbracht haben, ein Tobsüchtiger, der aus der benachbarten Irrenanstalt entsprungen ist.«

»In gewisser Beziehung«, antwortete er, »ist Ihr Verdacht vielleicht nicht unbegründet. Aber die Stimme Wahnsinniger, selbst wenn sie Tobsuchtsanfälle haben, gleicht in keinem Fall jener eigentümlich schrillen Stimme, die auf der Treppe vernommen worden ist. Ein Wahnsinniger gehört doch irgendeiner Nation an, und wenn der Sinn seiner Rede noch so unzusammenhängend und verworren sein sollte, so wird er doch immer Worte zu bilden vermögen. Außerdem haben Wahnsinnige nicht solches Haar, wie ich es hier in meiner Hand habe. Ich habe dieses kleine Haarbüschel aus den zusammengekrampften Fingern der Frau L'Espanaye gelöst. Sagen Sie mir, was Sie davon denken.«

»Dupin«, sagte ich ganz überwältigt, »dieses Haar ist kein Menschenhaar.«

»Ich habe das auch nicht behauptet«, erwiderte er. »Aber ehe wir jenen Punkt feststellen, bitte ich Sie, einen Blick auf diese kleine, von mir gezeichnete Skizze zu werfen. Es ist eine genaue Wiedergabe von dem, was in der Zeugenaussage als ›dunkle Quetschungen‹ angegeben wurde und was die Herren Dumas und Etienne ›eine Reihe blutunterlaufener Flecke‹ nannten, ›die augenscheinlich durch den tiefen Eindruck von Fingernägeln am Hals von Fräulein L'Espanaye entstanden sind‹.

Sie werden bemerken«, fuhr mein Freund fort, das Blatt vor mir auf dem Tisch ausbreitend, »dass diese Zeichnung auf einen festen eisernen Griff schließen lässt. Von einem Abgleiten ist hier nichts zu bemerken. Jeder Finger hat bis zum Tod des Opfers den furchtbaren Griff beibehalten, mit dem er sich zuerst eingekrallt hatte. – Versuchen Sie jetzt einmal, Ihre sämtlichen Finger gleichzeitig auf die schwarzen Flecke zu legen, die Sie hier sehen.«

Ich versuchte es, jedoch vergebens. »Wir greifen die Sache vielleicht doch nicht ganz richtig an«, meinte Dupin. »Das Papier liegt auf einer ebenen Fläche, während der menschliche Hals eine zylindrische Form hat. Hier ist ein rundes Stück Holz, das ungefähr den Umfang eines Halses hat. Stecken Sie die Zeichnung um das Holz fest und versuchen Sie es noch einmal.«

Ich tat es, aber es gelang mir noch weniger als das erste Mal.

»Diese Eindrücke können unmöglich von einer Menschenhand herrühren«, sagte ich entschieden.

»Nun denn«, fuhr Dupin fort, »so lesen Sie jetzt diese Stelle von Cuvier.«

Es war ein ausführlicher anatomischer und allgemein beschreibender Bericht über den großen schwarzbraunen Orang-Utan, wie er auf den ostindischen Inseln vorkommt. Die riesige Gestalt, die wunderbare Kraft und Behändigkeit, die ungebändigte Wildheit und der Nachahmungstrieb dieses Säugetieres sind ja bekannt. Mir fiel es wie Schuppen von den Augen, ich begriff sofort die grauenhaften Einzelheiten jener Mordtaten.

»Die Beschreibung der Finger«, sagte ich, nachdem ich den Artikel ausgelesen hatte, »stimmt genau mit Ihrer Zeichnung überein. Ich sehe, dass kein anderes Tier als ein Orang-Utan von der hier genannten Gattung solche Fingereindrücke wie die von Ihnen gezeichneten hinterlassen könnte. Auch das kleine Büschel lohfarbener Haare stimmt mit der Beschreibung überein, die Cuvier uns von dem Tier macht. Indessen kann ich immer noch nicht alle Einzelheiten des grauenhaften Geheimnisses verstehen. Auch hat man zwei streitende Stimmen gehört, und alle Zeugen behaupten, dass die eine davon die eines Franzosen gewesen sei.«

»Das ist richtig. Sie werden sich ebenso des Umstandes erinnern, dass die Zeugen einstimmig erklärten, wiederholt gehört zu haben, wie diese Stimme sich des Ausdrucks ›mon Dieu‹ bediente. Einer der Zeugen, der Konditor Montani, behauptet sogar, dass im Ton dieser Worte ein strenger Verweis gelegen habe. Auf diesen beiden Worten beruht meine Hoffnung, das Rätsel voll und ganz zu lösen. Jedenfalls weiß ein Franzose um den Mord. Es ist möglich – ja sogar wahrscheinlich –, dass er vollkommen unschuldig an dem blutigen Drama ist. Der Orang-Utan ist ihm vielleicht entflohen. Er hat ihn wahrscheinlich bis zu dem bewussten Zimmer verfolgt, kam aber zu spät, um die Gräuel zu verhindern, die das furchtbare Tier anstiftete, und vermochte es auch nicht, ihn wieder einzufangen. Wahrscheinlich treibt der Orang-Utan sich immer noch frei umher. Indessen sind das nur Vermutungen, und sie sind so schwach begründet, dass mein eigener Verstand sich wehrt, sie anzuerkennen; ich kann daher nicht erwarten, dass irgendein anderer ihnen Bedeutung beilegen sollte. Wenn, wie ich das annehme, der betreffende Franzose unschuldig an dem Blutbad ist, dann wird die Anzeige, die ich gestern Abend in der Redaktion der Zeitung ›Le Monde‹ aufgab, ihn bald in unsere Wohnung führen. ›Le Monde‹ ist ein Blatt, das die Interessen der Schifffahrt vertritt und das besonders von Matrosen und Seefahrern viel gelesen wird.«

Er reichte mir eine Zeitung, und ich las: » *Eingefangen.* Im Bois de Boulogne ist am ... (Datum des Tages nach dem Mord) ein sehr großer lohfarbener Orang-Utan, der vermutlich aus Borneo stammt, eingefangen worden. Der rechtmäßige Eigentümer – man hat ermittelt, dass er als Matrose auf einem maltesischen Schiff dient – kann das Tier in Empfang nehmen, wenn er sich als Besitzer ausweisen kann und bereit ist, die geringen Kosten für das Einfangen und die Verpflegung des Tieres zu bezahlen. Näheres Faubourg Saint-Germain, Rue ... Nr. ... im dritten Stock.«

»Aber«, rief ich, »wie ist es möglich, dass Sie wissen, dass dieser Mann ein Matrose ist und auf einem maltesischen Schiff dient?«

»Das weiß ich auch gar nicht«, sagte Dupin, »und ich bin durchaus nicht sicher, dass es so ist. Indessen habe ich hier ein kleines Stück Band, das seiner Form und seinem fettigen Aussehen nach vielleicht zum Binden eines jener Zöpfe gedient hat, wie die Matrosen sie so gern tragen. Es ist in einen sogenannten Seemannsknoten verschlungen, den fast nur die Matrosen, und zwar hauptsächlich die auf maltesischen Schiffen dienenden, zu machen verstehen. Ich habe das Band vor dem Blitzableiter gefunden. Jedenfalls hat es keiner der gemordeten Damen angehört. Es ist ja sehr möglich, dass meine Vermutung, der Franzose sei ein Matrose und gehöre zu einem maltesischen Schiff, eine durchaus irrige ist. Doch kann das, was ich in dieser Anzeige gesagt habe, jedenfalls nichts schaden. Irre ich mich, so wird der Mann höchstens denken, ich hätte mich durch irgendeinen Umstand, den zu erforschen er sich nicht die Mühe geben wird, irreführen lassen. Habe ich aber recht, so ist sehr viel gewonnen. Wenngleich er selbst unschuldig an den Mordtaten ist, weiß er doch, was der Orang-Utan angerichtet hat, und es ist daher erklärlich, dass er zunächst zögern wird, auf die Anzeige zu antworten und nach seinem Affen zu fragen. Er wird etwa so überlegen: ›Ich bin unschuldig, ich bin arm, mein Orang-Utan hat einen bedeutenden Wert, für einen Mann in meinen Verhältnissen bedeutet er ein kleines Vermögen; warum sollte ich ihn um einer vielleicht völlig unbegründeten Befürchtung willen einbüßen? Es steht bei mir, ihn zurückzubekommen. Er ist im Bois de Boulogne eingefangen worden, also sehr weit entfernt vom Schauplatz jener Mordtaten. Wie sollte jemand auf die Vermutung kommen, dass ein vernunftloses Tier eine solche Tat begangen habe? Die Polizei ist ratlos; es ist ihr nicht gelungen, auch nur den kleinsten Anhalt zu finden, der sie auf die richtige Spur leiten könnte. Aber selbst wenn es gelänge, der Fährte des Tieres nachzugehen, so würde es darum doch unmöglich sein, mir zu beweisen, dass ich Mitwisser der Mordtaten bin, oder gar, mich aufgrund dieser Mitwisserschaft zu verurteilen. Vor allem jedoch – man kennt mich. Der Inserent dieser Anzeige bezeichnet mich als den Besitzer des Tieres. Wie weit sich seine Kenntnis meiner Person erstreckt, weiß ich nicht. Sollte ich es unterlassen, das wertvolle Tier zu reklamieren, so wird, da man weiß, dass es mir gehört, gerade dadurch möglicherweise ein Verdacht geweckt. Es wäre sehr unklug von mir, wenn ich jetzt die Aufmerksamkeit der Polizei auf mich oder auf das Tier lenken wollte.

Ich will mich daher als Eigentümer des Affen melden und ihn fest eingesperrt halten, bis Gras über die Sache gewachsen ist.‹« In diesem Augenblick hörten wir Fußtritte auf der Treppe.

»Halten Sie Ihre Pistolen bereit«, sagte Dupin, »aber machen Sie keinen Gebrauch davon, bis ich Ihnen ein Zeichen gebe.«

Da die Haustür offenstand, war der Besucher ohne zu läuten eingetreten und befand sich schon auf der Treppe. Hier schien er plötzlich zu zögern. Wir hörten, wie er wieder hinunterging. Dupin stand rasch auf und schritt nach der Tür; aber schon hörten wir den Mann wieder heraufkommen. Diesmal kehrte er nicht um, sondern trat entschlossen an unsere Zimmertür heran und klopfte.

»Herein!« rief Dupin in heiterem, herzlichem Ton.

Ein Mann trat ein; er war offenbar Matrose; er hatte eine große, kräftige, muskulös aussehende Gestalt, und sein Gesicht trug einen offenen, verwegenen Ausdruck, der durchaus nicht abstoßend war. Sein stark von der Sonne verbranntes Gesicht wurde über die Hälfte von einem mächtigen Schnurr- und Backenbart verdeckt. In der Hand trug er einen großen Eichenknüttel, schien aber sonst keine Waffe bei sich zu haben. Er verbeugte sich linkisch und sagte »Guten Abend«, und zwar mit einem Akzent, der, obwohl er etwas nach Neufchâtel klang, doch seine Pariser Abstammung verriet.

»Setzen Sie sich, mein Freund«, sagte Dupin, »ich vermute, dass Sie wegen Ihres Orang-Utans kommen? Es ist ein außerordentlich schönes und dabei gewiss sehr wertvolles Tier; ich möchte Sie beinahe darum beneiden. Für wie alt halten Sie es wohl?«

Der Matrose holte tief Atem – mit der Miene eines Menschen, dem eine Last vom Herzen fällt, und erwiderte dann in ruhigem Ton:

»Das kann ich Ihnen nicht genau sagen, aber er kann kaum mehr als vier oder fünf Jahre alt sein. Haben Sie ihn hier?«

»O nein; hier hatten wir keinen passenden Raum, in dem wir ihn hätten unterbringen können. Er ist aber hier ganz; in der Nähe, Rue Dubourg, in einem Stall untergebracht. Sie können ihn sofort bekommen. Sie können sich doch jedenfalls als rechtmäßigen Besitzer des Tieres ausweisen?«

»Gewiss kann ich das, Herr.«

»Es tut mir sehr leid, mich von dem Tier zu trennen«, sagte Dupin.

»Ich will nicht, dass Ihre Mühe unbelohnt bleibe, Herr. Das verlange ich nicht. Ich bin bereit, Ihnen für das Einfangen des Tieres eine angemessene Belohnung zu zahlen.«

»Nun«, antwortete mein Freund, »das ist ja gewiss recht schön. Lassen Sie mich nachdenken – was könnte ich wohl beanspruchen? Oh, ich will Ihnen sagen, was ich als Belohnung fordere: Sie sollen mir ganz genau alles mitteilen, was Sie über die in der Rue Morgue verübten Mordtaten wissen.«

Dupin hatte die letzten Worte in leisem, sehr ruhigem Ton gesprochen. Ebenso ruhig stand er nun auf, schritt auf die Tür zu, verschloss sie und steckte den Schlüssel ein. Dann zog er eine Pistole aus der Tasche und legte sie, ohne die geringste Erregung zu verraten, auf den Tisch.

Das Gesicht des Matrosen bedeckte sich mit einer glühenden Röte; es war, als kämpfe er mit einem Erstickungsanfall. Er sprang auf und ergriff seinen Knüttel, aber im nächsten Augenblick fiel er in seinen Stuhl zurück; er zitterte heftig, und seine Wangen wurden aschfahl. Er sprach kein Wort. Ich empfand tiefes Mitleid mit dem Mann.

»Mein Freund«, fuhr Dupin in gütigem Ton fort, »Sie regen sich ganz unnötigerweise auf; glauben Sie es mir: Wir denken gar nicht daran, Ihnen irgendwie schaden zu wollen. Ich gebe Ihnen mein Wort als Ehrenmann und als Franzose, dass Sie von uns nicht das geringste zu fürchten haben. Ich weiß, dass Sie an den in der Rue Morgue verübten scheußlichen Mordtaten unschuldig sind. Freilich lässt es sich nicht leugnen, dass Sie in gewisser Beziehung in diese Sache verwickelt sind. Aus dem, was ich Ihnen gesagt habe, werden Sie wohl erkennen, dass mir Mittel zu Gebote stehen, ganz genaue Erkundigungen über den Tatbestand einzuziehen – Mittel, deren Tragweite Sie nicht ermessen können. Die Sache steht nun so: Das, was geschehen ist, haben Sie nicht verhindern können, und jedenfalls haben sie selbst sich nicht schuldig gemacht. Sie haben auch keinen Diebstahl begangen, obwohl Ihnen dazu glänzende Gelegenheit geboten war. Sie haben nichts zu verheimlichen, haben nicht den kleinsten Grund dazu. Als ehrenhafter Mensch sind Sie außerdem geradezu verpflichtet, alles zu gestehen, was Sie wissen. Ein vollständig Unschuldiger, auf den der Verdacht gefallen ist, diese Verbrechen begangen zu haben, ist festgenommen worden, während Ihnen der wirkliche Täter bekannt ist.«

Der Matrose hatte, während Dupin diese Worte sprach, seine Geistesgegenwart wiedererlangt, obwohl seine anfängliche Keckheit vollständig verschwunden war.

»So wahr mir Gott helfe«, sagte er nach einer kurzen Pause, »ich will Ihnen alles sagen, was ich von der Sache weiß, obwohl ich kaum erwarten kann, dass Sie meinen Worten Glauben schenken werden – es wäre töricht von mir, das zu denken. Und doch bin ich unschuldig, und ich will mein Herz erleichtern und Ihnen alles sagen, was ich weiß, und wenn es mich das Leben kosten sollte.«

Was er uns dann mitteilte, war Folgendes: Er war mit einem Schiff im indischen Archipel gewesen, und man war in Borneo gelandet. Einige Matrosen, denen er sich angeschlossen hatte, machten einen Ausflug in das Innere des Landes. Es gelang ihm und einem seiner Kameraden, einen Orang-Utan zu fangen. Da sein Gefährte bald darauf starb, kam er in alleinigen Besitz des Tieres.

Nach vielen Schwierigkeiten, die das Tier ihm auf der Reise durch seine unbezähmbare Wildheit verursachte, kam er endlich glücklich mit ihm in Paris an. Um der Neugier der Nachbarn auszuweichen, hielt er die Bestie vorläufig in seiner Wohnung eingeschlossen; sein Plan war, den Affen zu verkaufen, sobald dieser von einer Fußwunde geheilt sein würde, die er sich an Bord durch das Eindringen eines Splitters zugezogen hatte.

Er kam an dem Abend, oder besser gesagt, an dem frühen Morgen, an dem die Mordtaten verübt wurden, von einem Matrosenfest nach Hause zurück und fand dort die Bestie in seinem Schlafzimmer. Es war ihr gelungen, aus dem angrenzenden Gelass, wo der Matrose sie angebunden hatte und sicher verwahrt glaubte, auszubrechen. Er fand das Tier eingeseift und mit dem Rasiermesser in der Hand vor dem Spiegel, wo es sich zu rasieren versuchte; wahrscheinlich hatte es öfter durch das Schlüsselloch seinen Herrn bei dieser Beschäftigung beobachtet.

Entsetzt von dem Anblick einer so gefährlichen Waffe in den Händen des wilden Tieres, das möglicherweise einen furchtbaren Gebrauch davon machen würde, verlor der Mann im ersten Augenblick den Kopf. Indessen war es ihm bisher stets gelungen, das Tier, selbst wenn es sich noch so wild und unbändig erwies, durch Anwendung der Peitsche zu beruhigen, und zu diesem Mittel nahm er auch jetzt seine Zuflucht. Als aber der Orang-Utan die Peitsche sah, entsprang er mit einem Satz durch die geöffnete Zimmertür, jagte die Treppe hinab und entfloh durch ein zufällig offenes Fenster auf die Straße.

Der Franzose folgte in Verzweiflung. Der Affe, der immer noch das Rasiermesser in der Hand hatte, blieb zuweilen stehen, um sich nach seinem Verfolger umzusehen und ihm Grimassen zu schneiden. Wenn der Mann ihn dann beinahe erreicht hatte, lief er wieder in tollen Sprüngen weiter.

In dieser Weise setzte sich die Jagd lange fort. In den Straßen herrschte tiefe Stille; es war gegen drei Uhr morgens. Als der Flüchtling das hinter der Rue Morgue liegende Gässchen erreicht hatte, wurde seine Aufmerksamkeit durch den Lichtschein gefesselt, der durch das offene Fenster des im vierten Stock liegenden Zimmers der Madame L'Espanaye schimmerte. Das Tier stürzte auf das Gebäude zu, und als es den Blitzableiter bemerkte, kletterte es mit verblüffender Geschwindigkeit daran hinauf, klammerte sich an den weit offenstehenden Fensterladen, gab sich einen Schwung und gelangte direkt in das Zimmer und auf das Kopfende des Bettes. Den Fensterladen stieß der Affe, sobald er in das Zimmer gedrungen, wieder zurück.

Der Matrose war sowohl erfreut als tief beunruhigt. Er hoffte, nun das Tier wieder einzufangen, denn es würde kaum einen andern Ausweg aus der Falle, in die es geraten, finden, als den Blitzableiter, und wenn es daran herunterkletterte, würde es nicht allzu schwer sein, sich seiner zu bemächtigen. Andrerseits war Grund genug, zu befürchten, es werde in dem Haus Unheil anrichten. Diese letzte Erwägung bestimmte den Matrosen, den Flüchtling weiter zu verfolgen. An einem Blitzableiter in die Höhe zu klettern ist eine Aufgabe, die einem Matrosen nicht allzu große Schwierigkeiten bietet. Als er jedoch bis zur Höhe des Fensters, das links von ihm lag, gekommen war, konnte er nicht weiter. Es gelang ihm aber, sich so weit vorzubeugen, dass er einen Blick in das Innere des Zimmers tun konnte. Bei dem entsetzlichen Anblick, der sich ihm darin bot, wäre er beinahe vor Schrecken abgestürzt. Und dann wurde die Stille der Nacht plötzlich durch jenes furchtbare Geschrei unterbrochen, das die Bewohner der Rue Morgue aus dem Schlaf weckte. Madame L'Espanaye und ihre Tochter waren, in ihre Nachtkleider gehüllt, offenbar damit beschäftigt gewesen, irgendwelche Papiere in der schon erwähnten eisernen Geldkiste zu ordnen, die sie zu diesem Zweck mitten in das Zimmer gestellt hatten. Sie war offen, und ihr Inhalt lag auf dem Fußboden daneben. Die Opfer hatten wahrscheinlich so gesessen, dass sie dem Fenster den Rücken zukehrten; und da eine kleine Weile zwischen dem Eindringen des Tieres und dem entsetzten Angstgeschrei der Damen verstrich, ist es möglich, dass sie die Bestie nicht sogleich bemerkt hatten. Das Zurückschlagen des Fensterladens haben sie vielleicht dem Wind zugeschrieben. Als der Matrose in das Zimmer blickte, hatte die riesige Bestie Madame L'Espanaye an dem lose herabhängenden Haar gepackt und schwenkte das Rasiermesser vor ihrem Gesicht, die Bewegungen eines Barbiers nachahmend. Die Tochter lag lang ausgestreckt und regungslos auf dem Fußboden; sie war ohnmächtig geworden. Das Geschrei und die Befreiungsversuche der alten Dame, der er das Haar aus dem Kopf riss, versetzten den Orang-Utan, der vorher vielleicht ganz friedliche Absichten gehabt hatte, in wildeste Wut, mit einem kräftigen Schwung seines muskulösen Armes trennte er den Kopf der Dame beinahe ganz vom Rumpf. Der Anblick des Blutes steigerte seine Wut bis zur Tollheit. Zähnefletschend und mit funkelnden Augen stürzte er sich auf das junge Mädchen, grub seine entsetzlichen Krallen in ihren Hals und würgte die Unglückliche, bis sie tot war. Zufällig wohl fielen in diesem Augenblick seine wild rollenden Augen auf das Kopfende des Bettes, hinter dem das schreckensbleiche Gesicht seines Herrn sichtbar wurde. Die Wut des Tieres, das schon allzu oft die Bekanntschaft mit der Peitsche gemacht hatte, verwandelte sich sofort in feige Angst. Wohl wissend, dass es Strafe verdiene, schien es die Spuren seiner Bluttat rasch verwischen zu wollen; es lief in nervöser Hast im Zimmer umher, riss die Möbel um und zerschlug sie und zerrte die Kissen und Decken aus dem Bett. Endlich ergriff es die Leiche der Tochter und stieß und zwängte sie gewaltsam in den Schornstein hinauf, wo sie dann später gefunden wurde. Dann stürzte es sich auf die der alten Dame und schleuderte sie kopfüber zum Fenster hinaus.

Als der Affe sich mit seiner verstümmelten Last dem Fenster näherte, fuhr der Matrose erschrocken zurück; voll Angst ließ er sich am Blitzableiter hinabgleiten und beeilte sich, so schnell als möglich nach Hause zu kommen, weil er die Folgen der Metzelei fürchtete. Um das Schicksal des Orang-Utans kümmerte er sich vorläufig nicht. Die Worte, welche von den die Treppe hinauflaufenden Leuten vernommen wurden, waren dem Matrosen in seinem Entsetzen entfahren. Das schrille, teuflische Gekreisch der Bestie hatte man irrtümlich für eine eigentümlich scharfe, heiser gellende menschliche Stimme gehalten...

Mir bleibt kaum noch etwas hinzuzufügen. Der Orang-Utan muss, gerade ehe die Tür aufgebrochen wurde, durch das Fenster entwischt und an dem Blitzableiter herabgeglitten sein. Er ist schließlich doch, und zwar von seinem rechtmäßigen Besitzer, wieder eingefangen worden, der ihn zu einem hohen Preis an den »Jardin des Plantes« verkauft hat. Lebon wurde sofort aus der Untersuchungshaft entlassen, nachdem wir im Büro des Polizeipräfekten den von einem Kommentar Dupins begleiteten genauen schriftlichen Bericht über diese Affäre niedergelegt hatten. Obwohl der Präfekt meinen Freund sehr hoch schätzte, konnte er doch eine gewisse Gereiztheit über die Wendung der Dinge nicht verbergen, und er verriet dies durch ein paar spöttische Bemerkungen über Leute, die ihre Nase in Dinge steckten, die sie im Grunde nichts angingen.

»Lass ihn reden«, sagte Dupin, der ihn keiner Antwort gewürdigt hatte; »lass ihn reden! Er will nur sein Gewissen dadurch beruhigen. Mir genügt es, ihn auf seinem eigenen Gebiet geschlagen zu haben. Übrigens ist es nicht zu verwundern, dass er die Lösung dieses Geheimnisses nicht zu finden vermochte. Unser Freund, der Präfekt, ist eben zu schlau, um tief sein zu können. Seine Weisheit hat keinen soliden Boden. Sie gleicht den Abbildungen der Göttin Laverna, d. h., sie besteht nur aus Kopf und hat keinen Körper – oder höchstens Kopf und Schultern – wie ein Stockfisch! Aber er ist darum doch ein ganz famoser Kerl. Ich habe ihn besonders gern und schätze ihn vor allem wegen einer Gabe, der er den Ruf, ein Genie an Scharfsinn zu sein, hauptsächlich verdankt, nämlich wegen seiner Vorliebe ›de nier ce qui est et d'expliquer ce qui n'est pas‹ – wie es in Rousseaus ›Nouvelle Heloise‹ heißt.«

Der entwendete Brief

Nil sapientiae odiosus acumine nimio.

Seneca

Es war in Paris an einem stürmischen Herbstabend des Jahres 18 ..
Ich saß im dritten Stockwerk des Hauses Nr. 33 der Rue Donot, Faubourg St. Germain, in dem nach hinten gelegenen Bibliothekszimmer-
chen bei meinem Freund August Dupin und gab mich dem zwiefachen
Genuss des Nachdenkens und einer Meerschaumpfeife hin. Seit mindestens einer Stunde hatten wir beide kein Wort gesprochen. Ein zufälliger Beobachter hätte sicherlich geglaubt, wir seien einzig und allein
damit beschäftigt, die kräuselnden Rauchwolken zu verfolgen, die in
dichten Schwaden das Zimmer füllten. Indessen, was mich betraf, so
sann ich dem Gesprächsstoff nach, mit dem wir uns zu einer früheren
Stunde desselben Abends eifrig befasst hatten; ich meine die Affäre aus
der Rue Morgue und den geheimnisvollen Mordfall der Marie Rogêt.
Es erschien mir daher als ein wunderbares Zusammentreffen, dass sich
die Tür unseres Zimmers plötzlich öffnete und unser alter Bekannter,
Herr G., der Polizeipräfekt von Paris, eintrat.

Wir begrüßten ihn herzlich; denn wenn wir den Mann auch nicht
eben achteten, so war er andrerseits doch unterhaltend, und wir hatten
ihn seit Jahren nicht gesehen. Wir hatten im Dunkeln gesessen, und
Dupin erhob sich nun, um die Lampe anzuzünden; er unterließ es jedoch, und setzte sich wieder, als G. sagte, er sei gekommen, uns um Rat
zu fragen oder vielmehr die Meinung meines Freundes zu hören in
einer Amtsangelegenheit, die ihm schon viel Beschwer gemacht habe.

»Wenn es eine Sache ist, die Nachdenken erfordert«, bemerkte
Dupin, indem er mit Anzünden des Dochtes innehielt, »so ist es besser,
wir prüfen sie im Dunkeln.«

»Wieder so eine Ihrer sonderbaren Ansichten!« sagte der Präfekt,
der alles »sonderbar« nannte, was über sein Begriffsvermögen hinaus-
ging, und sich daher von einer Legion von »Sonderbarkeiten« umgeben
sah.

»Sehr wahr«, sagte Dupin, während er seinem Besuch eine Pfeife
reichte und einen bequemen Sessel hinschob.

»Und um was für Schwierigkeiten handelt es sich diesmal?« fragte
ich. »Hoffentlich nicht wieder eine Mordgeschichte?«

»O nein; nichts dergleichen. In der Tat – die Sache ist an sich sehr einfach, und ich bezweifle nicht, dass wir ganz gut allein damit fertig werden könnten; aber dann dachte ich, der Fall würde Dupin interessieren, denn er ist höchst sonderbar.«

»Einfach und sonderbar!« sagte Dupin.

»Nun ja; und doch wieder keins von beiden. Es hat uns nur alle so verwirrt, dass die Geschichte so einfach ist und man ihr doch nicht beikommen kann.«

»Vielleicht ist es gerade die Einfachheit der Sache, die Sie irreleitet, mein Freund.«

»Was für Unsinn Sie reden!« erwiderte der Präfekt lachend.

»Vielleicht ist das Geheimnis ein wenig *zu* klar«, sagte Dupin.

»O Himmel! Welche verrückte Idee!«

»Ein wenig *zu* durchsichtig.«

»Ha, ha, ha! – Ha, ha, ha! – Ho, ho, ho!« brüllte unser Besuch aufs Höchste belustigt. »O Dupin, Sie werden noch an meinem Tod schuld sein.«

»Was für eine Sache ist es denn nun aber eigentlich?« fragte ich.

»Schön, Sie sollen es hören«, erwiderte der Präfekt und tat einen langen kräftigen und nachdenklichen Zug aus der Pfeife; dann rückte er sich im Stuhl zurecht und begann: »Ich will es Ihnen in kurzen Worten sagen; doch ehe ich anfange, muss ich Sie darauf aufmerksam machen, dass die Sache tiefstes Geheimnis ist und größte Diskretion verlangt und dass ich höchstwahrscheinlich meinen Posten verlieren würde, wenn es herauskäme, dass ich sie jemand erzählt habe.«

»Fahren Sie fort«, sagte ich.

»Oder auch nicht«, sagte Dupin.

»Also gut; ich wurde von sehr hoher Stelle benachrichtigt, dass ein Dokument von höchster Wichtigkeit aus den königlichen Gemächern entwendet worden sei. Die Person, die den Diebstahl ausführte, kennt man; das steht fest, denn sie wurde bei der Tat beobachtet. Man weiß ferner, dass sie noch im Besitz des Dokumentes ist.«

»Woher weiß man das?« fragte Dupin.

»Dies ergibt sich aus der Natur des Dokumentes selbst und daraus, dass gewisse Ergebnisse nicht eingetreten sind, die unausbleiblich erfolgen würden, wenn der Dieb das Papier aus den Händen gäbe – das heißt, wenn er es so anwendete, wie er es im Grunde beabsichtigen muss.«

»Seien Sie ein bisschen deutlicher«, sagte ich.

»Schön, ich kann so weit gehen zu sagen, dass das Papier seinem gegenwärtigen Besitzer eine gewisse Macht verleiht an einer gewissen Stelle, wo diese Macht von ungeheurem Wert ist.« Der Präfekt liebte es, sich diplomatisch auszudrücken.

»Ich verstehe noch immer nicht ganz«, sagte Dupin.

»Nicht? Also: Würde der Inhalt des Dokumentes einer dritten Person, die ich hier ungenannt lassen will, eröffnet, so würde das die Ehre einer sehr hochstehenden Persönlichkeit in ein schlechtes Licht setzen, und dieser Umstand gibt dem Inhaber des Papiers ein Übergewicht über die erlauchte Person, deren Ruhe und Ehre dadurch gefährdet sind.«

»Aber dieses Übergewicht«, warf ich ein, »würde nur dann bestehen, wenn der Dieb wüsste, dass der Bestohlene selbst genaue Kenntnis von der Person des Täters hat. Wer aber könnte wagen...«

»Der Dieb«, sagte G., »ist der Minister D., der alle Dinge wagt, ob sie einem Ehrenmann nun anstehen oder nicht. Das Vorgehen des Diebes war ebenso sinnreich als kühn. Die hohe Persönlichkeit hatte das fragliche Dokument – einen Brief, frei herausgesagt – bekommen, als sie sich allein im königlichen Boudoir befand. Während sie ihn las, wurde sie plötzlich durch den Eintritt einer anderen hohen Person gestört, der nämlichen, vor der sie gerade diesen Brief geheim zu halten wünschte. Nach einem hastigen und vergeblichen Versuch, den Brief in ein Schubfach zu werfen, war sie genötigt, ihn, offen wie er war, auf einen Tisch zu legen. Indessen lag die Adresse zuoberst, und da der Inhalt also nicht sichtbar war, fiel der Brief weiter nicht auf. So standen die Dinge, als der Minister D. eintrat. Sein Luchsauge erblickt sofort das Papier, erkennt die Handschrift der Adresse, bemerkt die Verwirrung des Adressaten und errät sein Geheimnis. Nach einigen geschäftlichen Unterhandlungen, die er in gewohnter Weise schnell abwickelt, zieht er einen Brief aus der Tasche, der dem infrage stehenden einigermaßen gleicht, öffnet ihn, tut, als lese er ihn, und legt ihn dann dicht neben den andern nieder. Wieder spricht er etwa fünfzehn Minuten über die öffentlichen Angelegenheiten. Schließlich verabschiedet er sich und nimmt von dem Tisch den Brief, auf den er kein Anrecht hatte. Der rechtmäßige Besitzer sah dies, wagte aber natürlich nicht in Gegenwart jener dritten Person, die dicht an seiner Seite stand, die Sache zu erwähnen. Der Minister entfernte sich, seinen eigenen, ganz unwichtigen Brief auf dem Tisch zurücklassend.«

»Da haben Sie also«, sagte Dupin zu mir, »genau das, was Sie als Bedingung für das Übergewicht für erforderlich halten: Der Räuber weiß, dass der Beraubte ihn als den Räuber kennt.«

»Ja«, entgegnete der Präfekt; »und die derart erlangte Gewalt wird nun schon seit Monaten in gefährlichem Umfang zu politischen Zwecken ausgenutzt. Die bestohlene Person erkennt mit jedem Tag mehr die Notwendigkeit, den Brief zurückzuerlangen. Das kann aber natürlich nicht offen geschehen. In ihrer Verzweiflung hat sie schließlich mir die Angelegenheit übertragen.«

»Denn wie hätte sie sich«, sagte Dupin und stieß eine gewaltige Rauchwolke aus, »einen scharfsinnigeren Vermittler wünschen oder auch nur vorstellen können!«

»Sie schmeicheln«, entgegnete der Präfekt, »aber es ist möglich, dass eine solche Ansicht vorlag.«

»Es ist, wie Sie selbst bemerkt haben, klar«, sagte ich, »dass der Brief sich noch in den Händen des Ministers befindet; denn dieser Besitz und nicht etwa eine Anwendung des Briefes ist es, was Macht verleiht. Mit der Ausbeutung des Briefes ist die Macht dahin.«

»Sehr wahr«, sagte G.; »und von dieser Überzeugung ging ich aus. Meine erste Sorge war, das Palais des Ministers gründlich zu durchsuchen. Die Schwierigkeit lag nun darin, dies ohne sein Wissen zu bewerkstelligen. Ich wurde nämlich vor der Gefahr gewarnt, die daraus entstehen würde, wenn er unsere Absicht argwöhnte.«

»Nun«, sagte ich, »Sie sind in solchen Nachforschungen ja durchaus bewandert. Die Pariser Polizei hat dergleichen schon oft vorgenommen.«

»Ja, gewiss; und darum verzweifelte ich auch nicht. Überdies boten mir die Lebensgewohnheiten des Ministers einen großen Vorteil. Er ist oft die ganze Nacht nicht zu Hause. Seine Dienerschaft ist keineswegs zahlreich. Ihre Schlafzimmer liegen in ziemlicher Entfernung von den Wohnräumen des Herrn. Die Leute sind übrigens zum großen Teil Napolitaner und daher leicht betrunken zu machen. Wie Sie wissen, habe ich Schlüssel, mit denen ich jedes Zimmer in Paris öffnen kann.

Seit drei Monaten ist kaum eine Nacht vergangen, in der ich nicht mehrere Stunden lang persönlich das D.sche Palais durchstöbert hätte. Meine Ehre steht auf dem Spiel, und – ganz im geheimen! – die Belohnung ist ungewöhnlich hoch. Ich gab also die Suche nicht eher auf, als bis ich vollkommen davon überzeugt war, dass der Dieb schlauer sei als ich. Ich habe sicherlich jede Ecke und jeden Winkel durchforscht, in dem nur irgend das Papier versteckt sein konnte.«

»Aber ist es nicht vielleicht möglich«, mutmaßte ich, »dass der Minister den Brief anderswo als in seinem eigenen Hause verborgen hat?«

»Das ist kaum möglich«, sagte Dupin. »Die gegenwärtige Lage der Dinge bei Hofe und vor allem jene Intrigen, in die D., wie man weiß, verwickelt ist, lassen die jederzeitige sofortige Verwendbarkeit des Dokumentes – die Möglichkeit, es immer vorweisen zu können – als einen ebenso wichtigen Punkt erscheinen, wie der Besitz desselben es ist.«

»Die Möglichkeit, es vorzuweisen?« fragte ich.

»Nämlich, um es gleich vernichten zu können«, sagte Dupin.

»Ja, das ist richtig«, bemerkte ich. »Das Papier ist also bestimmt im Hause. Dass der Minister dasselbe etwa beständig bei sich trage, kommt wohl gar nicht infrage.«

»Nein«, sagte der Präfekt. »Er ist zweimal von meinen Leuten in der Maske von Straßenräubern angefallen und unter meinen eigenen Augen gründlich durchsucht worden.«

»Diese Mühe hätten Sie sich sparen können«, sagte Dupin. »D. ist, denke ich, kein ganzer Narr und muss daher solche Überfälle vorausgesehen haben.«

»Wohl nicht ein *ganzer* Narr«, sagte G., »aber er ist ein Dichter, und solche Leute stehen den Narren nicht allzufern.«

»Gewiss«, sagte Dupin nach einem nachdenklichen langen Zug aus seiner Meerschaumpfeife, »obschon auch ich hie und da Knüttelverse verbrochen habe.«

»Wie wäre es«, fragte ich, »wenn Sie uns die Einzelheiten Ihrer Suche darlegen würden?«

»Schön. Die Sache ist die, dass wir uns Zeit ließen und *überall* suchten. In solchen Dingen habe ich große Erfahrung. Ich nahm das ganze Haus vor, Zimmer nach Zimmer; und jedem Einzelnen widmete ich die

Nächte einer ganzen Woche. Zunächst untersuchten wir in jedem Raum die Möbel. Wir öffneten alle möglichen Schubfächer; ich nehme an, Sie wissen, dass es für einen gut geschulten Polizeiagenten so etwas wie ein Geheimfach nicht gibt. Der Mann, dem bei einer solchen Suche ein ›Geheim‹fach entgeht, ist ein Tölpel. Die Sache ist ja so einfach! Da ist doch der Raum, der Umfang, den man bei jedem Schreibtisch im Auge haben muss. Es ist doch nicht schwer zu berechnen, ob der von außen sichtbare Raum eines Möbels von den Fächern wirklich ausgefüllt wird. Und dann haben wir unsere ganz bestimmten Regeln. Nicht der fünfzigste Teil einer Linie könnte uns entgehen! Nach den Schreibtischen und Kommoden nahmen wir die Stühle vor. Die Sitze untersuchten wir mit den dünnen langen Nadeln, die Sie mich gelegentlich schon anwenden sahen. Von den Tischen entfernten wir die Platten.«

»Warum das?«

»Die Person, die einen Gegenstand zu verbergen wünscht, tut das manchmal in der Weise, dass sie die Platte eines Tisches oder ähnlichen Möbelstückes entfernt, ein Bein desselben aushöhlt, den Gegenstand in die Höhlung legt und die Platte wieder aufsetzt. In derselben Weise benutzt man die Füße und Knäufe der Bettpfosten.«

»Konnte man so eine Höhlung nicht durch Klanguntersuchung entdecken?« fragte ich.

»Unmöglich, falls der Gegenstand beim Hineinlegen genügend in Watte gebettet wurde. Übrigens waren wir in diesem Fall genötigt, geräuschlos vorzugehen.«

»Aber Sie konnten doch unmöglich *alle* Möbelstücke auseinandernehmen, in denen ein Versteck, wie Sie es soeben beschrieben haben, hätte angelegt sein können! Ein Brief kann spiralförmig so dünn zusammengerollt werden, dass er in Form und Umfang nicht anders ist als eine große Stricknadel, und in solcher Form könnte er z. B. bequem in einer ganz dünnen Stuhlleiste untergebracht werden. Sie nahmen doch wohl nicht alle Stühle auseinander?«

»Gewiss nicht; aber wir taten etwas Besseres – wir prüften sämtliche Stuhlleisten und überhaupt die Verbindungsstellen sämtlicher Möbel im Hause mithilfe eines sehr starken Vergrößerungsglases. Wäre irgendwo die geringste Spur einer jüngst vorgenommenen Veränderung gewesen, so hätten wir sie unfehlbar entdecken müssen. Ein einziges Körnchen Holzmehl z. B. wäre unserm bewaffneten Auge in der Größe eines Apfels erschienen. Jede Verschiebung an den zusammengeleimten Stellen – ein ungewöhnliches Klaffen der Fugen – hätte genügt, eine Entdeckung herbeizuführen.«

»Ich nehme an, dass Sie auch die Spiegel zwischen Rückwand und Glasplatte untersuchten sowie die Betten und Leintücher, Vorhänge und Teppiche.«

»Natürlich; und nachdem wir auf diese Weise jeden Einrichtungsgegenstand untersucht hatten, nahmen wir das Haus selbst in Angriff. Wir teilten sämtliche Wand- und Bodenflächen in Felder ein, die wir nummerierten, sodass keines übersehen werden konnte. Dann durchforschten wir jeden Quadratzoll des Hauses und der beiden Nachbarhäuser mit dem Mikroskop.«

»Der beiden Nachbarhäuser?« rief ich aus; »da hatten Sie aber eine ungeheure Arbeit!«

»Das hatten wir auch; aber die angebotene Belohnung ist ungemein hoch.«

»Sie hatten auch die angrenzenden Bodenflächen mit eingeschlossen, die Höfe usw.?«

»Höfe und Wege sind mit Ziegelsteinen gepflastert. Sie machten uns verhältnismäßig geringe Mühe. Wir prüften das Moos zwischen den Steinen und fanden nichts Verdächtiges.«

»Selbstverständlich blickten Sie auch in D.s Papiere und in die Bücher seiner Bibliothek?«

»Gewiss; wir öffneten jeden Stoß und jedes Päckchen; wir öffneten nicht nur jedes Buch, um es, wie einige unserer Polizeioffiziere das tun, nur zu schütteln, sondern wir wendeten Seite um Seite um. Wir maßen auch die Dicke jedes Buchdeckels mit peinlichster Sorgfalt und arbeiteten auch hier mit dem Mikroskop. Irgendeine unlängst vorgenommene Verletzung der Einbände hätte unserm Augenmerk unmöglich entgehen können. Vier oder fünf Bände, die gerade vom Buchbinder gekommen waren, prüften wir eingehend der Länge nach mit den Nadeln.«

»Sie durchforschten den Fußboden unter den Teppichen?«

»Selbstredend. Wir entfernten alle Teppiche und untersuchten die Bretter mit dem Mikroskop.«

»Und ebenso die Wandtapeten?«

»Auch diese.«

»Sie suchten in den Kellern?«

»Ja.«

»Dann«, sagte ich, »haben Sie einen Fehlschluss getan, und der Brief ist nicht mehr, wie Sie vermuteten, im Hause selbst.«

»Ich fürchte, darin haben Sie recht«, sagte der Präfekt. »Und nun, Dupin, sagen Sie, was Sie mir raten würden!«

»Das Haus nochmals gründlich zu durchsuchen.«

»Das ist durchaus zwecklos«, erwiderte G. »Ich bin wie von meinem Leben davon überzeugt, dass der Brief nicht im Palais ist.«

»Einen besseren Rat kann ich Ihnen nicht geben«, sagte Dupin. »Sie besitzen natürlich eine genaue Beschreibung des Briefes?«

»O ja!« Und der Präfekt zog ein Notizbuch heraus und las eine genaue Beschreibung der inneren und namentlich der äußeren Beschaffenheit des vermissten Dokumentes vor. Bald, nachdem er die Vorlesung beendet hatte, verabschiedete er sich, niedergedrückter als ich ihn je vordem gesehen. –

Etwa einen Monat später machte er uns wiederum einen Besuch und fand uns bei ziemlich derselben Beschäftigung wie damals. Er ließ sich einen Stuhl und eine Pfeife reichen und begann ein gleichgültiges Gespräch. Endlich sagte ich:

»Nun, G., erzählen Sie doch, wie steht's mit dem entwendeten Brief? Ich glaube, Sie sind wohl doch zu der Überzeugung gekommen, dass es eine Unmöglichkeit ist, den Minister zu übertölpeln?«

»Verflucht, ja! Ich habe, Dupins Rat folgend, noch einmal alles durchsucht – doch alle Arbeit war umsonst, wie ich mir schon dachte.«

»Wie groß, sagten Sie, ist die Belohnung?« fragte Dupin.

»Nun, sehr groß – wirklich sehr groß – ich möchte die genaue Summe nicht angeben; aber eins kann ich sagen: Ich selbst würde demjenigen, der mir den Brief verschaffte, sofort einen Scheck über fünfzigtausend Franken ausstellen. Tatsache ist, dass der Fall von Tag zu Tag schlimmer, dringlicher wird; und die Belohnung wurde verdoppelt. Aber wenn sie auch verdreifacht würde, könnte ich doch nicht mehr tun, als ich getan habe.«

»Ja, ich meine, G.«, sagte Dupin gedehnt und tat ein paar kräftige Züge aus der Meerschaumpfeife, »Sie haben noch nicht Ihr Äußerstes getan. Sie könnten – noch etwas mehr tun, denke ich, he?«

»Wie – was meinen Sie denn?«

»Nun« – paff, paff –, »Sie könnten« – paff, paff – »Rat einholen, wie?« – Paff, paff, paff. »Kennen Sie die Geschichte, die man von Abernethy erzählt?«

»Nein, zum Henker mit Abernethy!«

»Gewiss, zum Henker mit ihm! Aber da war einmal ein reicher Geizhals, der wollte diesen Abernethy gern umsonst konsultieren. In dieser Absicht lud er ein paar Leute zu sich ein und erzählte während der Unterhaltung dem Arzt den Krankheitsfall einer gedachten Person:

›Nehmen wir an‹, sagte der Geizhals, ›die Symptome seien die und die: nun, Doktor, was würden Sie ihm wohl zu nehmen verordnet haben?‹

›Nehmen?‹ sagte Abernethy. ›Ärztlichen Rat natürlich!‹«

»Ja«, sagte der Präfekt ein wenig betroffen, »ich bin ja ganz willig, Rat zu nehmen und dafür zu bezahlen. Ich würde wirklich demjenigen, der mir in der Sache helfen würde, fünfzigtausend Franken geben.«

»Nun, wenn es sich so verhält«, sagte Dupin aus einem Schubfach ein Scheckbuch nehmend, »können Sie mir die erwähnte Summe sofort hierherschreiben. Wenn Sie unterzeichnet haben, werde ich Ihnen den Brief aushändigen.«

Ich war aufs Höchste verblüfft. Der Präfekt schien wie vom Blitz getroffen. Sprachlos, mit offenem Mund und aufgerissenen Augen, starrte er Dupin an; dann, als er sich ein wenig erholt hatte, nahm er eine Feder, und unter mehrfachen Pausen und fragenden Blicken füllte er das Formular auf die Summe von fünfzigtausend Franken aus, unterzeichnete es und reichte es meinem Freund über den Tisch. Dieser prüfte es sorgsam und legte es in seine Brieftasche. Dann schloss er ein Schreibpult auf, entnahm ihm einen Brief und reichte ihn dem Präfekten. Der Beamte ergriff ihn, halb berauscht vor Freude, öffnete ihn mit zitternder Hand, warf einen schnellen Blick auf die Zeilen, suchte hastend und taumelnd die Tür und eilte ohne Abschied davon; seit Dupin ihn aufgefordert, den Scheck auszufüllen, hatte er kein Wort mehr gesprochen.

Als er gegangen war, gab mein Freund mir Aufklärung.

»Die Pariser Polizei«, sagte er, »ist in ihrer Weise sehr geschickt. Sie ist ausdauernd, pfiffig und scharfsinnig und in allen den Dingen bewandert, die ihre Pflichten ihr auferlegen. Als darum G. uns auseinandersetzte, in welcher Weise er die Durchsuchung des Ministerpalais vorgenommen, war ich ganz überzeugt, dass er gründliche Arbeit getan hatte – soweit sein Spürfeld eben reichte.«

»Soweit sein Spürfeld reichte?« fragte ich.

»Ja«, sagte Dupin. »Die angewandten Maßnahmen waren nicht nur in ihrer Art die besten, sondern auch auf das Vollkommenste ausgeführt. Wäre der Brief im Bereich ihrer Suche niedergelegt gewesen, so hätten diese Leute ihn zweifellos gefunden.«

Ich lachte; es schien ihm aber mit dem, was er sagte, ernst zu sein.

»Die Maßnahmen«, fuhr er fort, »waren also in ihrer Weise sehr gut; der Fehler war nur, dass sie auf den besonderen Fall hier und auf den schlauen Dieb nicht passten. Der Präfekt hat eine gewisse Reihe sehr sinnreicher Hilfsmittel, denen er wie einem Prokrustesbett jeden Kriminalfall anzupassen sucht. Aber er begeht beständig den Fehler, den jeweiligen Fall zu gründlich oder zu leicht zu nehmen, und mancher Schuljunge ist ein schlauerer Kopf als er. Ich kannte einen achtjährigen Jungen, der bei dem Spiel von ›Gerad oder Ungerad‹ zur Bewunderung aller immer gewann. Das Spiel ist sehr einfach und wird mit Murmeln gespielt. Einer der Spieler hält eine Anzahl derselben in der geschlossenen Hand, und ein anderer muss erraten, ob sie an Zahl gerad oder ungerad sind. Hat er richtig geraten, so gewinnt er eine Kugel, hat er falsch geraten, so verliert er eine. Der Knabe, von dem ich hier spreche, gewann seinen Mitschülern alle Murmeln ab. Natürlich hatte er sich ein bestimmtes System gebildet, und das bestand in klugem Beobachten und in der Berechnung der Scharfsinnigkeit seines jeweiligen Gegners. Nehmen wir z. B. an, sein Gegner sei ein rechter Einfaltspinsel und fragt, die geschlossenen Hände hinhaltend: ›Gerad oder ungerad?‹ Unser Junge antwortet ›ungerad‹ und verliert; beim nächsten Mal aber gewinnt er, denn inzwischen hatte er sich gesagt: Der Tropf hatte beim ersten Mal eine gerade Zahl in der Hand, und seine Pfiffigkeit reicht sicherlich nur hin, jetzt eine ungerade zu haben, ich werde darum ungerad sagen. Er tut es und gewinnt. Bei einem etwas schlaueren Einfaltspinsel, als dieser Erste gewesen, würde er folgenden Schluss gezogen haben: Er hat gehört, dass ich beim ersten Mal ungerad gesagt habe; sein erster Einfall wäre natürlich genau wie bei dem andern, mit gerad und ungerad abzuwechseln; dann wird ihm aber gleich der Gedanke kommen, dass dies zu einfach sei, und er wird wie beim ersten Mal eine gerade Zahl wählen. Ich werde also gerad sagen.

Er tut es und gewinnt. Worin besteht nun die Methode der Schlussfolgerung bei diesem Schuljungen, von dem seine Kameraden sagen, dass er einfach Glück habe?«

»Der Überlegene«, sagte ich, »sucht seinen Intellekt mit dem seines Gegners zu identifizieren.«

»So ist es«, sagte Dupin, »und als ich den Knaben fragte, wie ihm diese *vollkommene* Identifizierung gelänge, in der sein Erfolg bestände, bekam ich folgende Antwort: ›Wenn ich herausbekommen will, wie klug oder wie dumm, wie gut oder wie böse irgendjemand ist oder was für Gedanken er gerade hat, so suche ich den Ausdruck meines Gesichtes soviel als möglich dem Seinigen anzupassen, und dann warte ich ab, was für Gedanken oder Gefühle in mir aufsteigen und dem Gesichtsausdruck entsprechen. Diese Antwort des Schuljungen bildet die Grundlage zu all dem scheinbaren Scharfsinn, den man Rochefoucault, La Bruyère, Machiavelli und Campanella zugeschrieben hat.«

»Wenn ich Sie richtig verstehe«, sagte ich, »so hängt die Identifizierung des Intellektes des Schlussfolgernden mit dem seines Gegners davon ab, wie scharf Ersterer den Intellekt seines Gegners abzuschätzen vermag?«

»Ja, ihr praktischer Wert hängt durchaus davon ab«, erwiderte Dupin, »und eben aus Mangel an diesem Identifizierungsvermögen gehen der Präfekt und seine Kohorte so häufig fehl, und ferner auch, weil sie die Höhe des jeweiligen Intellektes, mit dem sie zu tun haben, falsch oder gar nicht abzuschätzen vermögen. Sie rechnen immer nur mit ihrem eigenen Scharfsinn, und wenn sie etwas Verborgenes suchen, so denken sie immer nur daran, wie sie selbst es versteckt haben würden. Sie haben ja so ziemlich recht, wenn sie ihre eigene Erfindungsgabe für die *große Masse* als maßgebend erachten; wenn aber der Scharfsinn des verbrecherischen Individuums sich in seinem Grundwesen von ihrem eigenen unterscheidet, so entgeht der Verbrecher ihnen natürlich. Dies geschieht immer, sobald er ihnen geistig überlegen ist, und auch sehr häufig, wenn er ihnen geistig nachsteht. Sie haben für ihre Nachforschungen eine feststehende Norm, von der sie nie abweichen; höchstens erweitern oder übertreiben sie ihre altgewohnte praktische Methode, wenn irgendwelche außergewöhnlichen Umstände, wie z. B. eine hohe Belohnung, sie besonders antreiben – das Prinzip aber bleibt dasselbe. Betrachten wir einmal den vorliegenden Fall. Was hat man getan, das auch nur im geringsten von der gewohnten Untersuchungsmethode abgewichen wäre? Was ist all das Bohren und Prüfen und Klopfen und mikroskopische Untersuchen und Einteilen des Hauses in nummerierte Quadrate – was ist es denn anders als ein Übertreiben in der Anwendung ihres einen Prinzips, das auf der geringen Kenntnis menschlichen Scharfsinnes aufgebaut ist, die diese Leute eben haben und das der Präfekt in gewohnter Pflichterfüllung immer wieder anwendet? Haben Sie nicht bemerkt, dass es ihm als ganz ausgemacht gilt, dass *alle* Menschen, wenn sie einen Brief verstecken wollen, ihn – wenn auch nicht gerade in einem ausgehöhlten Stuhlbein – so doch wenigstens in irgendeinem verborgenen Loch oder Winkel unterbringen würden, infolge derselben Gedankenreihe, die einen Mann veranlassen würde, einen Brief in einem ausgehöhlten Stuhlbein zu verbergen? Und sehen Sie nicht ebenso klar, dass solche geheimen Verstecke nur in einfachen Fällen und bei gewöhnlichen Intellekten Anwendung finden, denn fast immer, wenn es sich um das Verbergen eines Gegenstandes handelt, wird man so besonders versteckte Orte wählen, und die Entdeckung hängt also nicht lediglich von dem Scharfsinn, aber durchaus von der Sorgfalt, Geduld und Ausdauer der Suchenden ab; und war der Fall von Bedeutung oder – was in den Augen der Polizei dasselbe ist – war die Belohnung bedeutend, so haben die genannten Eigenschaften stets zum Ziel geführt. Sie werden nun verstehen, was ich meinte, als ich die Vermutung aussprach, dass der entwendete Brief zweifellos gefunden worden wäre, wenn er im Untersuchungsbereich des Präfekten niedergelegt worden wäre – mit anderen Worten, wenn man bei Verbergung desselben von den gleichen Grundanschauungen ausgegangen wäre, wie der Präfekt bei seiner Suche sie anwendet. Der Beamte ist jedoch in seinen Berechnungen geschlagen worden, und die verborgene Ursache seiner Niederlage liegt in der falschen Annahme, der Minister sei ein Narr, weil er zufällig den Ruf eines Dichters genießt. Alle Narren sind Dichter, das hat der Präfekt so im Gefühl, und er macht sich nur eines *non distributio medii* schuldig, wenn er daraus schließt, dass alle Dichter Narren seien.«

»Aber ist denn dieser wirklich der Dichter?« fragte ich. »Es sind zwei Brüder, wie ich weiß, und beide haben als Schriftsteller einen Namen. Der Minister, glaube ich, hat eine gelehrte Abhandlung über Differenzialrechnung geschrieben. Er ist ein Mathematiker und kein Dichter.«

»Sie irren sich. Ich kenne ihn gut; er ist beides. Als Dichter und Mathematiker versteht er, schlau zu überlegen; als bloßer Mathematiker verstände er überhaupt nicht zu schlussfolgern und wäre sicherlich dem Präfekten in die Hände gefallen.«

»Sie überraschen mich«, sagte ich. »Ihre Anschauung wird von der ganzen Welt Lügen gestraft. Sie werden doch wohl nicht eine seit Jahrhunderten festbegründete Ansicht umstoßen wollen? Die Vernunft des Mathematikers gilt seit Langem als die Überlegungsfähigkeit *par excellence*.«

»›Il y a à parier‹«, erwiderte Dupin. Chamfort zitierend, » ›que toute idée publique, toute Convention reçue, est une sottise, car elle a convenu au plus grand nombre.‹ – Ich gebe zu, dass die Mathematiker ihr Bestes getan haben, die allgemeine, aber irrige Ansicht, auf die Sie hinweisen, zu verbreiten. So haben sie z. B. mit einer Kunstfertigkeit, die einer besseren Sache würdig gewesen wäre, den Ausdruck Analysis in die Algebra hineingebracht. Die Franzosen sind es, denen wir diesen Trug verdanken; soll aber eine Bezeichnung überhaupt Bedeutung haben, soll ein Wort nach seiner Anwendbarkeit bewertet werden, so stehen ›Analysis‹ und ›Algebra‹ etwa im selben Verhältnis zueinander, wie der lateinische Ausdruck *ambitus* unser Wort Ehrgeiz, *religio* Religion oder *homines honesti* ehrenwerte Männer in sich schließt.«

»Sie scheinen demnächst einen Feldzug gegen die Pariser Algebraisten zu planen«, sagte ich – »doch bitte nur weiter!«

»Ich bestreite die philosophische Berechtigung eines Systems, das anders als mit abstrakter Logik arbeitet. Ich bestreite im Besonderen ein aus mathematischen Studien abgeleitetes Philosophieren. Mathematik ist die Lehre von Form und Größe; die Philosophie der Mathematiker ist weiter nichts als auf Beobachtung von Form und Größe aufgebaute Logik. Der große Irrtum liegt in der Annahme, dass die Wahrheiten dessen, was man reine Algebra nennt, abstrakte oder allgemeine Wahrheiten seien. Und dieser Irrtum ist so ungeheuer, dass ich es gar nicht begreifen kann, wie man ihm so allgemein verfallen konnte. Mathematische Axiome sind *keine* Axiome von allgemeingültiger Wahrheit. Was *relativ* wahr ist – also in Beziehung auf Form und Größe –, ist z. B. durchaus falsch in moralischer Hinsicht. In der Morallehre ist es meistenteils unwahr, dass die zusammengefassten Einzelteile dem Ganzen entsprechen. Auch in der Chemie ist das Axiom nicht anwendbar, ebenso wenig in der Lehre von der Bewegung; denn zwei Bewegungen, jede von einem gegebenen Wert, haben nicht notwendigerweise einen Wert, wenn sie gemäß ihrer Einzelwerte zu einer Summe vereinigt werden. Es gibt zahlreiche andere mathematische Wahrheiten, die nur innerhalb ihrer relativen Grenzen Wahrheiten darstellen. Aber der Mathematiker schließt aus Gewohnheit nach seinen begrenzten Wahrheiten, als ob sie von einer absoluten allgemeinen Anwendbarkeit wären – wie man dies in der Tat allgemein annimmt. Bryant erwähnt in seiner geistvollen ›Mythologie‹ eine ähnliche Quelle des Irrtums, indem er sagt: ›Obgleich die Fabeln der Heiden nicht geglaubt werden, vergisst man sich doch immer wieder und zieht Folgerungen aus ihnen, als ob sie bestehende Wirklichkeiten wären.‹ Bei den Algebraisten nun, die selber Heiden sind, werden die ›Heiden-Fabeln‹ geglaubt und die Folgerungen gezogen, nicht so sehr aus Gedankenlosigkeit als vielmehr aus einer erklärlichen Geistesverwirrung. Kurz, ich bin noch nie einem reinen Mathematiker begegnet, dem man über seine Quadratwurzeln hinaus irgendwie hätte trauen können, oder einem, der es nicht im Stillen als Glaubenssache betrachtet hätte, dass $x^2 + px$ unbedingt und unwiderleglich gleich q sei. Bitte machen Sie die Probe und sagen Sie einem dieser Herren, Sie glaubten, dass Fälle vorkommen könnten, wo $x^2 + px$ nicht ganz gleich q sei – ich möchte Ihnen raten, schleunigst Reißaus zu nehmen, sobald er verstanden hat, was Sie eigentlich meinen; denn zweifellos wird er versuchen, Sie niederzuhauen.

Ich will damit sagen«, fuhr Dupin fort, während ich über seine letzten Betrachtungen fröhlich lachte, »dass der Präfekt nicht nötig gehabt hätte, mir diesen Scheck auszustellen, wenn der Minister nichts als Mathematiker gewesen wäre. Ich kannte ihn jedoch als Mathematiker *und* Dichter, und meine Maßnahmen richteten sich nach seinen Fähigkeiten unter besonderer Berücksichtigung der gegebenen Verhältnisse. Ich wusste, dass er ein Hofmann und kühner Intrigant war. Ich folgerte also, dass solch ein Mensch mit den üblichen polizeilichen Maßnahmen gut vertraut sein müsse. Er *musste* – und die Ereignisse haben dies bewiesen – die fingierten Raubanfälle vorausahnen. Er *muss*, so überlegte ich weiter, die geheimen Haussuchungen vorausgesehen haben. Seine häufige Abwesenheit, die der Präfekt so freudig als unerwartete Glücksfälle begrüßte, erachtete ich lediglich als List, um der Polizei Gelegenheit zu gründlichen Nachforschungen zu geben und ihr möglichst schnell die Überzeugung beizubringen (zu der G. ja tatsächlich auch schließlich gelangte), dass der Brief sich nicht im Hause befinden könne. Ich fühlte auch, dass die ganze Gedankenreihe, die ich Ihnen soeben mit einiger Mühe entwickelte, nämlich das unveränderliche Prinzip, nach dem die Polizei ihre Maßnahmen bei der Suche nach versteckten Dingen richtet – ich fühlte, dass dieser ganze Ideengang notwendigerweise auch dem Minister kommen musste und dass er ihn zwingend dahin führen würde, alle die gewöhnlichen Versteckplätze zu vermeiden. Dieser Mann, sagte ich mir, konnte unmöglich so beschränkt sein, sich nicht selbst vor Augen zu halten, dass die allerverborgensten Winkel seines Palais den Nachforschungen, den Bohrern und Mikroskopen des Präfekten so offen daliegen würden wie seine unverschlossenen Wohnräume. Kurzum, ich erkannte, dass er ganz selbstverständlich zu den allereinfachsten Maßnahmen gedrängt werden musste, falls er sie nicht schon freiwillig erwählt haben sollte. Sie werden sich vielleicht erinnern, in welch ein Gelächter der Präfekt ausbrach, als ich bei unserer ersten Unterredung die Mutmaßung äußerte, dass dies Geheimnis ihm vielleicht darum soviel Art mache, weil es so gar nicht verwickelt sei.«

»Ja«, sagte ich, »ich erinnere mich noch gut seines Heiterkeitsausbruches. Ich dachte wirklich, er würde noch in Krämpfe fallen.«

»Die materielle Welt«, fuhr Dupin fort, »hat strenge Analogien mit der immateriellen Welt. Und darum hat das rhetorische Dogma, dass eine Metapher oder ein Gleichnis geeignet sein soll, ein Argument zu erhärten oder eine Beschreibung zu verschönen, einen Schimmer von Wahrheit. So scheint zum Beispiel das Prinzip der *Vis inertiae* in Physik und Metaphysik identisch zu sein. Wenn die Physik behauptet, dass ein großer Körper schwerer in Bewegung zu setzen ist als ein kleiner und dass seine nachherige Geschwindigkeit zu dieser Schwierigkeit in entsprechendem Verhältnis steht, so sagt sie keine größere Wahrheit als die Metaphysik, wenn sie den Satz aufstellt, dass stärkere Intellekte, also solche, die fester und in ihren Regungen reicher sind als solche schwächeren Grades, dennoch weniger leicht beweglich, vielmehr leichter verwirrt und in ihren ersten Schritten zögernder sind. Ferner: Haben Sie jemals beobachtet, welche Art von Schildern an den Kaufmannsläden am meisten Aufmerksamkeit auf sich lenken?«

»Ich habe nie darüber nachgedacht«, sagte ich.

»Es gibt ein Rätselspiel«, sprach Dupin weiter, »das auf einer Landkarte gespielt wird; die eine Partei verlangt von der andern, dass sie ein gegebenes Wort finde – den Namen einer Stadt, eines Flusses, einer Provinz, eines Staates –, irgendein Wort, das in dem Durcheinander von Benennungen auf der Karte zu finden ist. Ein Neuling in diesem Spiel sucht gewöhnlich seine Gegner dadurch zu verwirren, dass er ihnen Namen von allerkleinster Schrift zu suchen gibt, der Erfahrene aber wählt solche Worte, die in großen Lettern von einem Ende der Karte zum andern laufen. Diese entgehen, gleich den übergroßen Plakaten und Schilderaufschriften in den Straßen, der Beobachtung infolge ihrer übertrieben großen Sichtbarkeit; und dieses physische Übersehen ist genau analog der Unachtsamkeit, mit der der Intellekt jene Erwägungen unbeachtet lässt, die zu aufdringlich und zu naheliegend selbstverständlich sind. Doch das ist eine Sache, scheint mir, die für das Begriffsvermögen des Präfekten zu hoch oder zu niedrig ist. Er hielt es nie für wahrscheinlich oder für möglich, dass der Minister den Brief aller Welt vor die Nase gelegt hätte, um eben auf diese Weise alle Welt von der Entdeckung fernzuhalten.

Doch je mehr ich über das kühne, wagemutige, besondere Wesen D.s nachdachte, über die Tatsache, dass er das Dokument immer zur Hand haben musste, um es verwerten zu können, und über das von dem Präfekten erzielte Ergebnis, demzufolge es nicht innerhalb der Grenzen des Untersuchungskreises jenes Würdenträgers verborgen war – desto überzeugter wurde ich, dass der Minister, um den Brief zu verbergen, zu dem verständlichen und scharfsinnigen Mittel gegriffen hatte, ihn gar nicht zu verbergen.

Ganz erfüllt von diesem Gedanken versah ich mich mit einer grünen Brille und sprach eines Morgens wie zufällig im Ministerpalais vor. Ich fand D. zu Hause; er gähnte und faulenzte wie gewöhnlich und tat, als langweile er sich aufs Höchste. Er ist vielleicht der tätigste Mensch, den wir jetzt haben – doch das ist er nur, wenn niemand ihn sieht.

Um seiner Schlauheit gewachsen zu sein, klagte ich über schwache Augen und die Notwendigkeit, eine Brille tragen zu müssen; dieselbe diente mir jedoch nur, um ruhig und eingehend den ganzen Raum durchspähen zu können, während ich scheinbar mit ganzer Aufmerksamkeit bei dem Gespräch war, in das ich ihn verwickelt hatte.

Besondere Aufmerksamkeit widmete ich einem großen Schreibtisch, neben dem er saß und auf dem allerlei Briefe und andere Papiere, ein paar kleinere Musikinstrumente und einige Bücher umherlagen. Trotz sorgfältigster Prüfung aber konnte ich hier nichts finden, was einen Verdacht gerechtfertigt hätte.

Ich blickte nun weiter im Zimmer umher und entdeckte schließlich einen zerfetzten Kartenhalter aus Pappe, der an einem verstaubten blauen Band von einem kleinen Messingknopf oben über dem sehr niedrigen Kaminsims herabhing. In diesem Halter, der drei oder vier Abteilungen hatte, steckten fünf oder sechs Visitenkarten und ein einziger Brief. Der Letztere war sehr schmutzig und zerknittert. Er war in der Mitte fast ganz durchgerissen – als habe man zuerst die Absicht gehabt, ihn als wertlos fortzuwerfen, habe sich dann aber doch anders besonnen. Er hatte ein großes schwarzes Siegel, auf dem sehr deutlich der Buchstabe D. sichtbar war, und war in zierlicher Damenhandschrift an D., den Minister, adressiert. Er war sorglos, ja geradezu oberflächlich in das zweitoberste Abteil des Halters gesteckt.

Kaum hatte ich diesen Brief erblickt, als ich überzeugt war, das gesuchte Dokument vor mir zu haben. Gewiss, dem Anschein nach war es sehr verschieden von dem, dessen eingehende Beschreibung der Präfekt uns geliefert hatte. Hier war das Siegel groß und schwarz mit der Chiffre D.; dort war es klein und rot, mit dem herzoglichen Wappen der Familie V. Hier war die Adresse zierlich und von weiblicher Hand und an den Minister selbst gerichtet; dort war die Aufschrift kräftig und kühn und für ein Mitglied des königlichen Hauses bestimmt; nur das Format bot eine gewisse Ähnlichkeit. Aber gerade die Übertriebenheit dieser Unterschiede war es, was mir auffiel. Der Schmutz, der zerknitterte, zerrissene Zustand des Briefes, der so gar nicht zu der bekannten Ordnungsliebe D.s passte und so sehr darauf hindeutete, dass hier eine Absicht vorliege, die Wertlosigkeit dieses Dokumentes vorzutäuschen, alle diese Dinge in Verbindung mit dem ins Auge fallenden Aufbewahrungsort des Papieres, was so ganz zu den Schlussfolgerungen passte, zu denen ich vorher gelangt war – alle diese Dinge, sage ich, waren dazu angetan, Verdacht zu erregen bei einem, der gekommen war, Verdachtgründe zu finden.

Ich dehnte meinen Besuch so lange als möglich aus und verwickelte den Minister in eine eifrige Diskussion über ein Thema, das ihn, wie ich wusste, stark interessierte, während ich meine ganze Aufmerksamkeit dem Brief zuwandte. Ich wollte mir seine Form und seine Lage im Halter genau einprägen; bei dieser Gelegenheit machte ich schließlich noch eine Entdeckung, die mir die letzten Zweifel nahm. Die Ränder des Papieres waren kräftiger umgebrochen, als nötig schien. Der Bruch sah aus, als habe man ein steifes Papier, das kräftig zusammengefaltet gewesen, geöffnet und unter Benützung der alten Kniffe nach der andern Seite umgebrochen. Diese Wahrnehmung genügte. Es war mir klar, dass man den Brief wie einen Handschuh umgewendet, in seine ursprüngliche Form zurückgefaltet und mit einem neuen Siegel versehen hatte. Ich verabschiedete mich von dem Gesandten und entfernte mich; eine goldene Schnupftabaksdose ließ ich auf dem Tisch zurück.

Am anderen Morgen sprach ich vor, um die vergessene Dose zu holen, und wir waren bald wieder in das interessante Gesprächsthema verwickelt, das uns am Tag vorher so eifrig beschäftigt hatte. Plötzlich aber ertönte gerade unter den Fenstern des Gesandtschaftspalais ein Pistolenschuss, gefolgt von Angstschreien und lärmenden Ausrufen einer erregten Menge. D. eilte an ein Fenster, riss es auf und blickte hinaus. Inzwischen trat ich zu dem Kartenhalter, nahm den Brief, steckte ihn in die Tasche und ersetzte ihn durch ein Faksimile (was sein äußeres Aussehen anlangte), das von mir zu Hause sorgsam hergestellt worden war; die Chiffre D.s hatte ich mithilfe eines aus Brot geformten Petschafts leicht nachahmen können.

Die Ruhestörung auf der Straße war durch das verrückte Gebaren eines Mannes verursacht worden. Er hatte in eine Gruppe von Weibern und Kindern einen Flintenschuss abgegeben. Es stellte sich aber heraus, dass es ein blinder Schuss gewesen war, und man ließ den Burschen als harmlosen Narren oder Betrunkenen laufen. Als die Menge sich verlaufen, trat D. vom Fenster zurück, wohin ich ihm gefolgt war, nachdem ich meinen Raub in Sicherheit gebracht hatte. Bald darauf verabschiedete ich mich. Der anscheinend Wahnsinnige war ein von mir bezahltes Subjekt.«

»Welche Absicht verfolgten Sie damit«, fragte ich, »dass Sie den Brief durch ein Faksimile ersetzten? Wäre es nicht besser gewesen, ihn gleich beim ersten Besuch zu ergreifen und davonzulaufen?«

»D.«, erwiderte Dupin, »ist ein kühner Bursche voll großer Tatkraft, und seine Dienerschaft ist ihm blind ergeben. Hätte ich den tollen Versuch gemacht, den Sie da vorschlagen, so hätte ich das Ministerpalais wohl kaum mehr lebend verlassen, und die guten Pariser hätten nichts mehr von mir gehört. Doch war es nicht dies Bedenken allein, was mich zurückhielt. Sie kennen mein politisches Vorurteil. Im vorliegenden Fall bin ich ein Parteigänger der betreffenden hohen Dame. Achtzehn Monate hat der Minister sie in seiner Gewalt gehabt; jetzt hat sie ihn in der Ihrigen – denn da er nicht weiß, dass er den Brief nicht mehr besitzt, wird er sein herausforderndes Wesen beibehalten. Er wird sich also selbst den Sturz bereiten, der ebenso plötzlich als beschämend für ihn sein wird. Mag man über das *facilis descensus Averno* sagen, was man will – bei allem Emporkommen gilt das, was die Catalani vom Singen sagte: ›Es ist viel leichter hinauf- als hinunterzukommen.‹ In unserm Fall hier habe ich kein Mitgefühl mit dem, der da stürzt. Er ist ein *monstrum horrendum*, ein genialer Kopf ohne edle Grundsätze. Ich gestehe aber, dass ich etwas darum gäbe, in dem Augenblick seine Gedanken lesen zu können, wenn er sich durch das veränderte Benehmen derjenigen, die der Präfekt ›eine gewisse Person‹ nennt, veranlasst sieht, den Brief zu öffnen, den ich ihm in den Kartenhalter gesteckt habe.«

»Wieso? Haben Sie ihm etwas hineingeschrieben?«

»Nun – es schien mir nicht ganz recht, das Innere leer zu lassen – das wäre ja beleidigend gewesen. D. spielte mir einst in Wien einen schlimmen Streich, und ich versicherte ihm damals halb scherzhaft, ich würde ihm das nicht vergessen. Ich hielt es also, in der Überzeugung, dass er begierig sei zu erfahren, wer ihn so überlistet habe, für schade, ihm nicht einen Anhaltspunkt zu geben. Er kennt meine Handschrift gut, und so schrieb ich denn mitten auf das weiße Blatt die Worte:

›... *Un dessein si funeste, S'il n'est digne d'Atrée, est digne de Thyeste.*‹

Sie stehen in Crébillons ›Atrée‹.

Der Goldkäfer

Holla, holla! Der Bursche tanzt wie toll!
Es hat ihn die Tarantula gebissen.

All in the Wrong

Vor vielen Jahren stand ich in nahen Beziehungen zu einem Herrn William Legrand. Er entstammte einer alten Hugenottenfamilie und war einst wohlhabend gewesen; durch allerlei Unglücksfälle aber war sein Vermögen zusammengeschmolzen, sodass er nur noch das Nötigste hatte. Um Demütigungen auszuweichen, verließ er Neu-Orleans, die Heimat seiner Väter, und ließ sich auf Sullivans Insel nahe bei Charleston in Südkarolina nieder.

Diese Insel ist recht merkwürdig. Sie besteht fast ganz aus Seesand und ist etwa drei Meilen lang. Ihre Breite beträgt nirgends mehr als eine Viertelmeile. Vom Festland ist sie durch einen schmalen Meeresarm getrennt, der sich durch eine Wildnis von Schilf und Schlamm mühsam seinen Weg sucht und ein Lieblingsaufenthalt des Marschhuhns ist. Die Vegetation ist, wie sich denken lässt, spärlich und zwerghaft. Größere Bäume gibt es nicht; doch findet sich am Westende, da, wo Fort Moultrie steht, die stachlige Zwergpalme. Auch einige Holzhäuser stehen hier, Sommerwohnungen von Charlestoner Bürgern, die dem Staub und dem Fieber zu entfliehen trachten. Der ganze übrige Teil der Insel, mit Ausnahme des harten weißen Strandes, ist dicht bewuchert von der wohlriechenden Myrte, die bei englischen Gärtnern sehr gesucht ist. Der einzelne Strauch erreicht hier oft eine Höhe von fünfzehn bis zwanzig Fuß und bildet ein undurchdringliches Buschwerk, das die Luft in weitem Umkreis mit Wohlgerüchen tränkt.

Mitten in diesem Myrtendickicht, nicht weit von der einsamen Ostküste der Insel, hatte Legrand sich eine kleine Hütte gezimmert, die er damals bewohnte, als ich ihn rein zufällig kennenlernte. Wir wurden bald zu Freunden, denn der Einsiedler gewann mir Achtung und Interesse ab. Ich fand in ihm einen gebildeten Mann von hervorragenden Geistesgaben, nur war er sehr menschenscheu und abwechselnd krankhaften Anfällen von Begeisterung und von Schwermut unterworfen. Er hatte viele Bücher bei sich, von denen er aber selten Gebrauch machte. Sein Hauptvergnügen war Fischen und Jagen; doch schlenderte er auch gern am Strand entlang, um Muscheln zu suchen, oder durchforschte das Myrtendickicht nach seltenen Insekten. Von Letzteren besaß er eine Sammlung, um die selbst ein Swammerdam ihn beneidet hätte. Bei seinen Wanderungen begleitete ihn in der Regel ein alter Neger namens Jupiter, der von der Familie seines Herrn, als diese noch wohlhabend gewesen, die Freiheit erhalten hatte, aber weder durch Drohungen noch Versprechungen zu bestimmen gewesen war, die Fürsorge für seinen jungen »Massa Will« aufzugeben. Es ist nicht unwahrscheinlich, dass die Verwandten Legrands dem Neger diese Halsstarrigkeit eingegeben hatten, weil es ihnen gut schien, den exzentrisch veranlagten jungen Mann behütet und überwacht zu sehen.

Sullivans Insel liegt auf einem Breitengrad, auf dem ein strenger Winter selten ist und man nur ausnahmsweise einmal eines wärmenden Feuers bedarf. Mitte Oktober 18.. aber hatten wir einen sehr frostigen Tag. Gegen Sonnenuntergang bahnte ich mir meinen Weg durchs immergrüne Buschwerk zur Hütte meines Freundes, den ich seit Wochen nicht besucht hatte. Ich wohnte damals in Charleston, das neun Meilen von der Insel entfernt liegt, und die Reiseverbindungen waren jenerzeit nicht so bequem wie heutzutage. Als ich die Hütte erreicht hatte, klopfte ich wie gewöhnlich an, und als ich keine Antwort bekam, nahm ich den Schlüssel aus dem mir bekannten Versteck, schloss auf und trat ein. Im Kamin brannte ein kräftiges Feuer – eine mir keineswegs unwillkommene Überraschung. Ich warf den Überzieher ab, rückte mir einen Lehnstuhl an die knisternden Scheite und erwartete geduldig die Heimkehr meiner Wirte.

Sie kamen bald nach Dunkelwerden und begrüßten mich herzlich. Jupiter grinste von einem Ohr bis zum andern, während er sich anschickte, uns ein paar Marschhühner zum Abendessen zu bereiten. Legrand hatte einen seiner Begeisterungsanfälle – ich kann es nicht anders nennen. Er hatte eine unbekannt zweischalige Molluske gefunden, die eine neue Gattung bildete, und mehr noch: Er hatte mit Jupiters Hilfe einen Käfer eingefangen, den er für etwas ganz Neues hielt, worüber er aber noch am andern Morgen meine Meinung hören wollte. »Und warum nicht schon heute?« fragte ich und wärmte meine Hände über der Flamme; in meinem Innern wünschte ich alle Käfer der Welt zum Teufel.

»Ja, wenn ich doch nur gewusst hätte, dass Sie kommen!« sagte Legrand. »Aber es ist so lange her, seit ich Sie sah, und wer hätte ahnen können, dass Sie gerade heute Abend mich besuchen würden? Auf dem Heimweg begegnete mir Leutnant G. von der Festung, törichterweise lieh ich ihm den Käfer; so werden Sie denselben vor morgen früh nicht sehen können. Übernachten Sie hier! Bei Sonnenaufgang lasse ich den Käfer dann durch Jup holen. Sie können sich gar nichts Schöneres denken!«

»Als was – den Sonnenaufgang?«

»Unsinn! Nein – den Käfer. Er ist von leuchtender Goldfarbe – etwa so groß wie eine Walnuss – mit zwei jetschwarzen Punkten an einem Ende des Rückens und einem einzigen größeren am andern Ende. Die Fühlhörner sind ...«

»Kein bisschen Horn an ihm, Massa Will, sag's Ihnen noch mal«, fiel hier Jupiter ein; »Tier ist ein Goldkäfer, schwer Gold, jedes bisschen ganz Gold, außen und innen, Flügel und alles – nie im Leben ich habe so schweren Käfer in Hand gehalten.«

»Nun, nehmen wir an, du habest recht, Jup«, erwiderte Legrand ernsthafter, als es mir nötig schien, »ist das aber ein Grund, dass du die Hühner anbrennen lässt? Die Farbe« – hier wandte er sich zu mir – »vermag allerdings Jupiters Ansicht zu bestätigen. Noch nie haben Sie etwas Strahlenderes gesehen als die Flügel dieses Tieres – doch darüber können Sie erst morgen urteilen. Einstweilen will ich Ihnen einen Begriff von seiner Gestalt geben.« Mit diesen Worten setzte er sich an einen kleinen Tisch, auf dem sich Tinte und Feder befanden; Papier fehlte. Er suchte in einer Schublade danach, konnte aber keins finden.

»Tut nichts«, sagte er schließlich, »dies hier tut es auch.« Und er zog aus der Westentasche einen Fetzen, den ich für sehr schmutziges Propatriapapier hielt, und entwarf darauf eine flüchtige Federzeichnung.

Währenddessen nahm ich meinen Platz beim Feuer wieder ein, denn mir war noch immer kalt. Als er die Zeichnung fertig hatte, reichte er sie mir, ohne aufzustehen. Kaum hatte ich sie in der Hand, als draußen ein lautes Knurren ertönte, dem ein Kratzen an der Tür folgte; Jupiter öffnete, und ein großer Neufundländer, der Legrand gehörte, stürmte herein, legte die Pfoten auf meine Schultern und überhäufte mich mit Liebkosungen, denn ich hatte ihn bei meinen Besuchen stets gut behandelt. Als er sich beruhigte, blickte ich auf das Papier und war, die Wahrheit zu sagen, nicht wenig verwirrt über das, was mein Freund da hingemalt hatte.

Nachdem ich es minutenlang betrachtet hatte, sagte ich: »Der Käfer ist in der Tat seltsam, das muss ich zugeben; er ist mir gänzlich neu – habe nie dergleichen gesehen – es sei denn ein Schädel, ein Totenkopf, denn damit allein hat er Ähnlichkeit.«

»Ein Totenkopf!« wiederholte Legrand. »Nun ja, mag sein, dass er auf dem Papier etwas davon hat. Die zwei oberen schwarzen Punkte sehen wie Augen aus, wie? Und der längere unten wie ein Mund – und die Form des Ganzen ist oval.«

»Vielleicht liegt es daran«, sagte ich. »Doch, Legrand, ich fürchte, Sie sind kein Zeichenkünstler. Ich muss warten, bis ich den Käfer selber gesehen habe, ehe ich mir eine Vorstellung von ihm machen kann.«

»Sonderbar«, sagte er, ein wenig verletzt, »ich zeichne ganz gut – habe jedenfalls vortreffliche Lehrer gehabt und darf mir wohl auch schmeicheln, nicht gerade ein Dummkopf zu sein.«

»Ja, mein lieber Freund, dann haben Sie wohl einen Scherz beabsichtigt?« sagte ich. »Dies hier ist ein ganz gut gezeichneter Schädel, ja, ich kann wohl sagen, ein meisterhaft gezeichneter Schädel – und Ihr Skarabäus muss der merkwürdigste Käfer von der Welt sein, wenn er ihm gleicht; er könnte geradezu unheimliche Vorahnungen erwecken. Ich nehme an, Sie werden den Käfer *Scarabaeus caput hominis* oder so ähnlich benennen; es gibt eine ganze Reihe derartiger Namen in der Naturgeschichte. Doch wo sind die Fühlhörner, von denen Sie sprachen?«

»Die Fühlhörner!« sagte Legrand in übertrieben gereiztem Ton; »Sie müssen sie doch sehen, die Fühlhörner. Ich habe sie in natürlicher Größe wiedergegeben, und ich meine, das genügt für ihre Erkennbarkeit.« »Nun, nun«, erwiderte ich, »mag sein; ich sehe sie aber nicht.« Und ich gab ihm ohne weitere Worte das Papier zurück, um ihn nicht noch mehr zu reizen. Ich war aber über die Wendung der Dinge sehr überrascht. Seine schlechte Laune beunruhigte mich; was konnte ich dafür, dass die Fühlhörner nicht zu sehen waren und dass das Ganze eine verblüffende Ähnlichkeit mit der üblichen Zeichnung eines Totenschädels hatte?

Verdrießlich nahm er das Papier entgegen und hatte offenbar die Absicht, es zu zerknittern und ins Feuer zu werfen, als ein zufälliger Blick auf die Zeichnung ihn plötzlich davon abhielt. Sein Gesicht wurde glühend rot und gleich darauf unheimlich bleich. Minutenlang starrte er unbeweglich auf das Blatt in seinen Händen. Endlich stand er auf, nahm eine brennende Kerze vom Tisch und setzte sich in der hintersten Ecke des Zimmers auf einen Schiffskoffer. Dort prüfte er das Blatt von Neuem mit ängstlicher Aufmerksamkeit, indem er es nach allen Seiten drehte und wendete. Er sagte aber nichts, und sein Benehmen verwunderte mich sehr; ich hielt es jedoch für ratsam, seine üble Laune nicht durch irgendeine Bemerkung zu verschlimmern. Er nahm jetzt ein Notizbuch aus seiner Rocktasche, legte das Papier sorgsam hinein und verschloss beides in einem Schreibpult. Sein Benehmen wurde nun ruhiger, aber seine vorherige Begeisterung war ganz verschwunden; doch schien er weniger mürrisch als nachdenklich. Je mehr es Nacht wurde, desto mehr versank er in Träumerei, aus der kein Scherzwort ihn erwecken konnte. Es war meine Absicht gewesen, die Nacht hier in der Hütte zu verbringen, wie ich es früher gelegentlich getan hatte; bei der trüben Stimmung meines Gastgebers schien es mir aber ratsamer, mich zu empfehlen. Er drängte mich nicht zum Bleiben; doch als ich ging, schüttelte er mir die Hand noch herzlicher als sonst. –

Es war etwa einen Monat später, und in der Zwischenzeit hatte ich von Legrand nichts gesehen, als ich in Charleston den Besuch seines Dieners Jupiter erhielt. Der gute alte Neger war in auffallend gedrückter Stimmung, und ich fürchtete, dass meinem Freund irgendein Unglück zugestoßen sei.

»Nun, Jup«, sagte ich, »was gibt's? Wie geht es deinem Herrn?«

»Ja, ehrlich, Massa, ihm nicht so wohlgehn, als sollte sein.«

»Nicht wohl? Das betrübt mich sehr. Worüber klagt er?«

»Da! Das ist's! Ihm klagt nie über nichts – aber ihm sehr krank sein über alles das.«

» *Sehr* krank? – Warum hast du das nicht gleich gesagt! Muss er zu Bett liegen?«

»Nein, nicht das. Nicht finden ich, was sein. Das sein gerade das Schlimme. Mein Herz sein sehr schwer geworden über armen Massa Will.«

»Ich wollte, ich könnte dich verstehen, Jupiter. Du sagst, dein Herr ist krank. Hat er dir nicht gesagt, was ihm fehlt?«

»Ach, Massa, nicht wert die Sache, dass ihm darüber Kopf verlieren Massa Will sagen, ihm gar nichts fehlen – aber warum dann so herumgehen mit Kopf nach unten und dann halt stehen – und so weiß wie Gans? Und dann Wort halten ganze Zeit ...«

»Was halten, Jupiter?«

»Wort halten mit Figuren auf Tafel – ganz sehr komische Figuren – nie gesehen haben ich. Ich dir sagen, Massa, ihm sein viel gefährlich. Ich müssen immer viel acht haben über ihm. Einmal Massa mir fort – früh mit Sonne – und fort sein ganzes Tag. Ich mir geschnitten haben großes Stock und wollen schlagen, wann ihm zurückkommen. Aber ich solches Narr – nachher nicht haben gekonnt – ihm so elend aussehen.«

»Wie? – Was? – Nun ja, ich meine, du solltest nicht gar zu streng gegen den armen Jungen sein – nicht schlagen, Jupiter – er kann es nicht gut vertragen. Aber hast du gar keine Ahnung, was die Ursache ist für diese Krankheit – oder vielmehr für dieses veränderte Benehmen? Ist irgend etwas Unangenehmes geschehen, seit ich euch zuletzt sah?«

»Nein, Massa, da sein gewesen nichts Schlimmer *seitdem* – es waren *vorher*, ich fürchten – an das Tag, wo du bei uns waren.«

»Wie? Was willst du damit sagen?«

»Nun, Massa, ich meinen das Käfer. Da, nun wissen du!«

»Das – was?«

»Das Käfer – ich wissen ganz gewiss, Massa gebissen sein, wo am Kopf von das Goldkäfer.«

»Und was für einen Grund hast du für deine Annahme, Jupiter?«

»Klauen genug, Massa, und Maul auch. Ich nie haben gesehen so ein verdammtes Käfer – es stoßen und beißen alles, was ihm nahe kommen. Massa Will es packen – aber schnell wieder loslassen – das waren die Zeit, wo es ihm gebissen. Ich selbst nicht haben wollen gucken auf Maul von das Käfer oder sonst – und nicht haben wollen fassen mit meines Finger – aber es packen mit Papier, das da sein gelegen. Ich das Käfer wickeln in Papier und stopfen ihm dann Stückchen in Maul. So wir haben gemacht.«

»Und du meinst also, dass dein Herr wirklich von dem Käfer gebissen worden sei und dass der Biss ihn krank gemacht habe?«

»Ich nicht meinen – ich wissen. Warum über Gold so viel träumen, wann ihm nicht gebissen von das Goldkäfer? Ich schon viel gehört über das von Goldkäfer.«

»Doch woher weißt du, dass er von Gold träumt?«

»Woher ich wissen? Ja, weil ihm sprechen davon im Schlaf – daher ich wissen.«

»Nun, Jup, vielleicht hast du recht; doch welch glücklichem Umstand muss ich die Ehre deines heutigen Besuches zuschreiben?«

»Was sagen Massa?«

»Bringst du mir irgendwelche Botschaft von Herrn Legrand?«

»Nein, Massa, ich bringen das hier.« Und hier überreichte Jupiter mir ein Briefchen, das so lautete:

»Mein lieber ...!

Warum habe ich Sie so lange nicht gesehen? Ich hoffe doch, dass Sie nicht etwa über irgendeine kleine Schroffheit von mir beleidigt sind. Doch nein, das ist unwahrscheinlich.

Seit ich Sie zuletzt sah, habe ich viel Grund zu Besorgnis. Ich habe Ihnen etwas zu sagen, weiß jedoch kaum, wie ich es sagen soll, noch ob ich es überhaupt sagen soll.

Ich bin seit einigen Tagen nicht ganz wohl, und der gute alte Jup quält mich fast unerträglich mit seiner wohlgemeinten Überwachung. Ist es zu glauben: Er hatte neulich einen großen Stock geschnitten, um mich durchzuprügeln, weil ich ihm ausgerissen war und den Tag solo in den Bergen auf dem Festland verbrachte. Ich glaubte tatsächlich, dass nur mein schlechtes Aussehen mir die Prügel ersparte.

Ich habe seit unserem letzten Beisammensein nichts Neues für meine Sammlung gefunden.

Wenn Sie können, kommen Sie mit Jupiter herüber – machen Sie es irgendwie möglich. Sie müssen kommen! Ich möchte Sie noch heute Abend in wichtiger Angelegenheit sprechen. Ich versichere Ihnen, dass sie von größter Wichtigkeit ist.

Stets der Ihre William Legrand«

Im Ton dieses Briefes lag etwas, das mir große Unruhe machte. Sein ganzer Stil wich stark von Legrands sonstiger Schreibweise ab. Was war es nur, wovon er träumte? Von welch neuer Grille war wohl sein leicht erregbares Hirn erfasst? Welche Angelegenheit »von größter Wichtigkeit« konnte er zu erledigen haben? Jupiters Bericht über ihn prophezeite mir nichts Gutes. Ich befürchtete, die andauernd unglücklichen Verhältnisse meines Freundes hätten diesen schließlich um den

Verstand gebracht. Ich bereitete mich also ohne Zögern vor, den Neger zu begleiten.

Als wir den Strand erreichten, sah ich unten im Boot, das uns zur Insel hinüberführen sollte, eine Sichel und zwei Spaten liegen, alle drei Gegenstände anscheinend ganz neu.

»Was sollen die Sachen, Jup?« fragte ich.

»Es sein Sichel und Spaten, Massa.«

»Sehr richtig; aber was sollen sie da?«

»Sein das Sichel und Spaten, was ich kaufen müssen für Massa – ich haben verteufelt viel Geld dafür geben.«

»Aber im Namen von allem, was geheimnisvoll ist, was will denn dein Massa Will mit Sichel und Spaten?«

»Das sein mehr, als *ich* wissen – und der Teufel holen mich, wenn es nicht auch mehr sein, als Massa selbst wissen. Aber es sein alles von das Käfer kommen.«

Da ich sah, dass von Jupiter, dessen ganzer Verstand von »das Käfer« eingenommen zu sein schien, keine befriedigende Antwort zu erlangen war, stieg ich in das Boot und hisste das Segel. Ein guter starker Wind brachte uns bald in die kleine Bucht nördlich von Fort Moultrie, und nach einem Marsch von etwa zwei Meilen kamen wir bei der Hütte an. Es war gegen drei Uhr nachmittags. Legrand hatte uns mit Spannung erwartet. Er griff meine Hand mit so heftigem Druck, dass es mich beunruhigte und in meinem vorgefassten Verdacht bestärkte. Sein Gesicht war geisterhaft bleich, und seine tief liegenden Augen leuchteten in unnatürlichem Glanz. Nach einigen Erkundigungen über sein Befinden fragte ich, da ich nichts Besseres zu sagen wusste, ob er den Skarabäus inzwischen von Leutnant G. zurückerhalten habe.

»O ja!« erwiderte er heftig errötend, »ich bekam ihn am nächsten Morgen. Nichts könnte mich je veranlassen, mich von diesem Käfer zu trennen. Wissen Sie, dass Jupiter mit dem Käfer ganz recht hatte?«

»Inwiefern?« fragte ich mit einer traurigen Ahnung im Herzen.

»In seiner Meinung, dass der Käfer wirklich ganz von Gold sei.« Er sagte dies mit tiefernster Miene, und ich fühlte mich unsagbar erschüttert.

»Dieser Käfer soll mein Glück machen!« fuhr er mit triumphierendem Lächeln fort. »Er soll mich in mein Erbgut wieder einsetzen. Ist es da ein Wunder, wenn ich ihn preise? Da Fortuna für gut befunden hat, ihn mir zu schenken, brauche ich ihn nur richtig anzuwenden, um zu dem Gold zu kommen, zu dem er der Wegweiser ist. Jupiter, bring mir den Skarabäus!«

»Was? Das Käfer, Massa? – Ich mögen lieber nicht ihn anrühren. Massa müssen selbst holen.«

Hierauf erhob sich Legrand mit ernster, würdiger Miene und brachte mir das Tier aus seinem Glasbehälter. Es war ein prächtiger Skarabäus und damals den Naturforschern noch unbekannt – also natürlich in wissenschaftlicher Hinsicht von großem Wert. Er hatte zwei runde schwarze Flecken am oberen und einen länglichen am unteren Ende des Rückens. Die Flügel waren außerordentlich hart und glänzend und erschienen durchaus wie poliertes Gold. Das Gewicht des Insekts war sehr bedeutend, und wenn ich alles in Betracht zog, so konnte ich Jupiters Ansicht kaum verurteilen; was ich aber von Legrands Zustimmung dazu denken sollte, konnte ich beileibe nicht sagen.

»Ich schickte nach Ihnen«, sagte er in bedeutungsvollem Ton, nachdem ich den Käfer untersucht hatte, »ich schickte nach Ihnen, damit ich Ihren Rat und Beistand erhielte bei Verfolgung des vom Schicksal und vom Käfer angedeuteten Glücksweges.«

»Mein lieber Legrand«, rief ich, ihn unterbrechend, »Sie sind sicherlich leidend und sollten lieber irgendein Mittel dagegen anwenden. Gehen Sie doch ins Bett, und ich will ein paar Tage bei Ihnen bleiben, bis Sie es überwunden haben. Sie fiebern, und...«

»Fühlen Sie meinen Puls!« sagte er.

Ich fühlte ihn und fand, um die Wahrheit zu sagen, auch nicht das leiseste Anzeichen von Fieber.

»Aber Sie könnten krank sein, auch ohne Fieber zu haben. Erlauben Sie mir dies eine Mal, Ihnen Vorschriften zu machen. Vor allem gehen Sie zu Bett; ferner ...«

»Sie irren sich«, fiel er ein; »ich fühle mich so wohl, als ich es bei der Aufregung, unter der ich leide, nur irgend sein kann. Wenn Sie mich wirklich gesund wünschen, so werden Sie diese Aufregung von mir nehmen.«

»Und wie kann dies geschehen?«

»Sehr einfach. Jupiter und ich unternehmen eine Wanderung in die Hügel auf dem Festland und brauchen bei dieser Fahrt die Hilfe irgendeines Menschen, in den wir Vertrauen setzen dürfen. Da sind Sie der Einzige. Ob wir nun Erfolg haben oder nicht – die Aufregung, in der Sie mich sehen, wird geschwunden sein.«

»Es liegt mir daran, Ihnen gefällig zu sein«, erwiderte ich; »doch wollen Sie damit sagen, dass dieser höllische Käfer zu Ihrem Ausflug in die Berge in irgendwelcher Beziehung steht?«

»Allerdings.«

»Dann, Legrand, muss ich Ihnen sagen, dass ich bei einem so unsinnigen Vorhaben keine Rolle übernehmen kann.«

»Tut mir leid – sehr leid –, denn dann müssen wir es allein versuchen.«

Allein versuchen! Der Mann ist verrückt, dachte ich. – »Doch halt! Wie lange gedenken Sie fortzubleiben?«

»Voraussichtlich die ganze Nacht. Wir werden sogleich aufbrechen und jedenfalls bei Sonnenaufgang zurück sein.«

»Und wollen Sie mir auf Ehre versprechen, dass Sie heimkehren und meinem Rat wie dem Ihres Arztes folgen wollen, sobald diese Grille vorüber und die Käfergeschichte – großer Gott! – zu Ihrer Befriedigung erledigt ist?«

»Ja, ich verspreche es! – Und nun lassen Sie uns gehen, denn wir haben keine Zeit zu verlieren.«

Mit schwerem Herzen begleitete ich meinen Freund. Wir brachen gegen vier Uhr auf – Legrand, Jupiter, der Hund und ich. Der Neger schleppte Sichel und Spaten; er hatte darauf bestanden, alles zu tragen, mehr aus Besorgnis, jegliches Werkzeug aus dem Bereiche seines Herrn fernzuhalten, als aus übertriebenem Pflichteifer oder Liebenswürdigkeit. Er war äußerst mürrisch, und »das verfluchte Käfer!« waren die einzigen Worte, die ihm auf der Wanderung entschlüpften. Ich selbst war mit ein paar Blendlaternen bepackt, während Legrand sich mit dem Skarabäus begnügte, der an einem Bindfaden baumelte, den er mit der Miene eines Zauberers im Gehen hin und her schwenkte. Als ich diesen letzten klaren Beweis von der Geistesverwirrung meines Freundes gewahrte, konnte ich kaum die Tränen zurückhalten. Ich hielt es jedoch für das Beste – wenigstens vorläufig, bis ich energischere Maßregeln mit Aussicht auf Erfolg anwenden konnte –, seinen Wahn zu dulden. Inzwischen versuchte ich, freilich ganz vergeblich, ihn über den Zweck der Expedition auszuhorchen. Nachdem er mich dahin gebracht hatte, ihn zu begleiten, schien er nicht gewillt, sich über unwichtige Dinge zu unterhalten, und ließ sich auf alle meine Fragen zu keiner anderen Antwort herbei als: »Abwarten!«

Wir kreuzten die Bucht mithilfe eines Bootes, erklommen die Höhe am Ufer des Festlandes und schritten in nordwestlicher Richtung fort, durch eine wüste und einsame Gegend, wo keine Menschenseele zu erspähen war. Legrand ging mit großer Sicherheit voran und blieb nur hie und da einen Augenblick stehen, um gewisse Wegzeichen, die er bei früherer Gelegenheit selbst gemacht zu haben schien, zu befragen.

In dieser Weise zogen wir etwa zwei Stunden dahin, und die Sonne ging gerade unter, als wir in eine Gegend gelangten, die noch unendlich viel trauriger war, als die bisher durchwanderte. Es war eine Art Hochebene nahe dem Gipfel eines fast unersteigbaren Berges, der von unten bis oben dicht bewaldet war und hie und da riesige Felsblöcke trug, die lose auf dem Boden zu liegen und am Hinabrollen ins Tal lediglich durch die Bäume verhindert zu sein schienen, an deren Stämmen sie lehnten. Tiefe, nach allen Richtungen sich hinziehende Schluchten gaben der Landschaft einen noch düsteren, ernsten Charakter.

Die natürliche Plattform, zu der wir emporgeklommen, war dicht mit Brombeergestrüpp überwuchert, durch das wir uns ohne die Hilfe der Sichel nicht hätten hindurchdrängen können. Auf Anordnung seines Herrn machte Jupiter sich daran, uns einen Weg zu einem ungeheuren Tulpenbaum zu bahnen, der in Gesellschaft von acht bis zehn Eichen auf der Höhe der Ebene stand. Der Tulpenbaum überragte sie alle, überbot auch an Mächtigkeit und Laubfülle, an Ausspannung der Äste und Majestät der Erscheinung alle anderen Bäume, die ich je gesehen. Als wir diesen Baum erreichten, wandte sich Legrand an Jupiter mit der Frage, ob er wohl den Baum erklimmen könne. Der Alte schien durch diese Frage nicht wenig verblüfft und gab zunächst keine Antwort. Schließlich trat er an den riesigen Stamm heran, ging langsam um ihn herum und betrachtete ihn mit prüfenden Blicken. Als er damit fertig war, sagte er nur: »Ja, Massa. Jup erklettern jedes Baum, was gesehen im Leben.«

»Dann also hinauf mit dir – so schnell als möglich; es wird bald nicht mehr hell genug sein, um das zu sehen, um was es sich hier handelt.«

»Wie weit ich müssen hinaufgehen?« fragte Jupiter.

»Klettere nur zuerst den Stamm hinauf, und dann werde ich dir sagen, welchen Weg du nehmen musst – und hier – halt! – nimm den Käfer mit dir.«

»Das Käfer, Massa Will? – Das Goldkäfer?« schrie der Neger, entsetzt zurückweichend. »Warum das tote Käfer müssen hinauf auf das Baum? – Verdammt, wenn ich das tun!«

»Wenn du dich fürchtest, Jup – so ein großer starker Neger, wie du bist –, einen harmlosen kleinen Käfer in der Hand zu halten, so kannst du ihn hier am Strick tragen. Aber wenn du ihn nicht auf irgendeine Weise hinaufbringst, zwingst du mich, dir mit der Schaufel hier den Schädel einzuschlagen.«

»Was Massa denn haben?« sagte Jup, der sich augenscheinlich schämte und nachgiebiger wurde. »Immer wollen Streit machen mit altes Nigger. Alles gewesen nur Spaß. Ich das Käfer fürchten? Was mich kümmern das Käfer!«

Mit diesen Worten ergriff er behutsam das äußerste Ende der Schnur und begann den Baum zu erklettern, wobei er das Tier so weit von seinem Körper abhielt, wie dies nur möglich war.

Der Tulpenbaum, *Liriodendron tulipiferum*, der prächtigste Waldbaum Amerikas, hat, solange er jung ist, einen eigentümlich glatten Stamm, der sich oft zu bedeutender Höhe erhebt, bevor er Seitenäste ansetzt; in reiferen Jahren aber wird die Rinde rissig und uneben, während viele kurze Äste sich vom Stamm abzweigen. So war in diesem Falle der Aufstieg nicht so schwierig, wie es den Anschein hatte. Indem Jupiter sich mit Armen und Knien so fest wie möglich an die kolossale Säule anpresste und mit den Händen und nackten Zehen kleine Vorsprünge geschickt benutzte, wand er sich, nachdem er ein- oder zweimal beinahe abgestürzt wäre, schließlich bis in die erste große Gabelung hinauf und meinte nun, er habe seine Aufgabe großartig erfüllt. Die Gefahr der Sache war jetzt tatsächlich beinahe vorüber, obgleich der Kletterer sich sechzig bis siebzig Fuß über dem Erdboden befand.

»Welchen Weg müssen ich weitergehen, Massa Will?« fragte er.

»Bleibe auf dem stärksten Ast – dem auf dieser Seite hier«, sagte Legrand.

Der Neger gehorchte ihm sofort und anscheinend mühelos, bis keine Spur seiner stämmigen Gestalt mehr durch das dichte Laubwerk hindurch zu sehen war. Plötzlich erschallte von droben ein Halloruf.

»Wie viel weiter ich noch müssen gehn?«

»Wie weit bist du oben?« fragte Legrand.

»Sehr viel weit«, antwortete der Neger. »Ich sehen den Himmel von über das Baum.«

»Kümmere dich nicht um den Himmel, sondern beachte, was ich sage. Blicke am Stamm entlang hinab und zähle die Hauptäste auf dieser Seite; wie viele hast du unter dir?«

»Eins – zwei – drei – vier – fünf – ich haben fünf große Äste unter mir auf dieses Seite.«

»Dann geh noch einen Ast höher.«

Nach einigen Minuten erscholl die Stimme wiederum und zeigte an, dass der siebente Ast erreicht sei.

»Jetzt, Jup«, rief Legrand, ersichtlich sehr aufgeregt, »wünsche ich, dass du auf deinem Ast so weit als irgend möglich hinauskriechst. Wenn du irgendetwas Sonderbares siehst, so lass es mich wissen.«

Hiermit war auch der letzte Zweifel, den ich vielleicht noch an meines Freundes Verrücktheit gehabt haben mochte, endgültig abgetan. Während ich darüber nachsann, was da am besten zu tun sei, ertönte Jupiters Stimme von Neuem.

»Ich haben Angst, auf dieses Ast sehr viel weit vorzugehen – sein fast ganz ein totes Ast.«

»Sagtest du, es sei ein toter Ast, Jupiter?« rief Legrand mit bebender Stimme.

»Ja, Massa – sein tot wie ein Türnagel – ganz tot für ganzes Leben.«

»Was, in des Himmels Namen, soll ich tun?« fragte Legrand in höchster Verzweiflung.

»Tun?« sagte ich, erfreut über diese Gelegenheit zum Eingreifen.

»Ja, heimgehen und sich ins Bett legen. Kommen Sie jetzt! Seien Sie gut! Es wird spät, und überdies denken Sie an Ihr Versprechen!«

»Jupiter«, rief er, ohne mich im geringsten zu beachten, »hörst du mich?«

»Ja, ich hören Massa Will ganz deutlich.«

»Dann prüfe also das Holz sorgfältig mit deinem Messer und sieh, ob du es für sehr morsch hältst.«

»Holz morsch, ganz bestimmt«, erwiderte der Neger nach kurzer Pause, »aber nicht so sehr morsch, als eigentlich sein mussten. Ich können ein wenig allein auf das Ast hinausrutschen. Das sein möglich.«

»Allein? – Was meinst du damit?«

»Ho, ich meinen das Käfer. Sein sehr schweres Käfer. Wann ich lassen ihm grade hinunterfallen, dann werden das Ast mit Gewicht von bloß so ein Nigger nicht brechen.«

»Du verfluchter Schurke!« schrie Legrand erleichtert. »Was soll das heißen, dass du solche Dummheiten redest! Wenn du den Käfer fallen lässt, breche ich dir das Genick. Pass auf, Jupiter; hörst du mich?«

»Ja, Massa. Nicht nötig haben, so viel auf armes Nigger zu schimpfen.«

»Gut, also höre! – Wenn du dich auf dem Ast so weit, als du es für möglich hältst, hinauswagen willst, ohne den Käfer fallen zu lassen, so will ich dir, sowie du wieder herunterkommst, einen Silberdollar zum Geschenk machen.«

»Ich wollen es tun, Massa – ja, ganz gewiss!« antwortete der Neger schnell. – »Ich sein fast am Ende jetzt.«

» *Am Ende*?!« schrie Legrand heraus. »Willst du sagen, du seiest am Ende des Astes?«

»Bald ganz am Ende, Massa – o, o, o – oha! – Gott sein mir gnädig! – Was sein das hier auf das Baum?«

»Nun«, rief Legrand hocherfreut, »was ist es?«

»Ho – nichts als ein Schädel – einer haben sein Kopf gelassen auf Baum, und die Krähen haben abmachen jedes bisschen Fleisch.«

»Ein Schädel sagst du! – Gut, prächtig! Wie ist er am Ast befestigt? Womit wird er oben gehalten?«

»Ich müssen nachsehen, Massa. – Ho, sein ganz seltsames Anfestigung – auf mein Wort! Da sein großes dickes Nagel durch Schädel, das ihm festmachen auf das Baum!«

»Also, Jupiter, pass auf. Tu genau, was ich dir sage. – Hörst du?«

»Ja, Massa.«

»Aufgepasst! Suche das linke Auge von dem Schädel.«

»Ho – sein gut das – kein Auge nicht da sein überhaupt nicht.«

»Deine verwünschte Dummheit! – Kannst du deine rechte Hand von der linken unterscheiden?«

»Ja, ich wissen das – wissen gut alles darüber – sein mein linkes Hand, mit das ich hacken Holz.«

»Stimmt! Du bist linkshändig. Und dein linkes Auge ist auf derselben Seite wie deine linke Hand. Ich hoffe, du kannst nun das linke Auge des Schädels finden – oder vielmehr die Stelle, wo es gewesen ist. Hast du's gefunden?«

Lange Pause.

Endlich fragte der Neger: »Sein linkes Auge von das Schädel auf selbes Seiten wie linkes Hand von das Schädel? Weil Schädel nichts ein bisschen haben von Hand. Aber tun nichts – ich haben jetzt finden linkes Auge! Was sollen ich tun damit?«

»Lass den Käfer hindurchfallen, so weit als der Strick reicht. Aber sei vorsichtig und lass den Strick nicht aus der Hand.«

»Alles das fertig, Massa Will. Sehr viel leichtes Ding, das Käfer stecken durch das Loch. Massa müssen ihm sehn von unten.«

Während dieser Unterhaltung konnte man von Jupiters Gestalt nicht das Geringste sehen; aber der Käfer, den er herunterhängen ließ, wurde jetzt mit dem Ende der Schnur sichtbar und glitzerte in den letzten Strahlen der untergehenden Sonne, die unseren hohen Standort noch trafen, wie eine glatte Goldkugel. Der Skarabäus hing frei zwischen dem Astwerk und würde, wenn man ihn fallen gelassen hätte, vor unseren Füßen niedergefallen sein.

Legrand nahm sogleich die Sichel zur Hand und mähte genau unter dem Insekt einen Kreis von drei bis vier Ellen Durchmesser sauber ab. Dann befahl er Jupiter, den Strick fallen zu lassen und herunterzukommen. Genau an der Stelle, wo der Käfer hingefallen war, trieb er einen Pflock in die Erde und zog ein Bandmaß aus der Tasche. Er befestigte das eine Ende desselben an der Stelle des Baumstammes, die dem Pflock zunächst lag, rollte das Band auf, bis es an den Pflock reichte, und zog es in der durch die beiden Punkte an Baum und Pflock gegebenen Richtung noch fünfzig Fuß weiter, wobei Jupiter das Brombeergestrüpp mit der Sichel beiseite räumte. An dem so erhaltenen Punkt wurde ein zweiter Pflock eingetrieben und von diesem Mittelpunkt aus ein Kreis von etwa vier Fuß Durchmesser beschrieben. Indem Legrand nun einen Spaten ergriff und mir wie Jupiter einen reichte, ersuchte er uns, so schnell als möglich zu graben.

Ich muss gestehen, dass ich an solcher Betätigung niemals Gefallen gefunden hatte und sie auch jetzt von Herzen gern zurückgewiesen hätte; denn die Nacht kam heran, und ich fühlte mich durch die bisherigen Strapazen schon sehr ermüdet. Aber ich sah keine Möglichkeit zum Ausweichen und fürchtete, durch meine Weigerung meines armen Freundes Seelenruhe zu stören. Wahrhaftig, hätte ich auf Jupiters Hilfe rechnen können, so würde ich mit dem Versuch nicht gezögert haben, den Irrsinnigen gewaltsam heimzuschleppen! Doch kannte ich den alten Neger zu gut, als dass ich hätte hoffen können, er werde mich unter irgendwelchen Umständen bei einem Angriff auf seinen Herrn unterstützen. Ich zweifelte nicht, dass dieser von dem im Süden häufig grassierenden Aberglauben an vergrabene Schätze angesteckt und in seinem Wahn durch den Fund des Skarabäus, vielleicht auch durch Jupiters hartnäckige Behauptung, der Käfer sei von echtem Gold, bestärkt worden sei. Ein zum Irrsinn veranlagter Geist musste durch solche Gedanken leicht verwirrt werden können – besonders wenn sie mit lang gehegten Lieblingsideen in Einklang standen –, und dann rief ich mir auch des armen Jungen Worte ins Gedächtnis zurück: Der Käfer sei ihm der Wegweiser zu einem neuen Vermögen. Das Ganze ärgerte und beunruhigte mich sehr; zuletzt beschloss ich aber, aus der Not eine Tugend zu machen – gutwillig zu graben und dadurch möglichst schnell den Träumer durch Augenschein von der Haltlosigkeit seiner Anschauungen zu überzeugen.

Die Laternen wurden angezündet, und wir alle begannen mit einem Eifer zu graben, der einer vernünftigeren Sache würdig gewesen wäre. Wie der Lichtschein so auf uns und unsere Werkzeuge fiel, konnte ich mich des Gedankens nicht erwehren, welch romantisches Bild wir boten und wie unheimlich und verdächtig unsere Arbeit einem zufälligen Beobachter erscheinen müsste.

Ununterbrochen arbeiteten wir zwei Stunden lang. Es wurde wenig gesprochen, und nur das Gebell des Hundes, der unser Tun mit lebhafter Anteilnahme verfolgte, störte uns etwas. Das Vieh wurde schließlich so laut, dass wir fürchteten, es könne Vagabunden, die sich etwa in der Nähe befänden, auf uns aufmerksam machen. Richtiger gesagt, war das nur Legrands Besorgnis – ich selbst würde mich über jede Unterbrechung gefreut haben, die es mir ermöglicht hätte, den

Abenteurer heimzubringen. Der Hund wurde endlich durch Jupiter, der mit zorniger Entschlossenheit aus der Grube herausstieg, auf sinnreiche Weise zum Schweigen gebracht: Der Neger band ihm mit seinen Hosenträgern das Maul zu. Darauf nahm er kichernd seine Arbeit wieder auf.

Nach Verlauf der zwei Stunden hatten wir eine Tiefe von fünf Fuß erreicht, und noch immer konnte man nichts von einem Schatz entdecken. Eine allgemeine Ruhepause trat ein, und ich begann zu hoffen, die Posse sei zu Ende. Trotz seiner sichtlichen Enttäuschung aber machte sich Legrand, nachdem er sich den Schweiß von der Stirn gewischt hatte, von Neuem ans Werk. Wir hatten schon den ganzen Kreis von vier Fuß Durchmesser ausgegraben, und jetzt erweiterten wir den Umkreis ein wenig und gruben noch zwei Fuß tiefer. Noch immer war nichts zu finden.

Der Goldsucher, mit dem ich tiefes Mitleid hatte, kletterte nun mit dem Ausdruck bitterster Enttäuschung aus der Grube heraus und begann langsam und widerwillig seinen Rock wieder anzuziehen, den er zu Beginn der Arbeit abgeworfen hatte. Noch immer sagte ich kein Wort. Auf ein Zeichen seines Herrn raffte Jupiter das Handwerkszeug zusammen. Nachdem dies geschehen und dem Hund die Maulbinde wieder abgenommen worden war, wandten wir uns in tiefstem Schweigen zum Gehen. Wir hatten kaum zwölf Schritte gemacht, als Legrand sich mit einem lauten Fluch auf Jupiter stürzte und ihn beim Kragen packte. Der erstaunte Neger riss Mund und Augen auf, ließ die Spaten fallen und sank in die Knie. »Du Schurke!« zischte Legrand durch die Zähne. »Du höllischer schwarzer Schuft! – Sprich, sag' ich dir! – Antworte mir auf der Stelle und ohne Ausweichen – wo – welches ist dein linkes Auge?« »Oh – mein Hals, Massa Will! – Sein das hier nicht mein linkes Auge ganz gewiss?« heulte der entsetzte Jupiter, indem er die Hand auf sein *rechtes* Sehorgan legte und sie dort mit verzweifelter Hartnäckigkeit fest anpresste wie in wahnsinniger Angst, sein Herr könne es ihm ausreißen wollen.

»Ich dachte es mir! – Ich wusste es! – Hurra!« jubelte Legrand, den Neger loslassend, und führte einen wahren Freudentanz auf – sehr zum Erstaunen seines Dieners, der sich von den Knien erhoben hatte und abwechselnd von seinem Herrn zu mir und von mir zu seinem Herrn blickte.

»Kommt, wir müssen zurück!« sagte Letzterer; »das Spiel ist noch nicht verloren.« Und er schritt wieder zum Tulpenbaum voran.

»Jupiter«, sagte er, als wir am Fuß des Stammes angekommen waren, »komm her! War der Schädel mit dem Gesicht nach außen oder nach dem Stamm zu auf den Ast genagelt?«

»Das Gesicht waren außen, Massa – dass Krähen gut können kommen an Augen ohne alles Mühe.«

»Schön also. War es dies Auge oder das, durch das du den Käfer niederließest?« – und Legrand tippte Jupiter auf jedes Auge.

»Waren dies Auge, Massa – linkes Auge –, ganz wie Massa haben sagen«, und der Neger zeigte auf sein rechtes Auge.

»Das genügt. Wir müssen es noch einmal versuchen.«

Hier nahm mein Freund, in dessen Wahnsinn ich nun gewisse Anzeichen von Methode zu sehen glaubte, den Pflock, der die Stelle markierte, wo der Käfer niedergefallen war, und steckte ihn etwa drei Zoll weiter nach Westen in den Boden. Nun zog er das Bandmaß von der Stelle des Stammes, die dem Pflock zunächst lag, über diesen hinaus und wie vorher in gerader Linie fünfzig Fuß weiter. So wurde ein Punkt gefunden, der einige Ellen von dem entfernt war, bei dem wir mit dem Graben begonnen hatten.

Rund um diese neue Stelle wurde nun ein Kreis gezogen, der etwas größer war als der vorige, und wieder begannen wir mit dem Spaten zu arbeiten. Ich war furchtbar müde; aber mein Widerwillen gegen die mir auferlegte Mühe war jetzt geschwunden, obschon ich den Wechsel in meiner Anschauung nicht begriff. Mich überkam ein unerklärlicher Eifer – ja geradezu eine Begeisterung. Vielleicht war in dem seltsamen Betragen Legrands so etwas wie Bedachtsamkeit und Umsicht, das auf mich Eindruck machte. Ich grub eifrig weiter und ertappte mich hie und da dabei, wie ich geradezu mit Erwartung nach dem erträumten Schatz ausspähte, der meinen unglücklichen Gefährten um den Verstand gebracht hatte.

Als wir etwa anderthalb Stunden gearbeitet hatten und jene merkwürdige Spannung mich wieder besonders stark beherrschte, wurden wir von Neuem durch ein wildes Geheul unseres Hundes gestört. Seine Unruhe war beim ersten Mal wohl nichts als Spielerei oder Laune gewesen, jetzt aber nahm sie einen ernsten und drohenden Ton an. Als Jupiter wiederum versuchte, ihm das Maul zuzubinden, leistete er rasenden Widerstand, sprang in die Grube und warf mit seinen Klauen wütend die Erde auf. In wenigen Sekunden hatte er einen Haufen menschlicher Knochen bloßgelegt, die zwei vollständige Skelette bildeten; dazwischen lagen mehrere Metallknöpfe und Reste vermoderten Wollstoffes. Ein oder zwei Spatenstiche förderten die Klinge eines spanischen Messers zutage, und beim Weitergraben kamen drei bis vier verstreute Gold- und Silbermünzen ans Licht.

Beim Anblick dieser Münzen wurde Jupiter von ganz unbändiger Freude erfasst, die Mienen seines Herrn aber drückten geradezu Enttäuschung aus. Er eiferte uns jedoch an, die Arbeit fortzusetzen, und die Aufforderung war kaum ergangen, als ich stolperte und vornüber hinfiel: Ich war mit der Schuhspitze in einem Eisenring hängen geblieben, der halb versteckt im weichen Boden lag.

Wir schafften jetzt im Ernst, und nie habe ich zehn Minuten größerer Aufregung durchlebt. In dieser Zeit hatten wir glücklich eine längliche Holzkiste bloßgelegt, deren tadelloser Zustand und auffallende Festigkeit den Schluss zuließen, dass sie einem künstlichen Versteinerungsprozess – vermutlich mit Quecksilberchlorid – unterworfen worden war.

Diese Kiste war drei und einen halben Fuß lang, drei Fuß breit und zwei und einen halben Fuß tief. Sie war durch schmiedeeiserne genietete Bänder, die das Ganze wie mit Gitterwerk umfassten, fest verwahrt. Auf jeder Seite der Kiste befanden sich ziemlich oben drei Eisenringe – im ganzen sechs –, an denen sie von sechs Personen bequem und sicher getragen werden konnte. Unsere äußersten gemeinsamen Anstrengungen erzielten nur eine geringe Verschiebung des Koffers aus seiner Lage. Wir sahen sogleich die Unmöglichkeit, ein so großes Gewicht herauszuheben. Glücklicherweise bestand der einzige Verschluss des Deckels in zwei Schiebebolzen. Diese zogen wir bebend in atemloser Erwartung auf. In einem Augenblick lag ein Schatz von unberechenbarem Wert schimmernd vor uns. Als die Strahlen der Laternen in die Grube fielen, flammte von einem Durcheinander von Gold und Juwelen ein gleißendes Funkeln auf, das uns fast blendete.

Ich will nicht versuchen zu beschreiben, mit welchen Gefühlen ich hinunterstarrte; Staunen war natürlich vorherrschend. Legrand schien vor Aufregung erschöpft und sagte nur wenig. Jupiters Antlitz wurde minutenlang so tödlich bleich, wie die Natur der Dinge dies einem Negergesicht erlaubt. Er schien betäubt – vom Blitz getroffen. Plötzlich sank er in der Grube in die Knie, wühlte die nackten Arme bis zu den Ellenbogen ins Gold und ließ sie da ruhen, als genieße er die Wonnen eines Bades. Endlich, nach einem tiefen Seufzer, rief er wie im Selbstgespräch aus:

»Und das alles sein kommen von das Goldkäfer! O das hübsches Goldkäfer! Das armes kleines Goldkäfer, was ich haben schimpfen so sehr viel bös! ... Mussen du dich nicht schämen, Nigger? ... Sagen mir das!«

Es wurde schließlich nötig, dass ich Herrn wie Diener mahnte, den Schatz schleunigst wegzuschaffen. Es wurde spät, und wir mussten uns beeilen, um alles vor Tagesanbruch bergen zu können. Wie das geschehen sollte, war allerdings schwer zu sagen, und viel Zeit wurde durch Beratungen verschwendet – so wirr waren alle unsere Gedanken. Endlich erleichterten wir die Kiste um zwei Drittel ihres Inhaltes, wonach es uns mit einiger Mühe gelang, sie aus dem Loch zu heben. Die herausgenommenen Gegenstände wurden unter das Brombeergesträuch gelegt, und der Hund, dem Jupiter einschärfte, keinesfalls von der Stelle zu weichen noch vor unserer Rückkehr einen Laut von sich zu geben, musste als Wächter zurückbleiben. Dann eilten wir mit unserer Kiste heim und langten glücklich, doch nach ungeheurer Anstrengung, morgens ein Uhr in der Hütte an. Ermattet, wie wir waren, konnten wir unmöglich sogleich weiterarbeiten. Wir ruhten bis zwei und hielten unser Nachtmahl. Dann brachen wir wieder nach dem Festland auf, mit drei großen Säcken versehen, die sich glücklicherweise im Haus vorgefunden hatten. Kurz vor vier trafen wir bei der Grube ein, verteilten den Rest der Beute möglichst gleichmäßig unter uns drei und machten uns, ohne die Löcher wieder zuzuschütten, von Neuem auf den Heimweg. Wir erreichten die Hütte, gerade als die ersten schwachen Strahlen der Morgensonne im Osten die Baumspitzen röteten, und legten zum zweiten Male unsere goldene Bürde nieder.

Wir waren jetzt völlig erschöpft, doch viel zu aufgeregt, um wirklich Ruhe zu finden. Nach drei bis vier Stunden unruhigen Schlafes erhoben wir uns wie auf Verabredung, um unseren Schatz zu untersuchen.

Die Kiste war bis zum Rand gefüllt gewesen, und wir verbrachten den ganzen Tag und den größten Teil der folgenden Nacht mit der Sichtung ihres Inhalts, der offenbar ohne Ordnung zusammengehäuft worden war. Nachdem wir alles sorgfältig sortiert, sahen wir uns im

Besitz eines Reichtums, der unsere ersten Vermutungen bei Weitem übertraf. An barem Geld gab es mehr als hundertfünfzigtausend Dollar – wenn wir die Münzen, so gut es ging, nach dem jetzigen Wert berechneten. Nicht ein Silberstückchen war zu finden; es waren ausschließlich alte ausländische Goldmünzen – französisches, spanisches und deutsches Geld nebst ein paar englischen Guineen und einigen Spielmarken, wie wir solche nie vorher gesehen hatten. Da gab es mehrere sehr große und schwere Goldstücke, die so abgenutzt waren, dass wir ihre Inschriften nicht mehr entziffern konnten. Amerikanisches Geld war gar nicht vorhanden.

Den Wert der Juwelen abzuschätzen, war schwieriger für uns. Da gab es Diamanten – einige davon außerordentlich groß und schön – hundertundzehn im ganzen, und nicht einer gehörte zu den kleinen; achtzehn Rubinen von erstaunlichem Feuer; dreihundertundzehn Smaragden, alle wunderschön; einundzwanzig Saphire und einen Opal. Diese Steine waren sämtlich aus ihren Fassungen gebrochen und lose in die Kiste geworfen worden. Die Fassungen selbst, die wir aus dem anderen Gold heraussuchten, schienen mit dem Hammer zusammengeschlagen zu sein, als sollte dadurch eine Identifikation unmöglich gemacht werden. Außerdem gab es eine Menge reingoldener Schmucksachen; an zweihundert massive Ringe und Ohrringe; prächtige Ketten, an dreißig, wenn ich mich recht erinnere; dreiundachtzig sehr große und schwere Kruzifixe; fünf goldene Weihrauchbecken von größtem Wert; eine umfangreiche goldene Punschbowle mit Weinlaubornamenten und bacchantischen Figuren; zwei wunderbar fein ziselierte Schwertgriffe und viele andere kleine Dinge, deren ich mich im Einzelnen nicht mehr entsinnen kann. Das Gewicht dieser Wertsachen betrug mehr als dreihundertundfünfzig Pfund, und in diese Berechnung habe ich hundertsiebenundneunzig prächtige goldene Uhren nicht mit eingeschlossen, worunter sich drei befanden, deren jede fünfhundert Dollar wert war. Viele von ihnen waren sehr alt und, da das Werk mehr oder weniger vom Rost gelitten hatte, als Zeitmesser nicht mehr brauchbar – doch alle waren mit Juwelen besetzt und hatten sehr wertvolle Gehäuse. Wir schätzten in jener Nacht den gesamten Inhalt der Kiste auf anderthalb Millionen Dollar und bei der späteren Veräußerung des Geschmeides und der Juwelen (einige wenige Dinge hatten wir für unseren Gebrauch zurückbehalten) fand es sich, dass wir den Schatz noch viel zu gering bewertet hatten.

Als wir endlich unsere Prüfung beendet hatten und die erste große Aufregung vorüber war, ließ sich Legrand, der sah, dass ich vor Ungeduld nach einer Erklärung des wunderbaren Rätsels brannte, zu einer umständlichen Schilderung aller damit verknüpften Einzelheiten herbei.

»Sie werden sich«, sagte er, »der Nacht erinnern, da ich Ihnen die flüchtige Skizze reichte, die ich von dem Skarabäus gemacht hatte. Sie werden sich ferner entsinnen, dass ich sehr ärgerlich über Sie wurde, als Sie behaupteten, dass meine Zeichnung eine auffallende Ähnlichkeit mit einem Totenschädel habe. Als Sie dies zum ersten Mal sagten, glaubte ich, Sie scherzten; nachher aber rief ich mir die charakteristischen Flecke auf dem Rücken des Insekts ins Gedächtnis zurück und gestand mir selbst, dass Ihre Bemerkung nicht so ganz unbegründet sei. Dennoch ärgerte mich die Verspottung meiner Zeichenkunst, denn ich gelte als leidlich guter Zeichner. Als Sie mir daher das Pergamentstückchen reichten, wollte ich es zerknittern und ärgerlich ins Feuer werfen.«

»Das Papierstückchen meinen Sie?« sagte ich.

»Nein. Es hatte viel Ähnlichkeit mit Papier, und zuerst hielt ich es auch für Papier; doch als ich darauf zu zeichnen begann, merkte ich sogleich, dass es ein Fetzen feinsten Pergamentes war. Sie werden sich erinnern: Es war ganz schmutzig. Nun, als ich es gerade zu zerknittern begann, fiel mein Blick auf die Skizze, und denken Sie sich mein Erstaunen, als ich tatsächlich genau an der Stelle, wo ich den Käfer hingezeichnet zu haben glaubte, das Abbild eines Totenkopfes gewahrte. Einen Augenblick war ich zum Nachdenken viel zu verblüfft. Ich wusste, dass meine Zeichnung im Einzelnen sehr abweichend von diesem Bild gewesen war – obgleich man eine gewisse Ähnlichkeit der Umrisslinie zugeben musste. Ich nahm sofort ein Licht, setzte mich in den fernsten Winkel des Zimmers und machte mich daran, das Pergament genauer zu prüfen. Als ich das Blatt herumdrehte, sah ich auf der Rückseite meine eigene Skizze, genauso, wie ich sie gemacht hatte. Mein erster Gedanke nun war lediglich der des Erstaunens über die wirklich sonderbare Übereinstimmung der Umrisse – über das merkwürdige Zusammentreffen, das in der Tatsache lag, dass sich genau unter meiner Zeichnung des Skarabäus auf der anderen Seite des Pergaments, ohne dass ich es wusste, das Bild eines Schädels befunden habe und dass dieser Schädel nicht nur im Umriss, sondern auch im Umfang so ganz meinem Käferbild ähnlich gewesen sein sollte. Ich sage, die Wunderlichkeit dieses Zusammentreffens verblüffte mich eine Zeit lang vollständig. Das ist fast immer die Wirkung solcher Zufälle. Der Geist müht sich, Beziehungen aufzudecken – eine Kette von Ursachen und Wirkungen – und leidet, da dies ihm unmöglich ist, unter zeitweiser Lähmung. Als ich mich aber von dieser Betäubung erholte, dämmerte allmählich in mir eine Überzeugung auf, die mich noch weit mehr überraschte als jenes zufällige Zusammentreffen. Ich begann mich klar und bestimmt zu erinnern, dass keine Zeichnung auf dem Pergament gewesen war, als ich darauf meine Skizze des Skarabäus machte. Fester und fester wurde diese Überzeugung in mir, da ich mit Sicherheit wusste, dass ich auf der Suche nach der reinsten Stelle zuerst die eine und dann die andere Seite geprüft hatte. Wäre der Schädel damals da gewesen, so hätte er meinen Augen unmöglich entgehen können. Hier war also wirklich ein Geheimnis, das ich mir nicht erklären konnte; aber schon damals glühte in den entlegensten, geheimsten Kammern meines Intellekts eine schwache Ahnung von jener Wahrheit auf, welche das Abenteuer der letzten Nacht so glänzend erwiesen hat. Sofort stand ich auf, verwahrte sorgfältig das Pergament und verschob jedes weitere Nachsinnen, bis ich allein sein würde.

Als Sie gegangen waren und Jupiter fest schlief, ging ich von Neuem und mit mehr Methode an die Untersuchung der Sache. Zunächst überlegte ich, wie ich in den Besitz des Pergamentes gekommen war. Der Ort, wo wir den Skarabäus gefunden hatten, lag auf der Küste des Festlandes, ungefähr eine Meile östlich von der Insel, und war nur wenig über den Wasserstand der Flutzeit erhöht. Als ich das Tier ergriff, kniff es mich so heftig in den Finger, dass ich es wieder fallen ließ. Der vorsichtige Jupiter aber, auf den das Insekt zugekrochen kam, sah sich nach einem Blatt oder dergleichen um, womit er es anfassen könnte. Da fiel sein Blick – und auch der Meinige – auf das Pergamentstückchen, das ich damals für Papier hielt. Es lag fast ganz im Sand begraben, und nur ein Eckchen schaute hervor. Nicht weit von der Stelle, wo wir es fanden, erblickte ich die Überreste eines Langbootes. Das Wrack musste schon lange da gelegen haben, denn die Hölzer waren kaum noch als Schiffsmaterial erkennbar.

Jupiter hob also das Pergamentstück auf, wickelte den Käfer hinein und gab es mir. Bald darauf machten wir uns wieder auf den Heimweg und begegneten Leutnant G. Ich zeigte ihm das Insekt, und er bat mich um die Erlaubnis, es nach dem Fort mitnehmen zu dürfen. Da ich einwilligte, ließ er es in die Westentasche gleiten – ohne das Pergament, das ich, solange er den Käfer betrachtet hatte, in der Hand gehalten. Vielleicht fürchtete er, ich könne noch anderer Sinnesart werden, und hielt es für das Beste, den Schatz gleich in Sicherheit zu bringen. Sie wissen ja, wie begeistert er naturgeschichtliche Studien treibt. Gleich darauf musste ich wohl, ohne es selbst zu wissen, das Pergament in die Tasche gesteckt haben.

Sie wissen wohl noch, dass ich an jenem Abend an den Tisch trat und mich dort nach einem Stückchen Papier umsah, um darauf den Käfer zu skizzieren; es lag aber keins da. Ich suchte im Fach, fand jedoch auch hier keins. Ich griff in meine Taschen, in der Hoffnung, irgendeinen alten Brief zu finden, als meine Hand das Pergament fühlte. Ich erzähle Ihnen deshalb so genau die Einzelheiten, wie es in meinen Besitz gekommen ist, weil gerade diese Einzelheiten besonderen Eindruck auf mich gemacht hatten.

Sicher werden Sie mich für sehr fantastisch halten – aber schon hatte ich gewisse Beziehungen gefunden. Ich hatte zwei Glieder einer langen Kette zusammengefügt: Da lag das Wrack eines Bootes und nicht weit davon ein Pergament – *nicht ein Papier* – mit einem darauf abgebildeten Schädel. Sie werden natürlich fragen: Wo sind denn die Beziehungen? Ich erwidere: Der Schädel oder Totenkopf ist das wohlbekannte Wappenbild des Piraten. Die Flagge mit dem Totenkopf wird bei jedem Kampf gehisst.

Ich habe gesagt, dass der Fetzen Pergament und nicht Papier war. Pergament ist dauerhaft – fast unzerstörbar. Dinge von geringer Bedeutung werden selten dem Pergament anvertraut, da es zum einfachen Schreiben oder Zeichnen längst nicht so bequem ist wie Papier. Diese Erwägung brachte mich dahin, dem Wappenbild des Piraten auf einem Pergamentblatt eine besondere Bedeutung unterzulegen. Ich versäumte auch nicht, die Form des Pergamentes zu prüfen. Obschon eine seiner Ecken irgendwie zerstört worden war, konnte man sehen, dass das ursprüngliche Format länglich gewesen war. Es war tatsächlich gerade so ein Blatt, wie man es für ein Memorandum gewählt haben mochte – für ein Dokument, das lange erhalten bleiben und sorgsam aufbewahrt werden sollte.«

»Aber«, warf ich ein, »Sie sagen doch auch, der Schädel sei nicht auf dem Pergament gewesen, als Sie die Zeichnung des Käfers machten. Wie können Sie denn da irgendwelche Beziehungen zwischen dem Boot und dem Totenkopf aufstellen – da der Letztere, wie sie selbst zugeben, zu einer Zeit gezeichnet sein muss (Gott allein mag wissen, wie und von wem), als Ihre Skizze des Skarabäus schon fertig war?«

»Ja, hierauf beruhte gerade das ganze Geheimnis; obgleich ich, einmal bei diesem Punkt angelangt, alles Folgende verhältnismäßig leicht enträtselte. Meine Schlüsse waren so folgerichtig, dass sie nur zu einem einzigen Resultat führen konnten. Ich schloss zum Beispiel so: Als ich den Käfer zeichnete, war kein Totenkopf auf dem Pergament sichtbar; als ich die Zeichnung fertig hatte, gab ich sie Ihnen und hielt Sie fest im Auge, bis Sie sie zurückgaben. Sie zeichneten also nicht den Schädel, und sonst war niemand da, der es hätte tun können. Es war also nicht durch Menschenhand geschehen – und dennoch *war* es geschehen!

Als ich in meinen Überlegungen so weit gekommen war, versuchte ich mit aller Kraft meines Erinnerungsvermögens mich in den infrage stehenden Abend zurückzuversetzen – und das gelang mir auch. Der Tag war kalt gewesen (o seltener und glücklicher Zufall!), und ein Feuer brannte im Kamin. Ich war von der Anstrengung des Tages ermüdet und saß am Tisch; Sie aber hatten sich einen Stuhl zum Feuer gerückt. Gerade als ich Ihnen das Pergament gereicht hatte und Sie es betrachten wollten, kam Wolf, der Neufundländer, herein und sprang an Ihnen empor. Mit der linken Hand streichelten Sie ihn und wehrten ihn ab, während Ihre Rechte, die das Pergament hielt, lässig auf den Knien und nahe bei der Glut lag. Einen Augenblick dachte ich, die Flamme habe das Blatt ergriffen, und wollte Sie warnen, doch ehe ich reden konnte, hatten Sie das Blatt wieder höher gehoben und sahen es an.

Wenn ich alle diese Einzelheiten in Betracht zog, zweifelte ich keinen Moment, dass Hitze die Kunst gewesen war, die den Totenkopf, den ich da auf dem Pergament sah, ans Licht gebracht hatte. Sie wissen ja wohl, dass es chemische Präparate gibt und seit uralten Zeiten gegeben hat, mit deren Hilfe es möglich ist, auf Papier oder Pergament zu schreiben, sodass die Schriftzeichen nur durch Einwirkung von Feuerhitze sichtbar werden. Manchmal wird Saflor verwendet, das in Königswasser aufgelöst und mit dem vierfachen Gewicht Wasser verdünnt eine grüne Tinte ergibt; eine rote erhält man, wenn man Kobalt in Salpetergeist auflöst. Diese Tinten verschwinden, nachdem sie abgekühlt sind, auf längere oder kürzere Zeit, werden aber bei Einwirkung von Hitze wieder sichtbar.

Ich untersuchte nun den Totenkopf mit der größten Sorgfalt. Seine äußeren Linien, die Linien, die dem Rand des Blattes am nächsten kamen, waren weit deutlicher zu sehen als die anderen. Es war klar, dass die Erhitzung unvollkommen oder ungleichmäßig vorgenommen worden war. Ich zündete sogleich ein Feuer an und setzte das ganze Pergament gleichmäßig der Hitze aus. Zunächst war die einzige Wirkung ein stärkeres Hervortreten der blassen Schädelzeichnung; als ich aber das Experiment fortsetzte, erschien an der dem Totenkopf diagonal entgegengesetzten Ecke des Blattes das Bild eines Tieres, das ich zuerst für eine Geiß hielt. Bei näherem Zusehen aber fand ich, dass es ein Zicklein vorstellte.«

»Haha«, lachte ich, »eigentlich habe ich keinen Grund, Sie auszulachen – anderthalb Millionen sind etwas zu Ernstes, um darüber zu lachen –, aber Sie wollen doch da nicht etwa Ihrer Kette ein drittes Glied anfügen – Sie wollen doch nicht eine besondere Beziehung zwischen Ihrem Piraten und einer Ziege herausfinden? Denn Piraten scheinen mir mit Ziegen durchaus nichts zu tun zu haben – diese gehören vielmehr in den Bereich der Landwirtschaft.«

»Aber ich sagte Ihnen doch, das Bild sei nicht das einer Ziege gewesen.«

»Schön – also ein Zicklein – das ist doch so ziemlich dasselbe.«

»So ziemlich, aber nicht ganz«, sagte Legrand. »Sie haben vielleicht von einem gewissen Kapitän Kidd gehört. Sofort hielt ich das Tierbild für eine Art scherzhaftes Familienwappen und hieroglyphisches Namenszeichen, weil sein Platz auf dem Pergament das vermuten ließ. Der Totenkopf in der diagonal gegenüberliegenden Ecke schien gleicherweise so etwas wie ein Stempel oder Siegel zu sein. Da aber sonst durchaus nichts auf dem Blatt erscheinen wollte, wurde ich in meiner Annahme doch sehr erschüttert; mir fehlte der Resonanzboden zu meinem erdachten Instrument – der Text zu meinem Kontext.«

»Ich verstehe; Sie erwarteten, zwischen dem Stempelbild und dem Namensbild einen Brief zu finden.«

»Etwas dergleichen. Tatsache ist, dass ich eine unerklärliche Vorahnung irgendeines gewaltigen Glücksfalls hatte. Ich weiß kaum, warum. Vielleicht war es mehr ein Wunsch als ein wirklicher Glaube; aber wissen Sie auch, dass Jupiters alberne Äußerung, der Käfer sei ganz aus Gold, von merkwürdigem Einfluss auf meine Einbildungskraft war? Und dann die Reihe von Zufällen und Zusammenhängen – das war

135

alles so sehr merkwürdig. Wissen Sie noch, welch reiner Zufall es war, dass diese Ereignisse sich gerade an dem einzigen Tag im Jahr abspielten, an dem es kalt genug gewesen war, dass man ein Feuer anzünden musste und dass ohne dies Feuer oder ohne das Dazwischenkommen des Hundes gerade in dem richtigen Augenblick ich niemals den Totenkopf erblickt und also auch niemals Besitzer des Schatzes geworden wäre?«

»Weiter, nur weiter! Ich bin gar zu neugierig.«

»Schön also. Gewiss haben auch Sie die abenteuerlichen Geschichten gehört – die tausend dunklen Andeutungen darüber, dass Kidd und seine Genossen irgendwo an der atlantischen Küste einen Goldschatz vergraben haben sollen. Dies Gerede muss doch in einer Tatsache begründet sein; und dass es sich gar so lange erhalten konnte, schien mir Beweis dafür, dass der vergrabene Schatz noch immer nicht gehoben sei. Hätte Kidd seinen Raub nur eine Zeit lang verborgen und später wieder an sich genommen, so wären diese Schatzmärchen wohl kaum in ihrer immer unveränderten Gestalt bis auf uns gelangt. Es wird Ihnen auffallen, dass die Geschichten alle von Goldsuchern, nicht von Goldfindern handeln. Hätte der Pirat sein Geld wiedergefunden, so wäre die Sache damit erledigt gewesen. Es schien mir, als habe irgendein Zufall – sagen wir mal der Verlust eines Schriftstückes, das genaue Angaben über den Ort des Verstecks enthielt – ihm die Möglichkeit einer Wiederauffindung genommen und als sei dieser Umstand seinen Spießgesellen bekannt geworden; sonst hätten diese wohl niemals von einem vergrabenen Schatz gehört und durch ihre vergeblichen Versuche einer Wiederauffindung und ihre diesbezüglichen Gespräche Veranlassung zu den Gerüchten gegeben. Haben Sie je davon gehört, dass an der Küste ein Schatz ausgegraben worden sei?«

»Nein, nie.«

»Dass aber Kidds geraubte Schätze enorm gewesen sein müssen, ist wohl bekannt. Ich hielt es also für gewiss, dass sie noch in der Erde ruhten; und es wird Sie wohl nicht weiter wundern, wenn ich Ihnen sage, dass ich die bestimmte Hoffnung hegte, das auf so seltsame Weise in meinen Besitz gelangte Pergament enthalte den verlorenen Bericht über den Ort, wo der Schatz verborgen liege.«

»Doch was taten Sie nun?«

»Ich fachte das Feuer stärker an und hielt das Pergamentstück wieder dagegen; aber es kam nichts zum Vorschein. Da kam mir der

Gedanke, die Schmutzkruste, mit der das Blatt wie überzogen war, könne mit dem Fehlschlagen meiner Erwartungen in Zusammenhang stehen; ich übergoss also das Pergament behutsam mit warmem Wasser, legte es dann, den Totenkopf nach unten, in eine zinnerne Pfanne und stellte diese auf ein glühendes Kohlenbecken. Als die Pfanne nach einigen Minuten heiß war, nahm ich das Blatt heraus und fand es zu meiner unaussprechlichen Freude hie und da mit reihenweise angeordneten Zeichen bedeckt. Wieder legte ich es in die Pfanne und ließ es noch eine Minute darin. Als ich es diesmal herausnahm, war das Ganze so, wie Sie es jetzt hier sehen.«

Legrand, der inzwischen das Pergamentblatt erhitzt hatte, reichte es mir. Zwischen dem Totenkopf und der Ziege waren in roter Tinte und ungefüger Schrift folgende Zeichen zu sehen:

53††+305))6*;4826)4†.)4†);806*;48+8II60))8
5;1†(;:†*8+83(88)5*+;46(;88*96*?;8)*†(;485);
5*+2:*†(;4956*2(5*--4)8II8*;4069285);)6+8)4
††;1(†9;48081;8:8†1;48+85;4)485+528806*81
(†9;48;(88;4(†?34;48)4†;161;:188;†?;

»Nun«, sagte ich, ihm das Blatt wieder hinreichend, »ich bin um kein Haar klüger als zuvor. Und wenn meiner nach Lösung dieses Rätsels alle Juwelenschätze Golkondas warteten – ich bin gewiss, sie nicht gewinnen zu können.«

»Und doch«, sagte Legrand, »ist die Lösung durchaus nicht so schwierig, wie Sie bei flüchtigem Betrachten annehmen könnten. Die Zeichen bilden, wie jeder leicht erraten wird, eine Geheimschrift – ich meine, sie enthalten einen Sinn. Aber nach alledem, was von Kidd bekannt ist, konnte ich ihm nicht die Fähigkeit zuschreiben, eine wirklich schwer enträtselbare Geheimschrift zu erfinden. Ich nahm also ohne Weiteres an, dass sie recht einfach sein müsse – doch immerhin derart, dass sie dem ungebildeten Seemann ganz unverständlich erscheinen müsse, solange der Schlüssel dazu fehlte.«

»Und Sie fanden ihn wirklich?«

»Unschwer; ich habe zehntausendmal dunklere Geheimschriften enträtselt. Die Umstände und auch eine Art Neigung gaben mir ein gewisses Interesse für derlei Rätsel, und mit Recht mag es bezweifelt werden, ob menschlicher Scharfsinn ein Rätsel ersinnen könne, das menschlicher Scharfsinn nicht durch Ausdauer zu lösen vermöchte. Ja, tatsächlich, nachdem es mir gelungen war, zusammenhängende und lesbare Schriftzeichen aufzudecken, maß ich der bloßen Schwierigkeit ihrer Entzifferung kaum noch Bedeutung bei.

Im vorliegenden Fall – wie übrigens bei jeder Geheimschrift – galt die erste Frage der Sprache, in der die Schrift abgefasst war; denn das Prinzip der Entzifferung, wenigstens soweit es die einfacheren Geheimschriften anlangt, steht mit gewissen Eigentümlichkeiten des entsprechenden Idioms im engsten Zusammenhang. Um nun die betreffende Sprache ausfindig zu machen, bleibt dem, der die Lösung versucht, nichts anderes übrig, als der Reihe nach mit jedem ihm bekannten Idiom den Versuch zu wagen. Bei der vorliegenden Schrift nun war ich durch das Namenszeichen aller Zweifel enthoben. Das Wortspiel ›Kidd‹ ist in keiner anderen Sprache als der englischen möglich. Ohne dieses Hilfsmittel aber hätte ich meine Versuche mit Spanisch oder Französisch eingeleitet, das heißt mit den Sprachen, die ein Pirat der spanischen Gewässer wohl am ehesten zu schreiben versteht. Wie die Dinge hier jedoch lagen, hielt ich die Schrift für Englisch.

Wie Sie sehen, weisen die Zeichen keine Wortzwischenräume auf; wären solche vorhanden gewesen, so hätte ich verhältnismäßig leichte Arbeit gehabt. Dann hätte ich nämlich mit Analysieren und Vergleichen der kürzesten Wörter begonnen, und hätte ich ein Wort von nur einem Buchstaben gefunden, was ziemlich wahrscheinlich war (ein a oder I z. B.), so wäre ich der Lösung gewiss gewesen. Da aber keine Zwischenräume vorhanden waren, war mein erster Schritt, die vorherrschenden wie die am seltensten vorkommenden Buchstaben festzustellen. Nachdem ich alle gezählt, ergab sich folgende Tabelle:

Die Chiffre	8	33mal vertreten
	;	26mal vertreten
	4	19mal vertreten
und)	†	16mal vertreten
	*	13mal vertreten

5	12mal vertreten
6	11mal vertreten
(	10mal vertreten
+ und 1	+ und 1
0	6mal vertreten
9 und 2	5mal vertreten
: und 3	4mal vertreten
?	3mal vertreten
II	2mal vertreten
– und .	1mal vertreten.

Nun ist im Englischen das e der am häufigsten vorkommende Buchstabe. Die weitere Reihenfolge ist so: aoidhnrstuycfglmwbkpqxz . E ist in so auffallender Weise vorherrschend, dass es kaum einen Satz gibt, in dem es nicht der häufigste Buchstabe ist.

So haben wir nun also gleich zu Anfang die Grundlage für etwas, das mehr als bloßes Erraten ist. Wie solche Tabelle angewendet wird, ist leicht ersichtlich – für die vorliegende Schrift aber werden wir ihrer Hilfe nur teilweise bedürfen. Da unser vorherrschendes Zeichen 8 ist, so wollen wir damit beginnen, es als das e des Alphabetes anzusehen. Um die Richtigkeit dieser Annahme nachzuprüfen, wollen wir sehen, ob 8 häufig paarweise steht – denn e findet im Englischen oft paarweise Anwendung, z. B. in Worten wie ›meet‹, ›fleet‹, ›speed‹, ›seen‹, ›been‹, ›agree‹ usw. Hier in unserm Fall erscheint es nicht weniger als fünfmal paarweise, obwohl die Aufzeichnung nur kurz ist.

Nehmen wir also an, 8 sei e. Nun ist von allen Wörtern der englischen Sprache der Artikel the das häufigste; wir wollen darum nachsehen, ob wir nicht mehrmals drei in gleicher Reihenfolge stehende Zeichen finden, deren letztes 8 ist. Finden wir mehrere so angeordnete drei Buchstaben, so ist mit ziemlicher Sicherheit anzunehmen, dass sie das Wort the vorstellen. Bei Nachprüfung finden wir nicht weniger als sieben solcher Zeichenstellungen, nämlich siebenmal die zusammenhängenden Zeichen ;48. Wir können daher folgern, dass ; für t, 4 für h und 8 für e steht – was für das letzte Zeichen schon voll erwiesen ist. So haben wir also schon einen großen Schritt gewonnen.

Durch Feststellung eines einzigen Wortes aber haben wir einen sehr wichtigen Punkt festgelegt, nämlich einige Anfänge und Endungen anderer Worte. Sehen wir uns z. B. die Stelle an, wo die Kombination ;48 zum vorletzten Male vorkommt – fast am Ende der Aufzeichnung. Wir wissen, dass das unmittelbar daran anschließende ; den Anfang eines Wortes bildet, und von den auf das *the* folgenden sechs Schriftzeichen sind uns nicht weniger als fünf bekannt. Schreiben wir uns also die Buchstaben, die sie vorstellen sollen, auf, indem wir für den uns noch unbekannten einen kleinen Zwischenraum frei lassen. *t eeth*

Hier können wir sofort feststellen, dass wir das *the* vorläufig unberücksichtigt lassen müssen, da es unmöglich einen Teil von dem mit *t* anfangenden Wort bilden kann. Dies ergibt sich leicht, wenn wir auf der Suche nach dem einzusetzenden Buchstaben das ganze Alphabet durchgehen. Wir sind also auf das

t ee

beschränkt, und wenn wir nun nochmals das Alphabet durchgehen, kommen wir auf das Wort *tree* als einzig mögliche Lesart. Wir gewinnen so einen neuen Buchstaben, dargestellt durch das Zeichen (, und die nebeneinander stehenden Worte *the tree*.

Wenn wir nun ein kurzes Stückchen weiterblicken, so sehen wir wieder die Kombination ;48. Setzen wir an unsere gefundenen zwei Worte die darauf folgenden Zeichen an und bilden mit dem nächsten *the* den Schluss.

the tree ;4(†?34 the

Nach Einsetzung der uns bereits bekannten Buchstaben erhalten wir the tree thr †?3h the

Lassen wir nun anstelle der unbekannten Zeichen entsprechenden Raum oder setzen wir Punkte ein, so lesen wir

the tree thr...h the

wodurch wir sofort auf das Wort *through* geraten. Diese Entdeckung verschafft uns wieder drei neue Buchstaben, nämlich *o, u* und *g,* dargestellt durch † ? und 3.

Wenn wir jetzt die Geheimschrift nach Zusammenstellung bekannter Zeichen genau durchsehen, finden wir nicht weit vom Anfang diese Anordnung

83(88 = egree

was offenbar der Schluss des Wortes degree sein soll und uns wiederum einen Buchstaben gibt, nämlich d, dargestellt durch +.

Vier Buchstaben hinter dem Wort degree sehen wir die Kombination

;46(;88*

Indem wir die bekannten Zeichen übersetzen und die unbekannten wie vorher durch Punkte markieren, lesen wir dies:

th.rtee.

eine Zusammenstellung, die sofort auf das Wort thirteen führt und uns wiederum zwei neue Zeichen erklärt: 6 = i und * = n.

Wenden wir uns nun dem Anfang der Geheimschrift zu, so finden wir die Kombination

53††+

Wie vorher übersetzend erhalten wir .

. good

was uns den ersten Buchstaben als a erkennen lässt und die ersten beiden Worte als

A good

Nun ist es Zeit, dass wir unsern Schlüssel, soweit wir ihn entdeckt haben, zu einer Tabelle formulieren, um Irrtümer zu vermeiden. Sie wird so aussehen:

5	=	a
+	=	d
8	=	e
3	=	g
4	=	h
6	=	i
*	=	n
†	=	o
(	=	r
;	=	t

Wir haben also nicht weniger als zehn der wichtigsten Buchstaben festgestellt, und es ist wohl unnötig, die einzelnen Abschnitte der Auflösung weiterhin zu entwickeln. Ich habe genug gesagt, um Sie zu überzeugen, dass Geheimschriften solcher Art leicht enträtselbar sind, und Ihnen einen Einblick in das anzuwendende Verfahren zu geben. Behalten Sie aber immer im Auge, dass die uns vorliegende Geheimschrift zu den allereinfachsten ihrer Art gehört. Es bleibt nun nur noch übrig, Ihnen die vollständige Übersetzung der Pergamentnotiz zu geben. Hier ist sie:

A good glass in the bishop's hostel in the devil's seat forty-one degrees and thirteen minutes northeast and by north main branch seventh limb east side shoot from the left eye of the death's-head a bee line from the tree through the shot fifty feet out.«[3] »Aber«, sagte ich, »das Rätsel scheint noch geradeso unentwirrbar wie vorher. Wie ist es möglich, aus all diesem Kauderwelsch von *devil's seats, death's-heads* und *bishop's hotels* einen Sinn herauszutüfteln?«

---

[3] Deutsch: Ein gutes Glas in des Bischofs Haus in des Teufels Sitz einundvierzig Grad und dreizehn Minuten nordöstlich und gen Nord Hauptast siebenter Arm Ostseite schieße durch linkes Auge des Totenkopfes eine Messschnur von dem Baum durch den Schuss fünfzig Fuß hinaus.

»Ich gestehe«, erwiderte Legrand, »dass die Sache noch immer bedenklich aussieht, wenn man sie nur oberflächlich betrachtet. Mein erstes Bemühen war, das Ganze in die vom Schreiber gemeinten Einzelsätze zu zerlegen.«

»Sie meinen, es zu interpunktieren?«

»Ungefähr, ja.«

»Wie aber konnten Sie das bewerkstelligen?«

»Ich sagte mir, dass der Schreiber mit der Fortlassung jeglicher Interpunktion einen besonders schlauen Trick beabsichtigte, um die Entzifferung der Geheimschrift zu erschweren. Nun wird aber ein nicht allzu durchtriebener Kopf sich sicherlich durch Übertreibung der Sache verraten; wenn er beim Niederschreiben einen Gedanken erledigt hat, dies also durch eine Lücke oder einen Punkt angezeigt werden müsste, so wird er sicherlich gerade hier seine Zeichen mehr als nötig aneinanderrücken. Wenn Sie das Manuskript prüfen, so werden Sie mit Leichtigkeit fünf solcher ungewöhnlich zusammengedrängten Stellen wahrnehmen. Diesem Wink folgend trennte ich die Sache so:

A good glass in the bishop's hostel in the devil's seat – forty-one degrees and thirteen minutes – northeast and by north – main branch seventh limb east side – shoot from the left eye of the death's-head – a bee line from the tree through the shot fifty feet out.

»Selbst diese Trennung«, sagte ich, »lässt mich im Dunkeln.«

»Auch mich ließ es zunächst im Dunkeln«, erwiderte Legrand; »mehrere Tage lang bemühte ich mich in der Gegend von *Sullivans Island* vergeblich um Auskunft über irgendein Gebäude, das den Namen *Bishop's Hotel* führe; den veralteten Ausdruck *hostel* hatte ich natürlich fallen lassen. Da ich durchaus keine Auskunft erhalten konnte, wollte ich gerade den Umkreis meines Forschungsgebietes erweitern und überhaupt systematischer vorgehen, als es mir eines Morgens ganz plötzlich in den Sinn kam, dass dies *Bishops Hostel* mit einer alten Familie namens *Bessop* zusammenhängen könne, die in langvergangener Zeit etwa vier Meilen nordwärts von der Insel einen Herrensitz gehabt hatte. Ich begab mich also in die Pflanzungen hinüber und setzte dort meine Nachfrage unter den ältesten Negern fort. Endlich erzählte eine bejahrte Frau, dass sie von so einem Ort wie *Bessop's Castle* reden gehört habe und dass sie auch glaube, mich hinführen zu können; es sei aber weder ein Schloss noch eine Schenke, sondern ein hoher Fels.

Ich bot ihr eine gute Belohnung an, und nach einigem Zögern willigte sie ein, mich zu der Stelle hinzuführen. Wir fanden sie ohne viel Schwierigkeit, und ich entließ das Weib und machte mich daran, den Platz zu untersuchen. Das ›Schloss‹ bestand aus einer unregelmäßigen Anhäufung von Klippen und Felsen – deren einer sowohl durch seine besondere Höhe als auch durch seine freie Lage und seltsame Form bemerkenswert war. Ich kletterte auf seinen Gipfel und war nun recht im Zweifel, was fernerhin zu tun sei.

Während ich so nachsann, fielen meine Blicke auf einen schmalen Vorsprung an der Ostseite des Felsens, etwa ein Meter unter der höchsten Spitze, auf der ich stand. Dieser Vorsprung hatte eine Ausladung von etwa achtzehn Zoll, und seine Breite betrug nur einen Fuß, während eine Vertiefung in dem ihn überragenden Felsstück dem Ganzen eine gewisse Ähnlichkeit mit den tieflehnigen Sesseln lieh, wie sie bei unsern Altvordern gebräuchlich waren. Ich zweifelte nicht, den im Manuskript erwähnten ›Teufelssitz‹ gefunden zu haben, und vermeinte nun auch das ganze Geheimnis in Händen zu halten.

Das ›gut Glas‹ konnte sich, wie ich wusste, nur auf ein Teleskop beziehen; denn das Wort ›Glas‹ wird von Seeleuten kaum je in anderem Sinn angewendet. Ich sah also gleich, dass hier ein Teleskop vonnöten war sowie zu seiner Anwendung ein fester Standort, der *nicht die geringste Abweichung* zuließe. Ich wusste nun ferner, dass die Bezeichnungen ›einundvierzig Grad und dreizehn Minuten‹ und ›nordöstlich und gen Norden‹ Richtungsangaben zur Einstellung des Glases bedeuteten. Mächtig aufgeregt durch diese Entdeckungen eilte ich heim, holte ein Teleskop und kehrte auf den Felsen zurück.

Ich ließ mich auf den Vorsprung hinabgleiten und fand, dass man nur an einer einzigen Stelle sich sitzend auf ihn niederlassen konnte. Diese Tatsache bestätigte meine vorgefasste Meinung. Ich suchte nun das Glas einzustellen. Natürlich konnten die Worte ›einundvierzig Grad und dreizehn Minuten‹ sich nur auf die Höhenlage über dem sichtbaren Horizont beziehen, da die Stelle am Horizont schon durch die Worte ›nordöstlich und gen Nord‹ fest bezeichnet war. Diese letztere Richtung gewann ich ohne jede Schwierigkeit mithilfe meines Taschenkompasses. Ich suchte nun, so gut ich konnte, das Glas in einen Winkel von einundvierzig Grad zu bringen und bewegte es ganz langsam auf und nieder, bis meine Aufmerksamkeit durch eine kreisrunde Lücke im Laubwerk eines großen Baumes, der alle andern in der Ferne überragte, gefesselt wurde. Im Mittelpunkt dieser Lücke sah ich einen weißen Fleck, konnte aber zuerst nicht erkennen, was es war. Ich stellte das Teleskop noch schärfer ein, blickte wieder hindurch und kam nun dahinter, dass es ein Menschenschädel sei.

Bei dieser Entdeckung hatte ich die feste Zuversicht, das Rätsel als gelöst betrachten zu dürfen; denn die Angaben ›Hauptast, siebenter Arm, Ostseite‹ konnten sich nur auf den Standort des Schädels auf dem Baum beziehen, während ›schieße durch linkes Auge des Totenkopfs‹ auch nur eine einzige Beziehung haben konnte, nämlich auf den vergrabenen Schatz selbst. Ich sah, dass die Vorschrift besagte, durch das linke Auge sei eine Kugel hindurchzuwerfen und von der zunächst liegenden Stelle des Stammes durch den ›Schuss‹ (oder die Stelle, wo die Kugel niedergefallen) und noch fünfzig Fuß darüber hinaus eine schnurgerade Linie zu ziehen, was einen ganz bestimmten Punkt ergeben musste. Und dort, unter diesem Punkt – ich hielt das wenigstens für möglich –, musste ein Gut von Wert verborgen liegen.«

»Alles dies«, sagte ich, »ist durchaus klar und, obschon geistreich ausgeklügelt, doch einfach und verständlich. Doch als Sie des ›Bischofs Haus‹ verließen – was dann?«

»Nun, nachdem ich mir die Lage des Baumes gut gemerkt hatte, ging ich nach Haus. Sowie ich aber ›des Teufels Sitz‹ verlassen hatte, war die kreisrunde Lücke verschwunden, und wie ich mich auch drehte und wendete, ich konnte sie nicht wieder entdecken. Was mir der Hauptwitz an der ganzen Sache schien, war die Tatsache (denn wiederholtes Experimentieren überzeugte mich, dass es Tatsache war), dass die betreffende kreisrunde Öffnung von keinem anderen Punkt sichtbar ist als von dem schmalen Vorsprung auf dem Felsengipfel. Bei diesem Ausflug nach ›des Bischofs Haus‹ war ich von Jupiter begleitet gewesen, der zweifellos schon seit Wochen mein tiefsinniges Wesen bemerkt hatte und große Sorge trug, mich nicht allein zu lassen. Am anderen Tag aber stand ich ganz früh auf, und es gelang mir, ihm auszureißen; ich begab mich in das Hügelgelände, um den Baum zu suchen. Nach vieler Mühe fand ich ihn. Als ich in jener Nacht heimkam, wollte mein Diener mich durchprügeln. Mit dem Rest des Abenteuers sind Sie ja ebenso bekannt wie ich.«

»Ich vermute«, sagte ich, »Sie verfehlten die Stelle bei unserer ersten Nachgrabung durch Jupiters Dummheit, der den Käfer durch das rechte anstatt durch das linke Auge des Schädels fallen ließ.«

»Ganz recht. Dieser Missgriff ergab eine Differenz von etwa zwei-einhalb Zoll im ›Schuss‹, das heißt in der Stellung des Pflocks zum Baum; und hätte sich der Schatz *unter* dem ›Schuss‹ befunden, so wäre der Irrtum ohne Bedeutung gewesen. Aber der ›Schuss‹ nebst dem nächsten Punkt des Baumes waren lediglich zwei Punkte zur Aufstel-lung einer Richtungslinie; so gering der Irrtum anfänglich auch gewe-sen, so sehr vergrößerte er sich bei Fortführung der Linie und warf uns, als wir fünfzig Fuß erreicht hatten, ganz aus der Spur. Hätte ich nicht die tiefinnerliche Überzeugung gehabt, dass hier herum tatsächlich ein Schatz vergraben sei, so wäre alle unsere Arbeit umsonst gewesen.«

»Aber Ihr großartiges Auftreten und Ihr merkwürdiges Getue mit dem Käfer, das Hin-und-her-Schwingen – wie sonderbar war dies alles! Ich war überzeugt, Sie seien verrückt. Und warum bestanden Sie da-rauf, statt einer Flintenkugel den Käfer durch den Schädel fallen zu lassen?«

»Ja – offen gestanden ärgerte mich Ihr ewiger Argwohn in Betreff meiner Gesundheit, und ich beschloss daher, Sie auf meine Weise durch ein bisschen Mystifikation zu bestrafen. Aus diesem Grund schwenkte ich den Käfer, und aus diesem Grund ließ ich gerade ihn vom Baum werfen. Eine Bemerkung Ihrerseits über sein großes Ge-wicht brachte mich auf diesen Gedanken.«

»Ja, ich verstehe. Und nun ist mir noch eins unklar. Was sollen wir von den Gerippen halten, die wir in der Grube fanden?«

»Das ist eine Frage, die ich ebenso wenig beantworten kann wie Sie selbst. Es gibt jedoch nur eine einzige einleuchtende Erklärung – ist es auch noch so grässlich, der entsetzlichen Vermutung, die ich aufstel-len will, Glauben zu schenken. Es ist klar, dass Kidd – wenn eben, was ich nicht bezweifle, er es war, der den Schatz vergrub –, ich sage, es ist klar, dass er Helfer bei der Arbeit gehabt haben muss. Nach Beendi-gung der Arbeit mag er es aber für ratsam gehalten haben, alle Mitwis-ser des Geheimnisses beiseitezuschaffen. Vielleicht genügten wenige Beilhiebe, während seine Mithelfer in der Grube tätig waren – vielleicht war auch ein Dutzend nötig –, wer kann es sagen?«

Du bist der Mann

Ich will jetzt für das Schnatterburger Rätsel den Ödipus spielen. Ich will euch, wie nur ich es vermag, alle Geheimnisse aufdecken, die das Schnatterburger Wunder zustande brachten – das eine, wahre, anerkannte, unwidersprochene, unwiderlegliche Wunder, das dem Unglauben der Schnatterburger ein für alle Mal ein Ende bereitete und alle Materialisten, die sich vordem als Skeptiker aufspielten, zum orthodoxen Glauben ihrer Großmütter bekehrte.

Dieses Ereignis, das ich nicht in unangebracht leichtfertigem Ton schildern möchte, trug sich im Sommer des Jahres 18.. zu. Herr Barnabas Schützenwerth, einer der wohlhabendsten und angesehensten Bürger der Stadt, wurde seit mehreren Tagen vermisst, und alle begleitenden Umstände führten zu dem Verdacht, dass ihm irgendwelche Gewalt angetan worden sei. – Herr Schützenwerth hatte Schnatterburg am Samstagmorgen in aller Frühe zu Pferde verlassen, mit der vorher geäußerten Absicht, nach der etwa fünfzehn Meilen entfernten Stadt zu reiten und am Abend desselben Tages wieder heimzukommen. Aber schon zwei Stunden nach dem Fortreiten kehrte das Pferd zurück, und zwar ohne Reiter, auch ohne die Satteltaschen, die ihm beim Ausritt auf den Rücken geschnallt gewesen waren. Dazu war das Tier verwundet und mit Schmutz bedeckt.

All das rief bei den Freunden des Vermissten natürlich große Bestürzung hervor, und als er am Sonntagmorgen noch immer nicht zurückgekommen war, machte sich die gesamte Einwohnerschaft wie ein Mann auf die Suche.

Der Erste und Eifrigste bei der Veranstaltung dieser Nachforschungen war aber der Busenfreund des Herrn Schützenwerth, ein Herr Charles Guterjung, oder, wie er allgemein genannt wurde, »Karlchen Guterjung«. Ich habe nun nie feststellen können, ob es ein wundersames Zusammentreffen war oder ob der Name selbst einen unmerklichen Einfluss auf den Charakter ausübt; Tatsache aber ist, dass es noch nie einen Menschen mit Namen Charles gegeben hat, der nicht ein offener, männlicher, ehrenhafter, gutmütiger und freimütiger Kerl gewesen wäre, mit einer vollen, klaren Stimme, die wohltuend wirkte, und einem Blick, der einem gerade ins Gesicht sah, als wolle er sagen: Ich habe ein reines Gewissen, fürchte keine Seele und bin ganz außerstande, eine schlechte Handlung zu begehen. Und so führen alle munteren, sorglosen Herren auf der Bühne mit ziemlicher Bestimmtheit den Namen Charles.

Karlchen Guterjung hatte, obschon er sich erst seit kaum sechs Monaten in Schnatterburg befand und kein Mensch, ehe er sich hier niederließ, etwas von ihm wusste, es mit leichter Mühe fertiggebracht, die Bekanntschaft aller ehrenwerten Leute im Städtchen zu machen. Da war kein Mann, dem ein schlichtes Wort aus seinem Mund nicht so viel wert gewesen wäre wie tausend Worte andrer, und von den Frauen lässt sich gar nicht sagen, was sie alles getan haben würden, um ihm gefällig zu sein. Und alles das nur, weil er Charles getauft worden war und infolgedessen jenes einnehmende Gesicht besaß, das als »bester Empfehlungsbrief« sprichwörtlich geworden ist.

Ich habe schon gesagt, dass Herr Schützenwerth zu den achtenswertesten und jedenfalls reichsten Leuten in Schnatterburg gehörte; Karlchen Guterjung aber stand auf so vertrautem Fuß mit ihm, als wäre er sein eigner Bruder gewesen. Die beiden alten Herren waren Nachbarn, und wenngleich Herr Schützenwerth selten oder nie zu Karlchen hinüberging und noch nie bei ihm gespeist hatte, so hinderte das die beiden Freunde doch nicht, in der soeben dargelegten Weise einander nahezustehen; denn Karlchen ließ keinen Tag vergehen, an dem er nicht drei-, viermal nachsah, wie es dem Nachbarn ging, und sehr häufig blieb er zum Frühstück oder Nachmittagstee und fast stets zum Mittagessen. Und es wäre wirklich nur mit Mühe festzustellen, welche Quantitäten Wein die beiden Kumpane in einer Sitzung bewältigten. Karlchens Lieblingsgetränk war Château Margaux, und es schien Herrn Schützenwerths Herz zu erfreuen, wenn er sah, wie der alte Knabe ein Quart nach dem andern davon hinunterspülte. So kam es, dass er eines Tages, als der Wein einverleibt, der Verstand aber ziemlich ausgetrieben worden war, seinem Kumpan auf den Rücken klopfte und sagte: »Höre, Karlchen, du bist, meiner Seel', der tüchtigste Kerl, der mir mein Lebtag vorgekommen ist, und da du es liebst, den Wein derart hinunterzuschütten, so will ich mich hängen lassen, wenn ich dir nicht nächstens eine große Kiste Château Margaux zum Geschenk mache. Hol mich der Teufel« – Herr Schützenwerth hatte die betrübliche Gewohnheit zu fluchen, doch ging er glücklicherweise selten weiter als bis zu »alle Wetter« oder »Potztausend noch einmal« –, »Hol mich der Teufel«, sagte er, »wenn ich nicht noch heute Vormittag in die Stadt schicke und eine Doppelkiste vom Allerbesten bestelle und dir ein Geschenk damit mache – ja, das will ich! – Du brauchst kein Wörtchen zu

148

sagen – ich will, sage ich dir, und damit ist es erledigt; du kannst sie also erwarten – sie wird eines schönen Tages eintreffen, gerade, wenn du am wenigsten daran denkst!«

Ich erwähne diese kleine Freigebigkeit vonseiten des Herrn Schützenwerth nur, um darzulegen, wie ein geradezu inniges Einverständnis zwischen den beiden Freunden herrschte.

Also, an dem bewussten Sonntagmorgen, als es bekannt wurde, dass Herrn Schützenwerth übel mitgespielt worden sein musste, ging das niemand so nahe wie Karlchen Guterjung. Als er hörte, dass das Pferd ohne seinen Herrn, ohne die Satteltaschen und mit Blut bedeckt zurückgekehrt sei, mit Blut, das von einer Pistolenkugel herrührte, die dem Tier, ohne es ganz zu töten, durch die Brust gegangen war – als er das alles hörte, wurde er so bleich, als sei der Vermisste sein geliebter Bruder oder Vater, und zitterte am ganzen Leib wie im Schüttelfrost.

Zuerst war er vom Schmerz zu erschüttert, um irgendetwas planen oder unternehmen zu können, lange Zeit vermochte er Herrn Schützenwerths übrige Freunde abzuhalten, etwas in der Sache zu tun; er hielt es für das Beste, abzuwarten – sagen wir ein bis zwei Wochen, oder ein bis zwei Monate –, ob sich nicht etwas herausstellen oder Herr Schützenwerth sich nicht von selbst einfinden und die Gründe auseinandersetzen würde, die ihn veranlasst hatten, sein Pferd vorauszuschicken. Ich gebe zu, man hat diese Neigung zum Zögern, zum Aufschub sehr oft bei Leuten beobachtet, die eine schwere Sorge drückt. Ihre Geisteskraft erlahmt, sodass sie ein Grauen vor aller Betätigung haben und nichts auf der Welt lieber tun, als still im Bett liegen und ihren »Kummer pflegen«, wie die alten Damen das nennen – das heißt, über ihre Sorgen grübeln.

Nun hatten die Leute von Schnatterburg tatsächlich eine so hohe Meinung von der Weisheit und Umsicht »unseres Karlchen«, dass die meisten geneigt waren, ihm zuzustimmen und nichts in der Sache zu unternehmen, bis sich »etwas herausstellen« würde, wie der brave Alte meinte; und ich glaube, man hätte sich schließlich allgemein dahin entschieden, hätte sich nicht der Neffe Herrn Schützenwerths verdächtigerweise eingemischt, ein junger Mann von liederlichen Gewohnheiten und durchaus schlechtem Charakter. Dieser Neffe, Kielfeder mit Namen, wollte hinsichtlich des »Abwartens« keine Vernunft annehmen und bestand auf einer sofortigen Suche nach »der Leiche des Ermordeten«. Das war der Ausdruck, den er gebrauchte, und Herr Guterjung bemerkte sehr richtig, es sei eine »sonderbare Bezeichnung, gelinde gesagt«. Auch diese Äußerung Karlchens war auf die Menge von großer Wirkung, und man hörte, wie jemand die bedeutsame Frage tat, wie es komme, dass Herr Kielfeder so genau die Umstände des Verschwindens seines reichen Onkels wissen könne, dass er sich berufen fühle, klar und unzweideutig zu behaupten, sein Onkel sei »ein Ermordeter«. Darauf gab es zwischen einzelnen in der Menge allerlei Gezänk und Gestichel, besonders zwischen Karlchen und Herrn Kielfeder – obzwar dieses letztere Ereignis durchaus nichts Neues war, denn in den letzten paar Monaten zeigten sich die beiden wenig gut gesinnt. Die Dinge waren sogar so weit gediehen, dass Herr Kielfeder seines Onkels Freund zu Boden geschlagen hatte, wie er behauptete, wegen allzu großer Freiheiten, die der Besucher sich in des Onkels Haus herausgenommen habe, das der Neffe mitbewohnte. Wie es scheint, hatte Karlchen sich bei dieser Gelegenheit mit vorbildlicher Gelassenheit und christlicher Milde benommen. Er erhob sich, ordnete seinen Anzug und machte nicht den geringsten Versuch zu einer Wiedervergeltung – murmelte nur etwas wie »bei erster Gelegenheit summarische Rache nehmen« – eine natürliche und gerechtfertigte Aufwallung des Zornes, die jedoch nichts weiter besagte und zweifellos ebenso schnell vergessen wurde, wie sie geäußert worden war.

Wie diese Dinge nun auch liegen mögen (die mit dem vorliegenden Fall in keinerlei Beziehung stehen), Tatsache ist, dass die Leute von Schnatterburg durch die Überredungskunst Herrn Kielfeders endlich den Beschluss fassten, sich in der Umgegend auf die Suche nach dem vermissten Herrn Schützenwerth zu begeben. Ich sage, sie fassten zunächst den Entschluss. Nachdem beschlossen worden war, dass eine Nachforschung angestellt werden sollte, verstand es sich eigentlich von selbst, dass die Suchenden sich verteilten – das heißt, in einzelnen Trupps auszogen –, um die Umgegend gründlich abzusuchen. Ich habe jedoch vergessen, mit welchen Gründen Karlchen die Versammelten bald überzeugte, wie ganz unverständig dieser Plan sei. Jedenfalls – er überzeugte sie, alle bis auf Herrn Kielfeder, und man kam schließlich überein, dass eine sorgsame und sehr gründliche Untersuchung von den Bürgern »en masse« vorgenommen werden sollte, unter Führung von Karlchen selbst.

Was das anlangte, so hätte es keinen besseren Pfadfinder als Karlchen geben können, von dem alle wussten, dass er Luchsaugen besaß; doch obschon er sie in alle erdenklichen heimlichen Winkel und Höhlen führte und auf Wegen, die keiner je in der Nachbarschaft, vermutet hatte, und obschon die Nachforschungen Tag und Nacht fast eine Woche lang ununterbrochen fortgesetzt wurden, ließ sich doch keine Spur von Herrn Schützenwerth entdecken. Wenn ich sage, keine Spur, so muss man das aber nicht wörtlich nehmen; denn allerdings, eine gewisse Spur war vorhanden. Die Hufeisen des Pferdes (die von besonderer Art waren) ließen die Spur des armen Mannes auf der zur Hauptstadt führenden Landstraße bis in etwa drei Meilen Entfernung verfolgen. Hier leitete die Spur auf einen Nebenweg im Wald – der wieder auf die Landstraße zurückführte und etwa eine halbe Meile Abkürzung bedeutete. Der Trupp folgte den Hufspuren auf diesen Nebenpfad und gelangte zu einem sumpfigen Teich, der rechts vom Weg durch Brombeergestrüpp fast verborgen war, jenseits des Teiches aber blieb die Spur verschwunden. Man durchfischte den Teich zweimal mit großer Sorgfalt, fand aber nichts, und die Leute wollten sich gerade, am Erfolg verzweifelnd, entfernen, als die Vorsehung Herrn Guterjung den Gedanken eingab, man müsse das Wasser ganz und gar ablassen. Dieser Vorschlag wurde eifrig begrüßt, und Karlchen erhielt manch hohes Lob ob seiner Weisheit und Überlegung. Da viele der Bürger Spaten bei sich hatten, in der Erwartung, dass es vielleicht eine Leiche auszugraben gäbe, so wurde die Entwässerung des Teiches leicht und rasch bewerkstelligt, und kaum tauchte der Boden auf, da kam in der Mitte der zurückbleibenden Schlammfläche ein schwarzes Wams aus Seidenplüsch zum Vorschein, das von fast allen Anwesenden als das Eigentum des Herrn Kielfeder erkannt wurde. Das Wams war sehr zerrissen und blutbefleckt, und es gab unter den Leuten mehrere, die sich genau erinnerten, dass sein Besitzer es gerade an dem Morgen, als Herr Schützenwerth den Ritt zur Stadt unternahm, getragen habe; wohingegen wieder andre auf Verlangen bereit waren, zu beschwören, dass Herr Kielfeder das Kleidungsstück zu einer späteren Zeit als jenem denkwürdigen Tag nicht mehr angehabt habe; es war niemand aufzutreiben, der hätte aussagen können, es seit Herrn Schützenwerths Verschwinden je wieder gesehen zu haben.

Die Dinge standen nun für Herrn Kielfeder sehr bedenklich, und als unwiderlegliche Bestätigung des Verdachtes, der sich gegen ihn erhob, erwies sich sein plötzliches Erbleichen und seine völlige Unfähigkeit, auf die Frage, was er zu seiner Verteidigung zu sagen habe, auch nur ein Wort zu erwidern. Daraufhin ließen ihn die wenigen Freunde, die sein leichtfertiger Lebenswandel ihm noch gelassen hatte, wie ein Mann im Stich und stimmten noch lauter als seine bekannten Feinde für seine augenblickliche Verhaftung. Andrerseits aber zeigte sich der Edelmut des Herrn Guterjung in um so hellerem Licht. Er hielt eine warme und sehr beredte Verteidigung zugunsten des Herrn Kielfeder, bei der er mehr als einmal darauf hinwies, dass er dem verwilderten jungen Mann aufrichtig vergeben, »dem Erben des ehrwürdigen Herrn Schützenwerth« die Kränkung aufrichtig vergeben habe, die er (der junge Mann), zweifellos in der Hitze der Leidenschaft, ihm (Herrn Guterjung) zuzufügen für richtig befunden habe. Er vergebe ihm, so sagte er, aus tiefstem Herzen, und was ihn selbst (Herrn Guterjung) angehe, so wolle er – weit entfernt, die Verdachtsmomente auf die Spitze zu treiben, die, wie er leider zugeben müsse, wirklich gegen Herrn Kielfeder zeugten –, so wolle er (Herr Guterjung) alles tun, was in seiner Macht stehe, seine ganze Beredsamkeit aufbieten, um – um – um – die schlimmen Anzeichen dieser so bestürzenden Angelegenheit soviel als möglich zu dämpfen.

In diesem Stil erging sich Herr Guterjung eine halbe Stunde oder länger, sehr zum Lob seines Verstandes und seines Gemütes. Aber solche warmherzigen Leute wissen Worte oft nicht recht zu setzen – begehen allerlei Ungeschicklichkeiten, sind in ihrem Übereifer, einem Freund zu nützen, oft etwas *mal-à-propos* – und tun so oft in der allerbesten Absicht mehr zu seinem Schaden als zu seinem Vorteil.

So ging es diesmal mit Karlchens Beredsamkeit. Denn trotzdem er sich ernstlich zugunsten des Verdächtigen bemühte, hatte doch jede Silbe, die er in der bestimmten, aber unwillkürlichen Absicht äußerte, den Sprecher seinen Hörern gegenüber nicht herauszustreichen, die Wirkung, den bereits vorhandenen Verdacht gegen die Persönlichkeit, deren Sache er vertrat, zu bestärken und die Wut des Pöbels gegen den jungen Mann aufzustacheln.

Zu diesen unverantwortlichen Fehlern des Redners gehörte der Hinweis, dass der Verdächtige »der Erbe des ehrenwerten alten Herrn Schützenwerth« sei. Die Leute waren wirklich noch nicht darauf gekommen. Sie entsannen sich nur, dass der Onkel (der außer dem Neffen keinen Erben hatte) diesem vor ein bis zwei Jahren ein paar Mal mit Enterbung gedroht hatte, und sie hatten diese Enterbung daher stets als eine ganz abgemachte Sache betrachtet – ein so absonderlicher Menschenschlag war die Einwohnerschaft von Schnatterburg. Karlchens Bemerkung aber rückte diesen Punkt sofort ins wahre Licht und ließ so erkennen, dass diese Drohungen eben höchstwahrscheinlich nichts als Drohungen gewesen waren. Und daraus ergab sich natürlich sogleich die Frage nach dem » cui bono«, eine Frage, die sogar noch mehr als das Wams geeignet war, das furchtbare Verbrechen dem jungen Mann zur Last zu legen. Und hier gestatte man mir, damit ich nicht missverstanden werde, eine kurze Abschweifung, lediglich um festzustellen, dass die so ausnehmend kurze und schlichte lateinische Bezeichnung, die ich angewendet habe, ausnahmslos falsch übersetzt und missdeutet wird. In allen Sensationsromanen und überall – beispielsweise in denen der Mrs. Gohe (der Verfasserin von »Cecil«), einer Dame, die alle Sprachen, vom Chaldäischen bis zu den Indianersprachen, beherrscht und deren Kenntnisse »nach Bedarf« und planmäßig von einem Herrn Beckford unterstützt werden – ich sage, in allen Sensationsromanen, bei Bulwer und Dickens angefangen bis zu Turnapenny und Ainsworth, werden die zwei kleinen Worte »cui bono« als »zu welchem Zweck« ausgelegt oder (wie »quo bono«) »wozu ist es gut?« Ihr wahrer Sinn ist jedoch »zu wessen Vorteil«. »Cui« = für wen, »bono« = ist es von Vorteil. Es ist eine rein juristische Phrase und gerade auf solche Fälle wie den vorliegenden anwendbar, wo die Wahrscheinlichkeit der Täterschaft von der Wahrscheinlichkeit des Vorteils abhängt, der dem Betreffenden entsteht oder der aus der Vollziehung der Tat erwächst. Nun wies in vorliegendem Fall die Frage nach dem »cui bono« sehr deutlich auf Herrn Kielfeder hin. Denn der Onkel hatte ein Testament zu seinen Gunsten gemacht und ihm dann mit Enterbung gedroht. Die Drohung hatte er aber nicht ausgeführt; es schien, als sei das ursprüngliche Testament nicht geändert worden. Wäre es geändert worden, so hätte sich als einziges mutmaßliches Motiv für den Mord der bekannte Rachedurst ergeben, und selbst dem stand die Hoffnung entgegen, von dem Onkel wieder in Gnaden aufgenommen zu werden. Wenn jedoch das Testament unverändert blieb, die Drohung aber beständig über dem Haupt des Neffen schwebte, so ergibt sich sofort der stärkste Antrieb zu einem Verbrechen: und so schlussfolgerten höchst weise auch die würdigen Bürger von Schnatterburg.

Demgemäß wurde Herr Kielfeder auf der Stelle verhaftet, und die Menge begab sich nach etlichen weiteren Nachforschungen auf den Heimweg, wobei sie den Beschuldigten gut bewachte. Unterwegs ereignete sich nun noch ein Umstand, der den schon vorhandenen Verdacht nur bestärken konnte. Herr Guterjung, den der Eifer stets dem Trupp um einige Schritte voraneilen ließ, lief plötzlich vor, bückte sich und schien irgendeinen kleinen Gegenstand vom Grasboden aufzuheben. Man sah, wie er ihn rasch betrachtete und halbwegs den Versuch machte, ihn in der Tasche seines Überrocks verschwinden zu lassen; dieses Vorhaben wurde aber, wie gesagt, bemerkt und verhindert, und der gefundene Gegenstand wurde als ein spanisches Dolchmesser erkannt, von dem wohl ein Dutzend Leute wussten, dass es Herrn Kielfeder gehörte. Überdies waren seine Initialen auf dem Handgriff eingraviert. Die Klinge des Messers stand offen und war blutig.

Nun blieb kein Zweifel mehr an des Neffen Schuld, und sogleich nach Ankunft in Schnatterburg wurde er einem Beamten zur Untersuchung vorgeführt.

Hier nahmen die Dinge wiederum eine höchst ungünstige Wendung. Als der Gefangene befragt wurde, wo er sich am Morgen, als Herr Schützenwerth verschwand, aufgehalten habe, besaß er die volle Kühnheit, einzugestehen, dass er an eben diesem Morgen mit seiner Flinte auf den Anstand gegangen sei, in nächster Nähe jenes Teiches, worin man durch die Umsicht des Herrn Guterjung das blutbefleckte Wams entdeckt hatte.

Dieser trat nun vor und bat mit Tränen in den Augen, verhört zu werden. Er sagte, ein strenges Pflichtbewusstsein gegenüber seinem Schöpfer und seinen Mitmenschen gestatte ihm nicht, noch länger zu schweigen. Bisher habe die aufrichtigste Zuneigung zu dem jungen Mann (ungeachtet der schlechten Behandlung, die dieser ihm, Herrn Guterjung, hätte zuteilwerden lassen) ihn veranlasst, alle nur erdenklichen Hypothesen heranzuziehen, um für die Herrn Kielfeder so sehr nachteiligen Verdachtsmomente eine Widerlegung zu finden; diese Umstand»seien jetzt aber allzu überzeugend, allzu belastend; er wolle nicht länger zögern – wolle alles sagen, was er wisse, wenngleich sein (Herrn Guterjungs) Herz zu brechen drohe. Er bekundete nun, dass am Nachmittag vor Herrn Schützenwerths Abreise zur Stadt dieser würdige alte Herr in seiner (Herrn Guterjungs) Hörweite zu seinem Neffen geäußert habe, der Zweck seiner Reise in die Stadt sei der, bei der »Farmers and Mechanics Bank« eine ungewöhnlich große Summe zu deponieren, und gleichzeitig habe genannter Herr Schützenwerth genanntem Neffen deutlich seinen unabänderlichen Entschluss zu verstehen gegeben, das ursprüngliche Testament umzustoßen und ihn mit einem Pflichtteil abzufinden. Er (der Zeuge) wandte sich nun an den Angeklagten mit dem feierlichen Ersuchen, zu bekunden, ob das, was er (der Zeuge) soeben ausgesagt habe, in allen wesentlichen Einzelheiten die Wahrheit sei oder nicht. Zum großen Erstaunen aller Anwesenden gab Herr Kielfeder offen zu, es sei die Wahrheit.

Der Beamte hielt es nun für seine Pflicht, ein paar Polizisten mit einer Durchsuchung des Zimmers zu beauftragen, das der Angeklagte im Hause seines Onkels innegehabt hatte. Von dieser Haussuchung kehrten sie fast auf der Stelle mit der wohlbekannten metallbeschlagenen Brieftasche aus rotbraunem Leder zurück, die der alte Herr seit Jahren gewohnheitsmäßig bei sich trug. Ihr Wertinhalt war jedoch verschwunden, und der Untersuchungsrichter bemühte sich vergebens, dem Angeklagten ein Geständnis zu entlocken, was er mit ihm angefangen oder wo er ihn verborgen habe. Ja, er leugnete hartnäckig, irgendetwas darüber zu wissen. Die Polizisten hatten ferner zwischen Bettzeug und Matratze des Unglücklichen ein mit seinen Buchstaben gezeichnetes Hemd und Taschentuch gefunden, beides ekelhaft mit dem Blut des Opfers getränkt.

Gerade jetzt wurde bekannt gegeben, dass das Pferd des Ermordeten soeben im Stall seinen Wunden erlegen sei, und von Herrn Guterjung wurde vorgeschlagen, sogleich eine Post-mortem-Untersuchung an dem Tier vorzunehmen, in der Absicht, wenn möglich die Kugel zu entdecken. Es geschah demgemäß, und wie um die Schuld des Angeklagten ganz außer Frage zu stellen, gelang es Herrn Guterjung nach längerem Suchen, in der Brusthöhle des Tieres eine Kugel von großem Kaliber aufzufinden und herauszuziehen, die, wie ein Versuch ergab, genau in den Lauf von Kielfeders Flinte passte, aber bei Weitem zu groß für jede andre Flinte in unserer Stadt und ihrer Umgebung war. Um die Sache immer gewisser zu machen, fand sich, dass diese Kugel einen Einschnitt oder Nahtstreifen aufwies, der sich zu der üblichen Gussnaht rechtwinklig verhielt, und bei einer Prüfung passte dieser Nahtstreifen genau auf eine kreisförmige Erhebung in einer der Gusszangen, die der Angeklagte selber als sein Eigentum bezeichnete. Nach Auffindung dieser Kugel weigerte sich der Untersuchungsrichter, noch weitere Zeugen anzuhören, und schickte den Gefangenen sofort in Untersuchungshaft, indem er entschieden ablehnte, ihn gegen Bürgschaft freizugeben, obgleich Herr Guterjung mit Wärme gegen solche Strenge eintrat und sich erbot, in jeder gewünschten Höhe Sicherheit zu leisten. Diese Großmut aufseiten Karlchens stand völlig im Einklang mit dem ganzen liebenswürdigen und ritterlichen Wesen, das er zur Schau trug, seit er sich in Schnatterburg ansässig gemacht hatte. Im vorliegenden Fall ließ sich der Brave von der Glut seines Mitgefühls so hinreißen, dass er ganz zu vergessen schien, als er sich zum Bürgen für seinen jungen Freund anbot, dass er selbst (Herr Guterjung) auch nicht eines Dollars Wert auf Erden besaß.

Die Folgen der Verhaftung sind leicht vorauszusehen. Herr Kielfeder wurde unter den lauten Verwünschungen aller Schnatterburger bei der nächsten Gerichtssitzung vorgeführt, und die Beweiskette (durch allerlei erschwerende Umstände ergänzt, die Herrn Guterjungs empfindsames Gewissen dem Gerichtshof nicht vorzuenthalten vermochte) wurde so lückenlos und entscheidend befunden, dass die Geschworenen, ohne ihre Plätze verlassen zu haben, sogleich das Urteil fällten: »Des Mordes schuldig, ohne mildernde Umstände.« Bald darauf erhielt der arme Kerl sein Todesurteil und wurde dann dem Landesgefängnis überantwortet, um der unerbittlichen Strenge des Gesetzes entgegenzusehen.

Inzwischen hatte Karlchen Guterjungs edles Benehmen ihn den würdigen Bürgern des Städtchens doppelt wert gemacht. Er wurde noch zehnmal beliebter als bisher, und als natürliche Folge der Gastfreundschaft, die man ihm entgegenbrachte, gab er notgedrungen die äußerst eingeschränkte Lebensweise auf, die zu führen seine Armut ihn bisher gezwungen hatte, und es gab recht häufig kleine Zusammenkünfte bei ihm zu Hause, bei denen Witz und Frohsinn regierten – freilich von der gelegentlichen Erinnerung an das verdrießliche und tragische Geschick gedämpft, das auf dem Neffen des jüngst beweinten Busenfreundes unseres großzügigen Gastgebers lastete.

Eines Tages wurde der hochherzige alte Herr durch folgenden Brief angenehm überrascht:

»Herrn Charles Guterjung, Hochwohlgeboren.

Sehr geehrter Herr,

in Verfolg eines Auftrags, der unsrer Firma vor ungefähr zwei Monaten durch unsern wohllöblichen Geschäftsfreund, Herrn Barnabas Schützenwerth, erteilt wurde, beehren wir uns, heute an Ihre Adresse eine Doppelkiste Château Margaux Antilopenbrand, violette Kapsel, abgehen zu lassen. Adresse und Nummer der Kiste wie hierneben.

Wir verbleiben, sehr geehrter Herr,

Ihre ganz ergebenen

Fass, Nass, Hass & Co.

P. S. Die Kiste wird als Bahngut einen Tag nach diesem Brief bei Ihnen eintreffen. Unsre Empfehlung an Herrn Schützenwerth.

F. N. H. & Co.

Tatsache ist, dass Herr Guterjung seit dem Tode des Herrn Schützenwerth die Erwartung völlig aufgegeben hatte, den versprochenen Château Margaux noch zu erhalten, und so erschien ihm das nun als ein Zeichen, dass die Vorsehung ihm verziehen habe. Er war natürlich ungemein entzückt und lud im Überschwang seiner Freude einen großen Bekanntenkreis für den kommenden Tag zu einem » *petit souper*«, bei welcher Gelegenheit man das Geschenk des guten alten Herrn Schützenwerth anbrechen wollte. Übrigens ließ er, als er die Einladungen vorbrachte, den »guten alten Herrn Schützenwerth« unerwähnt. Wenn ich mich recht erinnere, so sagte er es keiner Seele, dass er den Château Margaux als Geschenk erhalten hatte. Er forderte lediglich seine Freunde auf, bei ihm einen hervorragend guten Wein von köstlichem Aroma zu trinken, den er vor einigen Monaten in der Stadt bestellt habe und der morgen eintreffen werde. Ich musste mir oft den Kopf zerbrechen, warum »unser Karlchen« nicht sagen wollte, dass er den Wein von seinem alten Freund erhalten hatte, aber ich konnte den Grund für sein Schweigen nie ganz verstehen, wenngleich er ohne Zweifel einen ausgezeichneten und edelmütigen Grund gehabt haben wird.

Der andere Tag kam, und mit ihm fand sich eine sehr große und höchst würdige Gesellschaft im Hause des Herrn Guterjung ein. Ja, die halbe Stadt war da – auch ich gehörte dazu. Zum großen Leidwesen des Hausherrn aber langte der Château Margaux erst in später Stunde an, als dem üppigen, von »unserm Karlchen« spendierten Mahl von den Gästen bereits ausgiebig Ehre angetan worden war. Immerhin, er traf endlich ein – eine ungeheuer große Kiste voll –, und da sich die Gesellschaft in ausgezeichneter Stimmung befand, wurde allgemein beschlossen, die Kiste auf den Tisch zu stellen und sogleich auszupacken.

Kaum gesagt, getan. Ich lieh hilfreiche Hand, und im Nu hatten wir die Kiste auf dem Tisch, mitten zwischen den Flaschen und Gläsern, von denen nicht wenige bei diesem Manöver zerbrachen. »Unser Karlchen«, der schon reichlich angeheitert war und einen ganz roten Kopf hatte, nahm nun mit gespielter Feierlichkeit am oberen Ende der Tafel Platz, hieb mit einem Abfüllgefäß wie rasend auf den Tisch und rief die Gesellschaft zur Ordnung, da jetzt »der Schatz zur Auferstehung gebracht werden« solle.

Nach allerlei lautem Gerede herrschte endlich Schweigen, und wie es in ähnlichen Fällen öfter geschieht, war es auf einmal vollkommen und auffällig still. Als man mich nun ersuchte, den Deckel aufzubrechen, tat ich das selbstredend mit »unendlichem Vergnügen«. Ich setze einen Meißel an, und als ich ihm mit einem Hammer einige leichte Schläge gegeben hatte, sprang der Deckel heftig auf, und gleichzeitig schnellte, mit dem Gesicht zum Hausherrn gewandt, der zerschmetterte, blutige, halb verweste Leichnam des ermordeten Herrn Schützenwerth selbst in sitzende Stellung empor. Fest und traurig blickte er mit seinen eingefallenen und gebrochenen Augen dem Herrn Guterjung ins Gesicht, sagte langsam, aber klar und bedeutsam: »Du bist der Mann!«, sank dann befriedigt seitwärts aus der Kiste heraus und streckte seine zitternden Glieder über den Tisch.

Die Szene, die folgte, ist gar nicht zu beschreiben. Alles stürzte wie rasend zu Türen und Fenstern hinaus, und viele der kräftigsten Männer sanken vor Entsetzen glatt in Ohnmacht. Nach dem ersten wilden Entsetzensschrei aber wandten sich aller Augen auf Herrn Guterjung. Wenn ich tausend Jahre lebe, so werde ich nie das tödliche Grauen vergessen, das sich auf seinem eben noch von Stolz und Wein geröteten, jetzt geisterbleichen Antlitz malte. Minutenlang saß er steif da wie ein Marmorbild; seine Augen schienen mit völlig leerem Blick nach innen gerichtet und in Betrachtung seiner eignen Mörderseele versunken. Dann plötzlich glitt sein Blick heraus zu seiner Umgebung, als er mit jähem Satz aufsprang, Kopf und Schultern schwer auf den Tisch fallen ließ, sodass er den Leichnam berührte, und nun wild und hastend ein ausführliches Geständnis des abscheulichen Verbrechens ablegte, um deswillen Herr Kielfeder gegenwärtig in Haft saß und zum Tode verurteilt war.

Was er erzählte, war im Wesentlichen dies: Er folgte seinem Opfer bis in die Nähe des Teiches, schoss auf das Pferd mit der Pistole, schlug den Reiter mit dem Pistolengriff nieder, bemächtigte sich seiner Brieftasche und zerrte das Pferd, das er für tot hielt, in die Brombeeren am Weiher. Auf sein eigenes Tier warf er den Leichnam des Herrn Schützenwerth und brachte ihn so an einen tief im Wald versteckten sicheren Ort.

Wams, Messer, Brieftasche und Kugel hatte er an ihren Fundorten niederlegt, in der Absicht, sich an Herrn Kielfelder zu rächen. Auch die Auffindung des blutbefleckten Taschentuchs und Hemdes war von ihm veranlasst worden.

Als dieser Bericht, bei dem einem das Blut in den Adern gerann, sich seinem Ende näherte, wurden die Worte des verbrecherischen Schurken hohl und stammelnd. Als schließlich alles gesagt war, stand er auf, tastete sich vom Tisch zurück und – fiel tot zu Boden. Die Mittel, mit denen dieses rechtzeitige und wirksame Bekenntnis erzielt wurde, blieben einfach genug. Herrn Guterjungs übertriebener Freimut hatte mich abgestoßen und von Anfang an meinen Verdacht erregt. Ich war dabei gewesen, als Herr Kielfeder ihn niederwarf, und der boshafte Ausdruck, der, wenn auch nur für einen Augenblick, auf seinem Gesicht erschien, gab mir die Gewissheit, dass er seine Rachedrohung wenn möglich in die Tat umsetzen würde. So war ich vorbereitet, die Manöver »unsres Karlchens« in ganz andrem Licht zu sehen als die guten Schnatterburger. Ich bemerkte sofort, dass alle die belastenden Entdeckungen direkt oder indirekt von ihm selbst herrührten. Was mir aber die Augen über den wahren Sachverhalt öffnete, das war die Geschichte mit der von Herrn Guterjung im Kadaver des Pferdes »gefundenen« Kugel. Ich hatte nicht wie die Schnatterburger übersehen, dass sowohl ein Einschuss- als ein Ausschussloch der Kugel vorhanden war. Wenn sie nun, nachdem sie aus dem Körper herausgedrungen war, doch darin gefunden wurde, so sah ich klar, dass sie von dem, der sie fand, hier eingelegt sein musste. Das blutige Hemd und Taschentuch bestärkten die durch die Kugel geweckte Vermutung, denn das Blut erwies sich bei einer Prüfung als weiter nichts als ausgezeichneter Rotwein. Wenn ich über diese Dinge und die jüngst erwachte Freigebigkeit und Verschwendungssucht des Herrn Guterjung nachdachte, kam mir ein Verdacht, der, wenn ich ihn auch für mich behielt, darum doch nicht weniger stark war.

Inzwischen begann ich eine eifrige private Nachforschung nach der Leiche des Herrn Schützenwerth und suchte aus guten Gründen in Gegenden, die möglichst weit ab lagen von denen, in die Herr Guterjung die Gesellschaft geführt hatte. Dadurch entdeckte ich nach einigen Tagen eine alte versiegte Quelle, die fast ganz in Brombeergesträuch verborgen lag, und hier fand ich, was ich suchte.

Nun hatte ich seinerzeit zufällig die Unterredung der beiden Zechgenossen angehört, bei der Herr Guterjung seinem Gastgeber das Versprechen auf eine Kiste Château Margaux herauszulocken wusste. Diesem Fingerzeig folgte ich. Ich beschaffte mir eine steife Stange Fischbein, stieß sie der Leiche in den Schlund hinab, die ich dann in eine leere Weinkiste legte – indem ich den Körper so zusammenbog, dass das Fischbein ebenfalls zusammengebogen wurde. Auf die Art musste ich den Kistendeckel mit aller Gewalt herunterdrücken, während ich die Nägel einschlug, und ich sagte mir natürlich, sobald man den Deckel lockerte, würde er ab- und der Körper emporschnellen.

Nachdem ich die Kiste so hergerichtet hatte, versah ich sie mit Zeichen und Nummer und adressierte sie wie vorerwähnt. Dann schrieb ich im Namen der Weinhandlung, zu der Herr Schützenwerth Geschäftsbeziehungen hatte, einen Brief und gab meinem Diener den Auftrag, die Kiste auf ein gegebenes Zeichen von mir in einem Schubkarren vor Herrn Guterjungs Tür zu fahren. Für die Worte, die ich der Leiche in den Mund zu legen gedachte, verließ ich mich vertrauensvoll auf meine Bauchrednerkünste, ihre Wirkung garantierte mir das schlechte Gewissen des mörderischen Schurken.

Ich glaube, weiter ist nichts zu erklären. Herr Kielfeder wurde auf der Stelle freigelassen, erbte das Vermögen seines Onkels, zog aus den Erfahrungen seinen Nutzen, besserte sich und führte von nun an ein neues, glückliches Leben.

Eleonora

Sie, die ich in meiner Jugend liebte und von der ich jetzt kühl und klar das Folgende berichte, war die einzige Tochter der einzigen Schwester meiner früh verstorbenen Mutter. Eleonora war der Name meiner Kusine. Wir hatten immer zusammengewohnt – im »Tale des vielfarbigen Grases« unter tropischer Sonne. Kein fremder Fuß betrat jemals dies Tal, denn es lag weit, weit droben inmitten gigantischer Berge, die es ragend umstanden und seinen lieblichen Gründen Schatten spendeten. Kein Pfad führte dorthin, und um in unser seliges Heim zu gelangen, hätte man das Gezweig von vieltausend Waldbäumen gewaltsam durchbrechen und die Herrlichkeit von vielen Millionen duftender Blumen zertreten müssen. So lebten wir also ganz einsam und kannten nichts von der Welt außerhalb des Tales – ich und meine Kusine und ihre Mutter. Aus den nebelhaften Regionen der höchsten Berge, die unser Reich umschlossen, kam ein Fluss, schmal und tief, und seine Flut war glänzender als alles – ausgenommen Eleonoras Augen. Er wand sich durchs Tal in verstohlenen Krümmungen und tauchte dann in eine dunkle Schlucht, zwischen Berge, die noch düsterer und geheimnisvoller waren als jene, aus denen er gekommen war. Wir nannten ihn den »Fluss des Schweigens«, denn es war, als ob sein Fluten alles beruhige und still mache. Kein Murmeln klang aus seinen Tiefen, er ging so sanft dahin, dass die beperlten Kiesel auf seinem Grunde, die wir oft bewunderten, sich niemals rührten, in regungsloser Ruhe lagen sie, jeder funkelte ewig am alten Platz.

Das Ufer des Flusses und der vielen glitzernden Bächlein, die ihm auf allerlei Umwegen zuströmten, und ebenso alle Flächen, die von den Ufern sich ans Wasser hinuntersenkten, waren von kurzem, dichten, gleichmäßigen Rasen bedeckt, der lieblich duftete. Und weiter noch dehnte sich dieser sanfte grüne Teppich, durchs ganze Tal, vom Fluss bis an den Fuß der Höhen, die es umgürteten. Diese wundervolle weite Grasfläche war über und über mit gelben Butterblumen, weißen Gänseblümchen, blauen Veilchen und rubinroten Asphodelen besprenkelt, und ihre unbeschreibliche Schönheit redete laut zu unsern Herzen von der Liebe und der Herrlichkeit Gottes.

Hie und da erhoben sich im Grase, wie seltsam verschlungene Traumgebilde, Gruppen fantastischer Bäume, deren Stämme nicht senkrecht aufragten, sondern in anmutigen Biegungen dem Licht entgegenstrebten, das um Mittag in das Tal hereinleuchtete. Ihre Rinde war ebenholzschwarz und silbern gefleckt und war zarter als alles – ausgenommen Eleonoras Wangen. Ja, man hätte diese Bäume für gigantische Schlangen halten können, die der Sonne, ihrer Gottheit, huldigten, wären nicht die glänzend grünen, großen Blätter gewesen, die von ihren Wipfeln in langen, bebenden Reihen niederhingen und mit dem Windhauch tändelten.

Lange Jahre durchstreifte ich Hand in Hand mit Eleonora das Tal, ehe die Liebe in unsere Herzen einzog. Es war an einem Abend in Eleonoras fünfzehntem und meinem zwanzigsten Lebensjahre, da saßen wir, einander eng umschlungen haltend, unter den Schlangenbäumen und blickten hinab in den Fluss des Schweigens und auf unser Bild, das sich in seinen Wassern spiegelte.

Wir sprachen nichts mehr an diesem süßen Tage, und selbst am andern Morgen fand unsere Rede nur wenige zitternde Worte.

Wir hatten in den Wassern den Gott der Liebe gefunden und hatten ihn in uns aufgenommen, und wir fühlten nun, dass er die feurigen Seelen unserer Vorfahren in uns entzündet hatte. Alle Leidenschaftlichkeit und blühende Fantasie, die Jahrhunderte lang unser Geschlecht auszeichneten, ergriffen unsere Herzen wie ein Rausch und hauchten in das Tal des vielfarbigen Grases eine wahnsinnige Seligkeit. Alle Dinge veränderten sich. Die Bäume, die nie vordem ein Blühen gekannt hatten, entfalteten seltsame, sternförmige, strahlende Blüten. Das Grün des Rasenteppichs vertiefte sich, und als – eine nach der andern – die weißen Gänseblümchen dahinschwanden, brachen statt ihrer rubinrote Asphodelen auf, zehn auf einmal. Und Leben regte sich auf unseren Pfaden, denn der hohe, schlanke Flamingo, den wir bis dahin noch nie gesehen, entfaltete vor uns sein scharlachfarbenes Gefieder, und mit ihm kamen und glühten alle heiteren Vögel. Gold- und Silberfische belebten den Fluss, und aus seinen Tiefen hob sich leise, doch lauter und lauter werdend, ein Murmeln, das schließlich zu einer sanften, erhabenen Melodie anschwoll, erhabener als der Sang aus des Äolus Harfe und süßer als alles – ausgenommen Eleonoras Stimme.

Und eine schwere, mächtige Wolke, die wir seit Langem in den Regionen des Abendsterns beobachtet hatten, setzte sich gemächlich in Bewegung. Und durch und durch karmin- und goldglänzend, lagerte sie sich über unser Tal und sank Tag um Tag friedvoll tiefer und tiefer, bis ihre Ränder auf den Gipfeln der Berge ruhten, deren nebelhaftes Grau sie in Glanz und Pracht verwandelte. Und sie lagerte über uns und schloss uns ein wie in ein zauberhaftes Gefängnis von seltsamer Herrlichkeit.

Der Liebreiz Eleonoras war der Seraphim; aber sie war so schlicht und unschuldig wie das kurze Leben, das sie inmitten der Blumen gelebt hatte. Keine Arglist lehrte sie, die Inbrunst, die ihr Herz entflammte, zu verbergen, und während wir miteinander im Tale des vielfarbigen Grases wandelten und über all seine Veränderungen sprachen, enthüllte sie mir die geheimsten Tiefen ihrer Seele.

Und eines Tages sprach sie unter Tränen von jener letzten traurigen Veränderung, der alle Menschen unterworfen sind. Von nun an weilte sie nur bei diesem einen schmerzvollen Thema, das sie in jedes unserer Gespräche einflocht, so wie die Sänger von Schiras in ihren Liedern dieselben Bilder wieder und wieder anwenden.

Sie hatte die Hand des Todes auf ihrer Brust gefühlt, sie wusste, dass sie in so vollkommener Schönheit erschaffen worden war, nur um – gleich der Eintagsfliege – früh zu sterben. Doch alle Schrecken des Todes waren für sie nur in dem einen Gedanken vereint, von dem sie in abendlicher Dämmerstunde am Fluss des Schweigens sprach. Sie fürchtete, ich könne, nachdem ich sie im Tale des vielfarbigen Grases begraben hätte, seine selige Verborgenheit verlassen und die Liebe, die jetzt ganz ihr gehörte, irgendeinem Mädchen der Alltagswelt da draußen schenken.

Und damals und dort warf ich mich ohne Besinnen Eleonora zu Füßen und tat ihr und dem Himmel den Schwur, dass ich mich niemals mit einer Tochter der Welt in Ehe verbinden, dass ich niemals ihrem geliebten Andenken, dem Andenken der innigen Zuneigung, mit der sie mich segnete, untreu werden wollte. Und ich rief den allmächtigen Herrn des Weltalls zum Zeugen an für meines Schwurs aufrichtigen Ernst. Und der Fluch, den ich von ihm und von ihr, der Heiligen im Paradiese, für den Fall meines Treuebruches auf mich herabrief, schloss eine so entsetzliche Strafe in sich, dass ich hier nicht davon sprechen kann.

Die strahlenden Augen Eleonoras leuchteten noch heller bei meinen Worten. Und sie seufzte, als sei eine tödliche Last ihr vom Herzen genommen, und sie zitterte und weinte bitterlich. Aber sie nahm meinen Schwur an – denn was war sie anderes als ein Kind – und er ließ sie erleichtert dem Sterben entgegensehen. Und als sie einige Tage später friedvoll entschlief, sagte sie zu mir, sie wolle um dessentwillen, was ich für den Frieden ihrer Seele getan habe, mit dieser Seele über mich wachen; sie wolle, sofern es möglich sei, in den wachen Stunden der Nacht mir sichtbarlich erscheinen. Wenn aber dies außerhalb der Macht der Seelen im Paradiese läge, so wolle sie mir ihr Gegenwärtigsein wenigstens durch allerlei Zeichen kundtun. Sie werde mit den Abendwinden mich umkosen und die Luft um mich her mit dem Duft der himmlischen Weihrauchschalen erfüllen.

Mit diesen Worten auf den Lippen gab sie ihr junges, reines Leben auf, und mit ihr endete die erste Epoche meines eigenen Lebens.

Bis hierher habe ich wahrheitsgetreu berichtet. Doch wenn mein Denken auf dem Wege der Vergangenheit die Grenze, die der Tod meiner Geliebten gezogen, überschreitet und die zweite Periode meines Lebens eintritt, dann sammeln sich Schatten um mein Hirn, und ich fühle, dass ich an meinem gesunden Gedächtnis zweifeln muss. Doch ich will fortfahren.

Die Jahre schleppten sich träge dahin, und immer noch wohnte ich im Tale des vielfarbigen Grases. Aber wiederum hatte eine Veränderung alle Dinge befallen. Die sternförmigen Blüten krochen zurück in die Stämme der Bäume und kamen nie wieder zum Vorschein. Das tiefe Grün des Rasenteppichs verblasste, und die rubinroten Asphodelen welkten hin, eine nach der andern. Und wo sie gestanden brachen, zehn auf einmal, dunkle, blauäugige Veilchen auf, und ihre Augen standen immer voll Tau und blickten kummervoll.

Und Leben entschwand von unsern alten Pfaden. Denn der hohe, schlanke Flamingo entfaltete nie mehr sein scharlachrotes Gefieder, trauernd flog er aus unserm Tale fort den Bergen zu und mit ihm zogen alle heiteren Vögel, die ihn begleitet hatten. Die Gold- und Silberfische schwammen davon durch die Schlucht, die an der einen Seite unser Reich begrenzte, und zierten nie wieder den lieblichen Fluss. Und die sanfte Melodie, die erhebender gewesen war als der Sang aus des Äolus Harfe und süßer als alles – ausgenommen Eleonoras Stimme, sie sank wieder zu leisem Murmeln herab und wurde stiller und stiller bis sie erstarb und der Fluss wieder in seinem einstigen feierlich düsteren Schweigen dahinfloss.

Und dann – zuletzt – hob sich die mächtige Wolke von den Gipfeln der Berge, die wieder in ihr nebelhaftes Grau zurücktauchten, und schwamm gemächlich davon, den fernen Regionen des Abendsternes zu, und mit ihr verschwand das strahlende Gold und alle die glänzende Pracht, mit der sie das Tal des vielfarbigen Grases überschüttet hatte.

Jedoch was Eleonora versprochen hatte, erfüllte sich. Denn ich hörte um mich das Schwingen aus himmlischen Weihrauchschalen, und Ströme überirdischer Düfte durchfluteten immer und immer das Tal. Und in einsamen Stunden, wenn mein Herz in heftigem Pulsschlag erbebte, umschmeichelten sanfte Winde mit süßem Seufzen meine Stirn. Die dunklen Nächte füllte oft ein schwaches Flüstern, und einmal – oh, einmal nur! – weckte mich aus einem todähnlichen Schlafe der Kuss geisterhafter Lippen, die meinen Mund berührten. Aber all dies vermochte nicht die Leere meines Herzens auszufüllen, und grenzenlos wuchs sein Verlangen nach jener Liebe, von der es vordem so übervoll gewesen war. Und endlich kam es soweit, dass mir das Tal des vielfarbigen Grases, durch das mich die Erinnerungen hetzten, zur Qual wurde, und ich vertauschte es für immer gegen die Eitelkeiten und das friedlose Glück der Welt.

Ich fand mich in einer fremden Stadt, in der alle Dinge nur dazu dienten, die Erinnerung an die süßen Träume, die ich so lange Jahre im Tal des vielfarbigen Grases träumte, aus meinem Gedächtnis auszulöschen.

Ein äußerst prächtiges Hoflager mit Pomp und Festen, betäubendes Waffengeklirr und strahlende Lieblichkeit von Frauen verwirrte und berauschte mein Hirn. Doch bis jetzt war meine Seele ihrem Schwur treu geblieben, und immer noch verkündete mir Eleonora in den stillen Stunden der Nacht ihre Gegenwart. Plötzlich aber hörten diese Anzeichen auf, und die Welt wurde schwarz vor meinen Augen, und ich stand in atemlosem Schreck vor dem glühenden Gedanken – der grauenhaften Versuchung, die mich befallen hatte.

Denn an den fröhlichen Hof des Königs, dem ich diente, kam aus irgendeinem fernen, fernen, unbekannten Lande ein Mädchen, von dessen Schönheit mein ganzes Herz entflammt und hingerissen ward, zu dessen Füßen ich mich ohne Sträuben niederwarf in wehrloser, abgöttischer Liebe. Ach, wie armselig war die Leidenschaft, die ich dem jungen Kinde im Tale des vielfarbigen Grases geschenkt hatte, wenn ich sie mit der Glut und dem Wahnwitz und den beseligenden Ekstasen verglich, in denen jetzt meine Anbetung emporjauchzte, mit dem trunkenen Schluchzen, in dem meine Seele zu Füßen der himmlischen Ermengard dahinschmolz? Oh, herrlich war der Engel Ermengard!

Und vor dieser Erkenntnis versank alles andere. – Oh, göttlich war der Engel Ermengard! Und ich ertrank im Blick ihrer unergründlichen Augen und sah und suchte nur sie.

Ich vermählte mich mit Ermengard und fürchtete nicht den Fluch, den ich auf mich herabgeschworen hatte, und seine Schrecken suchten mich nicht heim.

Da kam noch einmal – ein einziges Mal – durch das Schweigen der Nacht das süße Seufzen wieder zu mir, und es formte sich zu einer wohlbekannten, inbrünstigen Stimme: »Schlafe in Frieden! Denn der Geist der Liebe lebt und herrscht. Und wenn du glühenden Herzens Ermengard umarmst, bist du – aus Gründen, die dir dereinst im Himmel geoffenbart werden sollen – deines Gelübdes an Eleonora entbunden.«

Hopp-Frosch

Ich habe niemals jemand gekannt, der so sehr zu Scherz und Spaß aufgelegt war wie der König; es war geradezu sein Lebenselement. Eine lustige Geschichte gut erzählen – das war der sicherste Weg, sich bei ihm in Gunst zu setzen. So kam es, dass seine sieben Minister alle dafür bekannt waren, vollendete Spaßmacher zu sein. Sie glichen auch sonst dem König: Sie waren nicht nur unvergleichliche Witzbolde, sondern auch große, korpulente, fette Männer. Ob die Leute vom Scherzen fett werden oder ob die Veranlagung zu Spaß und Scherz bei fetten Leuten besonders stark entwickelt ist, habe ich nie ganz genau feststellen können; Tatsache aber ist, dass ein magerer Spaßmacher ein seltener Vogel ist. Aus den Feinheiten oder, wie er sagte, dem »Geist« des Witzes machte der König sich wenig. Er bewunderte hauptsächlich die Breite eines Scherzes, und um ihretwillen ließ er sich auch die Länge gefallen. Feinheiten langweilten ihn, und alles in allem gefiel es ihm noch besser, einen Streich auszuführen, als einen erzählt zu bekommen.

Zu der Zeit, in der meine Geschichte spielt, waren berufsmäßige Spaßmacher bei Hofe noch nicht ganz aus der Mode gekommen. Mehrere Mächte des Kontinents hatten noch ihre Narren, in Narrenkleid und Schellenkappe, die zum Dank für die Brosamen, die ihnen an des Königs Tische zufielen, stets zu Spott und Witz bereit sein mussten.

Unser König hatte selbstverständlich auch seinen Hofnarren. Tatsache ist, dass er ein wenig Narrheit um sich brauchte – sei es auch nur als Gegengewicht gegen die ungeheure Weisheit der sieben weisen Männer, seiner Minister – von ihm selbst gar nicht zu reden.

Sein Narr war jedoch nicht nur ein Narr. Sein Wert wurde in den Augen des Königs dadurch verdreifacht, dass er außerdem ein Zwerg und ein Krüppel war. In jenen alten Tagen waren Zwerge am Hof nicht seltener als Narren, und viele Herrscher hätten es schwer gefunden, die Tage hinzubringen – und bei Hofe sind die Tage länger als sonstwo – ohne einen Spaßmacher, mit dem sie lachen, und einen Zwerg, über den sie lachen konnten. Doch wie ich schon bemerkte, sind in neunundneunzig von hundert Fällen die Witzbolde fett, rund und schwerfällig, sodass unser König sich wirklich gratulieren konnte, in Hopp-Frosch, das war des Narren Name, in einer Person einen dreifachen Schatz zu besitzen.

Ich glaube nicht, dass der Zwerg schon bei der Taufe den Namen Hopp-Frosch erhielt, er verdankte ihn vielmehr dem weisen Rat der sieben Minister und seiner eigenen Unfähigkeit, wie andere Menschen aufrecht einherzugehen. Hopp-Frosch konnte sich nur mittels eines ganz absonderlichen Verfahrens vorwärts bewegen, es war halb ein Sprung, halb ein schlängelndes Vorschleudern des Körpers, eine Gangart, die allen bei Hofe unglaublichen Spaß machte und dem König ein rechter Trost war, denn im Vergleich zu seinem Narren galt er selbst trotz seines gewaltigen vorspringenden Bauches und seines mächtigen Wasserkopfes für einen schön gebauten Mann.

Obgleich Hopp-Frosch infolge seiner missgestalteten Beine sich nur mühsam und unter Schmerzen vorwärts zu bewegen vermochte, so konnte er, wenn es sich ums Klettern handelte, ganz Außergewöhnliches leisten. Die Natur hatte ihn für die Unvollkommenheit seiner unteren Gliedmaßen mit einer unerhörten Muskelkraft der Arme ausgestattet. Wenn er so auf Bäumen und an Seilen herumkletterte, glich er eher einem Eichhörnchen oder einem kleinen Affen als einem Frosch. Ich bin nicht imstande, mit Bestimmtheit anzugeben, aus welchem Lande Hopp-Frosch stammte. Jedenfalls war es irgendeine unwirtliche Gegend, von der niemand etwas wusste und weit entfernt vom Hofe unseres Königs. Hopp-Frosch und ein junges Mädchen von fast ebenso zwerghafter Gestalt wie er selbst – nur dass sie wohlproportioniert und eine wunderbare Tänzerin war – waren aus ihrer Heimat gewaltsam in benachbarte Provinzen verschleppt worden, von wo einer seiner stets siegreichen Generale sie dem König zum Geschenk sandte.

Unter solchen Umständen ist es nicht verwunderlich, dass zwischen den beiden kleinen Gefangenen eine innige Freundschaft erwuchs. Hopp-Frosch, der trotz seiner Kurzweiligkeit keineswegs beliebt war, war nicht in der Lage, Tripetta große Dienste erweisen zu können; sie aber wurde trotz ihrer Zwergengestalt, dank einer seltenen Anmut und Lieblichkeit allgemein verehrt und verhätschelt; sie hatte also eine große Macht und versäumte nie, sich ihrer, sobald es nottat, zugunsten von Hopp-Frosch zu bedienen.

anlässlich irgendeines großen Staatsereignisses – was es war, habe ich vergessen – hatte der König beschlossen, ein Maskenfest zu geben, und wann immer ein Maskenfest oder dergleichen an unserem Hofe stattfinden sollte, rief man die Talente Hopp-Froschs und Tripettas zu Hilfe. Denn der Zwerg war so erfinderisch in der Zusammenstellung von Festaufzügen und wusste so prächtige Masken zu ersinnen, dass es war, als sei ohne ihn nichts zu machen.

Die Festnacht war gekommen. Eine glänzende Halle war unter Tripettas Aufsicht mit allem ausgeschmückt worden, was geeignet schien, einen stimmungsvollen Hintergrund für ein Maskenfest zu schaffen. Der ganze Hof war in fieberhafter Erwartung. Was die Wahl der Masken und Kostüme anlangte, so hatten viele schon Wochen ja Monate vorher beschlossen, welche Rolle sie zu spielen gedachten, und wirklich gab es auch keine Unentschlossenheit mehr – ausgenommen beim König und seinen sieben Ministern. Warum gerade sie noch zögerten, wüsste ich nicht zu sagen, es sei denn, weil ihnen dies spaßhaft vorkam. Wahrscheinlich ist, dass es ihnen schwerfiel, für ihre fetten Gestalten eine passende Verkleidung zu finden. Kurzum, die Zeit entfloh, und als letzte Rettung ließen sie Tripetta und Hopp-Frosch rufen.

Als die beiden kleinen Freunde kamen, fanden sie den König mit den sieben Mitgliedern seines Kabinettsrates beim Weine sitzen. Aber der Herrscher schien übler Laune zu sein. Er wusste, dass Hopp-Frosch den Wein nicht liebte, da das Trinken stets den armen Krüppel bis zum Wahnsinn aufregte, und Wahnsinn ist kein angenehmer Zustand. Aber dem König, der es liebte, jemand einen Schabernack zu spielen, machte es Spaß, Hopp-Frosch zum Trinken zu zwingen und ihn – wie der König es nannte – lustig zu machen.

»Komm her, Hopp-Frosch«, sagte er, als der Spaßmacher und seine kleine Gefährtin ins Zimmer traten. »Leere diesen Becher auf die Gesundheit deiner fernen Freunde – hier seufzte Hopp-Frosch – und dann begnade uns mit deiner Erfindungsgabe. Wir brauchen Rollen, Rollen, Mann, irgendetwas Neues, noch nicht da Gewesenes! Wir haben das ewige Einerlei satt. Komm, trink! Der Wein wird dich erleuchten.« Hopp-Frosch versuchte wie immer so auch diesmal des Königs wohlwollende Ansprache mit einem Scherz zu beantworten, aber die Anstrengung war zu groß. Gerade heute nämlich war des armen Zwerges Geburtstag, und der Befehl, seinen »abwesenden Freunden« zuzutrinken, zwang ihm Tränen in die Augen. Große und bittere Tropfen fielen in den Kelch, den er demütig aus der Hand des Tyrannen entgegennahm.

»Ah! Ha! ha! ha!« grölte letzterer, als der Zwerg den Becher widerwillig leerte. »Seht, was so ein Glas guten Weins vermag! Wahrhaftig, deine Augen glänzen schon!«

Armer Kerl! Seine großen Augen glänzten nicht nur, sie glühten, denn auf sein leicht erregbares Hirn hatte der Wein nicht nur eine gewaltige, sondern auch eine augenblickliche Wirkung. Er stellte den Becher mit bebender Hand auf den Tisch und sah sich mit halb irrsinnigen Blicken in der Gesellschaft um. Alle Anwesenden hatten ihre Freude an dem sichtlichen Erfolg des königlichen »Scherzes«.

»Und jetzt an die Arbeit!« sagte der Premierminister, ein sehr fetter Mann.

»Ja«, sagte der König. »Komm, Hopp-Frosch, leihe uns deinen Beistand. Charakterrollen, mein hübscher Junge! Es mangelt uns an Charakteren, uns allen, ha! ha! ha!« Und da diese Äußerung offenbar scherzhaft gemeint war, stimmten seine sieben Minister in sein Lachen mit ein.

Hopp-Frosch lachte auch – aber nicht sehr herzhaft.

»Vorwärts, vorwärts«, sagte der König ungeduldig, »kannst du uns keinen Vorschlag machen?«

»Ich bin bemüht, etwas Neues zu ersinnen«, antwortete der Zwerg zerstreut, denn er war trunken vom Wein. »Bemüht!« schrie der Tyrann wütend. »Was meinst du damit? Ah, ich sehe, du bist missgestimmt und brauchst noch mehr Wein. Hier trink!«

Und er goss einen zweiten Becher voll und bot ihn dem Krüppel, der nach Atem rang und sich nicht rührte.

»Trink, sage ich!« brüllte der Unhold. »Oder beim Teufel –«

Der Zwerg zögerte. Der König wurde purpurrot vor Zorn. Die Höflinge schmunzelten. Tripetta näherte sich leichenblass dem König, warf sich vor ihm auf die Knie und beschwor ihn, ihren Freund zu schonen.

Der Tyrann war von ihrer Kühnheit verblüfft. Einen Augenblick sah er sie verwundert an. Er schien in großer Verlegenheit; – was sollte er tun, was sagen, wie seinem Zorn Luft machen? Endlich stieß er sie wortlos zurück und schüttete ihr den ganzen Inhalt seines Bechers ins Gesicht.

Das arme Mädchen erhob sich wankend und nahm, ohne auch nur einen Seufzer zu wagen, ihren Platz am Fuße des Tisches wieder ein.

Eine halbe Minute lang herrschte Totenstille, man hätte ein Blatt zu Boden fallen hören können. Da tönte in das Schweigen ein sehr leiser, doch scharfer und anhaltender knirschender Ton, der zu gleicher Zeit aus allen Ecken des Raumes hervorzuknarren schien.

»Warum – warum – warum, sage ich, machst du dieses Geräusch?« wandte sich der König an den Zwerg.

Letzterer schien sich von seiner Betrunkenheit ganz erholt zu haben; er sah dem König scharf, doch ruhig ins Gesicht und sagte nur:

»Ich – ich? Wie könnte ich das getan haben?«

»Der Laut schien von außen hereinzudringen«, bemerkte einer der Höflinge. »Vermutlich war es der Papagei dort am Fenster der seinen Schnabel an den Gitterstäben des Käfigs wetzte.«

»Möglich«, erwiderte der Herrscher und atmete befreit auf, »doch bei meinem Ritterwort, ich hätte schwören mögen, dass es das Zähneknirschen des Schurken hier war.«

Jetzt lachte der Zwerg – der König war ein zu eingefleischter Spaßmacher, als dass er irgendeinem das Lachen verübelt hätte – und enthüllte zwei Reihen großer, kräftiger, abstoßend wirkender Zähne. Überdies gab er seine völlige Bereitwilligkeit zu erkennen, so viel Wein zu schlucken, als man nur wünsche. Der König war befriedigt. Und nachdem Hopp-Frosch ohne scheinbar üble Wirkung einen weiteren Becher geleert hatte, begann er sogleich und mit Eifer sich für die geplante Maskerade zu interessieren.

»Ich kann nicht sagen, wie die Ideenverbindung mir kam«, bemerkte er so ruhig, als habe er nie in seinem Leben einen Schluck Wein über die Lippen gebracht. »Aber gerade *nachdem* Eure Majestät das Mädchen fortgestoßen und ihr den Wein ins Gesicht geschüttet hatten – *gerade nachdem* Eure Majestät das getan hatten und während der Papagei draußen am Fenster das seltsame Geräusch vollführte, kam mir ein köstlicher Spaß in den Sinn, einer der lustigen Streiche aus meiner Heimat und bei unsern Maskenfesten sehr beliebt. Hier aber wird er sicherlich ganz neu sein. Leider jedoch gehören dazu genau acht Personen, und –« »Sind wir ja!«, rief der König und lachte über seine rasche Entdeckung der Zahlenübereinstimmung. »Genau acht Mann, ich und meine sieben Minister. Vorwärts! Erzähle uns deinen Streich!«

»Wir nennen ihn«, erwiderte der Krüppel, »die acht zusammengeketteten Orang-Utans, und gut ausgeführt ist er wirklich von großartiger Wirkung.«

»Wir wollen ihn ausführen«, bemerkte der König und stand mit schweren Augenliedern auf.

»Der Hauptwitz des Spiels liegt in dem Entsetzen, das es bei den Frauen verursacht«, fuhr Hopp-Frosch fort. »Ausgezeichnet!« grölten der Monarch und seine Minister im Chor.

»Ich werde Sie also als Orang-Utans einkleiden«, sprach der Zwerg weiter. »Überlassen Sie alles mir. Die Ähnlichkeit wird so verblüffend sein, dass die ganze Maskengesellschaft Sie für wirkliche Tiere halten wird – und natürlich wird man ebenso entsetzt wie erstaunt sein.«

»Oh, das ist herrlich!« rief der König. »Hopp-Frosch! Aus dir will ich noch einen Mann machen!«

»Die Ketten dienen dazu, durch ihr Klirren die Verwirrung zu erhöhen. Es muss so scheinen, als seien Sie alle Ihren Wächtern entronnen.

Eure Majestät können sich gar nicht vorstellen, wie wirkungsvoll bei solch einer Maskerade acht zusammengekettete Orang-Utans sein müssen, da die meisten der Gesellschaft Sie für wirkliche Bestien halten werden, wenn Sie mit wildem Geschrei mitten zwischen all die prächtig und lieblich gekleideten Männer und Frauen hineinrasen. Der Gegensatz wird unbeschreiblich sein.«

»Das machen wir unbedingt«, sagte der König. Und der versammelte Rat löste sich auf, denn es war schon spät, und man musste sich beeilen, den Plan Hopp-Froschs zur Ausführung zu bringen.

Sein Verfahren, den König und seine Vertrauten in Orang-Utans zu verkleiden, war einfach, aber für seine Zwecke wirkungsvoll genug. Diese Tiere waren zu der Zeit, in der meine Geschichte spielt, in der zivilisierten Welt noch kaum gesehen worden. Und da die von dem Zwerg vorgenommene Verkleidung wahrhaft scheußlich und bestienhaft aussah, so war der Erfolg der Täuschung gesichert.

Der König und seine Minister wurden zunächst in eng anliegende, braune wollene Hemden und Unterhosen gesteckt. Dann wurden diese mit Teer getränkt. Jetzt schlug einer Federn vor. Aber der Zwerg verwarf diesen Vorschlag und überzeugte die acht, dass das Fell eines Orang-Utans weit naturgetreuer durch Flachs dargestellt werden könne. Eine dicke Schicht davon wurde nun auf die Teerschicht festgedrückt. Dann brachte man eine lange Kette herbei. Sie wurde zuerst dem König um den Leib gelegt und *festgeknotet*, mit den sieben andern

Teilnehmern wurde genau so verfahren. Als alle derart angekettet und so weit als möglich voneinander entfernt aufgestellt waren, bildeten sie einen Kreis; und um das Ganze recht naturgetreu erscheinen zu lassen, zog der Zwerg den Rest der Kette zweimal diametral durch den Kreis. Es war ganz die Art, in der noch heutzutage auf Borneo große Affen zusammengekoppelt werden.

Der weite Saal, in dem das Maskenfest stattfinden sollte, war ein kreisrunder, sehr hoher Raum, der sein Licht durch ein einziges Fenster im Mittelpunkt der Deckenwölbung erhielt. Bei Nacht – und besonders für solche Feste war der Saal bestimmt – empfing er sein Licht von einem großen Kronleuchter, der an einer Kette von der Mitte des Kuppelfensters herniederhing. Wie üblich konnte er mittels eines Gegengewichtes herabgelassen und wieder hinaufgezogen werden, doch hatte man dies aus Schönheitsgründen außerhalb der Kuppel über das Dach hinweggeführt. Die Ausschmückung des Festgemachs wurde Tripettas Oberaufsicht überlassen; in einigen Dingen jedoch hatte sie sich der überlegenen Umsicht ihres Freundes, des Zwerges, gefügt. Seinem Rate folgend hatte man für diese Gelegenheit den Kronleuchter entfernt. Die Wachstropfen, die nicht zu vermeiden gewesen wären, würden der kostbaren Gewandung der Gäste sehr geschadet haben, andererseits aber konnten in einem überfüllten Raume nicht alle Leute die Mitte, also den Platz unter dem Kronleuchter, meiden. Dafür wurden aber zahlreiche Kandelaber ringsum an den Wänden der Halle aufgestellt und jeder der fünfzig bis sechzig Karyatiden eine Wohlgeruch spendende Fackel in die rechte Hand gegeben.

Die acht Orang-Utans warteten auf Hopp-Froschs Rat mit ihrem Erscheinen geduldig bis zwölf Uhr, bis der Saal von Masken gedrängt voll sein würde. Kaum jedoch war der letzte Schlag der Mitternachtsstunde verhallt, als sie hineinstürmten, vielmehr rollten, denn die hindernden Ketten rissen die meisten von ihnen zu Boden, und wer nicht fiel, stolperte.

Das Entsetzen der Maskengesellschaft war ungeheuer und erfüllte das Herz des Königs mit Entzücken. Wie man vorausgesehen hatte, gab es unter den Gästen nicht wenige, die diese grimmig aussehenden Wesen, wenn auch nicht gerade für Orang-Utans, so doch für wilde Bestien hielten.

Viele der Frauen wurden ohnmächtig vor Schreck, und wäre der König nicht so vorsichtig gewesen, das Waffentragen für diesen Abend zu verbieten, so hätten er und seine Gefährten den Schabernack wohl mit ihrem Blute büßen müssen. So aber trachteten alle nach den Türen. Der König hatte jedoch Befehl gegeben, sie gleich nach dem Eintritt der Affenbande abzuschließen, und einer Anregung des Zwerges gemäß, hatte man diesem selbst die Schlüssel ausgeliefert.

Als der Tumult aufs Höchste gestiegen und jeder Gast nur auf seine eigene Rettung bedacht war – denn das Gedränge war inzwischen lebensgefährlich geworden – hätte man sehen können, wie die Kette, die sonst den Kronleuchter trug und nach dessen Entfernung hinaufgezogen worden war, sich allmählich herabsenkte, bis ihr Haken nur noch drei Fuß überm Erdboden hing. Bald darauf geschah es, dass der König und seine sieben Freunde, nachdem sie den Saal nach allen Richtungen durchtaumelt hatten, sich schließlich in dessen Mittelpunkt und unmittelbar unter der Kette befanden. Als sie so standen, ergriff der Zwerg, der ihnen auf Schritt und Tritt gefolgt war und sie zu immer wilderem Gebaren angefeuert hatte, die Kette, an die sie gefesselt waren, genau an der Stelle, wo die beiden Diametrallinien zusammentrafen. Blitzschnell hängte er hier in das Mittelglied den Kronleuchterhaken ein, und augenblicklich wurde durch eine unsichtbare Kraft die Kette so hoch hinaufgezogen, dass der Haken nicht mehr erreichbar war. Diese Aufwärtsbewegung riss die Orang-Utans ganz nahe zusammen; sie standen Gesicht an Gesicht gedrängt.

Inzwischen hatten die Maskengäste sich von ihrer Verblüffung erholt; sie begannen das Ganze als einen wohlvorbereiteten Scherz anzusehen und brachen über die sonderbare Situation der Affen in lautes Gelächter aus.

»Überlasst sie mir!«, kreischte jetzt Hopp-Frosch, mit seiner schrillen Stimme den ganzen Lärm übertönend. »Überlasst Sie mir! Ich glaube ich kenne sie. Wenn ich sie mir nur einmal recht anschauen könnte, ich würde euch gleich sagen, wer sie sind!«

Und über die Köpfe der Menge hinwegkriechend, gelangte er zur Saalwand, nahm einer der Karyatiden die Fackel aus der Hand, kehrte auf demselben Wege wie vorher in die Mitte zurück und sprang mit Affengeschwindigkeit dem König auf den Kopf und kletterte von da an der Kette hinauf. Ein paar Fuß über den Orang-Utans senkte er seine Fackel, leuchtete ihnen ins Antlitz und schrie von Neuem: »Ich werde bald heraushaben, wer sie sind!«

Und jetzt, während alle Anwesenden – die Affen mit einbegriffen – sich vor Lachen schüttelten, ließ der Spaßmacher einen schrillen Pfiff ertönen. Die Kette flog etwa dreißig Fuß empor und zog die bestürzten und um sich schlagenden Orang-Utans mit; da hingen sie nun zappelnd genau in halber Höhe des Saales. Hopp-Frosch, der sich an die Kette festgeklammert hatte, verharrte noch in derselben Stellung wie vorher. So als sei nichts geschehen, senkte er seine Fackel zu ihnen hinunter, als bemühe er sich festzustellen, wer sie seien.

So völlig verblüfft war man von diesem plötzlichen Aufstieg, dass wohl eine Minute lang Todesstille herrschte. Da ertönte wieder das leise, scharfe, knirschende Geräusch, das dem König, als er Tripetta den Wein ins Gesicht schüttete, aufgefallen war. Jetzt aber konnte kein Zweifel darüber sein, wo der Laut herkam. Er kam von den Raubtierzähnen des Zwerges, es war ein Knirschen aus seinem schäumenden Mund. Sein Blick flammte mit dem Ausdruck wahnsinniger Wut in die aufwärts gewendeten Gesichter des Königs und seiner sieben Gefährten.

»Aha!« sagte der Spaßmacher. »Aha! Ich fange an zu begreifen, wer diese Leute sind!« Und wie um den König heller zu beleuchten, näherte er die Fackel dem Pelz, in dem jener steckte, sodass der Flachs augenblicklich in heller Garbe aufflammte. In weniger als einer halben Minute brannten die acht Orang-Utans lichterloh. Und drunten kreischte die entsetzte Menge und starrte wie gebannt zu den flammenden Körpern empor, denen sie keine Hilfe bringen konnte.

Endlich wurden die aufwärts leckenden Flammen so stark, dass der Narr, um ihnen auszuweichen, höher hinaufklettern musste, und diese Bewegung machte die Menge einen Augenblick lang stumm. Der Zwerg ergriff die Gelegenheit und sprach noch einmal.

»Jetzt sehe ich *deutlich*«, sagte er, »welcher Art Leute diese Maskierten sind. Es ist ein großer König mit seinen sieben Ministern, ein König, der sich kein Gewissen daraus macht, ein wehrloses Mädchen zu schlagen, und seine sieben Berater, die seiner schmachvollen Tat Vorschub leisten. Was mich anbetrifft, so bin ich nur Hopp-Frosch, der Spaßmacher, und das ist *mein letzter Spaß*.«

Infolge der hohen Brennbarkeit sowohl des Flachses wie des Teers war das Rachewerk schon vollbracht, als der Zwerg seine kurze Rede kaum beendet hatte. Die acht Leichname schaukelten in ihren Ketten – eine stinkende, geschwärzte, ekelhafte, unkenntliche Masse. Der Krüppel schleuderte seine Fackel auf sie herab, kletterte behände bis zur Decke empor und verschwand durch das Kuppelfenster.

Es ist anzunehmen, dass Tripetta auf dem Dach des Kuppelsaales stand, ihrem Freund bei seinem schauerlichen Racheakt Beihilfe leistete und dass sie zusammen ihre Flucht in ihr Heimatland bewerkstelligten. Beide wurden nie mehr gesehen.

Ligeia

Und es liegt darin der Wille, der nicht stirbt. Wer kennt die Geheimnisse des Willens und seine Gewalt? Denn Gott ist nichts als ein großer Wille, der mit der ihm eigenen Kraft alle Dinge durchdringt. Der Mensch überliefert sich den Engeln oder dem Nichts einzig durch die Schwäche seines schlaffen Willens.

Josef Glanvill

Bei meiner Seele, ich kann mich nicht erinnern, wie, wann und wo ich die erste Bekanntschaft machte – der Lady Ligeia. Lange Jahre sind seitdem verflossen, und mein Gedächtnis ist schwach geworden durch vieles Leiden. Vielleicht auch kann ich mich dieser Einzelheiten nur darum nicht mehr erinnern, weil der Charakter meiner Geliebten, ihr umfassendes Wissen, ihre eigenartige und doch milde Schönheit und die überwältigende Beredsamkeit ihrer sanft tönenden Stimme – weil dies alles zusammen nur ganz allmählich und verstohlen den Weg in mein Herz nahm, zu allmählich, als dass ich daran gedacht hätte, mir jene äußeren Umstände einzuprägen.

Ich habe jedoch das Empfinden, als sei ich ihr zum ersten Mal und dann wiederholt in einer altertümlichen Stadt am Rhein begegnet. Und eines weiß ich bestimmt: Sie erzählte mir von ihrer Familie, die sehr alten Ursprungs war. – Ligeia! Ligeia! – Trotzdem ich in Studien vergraben bin, deren Art mehr noch als alles andre dazu angetan ist, mich ganz von Welt und Menschen abzusondern, genügt dies eine süße Wort »Ligeia«, vor meinen Augen ihr Bild erstehen zu lassen – das Bild von ihr, die nicht mehr ist. Und jetzt, während ich schreibe, überfällt mich urplötzlich das Bewusstsein, dass ich von ihr, meiner Freundin und Verlobten, der Gefährtin meiner Studien und dem Weib meines Herzens, den Namen ihrer Familie nie erfahren habe. War es ein schalkhafter Streich, den Ligeia mir gespielt hatte? War es ein Beweis meiner bedingungslosen Hingabe, dass ich nie eine Frage danach tat? Oder war es meinerseits eine Laune, ein romantisches Opfer, das ich auf den Altar meiner leidenschaftlichen Ergebenheit niedergelegt hatte? Der bloßen Tatsache sogar kann ich mich nur unklar erinnern – was Wunder, dass ich die Gründe dafür vollständig vergessen habe! Und wirklich, wenn jemals der romantische Geist des bleichen und nebelbeschwingten Aschtophet des götzengläubigen Ägyptens, wie die Sage meldet, über unglückliche Ehen geherrscht hat, so ist es gewiss, dass er meine Ehe stiftete und beherrschte.

Immerhin hat mich wenigstens in einem Punkt meine Erinnerung nicht verlassen: die Persönlichkeit Ligeias steht mir heute noch klar vor Augen. Sie war von hoher, schlanker Gestalt, in ihren letzten Tagen sogar sehr hager. Vergebliches Bemühen wäre es, wenn ich eine Beschreibung der Erhabenheit, der würdevollen Gelassenheit ihres Wesens oder der unvergleichlichen Leichtigkeit und Elastizität ihres Schreitens versuchen wollte. Sie kam und ging wie ein Schatten. War sie in mein Arbeitszimmer gekommen, so bemerkte ich ihre Anwesenheit nicht eher, als bis ich den lieben Wohlklang ihrer sanften süßen Stimme vernahm oder ihre marmorweiße Hand auf meiner Schulter fühlte. Kein Weib auf Erden trug solche Schönheit im Antlitz wie sie! Strahlend schön war sie, wie die Erscheinung eines Traumes, wie eine göttliche, beseligende Vision. Doch waren ihre Züge keineswegs von jener Regelmäßigkeit, wie die klassischen Bildwerke des Heidentums sie aufweisen und die man mit Unrecht so übertrieben bewundert.

Aber wenn ich auch sah, dass die Züge Ligeias nicht von klassischer Regelmäßigkeit waren, wenn ich auch feststellte, dass ihre Schönheit in der Tat auserlesen war, und fühlte, dass viel Seltsamkeit in ihren Zügen lag, so habe ich doch vergebens versucht, dieser Unregelmäßigkeit auf die Spur zu kommen und meine Feststellung des Besonderen zu begründen. Ich prüfte die Kontur der hohen und bleichen Stirn – sie war fehlerlos. Wie kalt klingt doch dies Wort für eine so göttliche Majestät, für die wie reinstes Elfenbein schimmernde Haut, die gebieterische Breite und ruhevolle Harmonie dieser Stirn, die sanfte Erhöhung über den Schläfen, die eine üppige Fülle rabenschwarzer glänzender Locken umschmiegte. Ich prüfte die feinen Linien der Nase: nirgends anders als auf althebräischen Medaillons hatte ich ebenso vollkommen Schönes gesehen. Ich betrachtete den süßen Mund, hier feierten alle Himmelswonnen ihr triumphierendes Fest. Ich prüfte die Form des Kinns und fand auch hier in seiner sanften Breite Majestät, Fülle und griechischen Geist. Und dann vertiefte ich mich in Ligeias große Augen.

Von strahlendstem Schwarz waren ihre Pupillen und waren tief beschattet von sehr langen, jettschwarzen Wimpern. Die Brauen, deren Linien kaum merklich unregelmäßig waren, hatten die gleiche Farbe.

Die Seltsamkeit aber, die ich in den Augen fand, lag nicht in Form, Farbe oder Glanz, sie muss in ihrem Ausdruck wohl gelegen haben.

Der Ausdruck von Ligeias Augen! Was war es, dies Etwas, das tief innen in den Pupillen meiner Geliebten verborgen lag. Was war es? Ich war wie besessen von dem Verlangen, es zu entdecken. Diese Augen! Diese großen, diese schimmernden, diese göttlichen Augen! Ligeia! Es lebte in ihr ein unerhört starker Wille, der während unseres langen Zusammenlebens nie spontan zutage trat, sondern sich nur in einer unglaublichen Anspannung des Denkens, Tuns und Redens zu erkennen gab. Von allen Frauen, die ich je kannte, war sie, die äußerlich ruhevolle, die stets gelassen milde Ligeia, wie keine andere die Beute der tobenden Geier grausamster Leidenschaftlichkeit. Und diese Leidenschaftlichkeit enthüllte sich mir nur im wundervollen Strahlen ihrer Augen, die mich gleichzeitig entzückten und entsetzten, in der fast zauberhaften Melodie, Weichheit, Klarheit und Würde ihrer sonoren Stimme und in der flammenden Energie, die in ihren seltsam gewählten Worten lag und die im Gegensatz zu der Ruhe, mit der sie gesprochen wurden, doppelt wirkungsvoll war.

Ich erwähnte schon das umfassende Wissen Ligeias: Ihre Kenntnisse waren unermesslich – für eine Frau ganz unerhört. Damals sah ich noch nicht, was ich jetzt klar erkenne, dass dies Wissen Ligeias unglaublich, dass es gigantisch war.

Wie heftig muss der Gram gewesen sein, mit dem ich einige Jahre später meine so festgegründeten Hoffnungen Flügel nehmen und sich davonschwingen sah! Ohne Ligeia war ich nichts als ein durch Dunkel tastendes Kind. Nur ihre Gegenwart, ihr Erklären brachte helles Licht in die vielen Mysterien des Transzendentalen, in die wir eingedrungen waren. Wenn den golden züngelnden Schriftzeichen der leuchtende Glanz ihrer Augen fehlte, wurden sie matter als stumpfes Blei. Und seltener und seltener fiel nun der Strahl dieser Augen auf die Blätter, über deren Inhalt ich brütete. Ligeia wurde krank. Die herrlichen Augen strahlten in übernatürlichen Flammen, die bleichen Hände wurden wachsfarben wie bei einem Toten, und die blauen Adern auf der hohen Stirn hoben sich und pochten ungestüm bei der geringsten Aufregung. Ich sah, dass sie sterben musste – und mein Geist rang verzweifelt mit dem grimmen Todesengel.

Noch angestrengter als ich rang zu meinem Erstaunen – das leidenschaftliche Weib. So manches in ihrer ernsten Natur hatte in mir den Glauben gezeitigt, dass für sie der Tod keine Schrecken haben werde, doch dem war nicht so. Es gibt keine Worte, die auch nur annähernd die Wildheit ihres Widerstandes beschreiben könnten, den sie dem Schatten Tod entgegensetzte. Ich stöhnte gequält bei diesem mitleiderregenden Anblick. Ich wollte besänftigen, aber gegenüber der unheimlichen Gewalt, mit der sie nur leben – nur leben – nichts als leben wollte, schienen Trost und Zuspruch unsäglich albern. Aber obwohl sich ihr feuriger Geist so wild gebärdete, bewahrte sie die Hoheit ihres äußeren Wesens bis zum letzten Augenblick, dem Augenblick des Todeskampfes. Ihre Stimme wurde noch sanfter – wurde noch tiefer – dennoch möchte ich jetzt bei dem grausigen Sinn der Worte, die sie in aller Ruhe sprach, nicht nachdenkend verweilen. Mein Geist, der diesen überirdischen Tönen hingerissen lauschte, diesem Hoffen und Ringen, dieser gewaltigen Sehnsucht, wie nie zuvor ein Sterblicher sie fühlte, taumelte und verwirrte sich.

Dass sie mich liebte, daran hatte ich nie gezweifelt, auch konnte ich mir wohl sagen, dass die Liebe eines solchen Herzens nicht mit gewöhnlichem Maß zu messen sei. Aber erst in ihrem Sterben erhielt ich von der wahren Kraft ihrer Liebe den vollen Eindruck. Lange Stunden hielt sie meine Hand und schüttete vor mir das Überfluten eines Herzens aus, dessen mehr als leidenschaftliche Ergebenheit an Anbetung grenzte. Wie hatte ich es verdient, mit solchen Bekenntnissen gesegnet zu werden? Und wie hatte ich es verdient, durch den Verlust der Geliebten verdammt zu werden – in der nämlichen Stunde, da sie mir diese Bekenntnisse machte? Doch ich kann es nicht ertragen, von diesen Dingen zu sprechen. Nur Eines lasst mich sagen: Ich erkannte in Ligeias mehr als weibliche Hingabe an eine Liebe, die ich gar so wenig verdiente, den wahren Grund für ihr so tiefes, so wildes Begehren nach dem Leben – dem Leben, das jetzt so eilend entfloh. Für dies wilde Sehnen, für diese Gier und Gewalt des Verlangens nach Leben – nur nach Leben – finde ich keine Ausdrucksmöglichkeit; keine Worte gibt es, die es sagen könnten. In der Nacht ihres Scheidens ließ sie mich nicht von ihrer Seite.

»O Gott!«, schrie Ligeia, sprang vom Bett auf und reckte die Arme empor. »Gott! Gott! O göttlicher Vater! Muss das immer unabänderlich so sein? Soll dieser Sieger nie, niemals besiegt werden? Sind wir nicht Teil und Teile von dir? Wer – wer kennt die Geheimnisse des Willens und seine Gewalt? Der Mensch überliefert sich den Engeln oder dem Nichts einzig durch die Schwäche seines schlaffen Willens.«

Und nun, wie von innerer Bewegung überwältigt, ließ sie die weißen Arme sinken und kehrte feierlich auf ihr Sterbebett zurück. Und als sie die letzten Seufzer hauchte, kam gleichzeitig ein leises Murmeln von ihren Lippen. Ich legte das Ohr an ihren Mund und vernahm wieder die Schlussworte des Glanvillschen Ausspruchs: »Der Mensch überliefert sich den Engeln oder dem Nichts einzig durch die Schwäche seines schlaffen Willens.«

Sie starb. Und ich, den der Gram völlig zermalmt hatte, konnte nicht länger die einsame Verlassenheit meiner Behausung in der düsteren und verfallenen Stadt am Rhein ertragen. Ich hatte keinen Mangel an dem, was die Welt »Besitz« nennt; Ligeia hatte mir viel mehr, o sehr viel mehr gebracht, als für gewöhnlich einem Sterblichen zufällt. So kam es, dass ich nach einigen Monaten planlosen und ermüdenden Umherwanderns in einer der wildesten und abgelegensten Gegenden des schönen Englands eine alte Abtei, deren Namen ich nicht nennen möchte, käuflich erwarb und instand setzte.

An dem Abteigebäude selbst mit seinem verwitterten, unter blühendem Grün verborgenen Mauerwerk nahm ich keine Veränderungen vor, dagegen widmete ich mich mit kindischem Eigensinn und vielleicht auch in der schwachen Hoffnung, meinen Kummer so zu zerstreuen, der Ausstattung der Innenräume und entfaltete hier eine ganz ungewöhnliche Pracht.

Ich hatte schon als Kind Geschmack an solchen Torheiten gefunden, und jetzt, da mich mein Kummer wieder hilflos machte, stellte sich jener kindliche Trieb von Neuem ein. Ach, ich fühle, wie viel Spuren von Geistesverwirrung sogar in den prunkhaften und fantastischen Draperien, in den feierlichen ägyptischen Schnitzereien, in den grotesken Möbeln, in den tollen Mustern der goldgewirkten Teppiche zu finden waren. Ich lag, ein gefesselter Sklave, in den Banden des Opiums, und meine Handlungen und Anordnungen hatten den Charakter meiner Träume angenommen. Doch ich will nicht bei der Beschreibung dieser Torheiten verweilen, lasst mich nur von jenem einen verfluchten Gemach sprechen, in das ich in einem Anfall von geistiger Umnachtung sie als mein angetrautes Weib führte – als die Nachfolgerin der unvergessenen Ligeia – sie, die blondhaarige und blauäugige Lady Rowena Trevanion of Tremaine.

Das Zimmer lag in einem hohen Turm der burgartig gebauten Abtei; es war ein fünfeckiger Raum von beträchtlicher Größe. Die ganze

Südseite des Fünfecks nahm das einzige Fenster ein, eine ungeteilte, riesige Scheibe venezianischen Glases von bleifarbener Tönung, sodass Sonnenlicht wie Mondglanz über die Gegenstände des Zimmers nur einen gespenstischen Schein gossen. Das düstere Eichenholz der außerordentlich hoch gewölbten Zimmerdecke war mit Schnitzereien in halb gotischen, halb druidenhaftem Stil überladen. Genau aus dem Mittelpunkt dieser melancholischen Wölbung hing an einer einzigen goldenen, lang gegliederten Kette ein mächtiger, goldener Kronleuchter in Form eines Weihrauchbeckens, aus dem wie lebhafte Schlangen fortwährend die buntesten Flammen züngelten. In jeder Ecke des Zimmers stand aufrecht ein riesiger, schwarzgranitener Sarkophag, den unsterbliche Skulpturen schmückten, die aus den Königsgräbern von Luxor stammten.

Aber noch mehr als in allem andern waltete meine unheimliche Fantasie in der Wandverkleidung des Gemachs. Die unverhältnismäßig hohen Wände waren von der Decke bis zum Fußboden mit faltenreichem schweren Goldstoff verhangen, der in unregelmäßigen Zwischenräumen arabeskenartige Figuren von einem Fuß Durchmesser trug, die aus tiefschwarzem Stoff gearbeitet waren. Der gespenstische Eindruck wurde noch erhöht durch einen künstlich hinter die Draperien geführten ununterbrochenen Luftzug, der dem Ganzen eine rastlose und abscheuliche Lebendigkeit verlieh. In solchem Raum also, in solchem Brautgemach verlebte ich mit Lady Rowena of Tremaine die gottlosen Stunden unseres Honigmondes – ohne viel Aufregung. Dass mein Weib vor meiner Übellaunigkeit Furcht hatte, dass sie mir aus dem Wege ging und mir nur wenig Liebe entgegenbrachte, konnte mir nicht entgehen, aber gerade das freute mich mehr, als wenn es anders gewesen wäre. Ich verabscheute sie, ich hasste sie – mit einer Inbrunst, die geradezu teuflisch war. Mein Erinnern floh – o mit welch tiefem Leidgefühl – zu Ligeia zurück, der Geliebten, der Hehren, der Schönen, der Begrabenen! Ich schwelgte im Gedenken ihrer Reinheit und Weisheit, ihres erhabenen, ihres himmlischen Wesens, ihrer leidenschaftlichen, ihrer anbetenden Liebe. Jetzt lohte in meiner Seele noch wildere, noch heißere Flamme, als sie in ihr, in Ligeia, gebrannt hatte. In den Ekstasen meiner Opiumträume – ich lag jetzt fast immer im Bann dieses Giftes – rief ich wieder und wieder ihren Namen durch das Schweigen der Nacht oder bei Tag durch die schattigen Schluchten der Landschaft. Es war, als ob das wilde Verlangen, die tiefernste Leidenschaft, das verzehrende Feuer meiner Sehnsucht nach der Dahingegangenen sie auf die Erde zurückführen müssten, die sie – ach konnte es denn für ewig sein? – verlassen hatte.

Im zweiten Monat unserer Ehe wurde Lady Rowena plötzlich von einer Krankheit befallen, von der sie nur langsam genas. Zehrendes Fieber machte ihre Nächte unruhig, und in ihrem aufgeregten Halbschlummer redete sie von gespenstischen Lauten und Schatten, die im Turmzimmer und in seiner nächsten Umgebung sich vernehmen und sich sehen ließen. Ich hielt diese Äußerungen für Einbildungen einer kranken Fantasie, die allerdings durch das unheimliche Zimmer geweckt sein konnte. Sie erholte sich schließlich wieder und genas endlich völlig. Doch nur für kurze Zeit, denn bald warf ein zweiter, heftigerer Anfall sie von Neuem aufs Krankenlager. Und von diesem Rückfall erholte sie, die ohnedies von zarter Gesundheit war, sich nie mehr vollständig.

Die Krankheitserscheinungen, die dem zweiten Anfall folgten, waren sehr beunruhigend und spotteten aller Wissenschaft und aller Bemühungen der Ärzte. Mit dem Anwachsen ihres chronischen Leidens, das ersichtlich schon tiefer wurzelte, als dass man ihm mit Medikamenten erfolgreich hätte beikommen können, bemerkte ich auch eine Steigerung ihrer nervösen Reizbarkeit und ihres schreckhaften Entsetzens bei ganz nichtigen Anlässen. Sie sprach wieder – und häufiger und hartnäckiger – von den Lauten, den ganz leisen Lauten, und von den seltsamen Schatten, die sich an den Wänden regten.

In einer Nacht, es war gegen Ende September, wies sie meine Aufmerksamkeit mit mehr als gewöhnlichem Nachdruck auf diese peinigenden Ängste hin. Sie war soeben aus unruhigem Schlummer erwacht, und ich hatte – halb in Besorgnis und halb in Entsetzen – das Arbeiten der Muskeln in ihrem abgemagerten Gesicht beobachtet. Ich saß seitwärts von ihrem Ebenholzbett auf einer der indischen Ottomanen. Sie richtete sich halb auf und sprach in eindringlichem, leisen Flüstern von Lauten, die sie jetzt vernahm, die ich aber nicht hören, von Bewegungen, die sie jetzt sah, die ich aber nicht wahrnehmen konnte. Der Wind wehte hinter der Wandverkleidung in hastigen Zügen, und ich hatte die Absicht, ihr zu zeigen – was ich allerdings, wie ich bekenne, selbst nicht ganz glauben konnte – dass dieses kaum vernehmbare Atmen, diese ganz geringen Verschiebungen der Gestalten an den Wänden nur die natürliche Folge des Luftzuges seien.

Doch ein tödliches Erbleichen ihrer Wangen ließ mich einsehen, dass meine Bemühungen, sie zu beruhigen, fruchtlos sein würden. Sie schien ohnmächtig zu werden, und keiner der Dienstleute war in Rufnähe. Da erinnerte ich mich einer Flasche leichten Weines, den die Ärzte verordnet hatten, und eilte quer durchs Zimmer, um sie zu holen.

Als ich aber unter den Flammen des Weihrauchbeckens angekommen war, erregten zwei sonderbare Umstände meine Aufmerksamkeit. Ich fühlte, dass ein unsichtbares, doch greifbares Etwas leicht an mir vorbeistreifte, und ich sah, dass auf dem goldenen Teppich, genau in der Mitte des reichen Glanzes, den die Ampel darauf niederwarf, ein Schatten, ein schwacher, undeutlicher, geisterhafter Schatten lag; so zart war er, dass man ihn für den Schatten eines Schattens hätte halten können. Aber ich war infolge einer ungewöhnlich großen Dosis Opium sehr aufgeregt und achtete dieser Erscheinungen kaum, erwähnte sie auch Rowena gegenüber nicht.

Ich fand den Wein, schritt quer durchs Zimmer ans Bett zurück, füllte ein Glas und brachte es an die Lippen der nahezu ohnmächtigen Kranken. Sie hatte sich ein wenig erholt und ergriff selbst das Glas; ich sank auf die nächste Ottomane und sah gespannt zu meinem Weib hinüber.

Da geschah es, dass ich deutlich einen leisen Schritt über den Teppich zum Lager hinschreiten hörte, und eine Sekunde später, als Rowena den Wein an die Lippen führte, sah ich – oder träumte, dass ich es sah – wie, aus einer unsichtbaren Quelle in der Atmosphäre des Zimmers kommend, drei oder vier große Tropfen einer strahlenden, rubinroten Flüssigkeit in den Kelch fielen. Ich sah dies – Rowena sah es nicht. Sie trank den Wein ohne Zögern, und ich unterließ es, ihr von der Erscheinung zu sprechen, die – wie ich mir nach reiflicher Überlegung sagte – vielleicht nur eine Vorspiegelung meiner lebhaften Einbildungskraft gewesen war, die durch die Äußerungen der Leidenden, durch das Opium und durch die späte Nachtstunde krankhaft erregt sein musste.

Dennoch konnte ich mir nicht verhehlen, dass die Krankheit meiner Frau, nachdem sie den Becher geleert hatte, eine rapide Wendung zum Schlimmsten nahm. Und in der dritten Nacht darauf kleideten die Dienerinnen Lady Rowena in das Leichengewand, und in der vierten Nacht saß ich allein bei ihrem Leichnam in dem seltsamen Gemach, in das sie als meine Braut eingetreten war.

Wilde Visionen, eine Folge des Opiumgenusses, umschwebten mich wie Schatten. Meine Blicke musterten unruhig die in den Ecken des Zimmers aufgestellten Sarkophage, die veränderlichen Gestalten des Wandteppichs und die züngelnden, buntfarbigen Flammen des Weihrauchbeckens mir zu Häupten. Ich erinnerte mich der sonderbaren Erscheinungen jener Nacht, in der über das Leben Rowenas entschieden wurde und blickte unwillkürlich auf die vom Ampellicht bestrahlte Stelle des Teppichs, wo ich damals den schwachen Schein eines Schattens bemerkt hatte. Es ließ sich jedoch nichts mehr sehen, und ich wandte mich aufatmend ab und heftete meine Blicke auf das bleiche und starre Antlitz der Aufgebahrten. Da überfielen mich tausend liebe Erinnerungen an Ligeia, und über mein Herz stürzte mit der Wucht eines Gießbaches das ganze unsagbare Weh, mit dem ich sie im Leichentuch gesehen hatte. Die Stunden gingen, und immer noch saß ich und starrte Rowena an, das Herz geschwellt vom Gedenken an die eine Einzige, die himmlisch Geliebte.

Es mochte gegen Mitternacht sein – vielleicht etwas früher oder später, ich hatte der Zeit nicht geachtet – als ein leiser, zarter, aber deutlich wahrnehmbarer Seufzer mich aus meinen Träumen aufschreckte. Ich fühlte, dass er vom Ebenholzbett her kam, vom Totenbett. Ich lauschte in angstvollem, abergläubischem Entsetzen – aber der Laut wiederholte sich nicht. Ich strengte meine Augen an, um irgendeine Bewegung des entseelten Körpers wahrzunehmen, nicht die mindeste Regung war zu entdecken. Dennoch konnte ich mich nicht getäuscht haben. Ich hatte das Geräusch, wie schwach es auch gewesen sein mochte, tatsächlich vernommen, und meine Seele war erwacht und lauschte.

Ich heftete meine Augen durchdringend und mit aller Konzentration auf den toten Leib. Viele Minuten vergingen, ehe sich auch nur das Geringste ereignete, das Licht in dies Geheimnis bringen konnte.

Endlich sah ich ganz deutlich, dass ein leiser, ein ganz schwacher und kaum wahrnehmbarer Hauch sowohl die Wangen wie auch die eingesunkenen feinen Adern der Augenlider gerötet hatte. Ein namenloses Grausen, eine wahnsinnige Furcht, für die es keine Worte gibt, ließ mich auf meinem Sitz zu Stein erstarren und lähmte das Pulsen meines Herzens. Und doch gab mir schließlich ein gewisses Pflichtgefühl meine Selbstbeherrschung zurück. Ich konnte nicht länger daran zweifeln, dass wir in unserm Vorgehen allzu voreilig gewesen waren, ich konnte nicht länger daran zweifeln – dass Rowena lebte. Man musste sofort Wiederbelebungsversuche anstellen. Doch der Turm lag ganz abseits von den andern Gebäuden, in denen die Dienerschaft untergebracht war – keiner der Leute befand sich in Hörweite – wollte ich sie zu meiner Hilfe herbeiholen, so hätte ich das Zimmer auf viele Minuten verlassen müssen, das aber durfte ich nicht wagen.

Ich bemühte mich daher allein, die Seele, die noch nicht ganz entflohen schien, wieder ins Leben zu rufen. Aber schon nach kurzer Zeit war ersichtlich ein Rückfall eingetreten, die Farbe verschwand von Wangen und Augenlidern, die nun bleicher noch als Marmor erschienen. Die Lippen schrumpften ein und kniffen sich zusammen und trugen den grässlichen Ausdruck des Todes, Kälte breitete sich schnell über den ganzen Leib, der überdies vollständig steif und starr wurde. Schaudernd sank ich auf das Ruhebett zurück, von dem ich in so fassungslosem Schreck aufgescheucht worden war, und gab mich von Neuem leidenschaftlichen, wachen Visionen hin, in denen ich Ligeia vor mir sah.

So war eine Stunde verstrichen, als ich – konnte es möglich sein? – ein zweites Mal von der Gegend des Bettes her einen schwachen Laut vernahm. Ich lauschte in höchstem Grauen. Der Ton wiederholte sich, es war ein Seufzer. Ich eilte zur Leiche hin und sah – sah deutlich –, dass die Lippen zitterten. Eine Minute später öffneten sie sich und legten eine Reihe perlenschöner Zähne bloß. Zu der tiefen Furcht, die mich bis jetzt gebannt hielt, gesellte sich nun auch Bestürzung. Ich fühlte, wie es dunkel vor meinen Augen wurde, wie meine Gedanken wanderten, und nur durch eine gewaltige Anstrengung gelang es mir, mich für die Aufgabe, auf die mich die Pflicht nun wiederum hinwies, zu stählen.

Sowohl auf der Stirn wie auf Wangen und Hals war jetzt ein sanftes Glühen zu bemerken, eine fühlbare Wärme durchdrang den ganzen Körper, am Herzen ließ sich sogar ein leichter Pulsschlag spüren. Die Tote lebte, und mit doppeltem Eifer unterzog ich mich den Wiederbelebungsversuchen. Ich rieb und berührte die Schläfen und die Hände und wandte alles an, was Erfahrung und eine gute Belesenheit in medizinischen Dingen erdenken konnten. Doch vergeblich. Plötzlich verschwand die Farbe, der Pulsschlag hörte auf, die Lippen nahmen wieder den Ausdruck des Todes an, und einen Augenblick danach hatte der Körper die frostige Eiseskälte, den bleiernen Farbton, die vollkommene Starre, die eingesunkenen Formen und all die Eigenschaften dessen, der schon seit vielen Tagen ein Bewohner des Grabes gewesen war.

Und wieder versank ich in Träume von Ligeia, und wieder – was Wunder, dass ich beim Schreiben jetzt noch schaudere – wieder drang vom Ebenholzbett her ein leiser Seufzer an mein Ohr. Aber warum soll ich die unaussprechlichen Schrecken jener Nacht in allen Einzelheiten schildern? Warum soll ich darüber nachsinnen, wie ich es ausmalen könnte, wie bis zur Morgendämmerung dies fürchterliche Drama des Wiederbelebens und des Wiederabsterbens sich fortsetzte, wie jeder schreckliche Rückfall einen tieferen, unlöslicheren Tod bedeutete, wie jede Agonie wie ein Ringen mit einem unsichtbaren Feind erschien und wie jeder Kampf ich weiß nicht was für eine grässliche Veränderung in der Erscheinung des Körpers nach sich zog? Lasst mich zum Schluss eilen.

Der größte Teil der furchtbaren Nacht war dahingegangen, und sie, die tot gewesen, rührte sich wieder. Und die Lebenszeichen waren jetzt kräftiger als bisher, obgleich sie vordem in eine Auflösung gesunken war, die stärker schien als alle früheren.

Ich hatte es schon längst aufgegeben, mich zu bemühen, mich überhaupt noch zu rühren. Ich saß erstarrt auf der Ottomane, eine hilflose Beute wilder Aufregungen, deren geringste eine maßlose Angst war. Der Leichnam, ich wiederhole es, rührte sich und war lebhafter als bisher. Die Farben des Lebens schossen mit unglaublicher Energie ins Antlitz, die Glieder wurden wieder beweglich, und wenn die Augenlider nicht noch immer fest geschlossen geblieben wären, wenn der Leib nicht noch immer still in seinen Grabtüchern und Bändern dagelegen hätte, so hätte ich glauben müssen, dass Rowena sich endgültig aus den Fesseln des Todes befreit habe. Doch wenn bis dahin dieser Gedanke noch entschieden zurückgewiesen werden musste, so schwanden alle Zweifel, als nun das leichentuchumhüllte Wesen vom Bette aufstand und schwankend, unsicheren Schrittes, mit geschlossenen Augen und mit dem Gebaren eines Traumwesens, doch körperlich sichtbar und fühlbar, sich in die Mitte des Zimmers vorbewegte. Ich zitterte nicht, ich rührte mich nicht, denn ein Schwarm seltsamer Empfindungen, die sich an das Aussehen, die Gestalt und ihre Bewegungen knüpften, hatte mein Hirn überfallen und mich ganz gelähmt. Ich rührte mich nicht – doch meine Blicke hingen an der Erscheinung. Meine Gedanken taumelten wie im Wahnsinn, tobten und ließen sich nicht halten und bändigen. Konnte das wirklich die lebende Rowena sein, die mir da gegenüberstand? Konnte es überhaupt Rowena sein, die blondhaarige, blauäugige Lady Rowena Trevanion of Tremaine? Warum, warum sollte ich es bezweifeln? Die Binde lag fest um den Mund – aber warum sollte es nicht der Mund, der atmende Mund der Lady of Tremaine sein? Und die Wangen – sie trugen Rosen wie im Mittag ihres Lebens – ja, das waren wohl sicher die schönen Wangen der lebenden Lady of Tremaine. Und das Kinn, das Kinn mit den Grübchen der Gesundheit, war es nicht das ihre? –

Aber war sie denn in ihrer Krankheit gewachsen? Welch unaussprechlicher Wahnsinn fasste mich bei dem Gedanken? Ein Sprung und ich lag zu ihren Füßen!

Sie wich meiner Berührung aus, und die grässlichen Leintücher, die den Kopf umschlossen hatten, lösten sich und fielen nieder. In die wehende Atmosphäre des Gemachs strömten Wogen aufgelösten Haares: Es war schwärzer als die Rabenschwingen der Mitternacht!

Und nun öffneten sich langsam die Augen der Gestalt, die dicht vor mir stand. »Hier, hier endlich«, schrie ich laut, »kann ich mich niemals – niemals irren: Dies sind die großen und schwarzen und wilden Augen – meiner verlorenen Geliebten – die Augen – der Lady Ligeia!«

Metzengerstein

Die Familien Berlifitzing und Metzengerstein lagen seit Jahrhunderten in Zwist. Nie noch sah man zwei so erlauchte Häuser in so erbitterter und tödlicher Feindschaft. Sie mochte in den Worten einer uralten Prophezeiung begründet sein, die also lautete: Ein stolzer Name soll in Schrecken untergehen, wenn, wie der Reiter über sein Roß, die Sterblichkeit von Metzengerstein triumphieren wird über die Unsterblichkeit von Berlifitzing.

Gewiss, die Worte an sich hatten wenig oder gar keinen Sinn. Doch unbedeutendere Ursachen haben geradeso schwerwiegende Folgen gehabt. Übrigens hatten die beiden benachbarten Familien lange Zeit darin gewetteifert, ihren Einfluss auf die Regierungsgeschäfte geltend zu machen. Ferner sind Nachbarn selten Freunde, und die Bewohner des Schlosses Berlifitzing konnten von ihren hohen Säulengängen bis in die Fenster der Burg Metzengerstein schauen. Und überdies hatte sich die mehr als lehnsherrliche Pracht der Metzengerstein in einer Art geäußert, die den leicht erregbaren Stolz der weniger ahnenreichen und weniger begüterten Berlifitzings verletzen musste. Was Wunder also, dass jene Prophezeiung, so dumm sie auch klingen mochte, eine Feindschaft zwischen den zwei Familien zuwege brachte, die ohnedies durch erbliche Belastung zu Streit und Eifersucht veranlagt waren. Die Voraussage schien, wenn sie irgendetwas besagte, so jedenfalls einen endgültigen Triumph des bereits jetzt mächtigeren Hauses anzukündigen und wurde darum mit um so bittererem Hass von der schwächeren und weniger einflussreichen Partei im Gedächtnis behalten.

Wilhelm Graf Berlifitzing war, obgleich von hoher Abkunft, zur Zeit dieser Erzählung ein kraftloser und kindischer Greis. Er hatte weiter nichts Bemerkenswertes an sich als eine übertriebene und hartnäckige Abneigung gegen die Familie seines Nebenbuhlers und eine so leidenschaftliche Liebe für Pferde und Jagd, dass weder seine körperliche Schwäche noch sein Alter oder sein Schwachsinn ihn davon abhalten konnten, täglich an den Gefahren des Jagdvergnügens teilzunehmen. Friedrich Baron Metzengerstein dagegen war noch nicht einmal mündig. Sein Vater, der Minister gewesen, starb in jungen Jahren, seine Mutter, Baronin Marie, war ihm bald ins Grab gefolgt. Friedrich war damals achtzehn Jahre alt. In einer Stadt sind achtzehn Jahre keine lange Zeitspanne. In einer Wildnis aber, in der köstlichen Einsamkeit dieses alten Stammsitzes, hat jeder Pendelschwung weit tiefere Bedeutung.

Zufolge besonderer Bestimmungen des Hausgesetzes trat der Baron bei Ableben seines Vaters sogleich die Herrschaft über die ausgedehnten Besitzungen an. Selten wohl hatte ein ungarischer Edelmann solch herrliche Güter besessen. Zahllose Schlösser waren sein, das bedeutendste an Pracht und Ausdehnung aber war Schloss Metzengerstein. Die Grenzlinie seines Gebietes war niemals sicher festgestellt worden, aber allein der große Park hatte einen Umfang von fünfzig Meilen. Als der so jugendliche Herr, dessen Charakter allgemein bekannt war, in den unbeschränkten Besitz des riesigen Vermögens kam, war man sich über sein künftiges Auftreten so ziemlich im Klaren. Und wirklich, drei Tage lang stellten die Taten des jungen Erben selbst die des Herodes in den Schatten und übertrafen sogar bei Weitem die Erwartungen seiner begeisterten Bewunderer. Schandbare Schwelgereien, gemeine Treulosigkeit, unerhörte Scheußlichkeiten gaben seinen zitternden Vasallen bald zu verstehen, dass weder kriechende Unterwürfigkeit ihrerseits noch Gewissensbisse seinerseits jemals irgendwelche Sicherheit gewähren würden vor den erbarmungslosen Fängen dieses kleinen Caligula. In der Nacht des vierten Tages gerieten die Stallungen des Schlosses Berlifitzing in Brand, und die einmütige Ansicht der Nachbarschaft war, dass die Brandstiftung auf die grauenvolle Liste der Untaten und Gräuel des Barons zu setzen sei.

Während des Aufruhrs, den dies Ereignis mit sich brachte, saß der junge Edelmann anscheinend in tiefen Gedanken in einem großen, einsamen und hochgelegenen Gemach des Stammschlosses Metzengerstein. Die kostbaren, obgleich verblassten Wandteppiche, die ringsum düster herabhingen, zeigten die schattenhaften und herrischen Gestalten von wohl tausend erlauchten Ahnen. Hier saßen hermelingeschmückte Priester und geistliche Würdenträger vertraulich neben Autokraten und Fürsten und legten gegen die Ansprüche eines weltlichen Königs ihr Veto ein oder hielten mit dem Machtspruch päpstlicher Obergewalt das rebellische Zepter des Erzfeindes in Bann. Dort tummelten die dunklen, hohen Gestalten der Ritter von Metzengerstein ihre kraftvollen Kriegsrosse auf den Leichen der besiegten Feinde und machten mit ihren entschlossenen Mienen selbst stählerne Nerven erschauern. Und hier wieder schwebten wollüstige und schwanengleiche Damen aus längst vergangenen Zeiten in irren, unwirklichen Tänzen zu den Tönen einer unwirklichen Melodie.

Während der Baron auf den anwachsenden Tumult in den Ställen der Berlifitzing lauschte oder vielleicht über irgendeine neue, noch dreistere Tat nachsann, hafteten seine Blicke unwillkürlich auf der Gestalt eines riesenhaften Pferdes von ganz seltsamer Farbe, das auf der Wandverkleidung als das Roß eines sarazenischen Vorfahren der gegnerischen Familie dargestellt war. Das Pferd selbst stand regungslos im Vordergrund des Bildes, sein gefällter Reiter aber starb im Hintergrunde unter dem Dolchstich eines Metzengersteins. Ein teuflisches Lächeln umspielte Friedrichs Lippen, als er sich bewusst wurde, welche Richtung sein Blick unbeabsichtigt genommen hatte. Er wandte die Augen nicht ab, obwohl eine unerklärliche, erstickende Angst sich wie ein Leichentuch auf seine Sinne legte. Nur mit Mühe konnte er dies traumhafte und sonderbare Empfinden mit der Gewissheit, wach zu sein, vereinigen. Je länger er schaute, desto bannender wurde der Zauber, desto unmöglicher schien es ihm, jemals den Blick von dem seltsamen Bilde wieder abwenden zu können. Als aber der Aufruhr draußen plötzlich noch wilder tobte, richtete er mit gewaltsamer Anstrengung seine Aufmerksamkeit auf den roten Lichtschein, der aus den flammenden Ställen auf die Fenster des Gemaches fiel. Nur einen Augenblick tat er das, dann schweiften seine Augen ganz unwillkürlich wieder zur Wand. Da nahm er mit Staunen und schauderndem Entsetzen wahr, dass der Kopf des riesigen Hengstes inzwischen seine Stellung geändert hatte. Vorher waren Hals und Kopf des Tieres wie mitfühlend zu dem am Boden liegenden Herrn herabgebeugt, jetzt hatten sie sich in voller Länge gegen den Baron ausgestreckt. Die Augen, die vorher unsichtbar blieben, hatten einen eindringlichen Menschenblick und glühten in merkwürdig rotem Feuer, und die aufgewölbten Lippen des offenbar wütenden Tieres legten ekelhafte Totenzähne bloß.

Betäubt vor Schrecken wankte der junge Edelmann zur Tür. Als er sie aufwarf, strömte eine Flut roten Lichtes weit ins Zimmer und zeichnete seinen klar umgrenzten Schatten gegen den schwankenden Wandteppich. Und er schauderte, als er, der zögernd auf der Schwelle stand, bemerkte, dass dieser Schatten genau die Gestalt des erbarmungslosen und triumphierenden Mörders des Sarazenen-Berlifitzing deckte.

Um seiner selbst wieder Herr zu werden, eilte der Baron ins Freie. Am Haupttor des Schlosses traf er auf drei Stallburschen. Mit großer Mühe und Lebensgefahr versuchten sie die wilden Sprünge eines riesigen, feuerfarbenen Rosses zu bändigen.

»Wessen Pferd? Wie kommt ihr zu ihm?«, fragte der Jüngling in heiserer Angst, denn er hatte sofort bemerkt, dass der geheimnisvolle Hengst auf dem Wandteppich das genaue Ebenbild des rasenden Tieres hier war. »Es ist Ihr eigen, Herr«, erwiderte einer der Burschen. »Wenigstens hat sich kein anderer als Eigentümer gemeldet. Wir fingen es ein, als es dampfend und vor Wut schäumend aus den brennenden Ställen des Schlosses Berlifitzing floh. Wir nahmen an, dass es zu des alten Grafen Gestüt ausländischer Rosse gehörte, und führten es als einen Durchgänger zurück. Aber die Stallknechte dort erheben keinen Anspruch auf das Pferd, und das ist doch seltsam, denn es zeigt sichtbare Spuren, dass es mit knapper Not den Flammen entronnen ist.«

»Auch trägt es deutlich die Buchstaben W. v. B. auf der Stirn eingebrannt«, ergänzte ein zweiter Bursche. »Ich dachte natürlich, es wären die Zeichen von Wilhelm von Berlifitzing – aber alle im Schlosse leugnen durchaus, das Pferd zu kennen.«

»Höchst seltsam!«, sagte der junge Baron nachdenklich und offenbar ohne selbst zu wissen, was er sagte. »Es ist, wie ihr sagt, ein merkwürdiges, ein wundersames Tier! Allerdings auch, wie ihr ebenfalls richtig bemerkt, von argwöhnischem und unfügsamem Wesen. – Gut also, es sei mein!«, setzte er nach einer Pause hinzu. »Ein Reiter wie Friedrich von Metzengerstein kann vielleicht selbst noch den Teufel aus dem Stalle der Berlifitzing bändigen.«

»Sie sind in einem Irrtum, Herr; das Pferd stammt, wie wir wohl bereits sagten, nicht aus den Ställen des Grafen. Wäre das der Fall, so hätten wir unsere Pflicht besser gekannt, als es vor eine so hohe Persönlichkeit Ihrer Familie zu bringen.«

»Allerdings wahr«, bemerkte der Baron trocken. In diesem Augenblick kam eilig und mit roten Wangen ein junger Kammerdiener aus dem Schloss herbeigelaufen. Er berichtete dem Herrn im Flüsterton, dass in einem der oberen Zimmer – er bezeichnete es näher – ein kleines Stück Wandverkleidung plötzlich verschwunden war. Er erzählte allerlei Einzelheiten, aber so leise, dass die neugierigen Stallburschen nicht auf ihre Rechnung kamen.

Der junge Friedrich schien während dieses Berichtes sehr erregt. Bald jedoch fand er seine Ruhe wieder, und mit einer Miene voll böser Entschlossenheit gab er den kurzen Befehl, dass das fragliche Zimmer sogleich zu verschließen und der Schlüssel ihm selbst zu übergeben sei.

»Haben Sie von dem unglückseligen Tod des alten Berlifitzing gehört?«, fragte einer der Untergebenen den Baron, als der Diener sich wieder entfernt hatte und das riesige Roß, das der Edelmann soeben in Besitz genommen, mit verdoppelter Wut die lange Allee hinunterstürmte, die das Schloss mit den Stallungen der Metzengerstein verband.

»Nein!«, wandte der Baron sich hastig an den Sprecher.

»Tot sagst du?«

»Wahrhaftig ja, Herr! Und einem Edlen Ihres Namens wird diese Nachricht, wie ich mir denke, nicht unwillkommen sein.«

Ein flüchtiges Lächeln flog über das Antlitz des andern.

»Wie starb er?«

»Bei seinem eiligen Bemühen, seine Lieblingspferde zu retten, kam er selber elend in den Flammen um.«

»Wahr–haf–tig?«, sagte der Baron langsam, als übermanne ihn allmählich die Überzeugung von der Wahrheit eines aufregenden Gedankens.

»Wahrhaftig!«, beteuerte der Knecht.

»Entsetzlich!«, sagte der Jüngling ruhig und kehrte ins Schloss zurück.

Von dieser Stunde an war das Betragen des jungen Barons Friedrich von Metzengerstein ein gänzlich anderes. Wirklich, es täuschte alle Erwartungen und machte die Wünsche zunichte, die so manche berechnende Mutter im Stillen gehegt hatte. Mehr noch als bisher wich er in Manieren und Gewohnheiten von den Sitten der benachbarten Aristokratie ab. Er wurde nie mehr außerhalb der Grenzen seiner eigenen Besitzungen gesehen und war auf der weiten, geselligen Welt ohne jeden Gefährten, es sei denn, dass das unnatürliche, wilde feuerfarbene Pferd, das er jetzt täglich ritt, irgendein geheimnisvolles Recht auf diese Bezeichnung gehabt hätte.

Die Nachbarschaft aber schickte noch immer ihre Einladungen: »Will der Baron unser Fest mit seiner Gegenwart beehren?« »Will der Baron uns auf einer Eberjagd Gesellschaft leisten?« »Metzengerstein jagt nicht«, »Metzengerstein kommt nicht«, waren seine lakonischen Antworten.

Solche wiederholten Beleidigungen mochte der hochmütige Adel sich nicht lange gefallen lassen. Die Einladungen wurden weniger herzlich, weniger häufig, und schließlich hörten sie ganz auf. Die Witwe des unglücklichen Grafen Berlifitzing sprach sogar die Hoffnung aus, es möge einmal dahin kommen, dass der Baron genötigt sei, zu Hause zu bleiben, wenn er nicht wünsche, zu Hause zu bleiben, da er die Gesellschaft von seinesgleichen verachte. Und auszureiten, wenn er nicht wünsche, auszureiten, da er die Gesellschaft eines Pferdes vorziehe. Das war natürlich ein recht alberner Ausspruch und bewies nur, wie höchst unsinnig unsere Rede gerade dann wird, wenn wir ihr ganz besondere Bedeutung geben möchten.

Die Sanftmütigen jedoch suchten das veränderte Benehmen des jungen Edelmannes aus der so natürlichen Trauer des Sohnes um den frühen Verlust der Eltern abzuleiten; sie hatten anscheinend ganz sein ungezügeltes und ruchloses Betragen in den ersten Tagen nach jenem Verluste vergessen. Es gab noch andere, welche die Schuld dem hochmütigen Selbstbewusstsein des jungen Mannes zuschrieben. Und wieder andere, zu denen auch der Hausarzt gehörte, sprachen von krankhafter Schwermut und erblicher Belastung, während bei der Mehrzahl noch dunklere und zweideutigere Mutmaßungen in Umlauf waren.

Ja, des Barons verrückte Zuneigung zu seinem jüngst eingestellten Hengst – eine Zuneigung, die aus jedem neuen Beweis von des Tieres Wildheit und teuflischem Gebaren neue Kräfte zu schöpfen schien – wurde in den Augen aller vernünftig denkenden Leute zu einer Äußerung widerlicher Unnatur. Ob glühende Mittagszeit, ob tote Nachtstunde, ob krank oder gesund, ob Sturm oder Sonne, immer schien der junge Metzengerstein wie festgeschmiedet in den Sattel jenes ungeheuren Rosses, dessen unzähmbare Wildheit so gut zu seinem eigenen Wesen stimmte.

Überdies gab es Umstände, die in Verbindung mit jüngst vergangenen Ereignissen der Manie des Reiters und den Fähigkeiten des Rosses eine unheimliche und verhängnisvolle Bedeutung gaben. Man hatte die Weite eines einzigen Sprunges genau nachgemessen und gefunden, dass er die verwegensten Schätzungen gewaltig übertraf. Auch hatte der Baron keinen besonderen Namen für das Tier, während doch sonst jedes seiner Pferde seinen eigenen hatte. Ferner hatte man dem Hengst seinen Stall abseits von den anderen zugewiesen, und was seine Pflege und Bedienung anlangte, so besorgte dies der Eigentümer selbst, denn kein anderer hätte es gewagt, auch nur den Stall zu betreten. Außerdem sagte man, dass keiner der drei Knechte, die das Roß nach seiner Flucht aus der Feuersbrunst von Berlifitzing mit Hilfe von Schlinge und Zaumzeug eingefangen hatten, mit Bestimmtheit versichern konnte, dass er während des gefährlichen Kampfes oder irgendwann nachher den Körper des Tieres tatsächlich unter der Hand gefühlt habe. Beweise von besonderer Klugheit bei einem edlen und rassigen Roß könnten wohl kaum eine übertriebene Aufregung hervorrufen, aber hier gab es Dinge, die sich mit Macht selbst den Ungläubigsten und Gleichgültigsten aufdrängten. Es kam vor, dass die atemlos staunende Volksmenge vor des Pferdes unheimlich bedeutungsvollem Stampfen entsetzt zurückwich, es geschah, dass der junge Metzengerstein sich erbleichend abwandte von dem scharfen, eindringlichen Blick seines verständigen, menschlichen Auges.

Unter dem Gefolge des Barons befand sich jedoch nicht einer, der daran gezweifelt hätte, dass die seltsame Zuneigung, die der junge Edelmann für sein feuriges Pferd an den Tag legte, aufrichtig und innig sei; nicht einer, außer einem missgestalten, armseligen kleinen Pagen, dessen Krüppelhaftigkeit jedem im Wege und dessen Ansichten jedem gleichgültig waren. Er hatte die Unverfrorenheit, zu behaupten – es verlohnt sich kaum, seine Meinung wiederzugeben – dass sein Herr nie ohne einen unerklärlichen, allerdings kaum wahrnehmbaren Schauder in den Sattel steige und dass bei seiner Rückkehr von dem gewohnten langen Ritt jeder Zug seines Gesichtes in triumphierender Bosheit verzerrt sei.

In einer stürmischen Nacht erwachte Metzengerstein aus schwerem Schlaf, stürzte wie ein Wahnsinniger aus seinem Zimmer, bestieg in Hast sein Pferd und sprengte davon in den dunklen Forst. Man schenkte einem so gewohnten Vorkommnis weiter keine Aufmerksamkeit; bald aber wartete man voll tiefer Besorgnis auf die Rückkehr des Herrn – als nämlich nach einigen Stunden seiner Abwesenheit die mächtigen und prächtigen Mauern der Burg Metzengerstein unter der Gewalt eines wogenden, qualmenden Feuermeeres bis in ihre Grundfesten krachten und wankten.

Da die Flammen, als man sie bemerkte, bereits so schrecklich um sich gegriffen hatten, dass alle Versuche, einen Teil des Schlosses zu retten, fruchtlos geblieben wären, stand die erstaunte Nachbarschaft stumm, um nicht zu sagen gefühllos dabei. Dann aber erregte etwas

Neues und Schreckliches die Aufmerksamkeit der Gaffer und bewies, wie viel aufregender für eine Volksmenge der Anblick eines kämpfenden Menschen ist als die entfesselte Wut seelenloser Materie.

Die lange Allee uralter Eichen, die vom Forst zur Hauptpforte des Schlosses führte, sprengte ein Roß daher, dessen tobende Wildheit den Dämon des Unwetters noch überraste. Auf seinem Rücken trug es einen Reiter in zerfetzten Kleidern, der fraglos die Herrschaft über sein Tier verloren hatte. Die Todesangst auf seinem Antlitz und das krampfhafte Zucken des Körpers sprachen von unmenschlichen Kämpfen, aber kein Laut, außer einem einzigen Schrei, entfloh seinen blutigen Lippen, die in Entsetzen durch und durch gebissen waren. Ein Augenblick – und das Klappern der Hufe erklang scharf und schrill durch das Brausen der Flammen und das Heulen des Windes; ein Zweiter – und mit einem einzigen Satz über Tor und Graben hinweg galoppierte der Hengst die wankende Treppe des Schlosses hinauf und verschwand mit seinem Reiter inmitten des Wirbelsturms der lodernden Flammen.

Die Wut des Sturmes legte sich sofort, und eine tote Ruhe folgte. Eine stille weiße Flamme umhüllte den Bau wie ein Leichentuch, und weit hinauf in die ruhige Luft ergoss sich ein Glanz übernatürlichen Lichtes, während eine Wolke von Rauch sich über den Trümmern aufbaute in der klar erkennbaren Gestalt eines ungeheuren – Pferdes.

William Wilson

Was sagt von ihm das grimme Gewissen,
Jenes Gespenst in meinem Weg?

W. Chamberlaynes Pharonnia

Erlaubt, dass ich mich William Wilson nenne. Das reine schöne Blatt hier vor mir soll nicht mit meinem wahren Namen befleckt werden, der meine Familie mit Abscheu und Entsetzen, je mit Ekel erfüllt. Haben nicht die empörten Winde seine Schmach bis in die entlegensten Länder der Erde getragen? Verworfenster aller verlassenen Verworfenen, bist du für die Welt nicht auf immer tot? Tot für ihre Ehren, ihre Blumen, ihre goldenen Hoffnungen? Und hängt sie nicht ewig zwischen deinem Hoffen und dem Himmel – die dichte schwere grenzenlose graue Wolke?

Selbst wenn ich es könnte, würde ich es doch vermeiden, von dem unaussprechlichen Elend und der unverzeihlichen Verdorbenheit meiner letzten Jahre hier zu reden. Von dieser Zeit – von diesen letzten Jahren, die meine Seele so mit Schändlichkeit belastet, will ich nur insofern reden, als ich versuchen will, hier niederzulegen, was mich so in die Tiefen des Bösen hineingetrieben. Gewöhnlich sinkt der Mensch nur nach und nach. Von mir fiel alle Tugend in einem Augenblicke ab, gleich einem Mantel. Aus verhältnismäßig geringer Schlechtigkeit wuchs mir mit Riesenkraft zu den Ungeheuerlichkeiten eines Heliogabalus auf. Welcher Zufall – welches eine Ereignis dies veranlasste, will ich euch jetzt berichten.

Mir naht der Tod, und der Schatten, der ihm vorhergeht, hat meinen Geist sanftmütig gemacht. Da ich nun das düstere Tal durchschreiten muss, verlangt mich nach dem Mitgefühl, fast hätte ich gesagt nach dem Mitleid meiner Menschenbrüder. Ich möchte sie gerne davon überzeugen, dass ich in gewissem Grade der Sklave von Umständen gewesen bin, die außerhalb menschlicher Berechnung liegen. Ich möchte, dass sie inmitten der Einzelheiten, die ich hier wiedergeben will, in all der Wüste von Fehl und Verirrung, hie und da wie eine Oase die unerbittliche Schicksalsfügung fänden. Ich möchte, dass sie eingeständen, dass – wie sehr auch wir Menschen von Anbeginn der Welt versucht worden – nicht einer so verflucht wurde wie ich und gewisslich nicht einer so unterlag. Lebte ich nicht vielleicht in einem Traum und sterbe als ein Opfer geheimer und schrecklicher äußerer Kräfte, die in uns wirken?

Ich bin der Abkömmling eines Geschlechtes, das sich von jeher durch eine starke Einbildungskraft und ein leicht erregbares Temperament auszeichnete; und schon in frühester Kindheit bewies ich, dass ich ein echter Erbe dieser Familienveranlagung sei. Je mehr ich heranwuchs, desto mehr entwickelten sich jene Eigenschaften, die aus vielen Gründen meinen Freunden zu einer Quelle der Besorgnis und mir selbst zum Kummer wurden. Ich wurde eigensinnig, ein Sklave all meiner wunderlichen Leidenschaften. Meine willensschwachen Eltern, die im Grunde an denselben Fehlern litten wie ich, konnten wenig tun, meine bösen Neigungen zu unterdrücken. Einige schwache und unrichtig angefangene Versuche endeten für sie in völligem Misslingen und infolgedessen für mich in hohem Triumph. Von nun ab war mein Wort Gesetz im Hause, und in einem Alter, in dem andere Kinder fast noch am Gängelbande hängen, war ich in Tun und Lassen mein eigner Herr.

Meine ersten Erinnerungen an einen regelrechten Unterricht sind mit einem großen weitläufigen Hause in einem düsteren Städtchen Englands verknüpft, wo es eine große Menge riesiger, knorriger Bäume gab und alle Häuser uralt waren. Ja wirklich, es war ein Städtchen wie in einem stillen Traum; alles dort wirkte ehrwürdig und beruhigend. Jetzt, da ich das schreibe, fühle ich wieder im Geiste die erfrischende Kühle seiner tiefschattigen Alleen, atme den Duft seiner tausend Büsche und Hecken und erschauere von Neuem unter dem tiefdunklen Ton seiner Kirchenglocken, die Stunde für Stunde mit plötzlichem Dröhnen die Sonnennebel durchbrachen, in die der verwitterte Kirchturm schlummernd eingebettet lag.

Das Verweilen bei diesen Einzelheiten der Schule und ihrer Umgebung bereitet mir vielleicht die einzige Freude, derer ich jetzt noch fähig bin. Mir, der ich so tief im Elend stecke, der ich die Wirklichkeit so dunkel lastend empfinde, wird man verzeihen, dass ich geringe und zeitweilige Erholung suche im Verweilen bei solchen Einzelheiten, die überdies, so unbedeutend und vielleicht sogar lächerlich sie scheinen mögen, in meiner Erinnerung von großer Wichtigkeit sind, da sie zu einer Zeit und einem Orte in Beziehung stehen, in denen mir die erste unklare Kunde wurde von dem dunklen Geschick, das mich später so ganz umschattete. Erlaubt mir also diese Rückerinnerungen.

Das Haus, ich sagte es schon, war alt und von weitläufiger, unregelmäßiger Bauart. Das Grundstück war sehr umfangreich und von einer hohen festen Backsteinmauer umschlossen, die oben mit Mörtel bestrichen war, in dem Glassplitter steckten. Dieser Festungswall, diese Gefängnismauer bildete die Grenze unseres Reiches, das wir nur dreimal in der Woche verlassen durften: einmal Samstag Nachmittag, wenn wir, von zwei Unterlehrern begleitet, gemeinsam einen kurzen Spaziergang in die angrenzenden Felder machen durften, und zweimal des Sonntags, wenn man uns in Reih und Glied zum Morgen- und Abendgottesdienst in die Stadtkirche führte. Der Pfarrer dieser Kirche war unser Schulvorsteher. Mit welch tiefer Verwunderung, ja Ratlosigkeit pflegte ich ihn von unserem entlegenen Platz auf dem Chor aus zu betrachten, wenn er mit feierlich abgemessenen Schritten zur Kanzel emporstieg! Dieser heilige Mann, mit der so gottergebenen Miene, im strahlenden Priestergewande, mit sorgsam gepuderter, steifer und umfangreicher Perücke – konnte das derselbe sein, der mit saurer Miene und tabakbeschmutzter Kleidung, den Stock in der Hand, drakonische Gesetze ausübte? O ungeheurer Widerspruch, o ewig unbegreifliches Rätsel!

In einem Winkel der gewaltigen Mauer drohte ein noch gewaltigeres Tor. Es war mit Eisenstangen verriegelt und von Eisenspießen überragt. Welch tiefe Furcht flößte es ein! Es öffnete sich nie, abgesehen für die drei regelmäßig wiederkehrenden wöchentlichen Ausgänge; dann aber fanden wir in jedem Kreischen seiner mächtigen Angeln eine Fülle des Geheimnisvollen, eine Welt von Stoff für ernstes Gespräch oder stumme Betrachtung.

Das weite Grundstück war von unregelmäßiger Form und hatte manche umfangreiche Plätze. Drei oder vier der größten bildeten den Spielhof. Er war eben und mit feinem harten Kies bedeckt; weder Bäume noch Bänke standen dort. Natürlich lag er in der Nähe des Hauses. Vor dem Hause lag ein schmaler Rasenplatz, mit Buchsbaum und anderem Strauchwerk eingefasst; diesen geheiligten Teil überschritten wir jedoch nur selten, etwa bei Ankunft in der Schule oder bei der endgültigen Abreise oder, wenn ein Verwandter oder Freund uns eingeladen, die Weihnachts- oder Sommerferien bei ihm zu verleben.

Aber das Haus! – Was war es für ein komischer, alter Bau! Für mich ein wahres Zauberschloss! Seine Winkel und Gänge, seine unbegreiflichen Ein- und Anbauten nahmen kein Ende. Es war jederzeit schwierig, anzugeben, in welchem seiner beiden Stockwerke man sich gerade befand. Man konnte sicher sein, von einem Zimmer zum anderen immer ein paar Stufen hinauf oder hinunter zu müssen. Dann gab es zahllose Seitengänge, die sich trennten und wieder vereinigten oder sich wie ein Ring in sich selbst schlossen, sodass der klarste Begriff, den wir vom ganzen Hause hatten, beinahe der Vorstellung gleichkam, die wir uns von der Unendlichkeit machten. Während der fünf Jahre, die ich hier verlebte, konnte ich nie mit Sicherheit feststellen, in welchem entlegenen Teile der kleine Schlafsaal lag, der mir und etlichen, achtzehn oder zwanzig, anderen Schülern zugewiesen war.

Das Schulzimmer schien mir der größte Raum im Hause – ja, in der ganzen Welt! Es war sehr lang, schmal und auffallend niedrig, mit spitzen, gotischen Fenstern und einer Decke aus Eichenholz. In einem entlegenen, Schrecken einflößenden Winkel befand sich ein viereckiger Verschlag von acht oder zehn Fuß Durchmesser, der stets während der Unterrichtsstunden das 'sanctum' unseres Schulvorstehers, des Reverend Dr. Bransby bildete. Der Verschlag war durch eine mächtige Türe wohlverwahrt, und wir wären lieber unter Martern gestorben, als dass wir gewagt hätten, in Abwesenheit des Dominus die Türe zu öffnen. In anderen Winkeln standen zwei ähnliche Kästen, vor denen wir zwar weniger Ehrfurcht, aber immerhin Furcht hatten. Einer derselben war das Katheder des Lehrers für klassische Sprachen, der andere das für den Lehrer des Englischen, der gleichzeitig Mathematiklehrer war. Verstreut im Saal, kreuz und quer in wüster Unregelmäßigkeit, standen zahlreiche Bänke und Pulte, schwarz, alt und abgenutzt, mit Stapeln abgegriffener Bücher bedeckt und so mit Initialen, ganzen Namen, komischen Figuren und anderen künstlerischen Schnitzversuchen bedeckt, dass sie ganz ihre ursprüngliche Form, die sie in längst vergangenen Tagen besessen haben mussten, eingebüßt hatten. Am einen Ende des Saales stand ein riesiger Eimer mit Wasser, am anderen eine Uhr von verblüffenden Dimensionen.

Eingeschlossen von den gewaltigen Mauern dieser ehrwürdigen Anstalt, verbrachte ich das dritte Lustrum meines Lebens – doch weder in Langeweile noch Unbehagen. Die überschäumende Gestaltungskraft des kindlichen Geistes verlangt keine Welt der Ereignisse, um Beschäftigungen oder Unterhaltung zu finden, und die anscheinend düstere Einförmigkeit der Schule brachte mir stärkere Erregungen, als meine reifere Jugend aus dem Wohlleben oder meine volle Manneskraft aus dem Verbrechen schöpften. Ich muss allerdings annehmen, dass meine

200

geistige Entwicklung eine ungewöhnliche, ja fast krankhafte gewesen ist. Die meisten Menschen haben in reifen Jahren selten noch eine frische Erinnerung an die großen Ereignisse aus ihrer frühen Kindheit. Alles ist schattenhaft grau – wird schwach und unklar empfunden – ein unbestimmtes Zusammensuchen matter Freuden und eingebildeter Leiden. Mit mir war es anders. Ich muss schon als Kind mit der Empfindungskraft eines Erwachsenen alles das erlebt haben, was noch jetzt mit klaren, tiefen und unverwischbaren Schriftzügen, wie die Inschriften auf den karthagischen Münzen, in meinem Gedächtnis eingegraben steht.

Und doch, wie wenig – wenig vom Standpunkt der Menge aus – gab es, was der Erinnerung wert gewesen wäre! Das morgendliche Erwachen, der abendliche Befehl zum Schlafengehen, der Unterricht; die jeweiligen schulfreien Nachmittage mit ihren Streifzügen; der Spielplatz mit seiner Kurzweil, seinem Streit, seinen kleinen Intrigen; – all dieses, was meinem Geist wie durch einen Zauber lange Zeit ganz entrückt gewesen, war dazu angetan, eine Fülle von Empfindungen, eine Welt reichen Geschehens, eine Unendlichkeit vielfältiger Eindrücke und Leidenschaften zu erwecken. 'O le bon temps, que ce siècle de fer!'

Es ist Tatsache: Mein feuriges, begeistertes, überlegenes Wesen zeichnete mich vor meinen Schulkameraden aus und hob mich nach und nach über alle empor, die nicht etwa bedeutend älter waren als ich selbst – über alle, mit einer Ausnahme! Diese Ausnahme war ein Schüler, der, obwohl er kein Verwandter von mir war, doch den gleichen Vor- und Zunamen trug wie ich – ein an sich unbedeutender Umstand. Denn ungeachtet meiner edlen Abkunft trug ich einen Namen, der in unvordenklichen Zeiten durch das Recht der Verjährung jedermann freigegeben worden sein mochte. Ich habe mich also hier in meiner Erzählung William Wilson genannt – ein Name, der von dem wirklichen Namen nicht allzu sehr abweicht. Von allen Kameraden nun, die bei unsern Spielen meine "Bande" bildeten, wagte es mein Namensvetter allein, sowohl im Unterricht als auch in Sport und Spiel mit mir zu wetteifern, meinen Behauptungen keinen Glauben zu schenken, sich meinem Willen nicht unterzuordnen – kurz, sich in allem gegen meine ehrgeizige Oberherrschaft aufzulehnen. Wenn es aber auf Erden einen überlegenen und unbeschränkten Despotismus gibt, so ist es der, den der Herrschergeist eines Knaben auf seine weniger willensstarken Gefährten ausübt.

Wilsons Widersetzlichkeit war für mich eine Quelle der Verwirrung, um so mehr, als ich, trotz der prahlerischen Großtuerei, mit der ich ihn und seine Anmaßungen vor den anderen behandelte, ihn im geheimen fürchtete und annehmen musste, dass nur wahre Überlegenheit ihn befähige, sich mit mir zu messen; mich aber kostete es beständige Anstrengung, nicht von ihm überflügelt zu werden. Doch wurde seine Ebenbürtigkeit in Wahrheit nur von mir selbst bemerkt; unsere Kameraden schienen in unerklärlicher Blindheit diese Möglichkeit nicht einmal zu ahnen. Auch äußerten sich seine Nebenbuhlerschaft und sein hartnäckiger Widerspruch weniger laut und aufdringlich als insgeheim. Es hatte den Anschein, als mangele ihm sowohl der Ehrgeiz, zu herrschen, als auch die leidenschaftliche Willenskraft, sich durchzusetzen. Man konnte glauben, dass nur das launische Vergnügen, mein Erstaunen zu erwecken oder mich zu ärgern, seine Nebenbuhlerschaft veranlasse; trotzdem gab es Zeiten, wo ich voll Verwunderung, Beschämung und Trotz wahrnehmen musste, dass er neben seinen Angriffen, Beleidigungen und Widerreden eine gewisse unangebrachte und mir durchaus unerwünschte Liebenswürdigkeit, ja Zuneigung verriet. Ich konnte mir sein Betragen nur als die Folge ungeheuren Dünkels erklären, der es ja immer liebt, sich in überlegenes Wohlwollen zu kleiden.

Vielleicht war es dieser letztere Zug in Wilsons Benehmen, verbunden mit der Übereinstimmung unserer Namen und dem bloßen Zufall, dass wir beide am nämlichen Tage in die Schule eingetreten waren, was bei den oberen Klassen die Meinung verbreitet hatte, wir seien Brüder; doch pflegten sich die älteren Schüler mit den Angelegenheiten der jüngeren wenig zu befassen. Ich habe schon vorher gesagt, dass Wilson nicht im entferntesten mit meiner Familie verwandt war. Doch wären wir Brüder gewesen, so hätten wir Zwillinge sein müssen; denn nachdem ich die Anstalt Dr. Brandbys verlassen, erfuhr ich durch Zufall, dass mein Namensvetter am neunzehnten Januar 1813 geboren war – und dieser Umstand ist einigermaßen bemerkenswert, denn es ist genau das Datum meiner eigenen Geburt.

Es mag seltsam erscheinen, dass ich, trotz der fortgesetzten Angst, in die mich die Rivalität Wilsons versetzte, und trotz seines unerträglichen Widerspruchsgeistes, mich nicht dahin bringen konnte, ihn wirklich zu hassen. Gewiss, wir hatten fast täglich Streit miteinander, und wenn er mir dann auch öffentlich die Siegespalme überließ, so gelang es ihm doch, mich irgendwie fühlen zu lassen, dass eigentlich er es war, der sie verdiente; aber ein gewisser Stolz meinerseits und eine echte Würde seinerseits hielten uns davon ab, ernstlich miteinander zu zanken. In unseren Charakteren jedoch gab es viel Verwandtes, und nur unser seltsamer Wetteifer war schuld daran, dass meine Gefühle für ihn nicht zu wahrer Freundschaft reiften. Es ist tatsächlich schwer, das Empfinden, das ich für ihn hatte, zu bestimmen oder zu erklären. Es war ein buntes und widersprechendes Gemisch: etwas eigensinnige Feindseligkeit, die dennoch nicht Hass war, etwas Achtung, mehr Bewunderung, viel Furcht und eine Welt rastloser Neugier. Für Seelenkenner wird es unnötig scheinen, hinzuzufügen, dass Wilson und ich die unzertrennlichsten Gefährten waren.

Sicherlich lag es an diesen ganz außergewöhnlichen Beziehungen, dass ich meine Angriffe auf ihn – und es gab deren genug, sowohl offene als versteckte – in Form einer bösen Neckerei oder eines Schabernacks ausführte, als scheinbaren Spaß, der dennoch Schmerz bereitete; eine derartige Handlungsweise lag meiner Stimmung für ihn näher als etwa ausgesprochene Feindseligkeit. Doch meine Unternehmungen gegen ihn waren keineswegs immer erfolgreich, mochte ich meine Pläne auch noch so pfiffig ausgeheckt haben; denn mein Namensvetter hatte in seinem Wesen soviel vornehme Zurückhaltung, dass er keine Achillesferse bot; wohl spottete er gerne selbst, ihn aber lächerlich zu machen, war beinahe unmöglich. Ich konnte tatsächlich nur einen wunden Punkt an ihm entdecken; es war eine persönliche Eigenheit, die vielleicht einem körperlichen Übel entsprang und wohl von jedem anderen Gegner, der nicht wie ich am Ende seiner Weisheit angelangt gewesen, geschont worden wäre. Mein Rivale hatte eine Schwäche der Sprechorgane, die ihn hinderte, seine Stimme über ein sehr leises Flüstern zu erheben. Ich verfehlte nicht, aus diesem Übel meinen armseligen Vorteil zu ziehen.

Wilson dankte mir das auf mannigfache Weise, und besonders eine Form der Rache hatte er, die mich unbeschreiblich ärgerte. Woher er die Schlauheit genommen, herauszufinden, dass solche scheinbare Kleinigkeit mich kränken könne, ist eine Frage, die ich nie zu lösen vermochte; als er die Sache aber einmal entdeckt hatte, nutzte er sie weidlich aus. Ich hatte stets einen Widerwillen vor meinem unfeinen Familiennamen und meinem so gewöhnlichen, ja geradezu plebejischen Vornamen empfunden. Sein Klang war meinen Ohren abstoßend, und als ich am Tage meines Schulantritts erfuhr, dass gleichzeitig ein zweiter William Wilson eintrete, war ich auf diesen zornig, weil er den verhassten Namen trug, und dem Namen doppelt feind, weil auch noch ein Fremder ihn führte, der nun schuld war, dass ich ihn doppelt so oft hören musste – ein Fremder, den ich beständig um mich haben sollte und dessen Angelegenheiten, so wie der Lauf der Dinge in der Schule nun einmal war, infolge der verwünschten Namensgleichheit unvermeidlicherweise mit den Meinigen verknüpft und verwechselt werden mussten.

Mein durch diese Umstände hervorgerufener Verdruss nahm bei jeder Gelegenheit zu, bei der eine geistige oder leibliche Ähnlichkeit zwischen meinem Nebenbuhler und mir zutage trat. Ich hatte damals die bemerkenswerte Tatsache, dass wir ganz gleichaltrig waren, noch nicht entdeckt; aber ich sah, dass wir von gleicher Größe waren und sogar im allgemeinen Körperumriss und in den Gesichtszügen einander glichen. Auch ärgerte mich das in den oberen Klassen umlaufende Gerücht, dass wir miteinander verwandt seien. Mit einem Wort, nichts konnte mich so ernstlich verletzen, ja geradezu beunruhigen (obgleich ich diese Unruhe sorgfältig zu verbergen wusste), wie irgendein Wort darüber, dass wir einander an Geist oder Körper oder Betragen ähnlich seien. Doch hatte ich eigentlich, mit Ausnahme des Gerüchtes von unserer Verwandtschaft, keinen Grund zu der Annahme, dass unsere Ähnlichkeiten jemals zur Sprache gebracht oder überhaupt von unseren Mitschülern wahrgenommen würden. Nur Wilson selbst bemerkte sie offenbar ebenso klar wie ich; dass er darin aber ein so fruchtbares Feld für seine Quälereien fand, kann, wie ich schon einmal sagte, nur seinem ungewöhnlichen Scharfsinn zugeschrieben werden.

Die Rolle, die er spielte, bestand in einer bis ins kleinste vollendeten Nachahmung meines Ichs in Wort und Tun, und er spielte sie zum Bewundern gut. Meine Kleidung nachzuahmen, war ein Leichtes; meinen Gang und meine Haltung eignete er sich ohne Schwierigkeit an; abgesehen von dem Hemmnis, das ihm sein Sprachfehler in den Weg legte, entging nicht einmal meine Stimme seiner Nachahmungskunst. Wirklich laute Töne konnte er selbstredend nicht wiederholen, aber sein Tonfall war ganz der meine, und sein eigenartiges Flüstern wurde zum vollkommenen Echo meiner eigenen Stimme.

Wie sehr dies vortreffliche Porträt mich quälte – denn eine Karikatur kann man es nicht einmal nennen – will ich nicht zu beschreiben versuchen. Ich hatte nur einen Trost: die Tatsache, dass diese Imitation offenbar nur von mir selbst wahrgenommen wurde und dass ich als einziger Mitwisser nur meinen spöttisch lächelnden Namensvetter hatte. Befriedigt in seinem Herzen, den gewünschten Erfolg erzielt zu haben, schien er innerlich über den mir glücklich beigebrachten Stich zu kichern und war bezeichnenderweise gleichgültig gegen den allgemeinen Beifall, den der Erfolg seiner schlauen Bemühungen leicht hätte einheimsen können. Dass die Schüler tatsächlich seine Absicht nicht fühlten, seine Meisterschaft nicht wahrnahmen und sich an meiner Verspottung nicht beteiligten, war mir monatelang ein unlösbares Rätsel. Vielleicht war es das allmähliche Heranreifen seiner Kopierkunst, was diese so unauffällig machte, oder noch wahrscheinlicher verdankte ich meine Sicherheit vor den anderen dem weisen Maßhalten des Kopisten, der die groben Äußerlichkeiten verachtete (also alles das, was bei einem Bilde oberflächlichen Beschauern auffallen könnte) und vor allem den ganzen Geist seines Originals wiederzugeben suchte – für meine Augen und zu meinem Kummer.

Ich habe bereits mehr als einmal davon gesprochen, welch abscheuliche Beschützermiene er mir gegenüber aufsetzte und wie vorwitzig er gegen meine Anordnungen Einspruch erhob. Seine Einmischungen geschahen oft in Gestalt von Ratschlägen – nicht offen gebotenen, aber heimlich angedeuteten. Ich nahm sie mit einem Widerwillen entgegen, der mit den Jahren immer heftiger wurde. Doch heute, nach so langer Zeit, muss ich ihm jedenfalls die Gerechtigkeit widerfahren lassen, dass ich mich keiner Gelegenheit erinnere, wo die Einflüsterungen, ja man kann sagen die beabsichtigten Suggestionen meines Rivalen eine üble oder leichtfertige Richtung genommen hätten, wie sie von seinem unreifen Alter, seiner scheinbaren Unerfahrenheit wohl zu erwarten gewesen wäre. Ich muss ferner gestehen, dass zumindest sein sittliches Fühlen, wenn auch nicht seine allgemeine Begabung, weit stärker war, als das meine und dass ich heute wohl ein besserer und darum glücklicherer Mensch sein könnte, hätte ich die Ratschläge, die sein bedeutsames Flüstern andeutete, weniger oft zurückgewiesen; aber ich hasste und verachtete jedes Wort, das aus seinem Munde kam.

Mehr und mehr sträubte ich mich gegen seine widerwärtige Bevormundung und wehrte mich von Tag zu Tag offener gegen das, was ich für unerträgliche Anmaßung hielt. Ich sagte schon, dass in den ersten Jahren unserer Schulkameradschaft meine Gefühle für ihn leicht hätten in Freundschaft ausreifen können; in den letzten Monaten meines Aufenthalts in der Schule aber, in denen übrigens seine Zudringlichkeit mehr und mehr nachgelassen hatte, verwandelte sich mein Empfinden in fast demselben Verhältnis in wirklichen Hass. Ich glaube, er bemerkte das bei irgendeiner Gelegenheit und mied mich von da an – oder tat doch so.

Es war etwa um diese Zeit, wenn ich mich recht erinnere, dass er in einem heftigen Wortwechsel, den wir miteinander hatten, seine Zurückhaltung mehr als gewöhnlich aufgab und mit einer seiner Natur eigentlich fremden Offenheit auftrat. Und bei dieser Gelegenheit entdeckte ich in seinem Tonfall, seiner Miene und seiner ganzen Erscheinung ein Etwas, das mich zuerst verblüffte und dann tief fesselte. Erinnerungen, Vorstellungen aus meiner frühesten Kindheit – seltsame, verwirrte und einander überstürzende Vorstellungen aus einer Zeit, in der mein Gedächtnis noch nicht geboren war, überfielen meinen Geist. Ich kann das sonderbare Gefühl, das mich erfasste, wohl am besten wiedergeben, wenn ich sage, dass es mir schwer wurde, den Glauben abzuschütteln, diesem Wesen, das da vor mir stand, vor langer Zeit einmal, ja vielleicht in unendlich ferner Vergangenheit, verwandt gewesen zu sein. Die Täuschung verschwand jedoch so schnell wie sie gekommen, und ich erwähne sie nur, weil sie mir am Tage der letzten Unterredung mit meinem eigentümlichen Namensvetter kam.

Das riesige alte Haus mit seinen zahllosen Räumen hatte mehrere sehr große Zimmer, die miteinander in Verbindung standen und in denen die Mehrzahl der Schüler ihr Nachtlager hatte. Doch gab es auch, wie das bei einem so ungünstig gebauten Hause selbstverständlich war, viele kleine Kammern und Schlupfwinkel; und diese hatte der haushälterische Geist Dr. Bransbys ebenfalls zu Schlafräumen hergerichtet, wenn auch ein jeder so eng nur war, dass er nur einen einzigen Menschen beherbergen konnte. In einer dieser kleinen Kammern schlief Wilson.

Eines Nachts, gegen Ende meines fünften Schuljahres und kurz nach dem vorhin erwähnten Wortwechsel, erhob ich mich, als alles schlief, und schlich, mit einer kleinen Lampe in der Hand, durch ein Labyrinth von Gängen nach der Schlafkammer meines Rivalen. Da mir meine Rachepläne so oft misslungen waren, hatte ich mir nun einen neuen Schabernack ausgedacht, der ihn die ganze Bosheit fühlen lassen sollte, deren ich fähig war. Als ich sein Kämmerchen erreicht hatte, trat ich geräuschlos ein, nachdem ich die abgeblendete Lampe draußen zurückgelassen. Ich trat einen Schritt vor und hörte ihn ruhig atmen.

Als ich mich davon überzeugt hatte, dass er schlief, ging ich zurück, holte die Lampe und trat ans Bett. Es war von Vorhängen umschlossen, die ich langsam und leise beiseiteschob, da sie mich an der Ausführung meines Vorhabens hinderten. Das helle Licht der Lampe traf den Schläfer, als meine Blicke auf sein Antlitz fielen. Ich blickte – und Betäubung, eisige Erstarrung befiel mich. Meine Knie wankten, ich rang nach Atem, meine Seele erfüllte ein unerklärliches, unerträgliches Entsetzen. Und atemlos brachte ich die Lampe seinem Gesicht noch näher. – Dieses waren die Züge William Wilsons? Ich sah es, dass es die seinen waren, aber ich schauerte wie in einem Fieberanfall bei der Vorstellung, sie wären es nicht. Was war an ihnen, das mich so verwirrte? Ich spähte, während tausend unzusammenhängende Gedanken mein Hirn durchkreuzten. Nicht so erschien er – sicherlich nicht so in seinem lebhaft wachen Stunden. Derselbe Name, dieselbe Gestalt, derselbe Antrittstag in der Schule! Und dann sein beharrliches und sinnloses Nachahmen meines Ganges, meiner Stimme, meiner Kleidung und meines Gebarens! Lag es denn wirklich im Bereich des Möglichen – konnte das, was ich jetzt sah, lediglich das Resultat seiner spöttischen Gewohnheit, mich nachzuahmen, sein? Angsterfüllt und mit wachsendem Schauder löschte ich das Licht, ging leise aus dem Zimmer und verließ sogleich die Hallen jenes alten Schulhauses, um sie nie wieder zu betreten.

Nach Verlauf einiger Monate, die ich daheim in Nichtstun verbrachte, kam ich als Student nach Eton. Die kurze Zeit hatte genügt, um die Erinnerung an die Ereignisse im Hause Dr. Bransbys abzuschwächen oder doch um einen großen Wechsel in der Natur meiner Gefühle herbeizuführen. Das Drama hatte seine Tragik verloren. Ich fand jetzt Zeit, den Wahrnehmungen meiner Sinne zu misstrauen, und dachte selten daran zurück ohne eine gewisse Verwunderung über die autosuggestive Kraft im Menschen und ein Lächeln über die starke Einbildungskraft, mit der ich erblich belastet war. Dieser Skeptizismus konnte auch durch das Leben, das ich in Eton führte, nicht vermindert werden. Der Strudel gedankenloser Tollheit, in den ich dort sogleich und gründlich hinabtauchte, wusch von meinem vergangenen Leben alles bis auf den Schaum ab, verschluckte sofort jeden großen ernsten Eindruck und ließ in meinem Gedächtnis nur ganz belanglose Äußerlichkeiten haften.

Ich beabsichtige aber nicht, hier näher auf meine Verworfenheit einzugehen – die ruchlosen Ausschweifungen zu schildern, mit denen ich die Gesetze verachtete und der Wachsamkeit meiner Lehrmeister spottete. Drei tolle Jahre waren ohne geistigen Gewinn verprasst und hatten mir nichts gebracht als lasterhafte Gewohnheiten, die meiner körperlichen Entwicklung allerdings sonderbarerweise vorteilhaft gewesen waren. Nach solch einer Woche gehaltloser Zerstreuungen lud ich einmal eine Anzahl der lockersten Vögel, Mitstudenten, zu einem geheimen Zechgelage auf mein Zimmer. Wir versammelten uns zu später Nachtstunde, denn die Völlerei sollte bis zum Morgen ausgedehnt werden. Der Wein floss in Strömen, und es fehlte nicht an anderen und vielleicht gefährlicheren Verführungen; es dämmerte schon schwach im Osten, als unsere tolle Ausgelassenheit ihren Höhepunkt erreicht hatte. Aufgeregt vom Wein und Kartenspiel bestand ich darauf, einen ungewöhnlich ruchlosen Trinkspruch auszubringen, als meine Aufmerksamkeit plötzlich auf das heftige Öffnen einer Tür und die dringliche Stimme eines Dieners hingelenkt wurde. Der Mann sagte, es wolle mich jemand, der es anscheinend sehr eilig habe, draußen im Vorzimmer sprechen.

In meiner fröhlichen Weinstimmung fühlte ich mich von der unerwarteten Störung weniger überrascht als entzückt. Ich schwankte sofort hinaus und stand nach wenigen Schritten draußen in der Vorhalle. In dem niedrigen und schmalen Raum hing keine Laterne, und er war gegenwärtig überhaupt nicht erleuchtet – abgesehen von dem sehr schwachen Morgengrauen, das durch das halbrunde Fenster drang. Als ich den Fuß über die Schwelle setzte, gewahrte ich die Gestalt eines jungen Mannes von etwa meiner Größe, der, ganz meiner momentanen Kleidung entsprechend, einen nach neuestem Schnitt gearbeiteten Hausrock aus weißem Kaschmir trug. So viel enthüllte mir das matte Tageslicht, seine Gesichtszüge konnte ich nicht erkennen. Bei meinem Eintritt kam er eilig auf mich zu, ergriff mich mit heftiger Ungeduld am Arm und flüsterte mir die Worte 'William Wilson' ins Ohr.

Ich wurde sofort vollkommen nüchtern.

Da war etwas im Wesen dieses Fremden, im Zittern seines warnend erhobenen Fingers, der im Zwielicht vor meinen Augen schwankte – da war etwas, was mich mit unbegrenztem Staunen erfüllte. Aber nicht das war es, was mich so heftig erregen konnte; es war der inhaltsschwere feierliche Verweis, der in der eigenartigen, leise gezischten Äußerung lag, und vor allem der besondere Tonfall, in dem diese zwei wohlbekannten Worte geflüstert wurden und der mit tausend Erinnerungen vergangener Tage auf mich einstürmte und meine Seele traf wie mit einem elektrischen Schlag. Bevor ich wieder Herr meiner Sinne wurde, war die Gestalt verschwunden.

Obgleich der Eindruck, den dies Erlebnis auf meine zügellose Fantasie machte, ein eher tiefer war, blieb er doch nicht von langer Dauer. Einige Wochen allerdings plagte ich mich mit ernsten Fragen und war von krankhaften Vorstellungen umdüstert. Ich versuchte nicht, an der Identität dieses seltsamen Wesens mit jenem, das sich früher schon so hartnäckig in meine Angelegenheiten mischte und mich mit seinem aufdringlichen Rat quälte, zu zweifeln. Doch wer und was war dieser Wilson? Und woher kam er? Und was waren seine Absichten? Auf keine dieser Fragen fand ich eine befriedigende Antwort – nur das eine stellte ich fest, dass ein plötzlich eingetretenes Familienereignis sein Ausscheiden aus Dr. Bransbys Lehranstalt am Nachmittag desselben Tages zur Folge gehabt hatte, an dem ich von dort entflohen war. Nach kurzer Zeit aber ließen meine Gedanken von dieser Sache ab, da meine beabsichtigte Übersiedelung nach Oxford mich vollauf in Anspruch nahm. Bald darauf führte ich diese aus, und die Freigebigkeit meiner Eltern verschaffte mir eine Ausstattung und einen jährlichen Wechsel, der es mir ermöglichte, in all dem mir schon so unentbehrlich gewordenen Luxus zu schwelgen und in der Verschwendungssucht mit den hochfahrenden Erben der reichsten Grafschaften Großbritanniens zu wetteifern.

Durch meine reichen Mittel zum Laster angespornt, brach mein ursprüngliches Temperament mit verdoppeltem Feuer hervor und widersetzte sich sogar der so selbstverständlichen Zügelung, die Sitte und Anstand jedem gebildeten Menschen auferlegen. Doch es wäre unsinnig, wenn ich mich bei den Einzelheiten meines lasterhaften Lebens aufhalten wollte. Mag das Bekenntnis genügen, dass ich als Verschwender selbst den Herodes in den Schatten stellte und dass ich der langen Lise der Laster, die damals an der ausschweifendsten Universität Europas üblich waren, durch Erfindung einer Fülle von neuen Schandtaten einen umfangreichen Anhang hinzufügte.

Und doch ist es wohl schwer zu glauben, dass ich sogar so weit gekommen war, mir die gemeinsten Schliche der Gewohnheitsspieler anzueignen und meine Erfahrung in ihrer verächtlichen Wissenschaft dazu zu benutzen, auf Kosten meiner harmlosen Mitstudenten meine ohnedies ungeheuren Einnahmen zu vergrößern. Aber es war so; und dieses unerhörte Hohnsprechen auf alle Ehre und Manneswürde war zweifellos der Hauptgrund, ja, wohl der einzige Grund, dass ich straflos ausging. Wer unter meinen verwegensten Kameraden würde nicht eher die Klarheit seiner Sinne anzweifeln, als den heiteren, freimütigen, verschwenderischen William Wilson – den vornehmsten und gebildetsten Studenten von Oxford – solcher Gemeinheiten für fähig gehalten haben – ihn, dessen Tollheiten (so sagten die Parasiten) nur Tollheiten seiner überschäumenden Jugend und ungezügelten Fantasie, dessen Fehler nur seltsame Launen, dessen dunkelste Laster nur sorglose, sprudelnde Torheiten waren?

Schon zwei Jahre lang war ich in dieser Weise erfolgreich tätig gewesen, als ein junger, erst jüngst geadelter Emporkömmling namens Glendinning die Universität bezog. Man sagte, er sei reich wie Herodes Atticus und sei auch so leicht wie dieser zu seinen Reichtümern gelangt. Ich entdeckte bald, dass er kein großer Schlaukopf war, und hielt ihn für ein passendes Objekt für die Anwendung meiner einträglichen Kunst. Ich forderte ihn des öfteren zum Spiel auf, und mit der üblichen List des Falschspielers ließ ich ihn zunächst beträchtliche Summen gewinnen, um ihn später desto sicherer einzufangen. Als mein Plan ausgereift war, traf ich ihn in der Wohnung eines Herrn Preston, eines Mitstudenten, in der bestimmten Absicht, dass diese Begegnung die letzte und entscheidende sein sollte. Preston war mit jedem von uns befreundet, hatte aber natürlich nicht die leiseste Ahnung von meinem Vorhaben. Um der Sache einen harmlosen Anstrich zu geben, hatte ich mich bemüht, eine Gesellschaft von acht oder zehn jungen Leuten dort zu haben, und war peinlich darum besorgt, dass man nur wie zufällig nach den Karten griff und dass mein Opfer selbst danach verlangen sollte. Um kurz zu sein: Ich hatte keinen der niedrigen Kunstgriffe verschmäht, die bei solchen Gelegenheiten so regelmäßig angewendet werden, dass es geradezu ein Wunder ist, wenn es noch immer Dumme gibt, die diese Ränke nicht durchschauen, sondern ihnen zum Opfer fallen.

Unser Beisammensein hatte sich schon bis tief in die Nacht ausgedehnt, als es mir endlich gelang, Glendinning als einzigen Partner zu bekommen. Wir waren bei meinem Lieblingsspiel, dem Ecarté. Die anderen nahmen so lebhaften Anteil an unserem Spiel, dass sie selbst die Karten beiseitegelegt hatten und uns als Zuschauer umringten. Der Emporkömmling, den ich anfänglich zu reichlichem Trinken veranlasst hatte, mischte, gab und spielte mit einer Nervosität, für die seine Trunkenheit nur zum Teil die Ursache sein konnte. In sehr kurzer Zeit schuldete er mir bereits beträchtliche Summen. Nun aber tat er einen tiefen Zug aus seinem Portweinglas und schlug mir vor – was meine kühle Berechnung nicht anders erwartet hatte – unseren bereits übertrieben hohen Einsatz zu verdoppeln. Mit gut gespieltem Widerstreben und nicht, ehe meine wiederholte Weigerung ihn zu ein paar ärgerlichen Worten veranlasst hatte, die mein Nachgeben gewissermaßen herausforderten, willigte ich schließlich ein. Der Erfolg bewies selbstverständlich nur, wie rettungslos der Partner mir ins Garn gegangen: in kaum einer Stunde hatte er seine Schuld vervierfacht. Seit einer Weile schon hatte sein Gesicht den rosigen Anhauch verloren, den ihm der Wein verlieh, jetzt aber sah ich zu meinem Erstaunen, dass es grauenhaft bleich geworden war. Ich sage, zu meinem Erstaunen, denn man hatte mir Glendinning bei meinen eifrigen Nachforschungen als unermesslich reich hingestellt, und wenn seine Verluste auch sehr hoch waren, so konnten sie ihn doch, wie ich annahm, nicht ernstlich schädigen, wie viel weniger so tief erschüttern. Der nächstliegende Gedanke war natürlich, seinen Zustand als eine Folge des übertriebenen Weingenusses anzusehen; aber als ich, mehr zu dem Zweck, mich vor den Kameraden in ein gutes Licht zu setzen, als aus irgendeinem anderen Grunde, gerade die feste Absicht kundtun wollte, das Spiel abzubrechen, machten mir ein paar Äußerungen der hinter mit Stehenden und ein Ruf der Verzweiflung seitens Glendinnings klar, dass ich seinen vollständigen Ruin herbeigeführt hatte, und unter Umständen, die ihn zum Gegenstand des allgemeinen Mitleids machten und ihn wohl selbst vor den Bosheiten eines Teufels hätten bewahren müssen.

Wie ich mich nun weiter verhalten haben würde, ist schwer zu sagen. Der bedauernswerte Zustand meines Gimpels hatte uns alle in eine gewisse Verlegenheit versetzt; es herrschte minutenlanges Schweigen, und ich fühlte, wie meine Wangen unter den vielen zornigen und vorwurfsvollen Blicken brannten. Ich muss sogar zugeben, dass mir durch die nun plötzlich eintretende unerwartete Unterbrechung für einen kurzen Augenblick eine schwere Last, ein unerträgliches Gefühl der Beklemmung vom Herzen genommen wurde. Die großen schweren Flügeltüren wurden auf einmal mit heftigem Ungestüm aufgeworfen, sodass wie mit einem Zauberschlag alle Lichter im Raum erloschen. In ihrem Hinflackern sahen wir noch, dass ein Fremder eingetreten war; er hatte ungefähr meine Größe und war eng in einen Mantel gehüllt. Schnell aber war es vollständig dunkel geworden, und wir konnten nur fühlen, dass er in unserer Mitte stand. Ehe einer von uns sich von dem Staunen erholt hatte, in das dies ungehörige Gebaren uns alle versetzte, vernahmen wir die Stimme des Eindringlings.

"Meine Herren," sagte er in einem leisen deutlichen und wohlbekannten Flüsterton, der mir bis ins Mark drang, "meine Herren, ich versuche nicht, mein Auftreten zu entschuldigen, denn ich komme, um meine Pflicht zu erfüllen. Sie sind zweifellos über den wahren Charakter des Herrn, der heute Nacht beim Ecarté dem Lord Glendinning eine große Summe abgewann, nicht unterrichtet. Ich will Ihnen daher mitteilen, wie Sie sich rasch und sicher die nötigen Aufklärungen verschaffen können. Bitte untersuchen Sie nur gründlich das Futter seines linken Ärmelaufschlags und die verschiedenen kleinen Päckchen, die sich in den reichlich großen Taschen seines bestickten Hausrocks finden werden."

Während er sprach, herrschte eine so tiefe Stille, dass man das Niederfallen einer Stecknadel hätte hören können. Als er geendet, verließ er das Zimmer ebenso plötzlich, wie er es betreten. Kann ich – soll ich meine Gefühle schildern? Muss ich sagen, dass ich alle Schrecken der Verdammten durchlebte? Ich hatte wenig Zeit zum Nachdenken. Viele Hände packten mich rau, und es wurde sofort wieder Licht gemacht. Die Suche begann. Im Futter meines Ärmels fand man alle zum Ecarté gehörigen hohen Karten und in den Taschen meines Hausrocks eine Anzahl Kartenspiele, die den bei unseren Sitzungen gebräuchlichen vollkommen glichen, nur gehörten meine zu denen, die man mit dem Fachausdruck als die "abgerundeten" bezeichnet: Die hohen Karten waren oben und unten, die niederen an den Seiten leicht konvex. Wenn nun der Gimpel beim Abnehmen die Karten, wie es üblich ist, seitwärts abhebt, so wird er jedes Mal seinem Partner eine hohe Karte zuteilen; während der Falschspieler an der Schmalseite abhebt und folglich seinem Opfer keine Karte gibt, die im Spiel von irgendwelchem Wert ist.

Wäre man nach dieser Entdeckung in Entrüstung ausgebrochen – ich hätte es leichter ertragen können als die schweigende Verachtung und hohnvolle Gelassenheit, mit der man die Sache aufnahm. "Herr Wilson," sagte unser Gastgeber, während er sich bückte und einen kostbaren Pelzmantel aufhob, "Herr Wilson, der Mantel gehört wohl Ihnen." (Es war kaltes Wetter, und als ich meine Wohnung verließ, hatte ich daher, da ich nur im Hausrock war, einen Mantel übergeworfen, den ich dann hier im Hause abgelegt.) "Ich denke, es ist überflüssig, auch hier noch nach weiteren Beweisen Ihrer Hinterlist zu suchen." (Er betrachtete den Mantel mit bitterem Lächeln.) "Wir haben schon genug davon. Sie sehen wohl selbst die Notwendigkeit ein, Oxford zu verlassen – jedenfalls aber sofort meine Wohnung zu verlassen."

Verhöhnt und gedemütigt, wie ich durch diese Rede war, hätte ich mich wahrscheinlich sofort durch eine tätliche Beleidigung gerächt, wäre nicht im selben Augenblick meine ganze Aufmerksamkeit durch eine höchst sonderbare Tatsache gefesselt worden. Der Mantel, den ich bei meinem Herkommen getragen, war aus sehr seltenem Pelzwerk; wie selten, wie außerordentlich kostbar es war, wage ich gar nicht zu sagen. Auch entstammte seine Machart meinem eigenen Erfindergeist, denn ich war, was meine Kleidung anlangte, geradezu geckenhaft eitel. Als mir daher Herr Preston jenen Mantel reichte, den er in der Nähe der Flügeltür vom Boden aufgehoben, gewahrte ich mit Staunen und Entsetzen, dass ich den Meinigen bereits auf dem Arm trug (ich hatte ihn anscheinend ganz unwillkürlich schon ergriffen) und dass der mir dargebotene in jedem, selbst dem kleinsten Teilchen, sein vollkommenes Gegenstück war. Das merkwürdige Wesen, das mich so schrecklich bloßgestellt, war, wie ich mich erinnere, in einen Mantel gehüllt gewesen, und keiner aus unserer Gesellschaft außer mir hatte einen solchen umgehabt. Mit einiger Geistesgegenwart nahm ich den Mantel, den Preston mir reichte, legte ihn unbemerkt über den anderen auf meinen Arm und verließ mit finsteren trotzigen Blicken das Zimmer. Am anderen Morgen trat ich vor Tagesanbruch eine Reise nach dem Kontinent an, gehetzt von Scham und Entsetzen.

Ich floh vergebens! Mein böses Geschick verfolgte mich frohlockend und zeigte, dass seine geheimnisvolle Macht eigentlich jetzt erst beginne. Kaum hatte ich meine Schritte nach Paris gelenkt, als ich neue Beweise von der Anteilnahme erhielt, die dieser fürchterliche Wilson für meine Angelegenheiten zeigte. Jahre vergingen – ich fand keine Erlösung. Der Schurke! – mit welch ungelegener, welch gespenstischer Geschäftigkeit trat er in Rom zwischen mich und meine ehrgeizigen Pläne! Und in Wien ebenso – in Berlin – in Moskau! Wo, ja wo ward mir nicht bittere Ursache, ihn aus tiefstem Herzen zu verwünschen? Schließlich floh ich vor seiner rätselhaften Tyrannei wie ein halb Wahnsinniger – und bis an das Ende der Welt floh ich vergebens.

Und wieder und wieder fragte meine Seele sich in geheimer Zwiesprache mit sich selbst: 'Wer ist er? – Woher kam er? Und was sind seine Absichten?' Doch war keine Antwort zu finden. Und nun forschte ich mit peinlichster Genauigkeit der Art, dem Vorgehen, den herrschenden Zügen seiner unverschämten Überwachung nach. Aber selbst hier gab es nur wenig, worauf sich eine Vermutung gründen ließ. Es war allerdings auffallend, dass es ihm bei jedem der zahlreichen Fälle, in denen er seit Kurzem meinen Weg kreuzte, lediglich darauf ankam, solche Pläne zu vereiteln oder solche Handlungen zunichtezumachen, die, wenn sie zur vollen Ausführung gelangt wären, schlimmes Elend gezeitigt hätten. Welch eine armselige Rechtfertigung für eine so gewalttätige Bevormundung – für ein so hartnäckiges, so freches Eingreifen in meine natürlichen Rechte der Selbstbestimmung!

Ich hatte ferner festgestellt, dass mein Peiniger, der mit wundersamer Geschicklichkeit meine Erscheinung bis ins kleinste nachahmte, es bei seinen jedesmaligen Einmischungen so einzurichten gewusst hatte, dass ich seine Gesichtszüge nicht zu sehen bekam. Mochte Wilson sein, wer er wollte, das jedenfalls war die abgeschmackteste Ziererei und Albernheit. Konnte er nur einen Augenblick annehmen, dass ich in dem Warner aus Eton – in dem Zerstörer meiner Ehre in Oxford – in ihm, der in Rom meine hochfliegenden Pläne, in Paris meine Rachegelüste, in Neapel meine leidenschaftliche Liebe vereitelte und in Ägypten ein Vorhaben störte, das er fälschlicherweise meiner Habgier zuschrieb – dass ich in diesem meinem Erbfeind und bösen Geist den William Wilson meiner Schuljahre nicht wiedererkennen würde – den Namensvetter, den Kameraden, den Rivalen – den verhassten und gefürchteten Rivalen im Hause Dr. Brandbys? Unmöglich! – Doch lasst mich zu der letzten ereignisreichen Szene des Dramas kommen.

Bis jetzt hatte ich mich seiner Herrschaft blindlings unterworfen. Die tiefe Ehrfurcht, mit der ich gewohnt war, den überlegenen Charakter, die göttliche Weisheit, die scheinbare Allgegenwart und Allmacht Wilsons anzusehen, hatte, gemischt mit dem Entsetzen, mit dem gewisse andere Züge seines Wesens mich erfüllten, mich von meiner eigenen Schwäche und Hilflosigkeit überzeugt und eine vollständige, wenn auch widerstrebende Unterwerfung unter seinen despotischen Willen herbeigeführt. In letzter Zeit aber hatte ich mich ganz dem Wein ergeben, und sein aufreizender Einfluss auf mein ererbtes Temperament machte mir dies Überwachtsein immer unerträglicher. Ich begann zu murren – zu überlegen – zu widerstreben. Und war es nur Einbildung, was mich glauben ließ, dass mit meiner zunehmenden Festigkeit diejenige meines Peinigers im entsprechenden Verhältnis abnahm? Sei dem, wie ihm wolle, ich begann jetzt zu fühlen, dass brennende Hoffnung in mir erwachte, und nährte schließlich in meinen geheimsten Gedanken den festen und verzweifelten Entschluss, meine sklavische Unterwerfung abzuschütteln.

Es war in Rom, als ich im Karneval des Jahres 18— einem Maskenfest im Palazzo des neapolitanischen Herzogs di Broglio beiwohnte. Ich hatte noch reichlicher als sonst dem Weine zugesprochen, und jetzt quälte mich die erstickende Luft der überfüllten Räume unerträglich. Auch die Schwierigkeit, mit der ich mir durch das Gewühl der Gäste meinen Weg bahnen musste, trug nicht wenig dazu bei, meine Stimmung reizbar zu machen; denn ich suchte (lasst mich verschweigen, aus welch unwürdigem Grunde), suchte eifrig die junge und fröhliche und wunderschöne Frau des alten kindischen Narren di Broglio. In ihrem sorglosen Vertrauen hatte sie mir verraten, welches Maskengewand sie tragen werde, und nun hatte ich sie erspäht und eilte, in ihre Nähe zu gelangen. In diesem Augenblick fühlte ich eine leichte Hand auf meiner Schulter und in meinem Ohr das unvergessliche, verwünschte Flüstern.

In einem wahren Wutanfall wandte ich mich dem Störer zu und ergriff ihn heftig beim Kragen. Er war, wie ich es erwartete, in genau das gleiche Gewand gekleidet wie ich selbst; so trug also auch er einen karminroten Gürtel, in dem ein Rapier steckte. Eine schwarze Seidenmaske bedeckte sein Gesicht.

"Schurke!" sagte ich mit vor Wut heiserer Stimme, während jede Silbe, die ich sprach, meinen Zorn mit neuen Gluten schürte; "Schurke! Betrüger! Verfluchter Schuft! Du sollst mich nicht – Du wirst mich nicht zu Tode hetzen! Folge mir, oder ich steche dich hier auf der Stelle nieder!" – Und ich bahnte mir aus dem Ballsaal den Weg in das angrenzende kleine Vorzimmer und zog ihn mit Gewalt mit mir.

Als ich dort eintrat, schleuderte ich ihn wütend von mir fort. Er schwankte gegen die Wand, ich schloss fluchend die Tür und gebot ihm, den Degen zu ziehen. Er zögerte nur einen Augenblick; dann seufzte er leise, zog den Degen und stellte sich in Bereitschaft.

Der Zweikampf war kurz genug. Ich war in rasender Aufregung und blinder Wut und fühlte in meinem Arm die Kraft von Hunderten. In wenigen Sekunden drängte ich ihn gegen die Wand zurück, und da ich ihn nun ganz in meiner Gewalt hatte, stach ich ihm die Waffe in viehischer Gier wieder und wieder durchs Herz.

Da versuchte jemand, die Tür zu öffnen. Ich eilte hin, um eine Störung fernzuhalten, kehrte aber sofort zu meinem sterbenden Gegner zurück. Doch welche menschliche Sprache kann das Erstaunen – das Entsetzen wiedergeben, das mich bei dem Schauspiel erfasste, das sich nun meinen Blicken bot. Der kurze Augenblick, für den ich die Augen abgewendet, hatte genügt, um drüben am anderen Ende des Zimmers eine Veränderung zu schaffen. Ein großer Spiegel – so schien es mir zuerst in meiner Verwirrung – stand jetzt da, wo vorher keiner gewesen war; und als ich im höchsten Entsetzen zu ihm hin schritt, näherten sich mir aus seiner Fläche meine eigenen Züge – bleich und blutbesudelt – meine eigene Gestalt, ermatteten Schrittes.

So schien es, sage ich, doch war es nicht so. Es war mein Gegner – es war Wilson, der da im Todeskampfe vor mir stand. Seine Maske und sein Mantel lagen auf dem Boden, da, wo er sie hingeworfen. Kein Faden an seinem Anzug – keine Linie in den ausgeprägten und eigenartigen Zügen seines Antlitzes, die nicht bis zur vollkommenen Identität mein eigen gewesen wären!

Es war Wilson; aber seine Sprache war kein Flüstern mehr, und ich hätte mir einbilden können, ich selber sei es, der da sagte: "Du hast gesiegt, und ich unterliege. Dennoch, von nun an bist auch du tot – tot für die Welt, den Himmel und die Hoffnung! In mir lebtest du – und nun ich sterbe, sieh hier im Bilde, das dein eigenes ist, wie du dich selbst ermordet hast."

216